中国古典小说丛书

于公案
荆公案

[清]无名氏 著
[清]佚名 著

江西美术出版社
全国百佳出版单位

图书在版编目（CIP）数据

于公案 /（清）无名氏著. 荆公案 /（清）佚名著
. -- 南昌：江西美术出版社，2018.10（2020.5重印）
ISBN 978-7-5480-6179-3

Ⅰ. ①于… ②荆… Ⅱ. ①无… ②佚… Ⅲ. ①侠义小说—小说集—中国—清代 Ⅳ. ①I242.4

中国版本图书馆CIP数据核字（2018）第139069号

出 品 人：周建森
企　　划：北京江美长风文化传播有限公司
责任编辑：楚天顺　康紫苏
责任印制：谭　勋

于公案　　荆公案
YUGONG'AN　　JINGGONG'AN
（清）无名氏　著　　（清）佚名　著

出　　版　江西美术出版社
地　　址　江西省南昌市子安路 66 号
网　　址　www.jxfinearts.com
电子信箱　jxms163@163.com
电　　话　010-82093808　0791-86566274
邮　　编　330025
经　　销　全国新华书店
印　　刷　河北盛世彩捷印刷有限公司
版　　次　2018 年 10 月第 1 版
印　　次　2020 年 5 月第 2 次印刷
开　　本　690mm×960mm　　1/16
印　　张　28.5
ISBN 978-7-5480-6179-3
定　　价：66.00 元

本书由江西美术出版社出版，未经出版者书面许可，不得以任何方式抄袭、复制或节录本书的任何部分。
版权所有，侵权必究
本书法律顾问：江西豫章律师事务所　晏辉律师

"中国古典小说丛书"出版说明

所谓"古典小说"云者，其义有二焉：一曰，但凡古代之小说，皆可谓之"古典小说"；一曰，但凡技法未受泰西影响之小说，亦可谓之"古典小说"。然此特就今人之观念言之耳。

揆诸坟典，"小说"一词，出自《庄子·外物篇》，其言曰："饰小说以干县令，其于大达亦远矣。"由此观之，庄子所谓"小说"，不过琐屑之言，以其无关道术，故以小说名之耳。

炎汉成、哀之世，刘向、刘歆父子典校秘书，检讨百家学说，取桓谭《新论》"小说家合丛残小语，近取譬论，以作短书，治身治家，有可观之辞"之意，把《伊尹说》《鬻子说》诸书，归为"小说家"之书，而《汉书·艺文志》（以下简称《汉志》）继之。夷考其说，"小说家者流，盖出于稗官，街谈巷语，道听途说者之所造也"（语出《汉志》），此亦非后世之小说也。

唐修《隋书》，其《经籍志》立论本诸《汉志》，以小说为"街谈巷语之说"（《隋书·经籍志》语）。当此之时，小说之名虽同，而其类目稍广，举凡《燕丹子》《世说》《迩说》之属，皆可入诸小说名下。

后晋修《唐书》，其《经籍志》立论与《隋志》无异，以《博物志》隶小说，此为"神异志怪之书"入小说之始。

天水一朝，欧阳文忠公撰《新唐书·艺文志》（以下简称《新唐志》），以《列异传》《甄异传》《续齐谐记》《感应传》《旌异记》等"史部·杂传类"之书移于"小说类"。至是，小说之部类日梦。

及元脱脱修《宋史》，《艺文志·小说类》承《新唐志》之旧而增广之。

001

明胡应麟以小说繁夥，派别滋多，于是综核大凡，分小说为六类：一曰"志怪"，一曰"传奇"，一曰"杂录"，一曰"丛谈"，一曰"辩订"，一曰"箴规"。至此，小说一类已蔚为大观，脱《汉志》"街谈巷语"之成规。

清修"四库"，《总目提要》（以下简称《提要》）别小说为三派，"其一叙述杂事……其一记录异闻……其一缀辑琐语"，而又损益之。考诸《提要》，则损益可知：一曰，进"丛谈""辩订""箴规"为"杂家"；一曰，隶《山海经》《穆天子传》诸书于小说。小说范围，至是乃稍整洁矣。其分目虽殊，而论述则袭诸旧志。

曩者宋元明清之史志，难觅"平话""演义"之书，此特士夫习气，鄙其为末流所使然也。史家成见，一至于斯。今人刻书，自当脱古人窠臼。

说部诸书，以文体分，有"白话""文言"之别；以体裁分，有"话本""传奇""演义"之别；以内容分，有"佳话""世情""侠义""家将""神魔"之别。细玩其文，既有劝世之良言，亦有"诲淫诲盗"之糟粕，而抉择去取，转成读说部书之第一要务。以此之故，编者特于说部诸书择其精者，辑之而为"中国古典小说丛书"，凡百余种。

然说部之书浩如烟海，其精者又何限于区区百十之数？此次出版，难免遗珠之憾。然能俾读者因之而省择取之劳，进而得窥说部精要，示人以津梁，则尚不违出版"中国古典小说丛书"之初心。

说部之书，多出自书坊，脱误错乱，在所难免，故于"取其精华，去其糟粕"外，尚需广施校雠，始得成其为可读之书。以此之故，编者多方搜罗以定底本，精排其版以美其观，躬自校雠以正讹误，然后付诸枣梨，装订成书，以飨读者。

限于编者学力有限，书中疏漏之处，在所难免，尚祈广大方家、读者诸君不吝批评斧正。凡能指出书中一二谬误者，皆为吾师，吾人不胜感激之至。

戊戌仲夏上浣，邵鹏军序于丰台晓月里

总　目

于公案…………………………………………………… 001
荆公案…………………………………………………… 307

于公案

目 录

第一回
于按察山东赴任　邹其仁赴路登程……………………………………… 013

第二回
众响马放抢行凶　邹其仁还魂自叹……………………………………… 016

第三回
云老者搭救琴堂　赠金银邹公落魄……………………………………… 018

第四回
罗夫人房中遗子　邹舒途路占星相……………………………………… 021

第五回
邹公子登途自叹　蒲台县寻父遭擒……………………………………… 022

第六回
芦县丞冤屈公子　于按察初破贼人……………………………………… 024

第七回
于大人盘问贼人　韦驮爷土房显圣……………………………………… 025

第八回
邹公子书写呈词　义禁子济南告状……………………………………… 027

第九回
邹其仁苦诉情由　汤守备捉拿群盗……………………………………… 029

第十回
于大人审问贼人　汤守备监斩群盗……………………………………… 031

第十一回
看印册新宗生疑　老夫人伤心自叹……………………………………… 033

第十二回
吕公子投亲染病　济南城寻访杨家……………………………………… 035

第十三回
不认亲巧骗衫衿　俏梅香绣房报信……………………………………… 037

第十四回
杨小姐香闺动怒　摇枝女巧遣书童…………039

第十五回
恶店家定计偷书　吕公子误中牢笼…………041

第十六回
设酒席公子中计　裴彩云园内焚香…………043

第十七回
恶凶徒怒杀彩云　吕秀才落难含冤…………045

第十八回
兵丁锁拿吕秀才　杨守素追问摇枝…………047

第十九回
杨小姐香闺自叹　摇枝女巧定牢笼…………049

第二十回
杨小姐女扮男装　秉贞节公堂告状…………051

第二十一回
于大人展才定计　恶店家钻杵心惊…………054

第二十二回
钻宝杵巧拿恶贼　拦大轿义兽鸣冤…………056

第二十三回
差公人访拿恶伯　怜穷民怒锁石头…………058

第二十四回
于青天重翻旧案　胡恶人巧辩公堂…………060

第二十五回
众公差怒锁群凶　遇难民当堂苦诉…………062

第二十六回
按察司怒审土豪　大堂上夹打恶棍…………064

第二十七回
曹恶人公堂认罪　怕冤鬼奸棍实招…………066

第二十八回
审胡寅问罪收监　锁石头公堂设智…………068

第二十九回
出财帛义助穷民　奉圣旨官升抚院……………………………………070

第三十回
于大人私行暗访　旅店中怨鬼鸣冤……………………………………072

第三十一回
见恶人抚院生嗔　涿州城青天下马……………………………………074

第三十二回
公堂上提人问话　遣捕役村内拿贼……………………………………076

第三十三回
两公差锁拿窃盗　于抚院追问情由……………………………………078

第三十四回
于大人拿贼问事　恶毛贼巧辩择清……………………………………080

第三十五回
审窃盗堂上实招　为朋情衙门击鼓……………………………………082

第三十六回
孙义士哭诉公堂　魏贞姬实回抚院……………………………………084

第三十七回
于大人审问玄门　设巧计公堂断鼓……………………………………086

第三十八回
于大人设问奇冤　胡氏魏氏吐真情……………………………………088

第三十九回
土地祠恶棍实招　于大人公堂定罪……………………………………090

第四十回
争米筛公堂告状　为雨伞彼此兴词……………………………………092

第四十一回
打米筛皮匠实招　设巧计顾进授首……………………………………094

第四十二回
于大人公堂发闷　红门寺扮道私访……………………………………097

第四十三回
马三风前厅算命　于大人遇救逃生……………………………………099

第四十四回
刘小姐红门遇难　于大人私访丛林…………………… 101

第四十五回
于大人寺中观景　石秀英哭诉奇冤…………………… 103

第四十六回
闻钟鼓抚院吃惊　观动静于公遭绑…………………… 105

第四十七回
城隍爷暗中显圣　求门子保定投文…………………… 107

第四十八回
王总爷枪挑凶僧　于大人碎剐法秉…………………… 109

第四十九回
众难妇轿前诉苦　老义仆保定伸冤…………………… 111

第五十回
于大人究问情由　张公子诉讲原因…………………… 113

第五十一回
问冤情公堂细审　张公子辩诉曲直…………………… 115

第五十二回
施巧计徐立遭擒　万恶贼惧刑实诉…………………… 117

第五十三回
于大人公堂为媒　方从益攀高图贵…………………… 119

第五十四回
方从益霸占良田　恶玄门见财起意…………………… 121

第五十五回
恶道士因财害命　于大人巧定牢笼…………………… 123

第五十六回
恶玄门中计遭擒　对铜钹狗熊见证…………………… 125

第五十七回
势利翁爱富嫌贫　晋安人良言解劝…………………… 127

第五十八回
想退亲邀请贡士　酒席上试探冰人…………………… 129

第五十九回
戚克新贪财忘义　徐咸宁向热不服……………………131

第六十回
徐老者羞辱媒人　贺庆云公堂诉冤……………………133

第六十一回
诓小人巧配婚姻　带家书乡民觅舅……………………135

第六十二回
李进禄济南投亲　斩曹操清官执法……………………138

第六十三回
逢岳丈进禄探亲　见白银刘成定计……………………140

第六十四回
恶屠父暗害东床　李进禄冤魂托梦……………………142

第六十五回
刘锦屏试探天伦　房乡民喊冤告鬼……………………144

第六十六回
于大人暗访凶徒　王家村女子算命……………………146

第六十七回
刘氏女深明大义　于大人巧遇凶徒……………………148

第六十八回
怕冤魂恶人求治　后院中怨鬼鸣冤……………………150

第六十九回
于大人替写呈词　恶刘成公堂认罪……………………152

第七十回
斩凶徒军民称快　访窃盗假鬼遭擒……………………155

第七十一回
严三片惧刑认罪　安肃县抚院私行……………………157

第七十二回
于大人细问情由　张氏女说明缘故……………………159

第七十三回
因治病巧访行踪　替解冤智诳赃物……………………162

第七十四回
说真情抚院心欢　解鹌鹑巧猜安九……………………………… 164

第七十五回
锁猎户审问情由　张氏女告状鸣冤………………………………… 166

第七十六回
诉实情黄英认罪　诳赃物安九伏诛………………………………… 168

第七十七回
遇清明凶徒散闷　见美色恶棍生心………………………………… 170

第七十八回
孟凶徒心怀恶意　密松林硬抢佳人………………………………… 172

第七十九回
遇非灾佳人落难　齐秀士自叹伤情………………………………… 174

第八十回
贡济贼书房丧命　屠知县受贿贪赃………………………………… 176

第八十一回
恶贼人劝解佳人　时香兰自寻拙志………………………………… 178

第八十二回
于大人定兴私访　进宝儿哭诉屈情………………………………… 179

第八十三回
于抚台店中吵嚷　臧书办劝问情由………………………………… 181

第八十四回
难佳人凶徒动怒　逼烈妇恶棍生嗔………………………………… 183

第八十五回
众公差智锁凶徒　时香兰公堂诉苦………………………………… 185

第八十六回
斩凶徒于公执法　全大义烈女伤悲………………………………… 186

第八十七回
泄机关封真中计　万恶贼园内行凶………………………………… 188

第八十八回
冯乡宦园内吃惊　老夫人商量告状………………………………… 191

第八十九回
于大人怜民接状　书房内神鬼泄机 …… 193

第九十回
感仙人显灵惊梦　于大人详解诗文 …… 195

第九十一回
锁杜园封真脱罪　拿恶妇秋氏鸣冤 …… 197

第九十二回
恶妇凶徒齐认罪　贪财窃盗暗生心 …… 199

第九十三回
施毒害柳宁设计　山万里买嘱娄能 …… 202

第九十四回
井遵古逢灾中计　山乡宦暗买黄堂 …… 204

第九十五回
惧严刑公堂屈认　入南牢自叹伤怀 …… 206

第九十六回
闻禁子丰村送信　两贤人房内哭夫 …… 208

第九十七回
恶柳宁着急定计　稳佳人窃贼提亲 …… 210

第九十八回
向丽娟商议良策　写合同误中牢笼 …… 212

第九十九回
娶佳人亲友贺喜　山万里误泄机关 …… 214

第一○○回
向丽娟巧定牢笼　山万里贪欢中计 …… 216

第一○一回
劝香醪灌醉山贼　全大义佳人行刺 …… 218

第一○二回
于大人私访民情　小素贵庙中诉苦 …… 219

第一○三回
于大人指引家丁　小义仆奔驰告状 …… 221

第一〇四回
写呈词细问根由　白鹄子公堂告状……………………………… 222

第一〇五回
救崔云铺户回生　众公差猜详异事……………………………… 224

第一〇六回
崔铺户公堂诉苦　于大人追问民情……………………………… 226

第一〇七回
于大人暗差捕快　小义仆叹气伤情……………………………… 228

第一〇八回
众公差锁拿恶棍　宗恶人巧辩公堂……………………………… 230

第一〇九回
于大人公堂审事　山万里害怕实招……………………………… 232

第一一〇回
斩恶棍正法除奸　冯通判举家赴任……………………………… 234

第一一一回
见船家尹氏心惊　劝夫君冯文生气……………………………… 236

第一一二回
殷员外误救凶徒　恶赖能恩将仇报……………………………… 237

第一一三回
殷员外废命逢神　诉冤情回家托梦……………………………… 239

第一一四回
为天伦商议告状　于大人审问殷申……………………………… 241

第一一五回
殷实公堂诉苦情　抚院通州访恶棍……………………………… 243

第一一六回
冯通判船头丧命　尹天香跳舱遇尼……………………………… 245

第一一七回
因打鱼螃蟹告状　通州城怒锁凶身……………………………… 247

第一一八回
审凶徒于公动怒　看尸身宫氏哭夫……………………………… 249

第一一九回
于大人怒斩凶徒　审螃蟹巧逢恶盗…………………………………… 250

第一二〇回
清官爷怒斩凶身　张媒婆生波起祸…………………………………… 252

第一二一回
张媒婆提亲受辱　何大户拣选东床…………………………………… 254

第一二二回
孙秀才何府求亲　张一炮侯家报信…………………………………… 256

第一二三回
何大户怒骂张媒　侯恶人商量定计…………………………………… 258

第一二四回
侯监生县中告状　孙秀才嘱咐亲生…………………………………… 260

第一二五回
恶侯春拦挡孙馨　张媒婆何家报信…………………………………… 262

第一二六回
孙秀才县中见官　恶监生公堂弄鬼…………………………………… 264

第一二七回
查军册知县生嗔　中牢笼孙馨被害…………………………………… 266

第一二八回
送女婿何素赠银　为图婚恶人生事…………………………………… 267

第一二九回
老安人房中自叹　朱媒婆巧用谗言…………………………………… 269

第一三〇回
为救父孝女重婚　老安人应允亲事…………………………………… 271

第一三一回
侯恶人闻信下礼　何小姐为父过门…………………………………… 272

第一三二回
恶侯春醉后泄机　何秀芳安心行刺…………………………………… 274

第一三三回
假欢欣诳哄狗子　因带酒险受锋亡…………………………………… 276

目　录　011

第一三四回
刺凶徒小姐全节　送当官秀芳有罪……277

第一三五回
恶侯春调戏田氏　节烈女怒骂凶徒……279

第一三六回
问根由郎能动怒　见凶徒忿骂贼人……281

第一三七回
文林郎乱问官司　穷百姓诉冤无用……283

第一三八回
傅老二传信　侯员外使钱……285

第一三九回
偏心问诬告　受贿害良民……288

第一四○回
捕快得钱作弊　县官宽限退堂……291

第一四一回
冤极逢仇害　监牢遇故人……293

第一四二回
女牢头怜弱　老安人探望……295

第一四三回
何秀芳哭监　田素娘送饭……297

第一四四回
田素娘搬家　于大人私访……300

第一四五回
访根由严拿侯恶　放良民参革属员……303

第一回

于按察山东赴任　邹其仁赴路登程

　　话说本朝康熙皇帝年间，君圣臣贤，风调雨顺，出一位才能直臣，系镶黄旗汉军，姓于，讳成龙，初仕乐亭县知县。为官清明，审假虎智锁群贼，花驴巧拿恶棍，莺歌鸣冤，与哑巴断产，问忤逆孝子伸冤，夫妻团圆。总督一喜，会同抚院保题，奉旨升授直隶通州知州。心如秋水，一尘不染，审明许多公案。万岁闻知，特旨升擢山东按察使之职。谢恩回府，亲友庆贺，舆马满门，吉期已到，带领夫人公子家丁出京上任。三春景致，过些府城州县，早行夜宿，饥餐渴饮。

　　且说一位琴堂姓邹，名其仁，原籍山西汾州人氏，科甲出身，年交四十，两房妻室，罗氏生有一子，名唤邹舒，年方一十九岁。邹公新选山东蒲台县知县，在吏部领文凭。不料夫人染病沉重，限期紧迫，留公子照管家园，带了四个家人起身赴任，不辞辛苦。这日，天交酉末，太阳西坠，至青阳镇，催马进村细观，耳听招呼："客官歇罢，一应酒饭俱全。"邹公一视，房屋裱糊清雅，弃镫入，卸下行李。店小二端水净面，饮茶用酒饭已毕，家丁齐吃。闻听钟鸣，邹公身乏，令人收拾安寝，半夜无眠。天交三更时分，邹公梦入阳台，出店迈步前行。瞧见自身罩着大红，迎头高山拦路，陡涧深崖，就地起风，飞砂走石，虎啸一般，连刮三阵。出来巡山斑斓大虫，张牙舞爪，竟扑邹公而来。梦中吃惊，说声："不好！"回身就跑。约有里许，前面一道长河阻路，波涛滚滚，暗叫："苍穹！邹某该命丧此间！"前有溪河，后有山王，进退无门，邹公正在为难，抬头见猛虎离远，得空撩衣往波中一跳，双合二目等死。又听人声，睁眼瞧看，岸边来了一人，鹤发童颜，品格清高，站在岸上，探背拉住袍带，提出河中。邹公开口要问，听得村店更锣齐鸣，翻身爬起，坐在床上思梦，说："奇怪，大有不祥！"只见窗上发亮，家人装完行李，驮在马上，出房会账。主仆乘骥顺着官路，过了献县交界，日色西沉，投店安歇。次日五鼓，登程赶路。正行之间，四顾无人，一座高山阻路，陡山崖险，翠竹苍松，山峰崎岖。将至松林以外，忽听薄头响声。邹公马上吃惊，家人看得明白，林中人马显露，出来一伙强盗，约有十余多个。主仆观着胆战。为首坐跨征驹，手举利刃，共余者俱是步下，凶如太岁一般，似飞而至，高声道："快留买路钱，饶尔不死！"邹公无奈，下马率领家丁近前，口呼："众位留神，听下官一言，我们不是经商，只因上任路过松林，在下家住汾州府，姓邹，名唤其仁，幼年攻书，幸而得中，蒙皇恩选授蒲台知县，今带领家人赴任，随身仅有银三百两，愿奉大王笑纳，让我们登程要紧。"强盗闻听，心内不悦，怪喊一声，举起钢刀，围住主仆五人说："赃官！你欺心不肯献宝，要想逃命，除非腾空驾云！"竟扑邹公，身中钢刀，热血直喷，倒落尘埃，命归阴曹。强盗又奔家丁，一阵刀响，全作无头之鬼。强盗头本贯河南，姓贾名雄，江湖上送伊外号"蓝面神"。自幼嫖赌，任意胡为，家资花尽，一贫如洗，饥饿难当。却有点子浊力，故此纠合凶徒，在于深山旷野之处，打劫行人。今日杀伤邹公主仆，含笑口呼："兄弟们！人已杀完，不必挨迟，快取金银回林好分！"众贼听说，一齐手忙脚乱，牵马的牵马，取财物的取财物，内有纹银三百两，衣服行李，二十四人均分，每人亦不过分银十余两，俱各垂头丧气，白害许多性命！蓝面神沉吟半晌，想起一事，开言说道："众位兄弟，方才所诛之人，并非客商，乃是蒲台县知县，赴任作官，被你我伤其性命，获财有限。既是上任之官，随身定然带有文凭，何不顶名前到蒲台上任，取得库内金银，得空溜出，逃回本地，岂不是满载而归！任意吃喝嫖赌，快乐何如！未识兄弟们以为可否？"众贼齐说："好计！事不宜迟，咱们即换衣装，作速前去！"随打开褥套，掏取衣服，一齐更换，为首者装成知县，其余都扮作家人，上马直扑蒲台县，充官到任。

且说邹公被强人刀砍膀背，未曾倾生，伤重发迷，栽倒在地，苏醒多时，渐次转过气来。犹恐贼未退去，侧身听片刻，不见动静，方敢睁眼，扎挣坐起，四下一看，贼人已去，马匹行李全然不见，那四个家丁，俱各废命。"这如今剩我一人，文凭失落，如何赴蒲台到任？"不由心下焦急，仰面痛哭，口中恨骂强贼。

未知如何，且看下文分解。

第二回

众响马放抢行凶　邹其仁还魂自叹

话说邹公哭到伤心，默尊："上苍！邹某无作伤天害理之事，为何遭此凶祸？欲要回家，又无盘费，且身带重伤，吏部递呈领补文凭，更缺使费；若寻拙志，岂是男子？"辗转思想，复又哭起，长吁短叹，不觉红日归宫。忽听车声响亮，邹公用目观见车上是位年尊的老者，车夫催驴，转盼之间，相离切近。老者亦听邹公哭的甚惨，又见遍地横尸，啼哭之人浑身是血，瞧勾多时，就知祸事不小，看其人品不俗，连忙下车，走至跟前，高声说道："官人为什么浑身血迹，身傍尸骸，独坐荒郊，这等伤心，请问是何缘故？"邹公答道："老丈，恕下官身体着伤，不能施礼，若问情由，望容细诉：下官姓邹，名其仁，奉旨蒲台县上任，今到林前，不幸遭逢强盗，被其刀剁身亡，家人丧命，行李文凭，尽行劫去，下官死而复生，进退无路，多承垂询，敢问尊姓大名，何方人氏？望求指示。"老者闻听，不住点头叹气，复尊："老父母原是蒲台县新任，遭此大祸！小儿云济，现任蒲台县巡检，正是大人属下，小老儿不知，多有失敬。今日赶集从此经过，不期会晤堂翁，奉劝不必悲啼，且随老汉到家，调养刀伤，如旧打点，奉送上京部中递呈，请补文凭，上任要紧。"邹公听罢，减愁换喜，含笑尊声："老丈与下官萍水相逢，就肯周济，患难流离之际，如此恩德，当图重报。"老者连称："不敢，大人言重，但愿及早到任之后，照看小儿，感情不浅。"说罢，唤过车夫，搀邹公上车，缓缓而行，从岔路抄进村口。来到门首，老者用手击户，开放柴门，走出一个家童，老者吩咐快开客屋。忙将邹公搀扶下车，让进客房，去请大夫瞧看刀伤，开方服药，端出酒饭，恭然而敬，将息伤痕。时光迅速，半月有余，邹公刀伤全好，就要起身赴部补领文凭。

未知如何，且看下文分解。

第三回

云老者搭救琴堂　赠金银邹公落魄

　　话说邹公刀伤已好，起身补凭，云老者设酒排宴，亲自相陪。酒饭完毕，进内捧出三十两纹银，新衣一套，笑嘻嘻口尊："父母请听，一向寒舍屈尊，乡村简慢，诸望恕容。今日补领文凭，乃为大事，急急进京，吏部递呈，先将失盗缘由详细诉明，文凭到手，刻即赴任，行文再拿恶盗报仇。老汉家贫，不能多凑，仅聊表寸意耳，伏乞哂纳。"邹公接过致谢，说道："老丈恩重如山，图报有日，岂敢负德？"作揖分别，拜辞出门。老者口称："父母，此处离河间府七十里之遥，道路崎岖，十分难走，老汉家中驴车现成，已经吩咐收拾停当，令家人送至阜成驿，再雇牲口，岂不两便？"邹公复又拜谢，然后上车起身。云老者观瞧走远，这才转身进内闭门。
　　且说邹公傍晚到河间府城内住下，次日打发安童驴车回去，又雇一辆马车，治了些被套行李，独自一人坐在车内，又走四日，赶进北京，投到前次领凭的张家店内。店主一见心疑，上前细问情由，邹公诉说一遍，店主闻听赞叹。随将行李搬至上房安歇，酒饭茶汤比先更加殷勤。次日，打点呈词，到吏部衙门找着前次办事的书吏，商议失盗窃去文凭情由："无奈转回具呈求缉，望先生鼎力疏通，感德不浅。"书吏说："此事容易办理,大概一切使费必须纹银五百两方可,不然呈词批坏,诸事不便。"邹公闻听,默而不语,心内盘算,如此花费从何而出?真真无法!沉吟良久,开言说："邹某从患难中逃出,若非老者周济,早作山坡之鬼,囊中所剩约有十余两,那里凑如许之多?还求先生一力担当,俟上任之后,加倍奉上,不知意下以为可否?"书办闻听,先就冷淡好些,勉强答讪说："小弟尽可代办,别处不能赊欠。"邹公亦明知不中,旋即告辞回店。住了数日,呈词并未批出。找书吏,不给与面,盘用花消堪堪将尽,急得泪流满面。想前思后,当年枉读诗书,因以微名斗禄,抛妻弃子,临行妻病,知我领凭赴任,那晓遇贼被害,受此艰难。愁中想起一事:风闻于成龙特旨升了山东按察,已经到任。久慕此公才高智广,铁面无私,初任乐亭县为官,审驴断事如神。而今进退无门,趁着还有几两银子,何不赶到济南谒见于公,细述苦衷,倘然一念垂怜,岂不是个机会?主意已定,雇一辆马车,开清店账,装上行李,出店上车,竟往山东济南告状。

且说充官群贼,自杀邹公,扮为知县,昼夜兼程而行。这日将至官亭,转牌先到,蒲台巡检云公、县丞芦公及合县人员,青衣衙役庄丁,执事鲜明,一齐接迎强贼,走上官亭参见。强贼吩咐:"搭轿!本县进城,走马到印。"众役答应,排开执事,前呼后拥。又有主簿典史道旁打躬,一概免礼。登时进衙升堂,也不行香拜庙拜客,不投文,不放告,不办事,终日只在后宅,假推有病,每日畅饮,暗差伙贼八个,济南一带购买马匹,预备瞅空盗库银以便好跑。

且说邹夫人与公子,自从邹公上任去后,不觉两月有余。夫人病体已痊,总不见来接。罗氏夫人这日独坐房中,不由心惊肉跳,闷闷不乐。莫非老爷途中有什么事情?令人难测,至今音信杳然,暗自落泪。正在叹惜,听得帘拢一响,进来幼子邹舒,口尊:"母亲为何伤感?"夫人叹气开言,备细说明缘由:"你来的甚好,明日清晨收拾行李，多带盘费，前到蒲台瞧看汝父，可速回来报我，休叫为娘的盼望。"公子闻听，连忙答应："为儿晓得。"夫人又吩咐丫环："与你少爷收拾行李。"母子分别，出门往蒲台县访问音信，一路无辞。这日望见前面有一村庄，垂杨树下，多人拥挤。公子停驹观看，却是年高算命先生，旁边写着"赛神仙"三字。公子思想：何不与天伦算其吉凶？邹舒弃镫，马拴垂杨树上，挤入人群之内，望其施礼。先生离座说道："少爷有何见教？"公子含笑，口尊："先生，敢劳推算一命。家父今年四十二岁，八月十七子时生。"先生细排四柱，富贵穷通算定，尊声："少爷令尊八字很好，己酉科中举，五行全有身君恩，目下不利，逢劫杀之运，白虎穿宫，路遇恶人，险作无头之鬼，真是死里逃生，幸遇善人，恶运今年交过，从此享受荣华。学生据实直谈，不会哄骗。"邹舒说："先生，讲哪里话！"连忙将卦资躬身奉过纹银一钱。

未知如何，且看下文分解。

第四回

罗夫人房中遣子　邹舒途路占星相

话说公子交过卦资，说："还要相烦再瞧一命。"随讲自己八字。先生细看一遍，说："此命一十九岁，九月初八酉时降生，造定荣贵，前程远大，为官作宦，尽是实言，并非奉承。眼下也是生灾，丧门吊客，又犯豹尾，还有几天牢狱之厄。"邹公子闻说，愁眉不展，此乃为访父亲，有什么牢狱之苦？未可全信！执手道及："有劳了！"至树下解马骑上，顿辔而走，饥餐渴饮，晓行夜宿。这日望见蒲台县城池，催马进了城门，只见街市作买作卖，闹闹吵吵，红日西坠，暂且住在店内，明早进衙探事。陈店主前来尊声："贵客用什么酒菜？吩咐好办。"公子带笑："快把美酒佳肴拿来！"店主连忙唤人秉灯，开坛烫热，酒菜齐端，店主旁边陪坐。公子开言便问："贵处县官可好？"店东回言说："新任县主本贯山西，原是举人出身，实授敝处知县。自到任以来，不知为何，并未理事，都是县丞芦老爷审办。"公子沉吟半晌，又尊："贤东，实不相瞒，这位新任琴堂，就是家父，养病不知所为何事，明日面见时便知分晓。"店主听言，方知是公子。

未知如何，且听下文分解。

第五回

邹公子登途自叹　蒲台县寻父遭擒

话说店主知是县公的儿子，唬得双膝跪倒，口尊："公子，休要见怪。"公子说："老丈多礼。"离坐伸手搀起。店主唤人另整酒饭，不一时，复设席面，满斟一杯，亲手奉敬，说些谦套话语。邹舒得了信息，忧中变喜，放量欢饮，酒有八分。三更以后席散，送出店东，闭门打开行李，熄灯而眠。次日梳洗，换上衣衿。店主预备酒饭，款待殷勤，房价一概不要，亲送邹舒出店上马，穿街过巷，来到衙门以前。公子下马，向守门军牢说："你们快去通报，就说公子前来。"把门人开言："呔！你是何方光棍，混说些什么？"众贼将公子大骂："还不快走！"公子听说，冷笑："你等少要胡说，与我快报，难道公子是假的不成？只叫出个随来的长随，自然明白。"邹舒哪知把门军牢就是献县的盗贼。众贼听完，就知消息踏犯，唬得胆裂魂飞，乱哄哄通报贼头，齐说："不好，今有邹知县之子，现在衙前，快忙商议。"蓝面神听毕，也唬得魂魄俱散，迟疑半响，生出恶计，口呼："众位莫急！只用将他拿住，送至东衙，取供问罪，赖其假充官亲，岂不妥当？"凶徒齐夸："好计！"立刻发出八个贼人锁拿公子，上前揪住撂倒地上。书生说："胆大奴才，谁敢欺压本官亲生之子！大料你们无有眼睛，少时上堂，定将万恶贼人情由诉明！"

且说贾贼在衙内唬得战战兢兢，来请芦县丞立刻进衙，在堂上相见，贾贼以病托付："严治假冒口称是我亲生之子，重责押监，俟下官病好，再审真情。"县丞应允出来。即时升堂，三衙役喊堂："带上！"开锁，邹舒气忿，留神观看，堂之左右并无自己家人，上面官儿素未识面。公子说："奇怪！父亲踪迹全无，是何缘故？"堂上县丞打量书生，面如敷粉，唇似涂朱，眉清目秀，耳厚鼻高，衣帽不全，满脸怒色，跪在下边。芦公看罢，沉吟良久：此事稀奇，甚是不明，既称是他儿子，为何堂翁不认？如今只好遵奉命令行事，吩咐："那人听真，既不是邹公子，何得胆大到此假冒，罪名非轻！"县丞动怒，将签扔下，青衣喊堂，邹公子还要分辩，衙役不容，按倒责打二十大板放起。芦公吩咐禁子："钉手肘，带入南牢，打鼓退堂。"邹舒负屈含冤，不由伤心，前思后想，不知上任天伦身归何处？想起算命先生卦卜灵应，说有牢狱之灾，如今果见其真，但不知何日离难！

且说按察使于公，这日来到济南交略转牌，先到省城，通省文武官员郊外迎接。蒲台假官仗着胆子，亦来迎贤公，令人传出："众文武公堂相见，排开执事，进城接印！"

未知如何，且看下文分解。

第六回

芦县丞冤屈公子　于按察初破贼人

话说贤公犹如众星捧月，前呼后拥，进城入按察衙门，落轿走马，升堂炮响闪门，众文武排班禀见。轮到知县，蓝面神胆战心惊，无奈随班行礼，两目邪视，进退张惶，全无官体。贤臣才高智广，本朝有名人焉，冷眼旁观，瞧出破绽，往下高叫："蒲台县知！"贼人闻听，勉强打躬答应："有！卑职邹其仁伺候。"贤公说："何方人氏，是哪一科秋闱得中？"恶贼见问，唬得魂飞：这大人问我出身来历，邹其仁的根基一概不知，如何答对？贾雄着急，计上心来：前日收拾行李，曾见文凭履历略记一二，何不对大人讲谈？倘若遮掩过去，亦未可定。朝上打躬，口尊："大人，卑职是己酉科乡试中第三十四名举人，本籍山西汾州府人氏，今岁三月内，蒙恩陛授蒲台县知县。"贤臣闻听，腹内暗转：此人形容凶恶，举止怆惶，哪里像个读书之人！暂且由他，慢慢查访，再作道理。想罢，说："贵县请回，另日再会。"贼人听见，如同放赦，深打一躬，随众退出衙门之外，上轿出城，回转蒲台。且说贤公公事完毕，退归后宅，脱了公服，书房独坐，想起方才之事，只说"奇怪"！

未知如何，且看下文分解。

第七回

于大人盘问贼人　韦驮爷土房显圣

话说贤臣独坐书房，说："竟不像知县规模，曾记邹其仁与我同榜中举，光禄寺中同赴宴席，饮酒谈心，白面微须，容貌清俊。今见蒲台知县，举止凶顽，凹面黄须，哪是寒窗念书之人？且是进退言语之间，大有可疑，必须察明除之。"忽然狂风大作，扬沙播土，贤公双合二目，顿饭之顷风定，红日西沉，闪目瞧见枇杷叶在桌上面，口称："奇异！"伸手拿来，留神一看：此乃四月之时，花木正盛，何有此物飘来？再者枇杷叶乃南方所长，非此地所生，此叶随风而至，内隐情由，我想乾坤最大，四海无边，何事无有？贤臣将今比古：宋朝包学士正直忠心，善问无头冤枉；本朝先辈无数，俱各赤胆报国。如今于某来到山东，钦命按察，职分非轻，方才狂风刮到枇杷树叶，其中定有冤情。贤臣思量，不觉二目双合，趴伏桌上盹睡。梦中听外面脚步之声，进来金盔甲一位尊神，手擎降魔剑。这位贤臣一见，起身望着神圣，深打一躬，口呼："上圣，因何而至，求乞说明，弟子遵听。"神明微笑说："按察清官听讲，吾神护法沙门三州，感应威灵，因有一件屈情之事，特来说明。适才吹至枇杷树叶，就是杀人凶犯姓名。刻下此事，难以圆案，必须半月，事情方明。假男告状，须得严审，巧借吾神暗助，可以结案。谨记今朝之言，醒来要细详参。吾神回天去也。"一晃金光，不见踪影。耳内又听一阵沉雷响亮，惊醒贤臣，睁睛思想梦中光景，半明半暗，不能十全。"先访蒲台县事端，速差人根究要紧！"贤臣想罢，爬起来把枇杷叶放在拜匣之内，用晚饭歇息。

且说凶徒贾雄从出按察衙门，如俊鸟出笼，催促人夫回蒲台县衙内，战战兢兢，忙同伙伴商议，定成恶计，安心要斩草除根，谋杀公子，以免后患，好设智盗取金银，脱身走路。忙传禁子孙能，低声嘱咐："本官今有一事托你，昨日拿住小狂徒，他与你老爷原有旧恨，你快到牢中将他杀死，管叫你眼下发财，还要重用。"孙禁子勉强答应，出公庭迈步直扑监内，一面走着，一面寻思：邹知县举止不良，叫我进监杀害书生性命，虽然身当禁卒，如何肯丧天理，下此歹心？可怜已经遭屈押监，形容潇洒，不像匪类，怎肯冒认官亲？倒是新来官府甚有可疑。孙能来到南监，见了邹舒，说道："奉按察大人命令，问你们谁有屈事，管叫脱身免罪。"公子闻禁卒之言，按察大人差人前来，心内欢喜，反又落泪，口呼："禁公在上，可怜我天大冤枉，请听从头告诉，若替鸣冤，恩德如同天高地厚。"公子自始至末，情由说明。

未知如何，且看下文分解。

第八回

邹公子书写呈词　义禁子济南告状

　　话说孙禁子闻听伤心，复又开言，问道："公子，你来衙门，就无贵府带来的一个家人？也无令尊的下落？"公子止不住，复又痛泪如注："到此受责二十大板押监，正无救星，幸喜禁公言此消息，可怎样办法，学生不晓。"孙能说："且不必惊慌，待我告诉：目今新按察到任，济南下马，本县知县前去迎接。不知什么情由，今日回来，即将我传进内宅，嘱咐将公子暗害倾生，明早回话。"公子听见这话，唬得魂魄俱散，口称："禁公可怜我负屈含冤，奉求设法搭救！"孙禁子摆手："不必着急。新大人问事如神，待我前到省城与你告状，面见大人，那时水落石出，自然有你令尊的下落。"公子称谢。孙能取纸笔砚台过来，与其开了匣床放起，接笔研墨饱得，书生登时把呈词写完。孙能接来瞧了一遍，揣在怀内，招呼伙伴，说明缘故，众人摇头害怕。孙能说："不必吃惊，见清官就有回信，你们只以应公子有人唤，我就说偶感风寒，稍愈进衙回话。"说罢，辞别而去。

　　次日天明，赶到济南城中，打点已毕，直扑按察司衙门，将状双手举呈。上写："具状人邹舒，为寻父被屈，恳恩严究事。窃身久闻大人明如日月，胸悬秦镜，生常听身父言讲与大人同榜得中，蒙恩选授蒲县知县，领凭择期带领家人四名，前来到任，约两月有余，并无音信，生母遣来探吉凶，不期到蒲台县衙署，不知身父归落何处，反遭刑坐监。今抱呈人孙能，匍求大人拿现在之知县，当堂细审生父其仁之下落，分明真假，更可保全性命，感鸿恩于生生世世矣！为此叩天由鉴施行。上呈。"贤臣瞧完状词，说："孙能，那人在你那本县到任几时？"孙能说："两个月了。"贤臣说："他到任以来有什么行迹？"禁子磕头，口尊："青天，本县知县上任之后，并不升堂理事，诸事未办，终日静坐装病。昨日从省回衙，叫小人暗害这个年幼秀才。"

未知如何，且看下文分解。

第九回

邹其仁苦诉情由　汤守备捉拿群盗

话话说孙禁子说："小人只得应承，回到监中盘问情由。邹舒说，他是假知县。邹舒曾说伊父与大人同年，俱是己酉科举。小人想来，既是同年，自然会过，小人才信秀才之言，是以敢斗胆前来报告天台，恳恩严究。"正问之间，忽闻人报："有蒲台县知县邹其仁辕门禀见。"贤臣闻报，心内设疑，吩咐传进来。答应去不多时，随至丹墀。行礼已毕，贤臣故说："贵县一向在于何处，为什么不去到任，来此有何事情？"邹公见问，腮流恸泪，往上打躬，口尊："大人容禀，卑职原任蒲台县知县，春间吏部请领文凭，赴任作官，不料时衰，遇着群贼，卑职在献县被伤，已赴幽冥，渐醒多时，复又转生，带随家人四名废命，行李资财文凭全为劫去，卑职怎么为官？多亏好善云公义赠盘费，将养伤痕。平复之后，上京赴吏部递呈，又为无钱，难以补给文凭，卑职无奈，雇车赴山东。久闻宪德，定蒙转详，另为补给。"贤臣坐上含笑，叫声："年兄，为你遭害，令郎探访，到此落难，不能保命。幸亏禁子孙能替他告状，方才正为尊事，却也凑巧。据于某断来，充官以仗劫文凭，改名换姓到任，今日定叫汝父子重逢，擒拿恶贼，追出原凭。年兄到任，依然荣贵。"邹公说："子职若得离难，卑职感恩无尽。"臣说："传守备！"青衣不敢怠慢，登时守备汤宁来到堂上。贤臣开言说："听本司吩咐，速带人马出城，暗到蒲台县衙将假官拿到，走脱一人，听参治罪！再到监中把邹知县之子带来，不得有误！""卑职晓得！"汤公退出衙门，挑选二百名人马，出城上蒲台拿强盗。贤臣吩咐青衣把邹公送至班房之内，明日当堂对审。

且说拿贼守备催马当先领兵，弓箭刀枪齐处，不觉进了蒲台县，乱哄哄围住衙门，前门后户令人把守。汤公吩咐："本府奉宪命拿贼盗，尔等俱要齐心上前，有功必赏，放走一个，按军令问罪！"答应："晓得！"众兵丁动起手来。里边守门强贼问："是何人？"众兵一声诈语："府中有事传报！"强贼不知缘故，出房开门，众兵趁空硬闯，贼人这才慌张，指望要跑。众兵哪肯相容，先就拿住。只见势众，守备催驹进县，喝叫跺门，乒乓一阵，二十强寇一齐绑获。汤公吩咐青衣把群贼锁在一处。

未知如何，且看下文分解。

第十回

于大人审问贼人　汤守备监斩群盗

且说守备督令将贼拿完，锁在一处，向贼首要过文凭，揣在怀内，催迫兵丁来到大堂。县丞、主簿、把总、巡检、典史知信，齐来相见。汤公令人去上监中，将邹公子提出，县丞预备官车将众贼抬在车上，公子骑马，官员齐送出城。县丞复又拨兵护送，直扑济南。霎时来至按察司衙门，汤守备当堂回话，将文凭呈上贤臣，请出邹公一旁看审。贤臣动怒，惊堂拍响，骂声："群贼，真真该死！劫夺过客，动手杀人，假扮充官，有心盗库，真是法不容诛！今日真赃实犯，现有邹知县、禁子孙能，还有邹舒被害为证，快些招来，免得严刑审问，如敢吱唔，立追狗命！"贾雄闻听，说着真病，现有证据。向上磕头，口呼："青天大人容禀说，小的贾雄为首，其余二十三个劫夺行凶，小的原是良家子弟，一时被愚，既然犯罪，无可推辞，只求大人饶恕。"说罢叩头。贤臣坐上微笑："尔等既认，画招。"又吩咐刑房书吏写口供，现有二十个画招，那四名强盗奉头差卖马匹未回，另行捕拿问罪，遭获者先锁禁监内，速写文报申明督抚，请旨出决。把行李文凭交邹公领去蒲台上任。父子重逢，行献县令人去掩埋四个家人的尸首。邹公拜谢宪恩，令孙能先赴蒲台报信，邹公也即打点登程，重新上任。拜谢巡检，重赏禁子。叫公子接夫人进衙，一家重会。夫妻父子感念恩公，用木刻成禄位生牌，早晚焚香。不多几日，把买马贼人拿至押监。过了几天，已批下"贾雄首从皆斩"。贤臣接旨，立刻出决。青衣入监，绑拿群盗，口含木嚼，顺嘴淌血。原招插在犯人背后，群贼怕死，胆战心寒。两个青衣架着一个，推到街前，守备汤公骑马带领甲兵半千，弓上弦，刀出鞘，前呼后拥，离了衙门，惊动军民人等齐来瞧看，你推我挤，话语声喧，都说："可恨强贼，杀人劫夺，伤害邹老爷，假充官儿，今该命尽，于大人给他判明奇冤，遣汤老爷问斩。"且说贤臣派官监斩，身穿吉服红袍，一声炮响，刽子手提刀上前，一阵刀响，众强贼命赴九泉。差官飞马报明贤臣，随后监斩官进衙，当堂回话销差。贤臣公事已毕，打鼓退堂，归书房观看州城府县申送已结未结的册结。

未知如何，且看下文分解。

第十一回

看印册新宗生疑　老夫人伤心自叹

　　话说贤臣只怕前任官不明，错断状词，叫那些良民含冤，奸顽漏网，所以把那些人犯册子在灯下留神观看，已毕。唯有武定州一宗新结命案，张世明无故杀妻，丈人胡春告状，审明定罪，秋后出决。贤臣看罢，复又细看张世明的原招：因出外经营回家，同妻饮酒，语错言差，持刀刺死钟氏。并无别故，若有隐情，岂有当堂不供、甘心受死抵偿之理？于某既蒙皇恩，自当报效，似这样疑案，如此糊涂，须当留心细问，明日务提来再审，以免良善含冤。想罢，夜深安歇。次早升堂，吩咐书办发火牌到武定州提张世明杀妻一案，人犯干连俱到济南听审。

　　且说枇杷叶一案，江南淮安府离城十里太平村，一位告老乡宦，姓吕名周，作过湖广长沙府知府，不幸一病身亡，只剩夫人曹氏。所生一子，名唤德心，年方一十八岁，才同子建，貌比潘安，身入黉门。吕公在日，为官清正，家中十分淡薄。年老家人，名叫蔡正。虽有薄产，数年工夫，当卖已尽，别无余资，冻饿难禁。这日早起，柴米俱无，老夫人找物当钱，箱笼皆空。有祖传一只金凤，上有数粒明珠，还值几十两银子，欲要变卖，又是祖传之物，若要收放，又无分文，不由两眼落泪。正自踌躇，公子掀起帘子，看见母亲伤感，走到跟前，便问："母亲何故？莫非孩儿幼小，早晚侍奉不恭？或是欠安不爽？"诰命见问，就将心事告诉明白："我意思还叫你投亲，如今杨宅媳妇已经十七岁，因贫无力迎娶，我儿到历城，你那岳丈或有想帮叫他女儿过门，以完为娘之愿，就死瞑目。"公子说："母亲为孩儿亲事心烦，明年若得侥幸登科，何悉岳丈不纳孩儿为婿？况且又有衫衿为证，玉凤乃祖传之物，不可变卖成亲。"老夫人闻听，说："娇儿不必相拦，为娘主意已定。"公子生来孝顺，不敢相拦。老夫手持玉凤，唤："老院子何在？听老身吩咐！"

未知如何，且看下文分解。

第十二回

吕公子投亲染病　济南城寻访杨家

话说曹氏夫人眼望院公，说："这一只玉凤，上有几粒明珠，价值百金。如今我要叫公子投亲，缺少盘费，只得变卖。速到街市，若得售主，即可变卖，早些回来。"老奴答应。事情凑巧，走到长街就遇要者，依价兑银到手拿回。老奴进门笑嘻嘻，复命交清。老夫人令公子打点行李，带上盘费，雇妥牲口。次日黎明，辞别母亲，同定老仆搬上行李，起身出门而走。饥餐渴饮，公子运气不通。这日，正自在店中未走，忽然老家人得病甚重，请医调治，老院子大数将终，服药不效，一病身亡。公子心如油煎，买棺材成殓，且寄在庙旁。诸事已完，回归店中，自己劳碌太过，也就卧床不起。病了十余日渐好，盘费只剩钱二三百文，少不得变卖行李走路。怎当的出门苦恼，举目无亲，向谁言讲？衣衫褴褛，岳父憎嫌，要是世路人家见了，必然周全，倘或狗肺羊肠小人，那时如何是好？真乃叫天不应，呼地不灵！想到此间，不由令人伤心，无奈往前徐行。又秉虔诚祷告上苍暗佑，说道："我吕德心祖宗并不作伤天害理，常行方便，救人之难，济人之急，却缘何今日受这样困苦？惟求老天默助，这一投亲无事无非，那就是善恶报应。"想勾多时，又叫着自己："吕德心，常言说的好，丑媳妇免不得要见公婆，少不得去找岳丈！"秀才不觉到来城中访问，并不知在哪边。正在为难之时，从南来了一个长者，上前执手，口呼："老丈，动问一声，城中有一位杨名原，作过桃源县知县，如今告老回家，闻听人说就在这城中居住。"

　　未知如何，且看下文分解。

第十三回

不认亲巧骗衫衿　俏梅香绣房报信

　　话说老者闻听，将公子看了一看，启齿尊声："尊客，你问的杨近溪么？"公子说："正是。"老者说："他如今不在城中住了，现住离城五里秀水庄，若要寻他，除非找在那庄上去。"公子得此真信，一拱手说："多承指教。"急忙赶出城来，一路逢人便问，找到秀水庄杨家门首。只见高大门楼，不比寻常，两旁坐着十数个家丁。公子开言问道："老爷在家么？我乃淮安府吕老爷的公子，投亲到此。"众家人平素也听见他家主说过，又时常思念公子，知道是位娇客，虽然衣帽不齐，谁敢轻慢？众家人连忙站起，口尊："姑爷，老爷在家，待小人进内回禀。"公子点头，那名家人叫书童杨兴入中堂禀报，不一时，传出信来："老爷吩咐，请姑爷内庭相见！"公子闻听，十分欢喜，随定书童进了仪门。杨守素就来接迎，一抬头瞧见公子帽破衣残，不觉心中大怒，并不答言，返身回后。家人一见发怔，又不敢让姑爷进内，又不好催促外行，一齐挤眼弄嘴，扎煞着手无言。德心满脸通红，无奈说话："老爷见我回房去了，其中必有缘故。"家人长吁短叹，说："姑爷，听我诉来，主人情性刚暴，方才退步回去，不知他心下如何，姑爷且请前厅聊坐，必然就有消息。"

讲话之间，有人叫唤："杨兴，老爷书房叫你说话。"书童答应。进内见了赃官恶贼，圆睁怪眼，用手一指，大骂："该死奴才！那人分明是个花子，假冒姑爷到此投亲，你也不分皂白，就来胡传！"把腿一扬，一脚踢得书童叫苦哀哉。又把院子唤来，大骂不绝。院子说："老爷息怒，想情谁敢顶名认亲？他说现有衫衿作证。家人路途得病死亡，姑爷也病在店中，所有衣服因乏路费，当卖已尽，是以形如乞丐，老爷不必急躁，认与不认，任从尊意。"杨安闻听，心下思忖，暗道："倒是挠头之事，若要退亲，现有衫衿，欲不留他，理又欠通。杨宅豪富，倒招穷婿，又恐邻舍耻笑。"想勾多时，心生一计：吕家的穷鬼所仗衫衿，何不诓过，无了对证，他再提亲，便好混赖，告官兴词亦就不怕，我好另选高门，岂不光彩？主意拿定，吩咐院子到前厅，就说老爷说怕你来路不明，果是姑爷，将衫衿拿来，看明白自然出来接待。院子领命，来至前厅，将言对书生说了一遍。吕公子信以为真，忙取衫衿交付，院子接过，进书房奉与家主，折好揣在怀内，又叫院子："前去哄骗那个饿鬼，说今日老爷不得闲空，且在店中暂住。这里随即着人送衣衫去，再与姑爷接风，把他哄出门去。若要再来，只管朝外逐撵，说我家无有这样姑爷，无有衫衿，难以强认，他自然回去歇心。若是再来，不必传报，如有通信之人，定把皮剥了！"院子依言，到前厅对公子说了，随即出门，寻店住下。

且说杨安爱女名叫素娟，年十七岁，生得聪俊，貌似闭月羞花，沉鱼落雁，琴棋书画，女工针指，无般不会。佳人正在闺房闷坐，梅香摇枝献勤走进房门，慌张说道："小姐，祸事天降，姑爷到此投亲，老爷爱富嫌贫心变，计骗衫衿，无有凭据，再要来时，令人逐打，安心另选豪门。"小姐闻言，羞恼无语，沉吟多时，开言便问。

未知如何，且看下文分解。

第十四回

杨小姐香闺动怒　摇枝女巧遣书童

话说小姐闻知他父亲要图赖婚姻，智哄书生衫衿，气得柳腰颤颤，如风摆摇，桃花粉面通红，恰似海棠怕雨。垂首多会，复又细问使女，摇枝指手划脚说了一遍。小姐低头不语，暗叫："天伦败坏纲常，改却心田。荆钗为定，自古有之，况且当年割下衫衿，既然许配吕门，我与他已定百年。天伦虽是如此，我心却似松柏。吕郎落难，想来无人帮助，婆婆年老在家盼望。"小姐踌躇泪下，摇枝旁边相劝："姑娘且免伤心，先拿主意要紧。姑爷落难，衣帽不济，作定资财费尽，纵然目下不能成就婚姻，也须帮些路费回家，不枉夫妻名分，未知说的是否？"小姐长吁，说："你的言词讲得周全，但奴在深闺，怎能与那未婚的男子去通私说话？"使女又尊："姑娘，虽然通信，也要依礼。"小姐说："你说的我不明白，助他银钱，却也容易，就只无人交会与他，倘或泄了机关，反为不美。"丫环含笑："不知姑娘帮银多少？终身大事，怎样行法？只管说明。咱主仆好商议而行。"小姐说："自古烈女岂有再婚之理？惟愁盘费无人送去，约有私积白银二封，赠他回去，念书秋闱，奋志求名，倘能名标金榜，身荣婚配，彼此光辉。若提扯碎衫衿，自管叫他开怀，耐性而回，姻缘总无变更。"丫环听言，微笑说："姑娘所见，甚合奴婢之意，但只还有不周之处。如今别人去送这百两银子，又怕人心难料。方才杨兴被老爷打骂，我去好言暖腹几句，再与几文铜钱，令传书信。姑娘快把心事写在书中，约他夜静更深到花园相会，那时，我与小姐同到花园交付明白才好。"小姐点头说："有理，快取笔砚过来。"丫环忙去拿过文房四宝，小姐提笔在手，展开花笺，登时写完，封裹妥当，又取三钱银子，叫丫环给杨兴。丫环接银并字出房，把杨兴叫到无人之处，笑嘻嘻说："杨兴哥，老爷明是嫌贫图赖婚姻，不认女婿，诳去衫衿，白叫你受气。杨哥，我有一事奉烦。"

未知如何，且看下文分解。

第十五回

恶店家定计偷书　吕公子误中牢笼

　　且说摇枝带笑，开言说："杨兴哥，我有一事奉烦贵步。"低言说道："姑爷住在淮安，定然认识我伯父，寄一封书信烦他带去，你可要封回书回来，莫要耽搁，我敬你白银一块，打点酒吃。"说罢递过，书童接银欢喜，出门而去。探听姑爷住在店口，不多时，来到店内，公子正坐。杨兴带笑口尊："姑爷，今日有小姐房中使女摇枝，有书一封，烦姑爷带与他大爷家去，还要姑爷写个回书。"公子接书，拆去外皮观看，喜惊交集，暗叫："小姐，你好聪明，这等藏头之事，做的周到。"说："书童，你稍等一等，就有回书。"转进店房，展开书字，留神细看，上写的是："贱妾素娟裣衽拜上吕郎书几：天伦负义变心，骗去衫衿，欺负落难郎君，意安不良！奴今特送白银百两，稍助资斧，急速还乡，奋志寒窗，惟愿金榜题名，一举成名，天下传扬，斯时再到柴门，彼此有光。妾身空守松柏坚节，纲常大义，不肯稍负。更望今晚夜静，花园恭候，移玉降临，来与否，回音见复是幸。"公子瞧完，满心喜悦，来柬随手收起，向店小二找了一只笔，捺饱，慌忙走出房，在杨兴手上写"今夜赴约"几字。杨兴去见使女。

且说店家姓皮行八，本处人氏，因他吃酒胡行，街坊送了绰号，名为"五道鬼"。先前公子进店之时，无意之中怒把情由告诉与他，如今见杨兴送字，贼心生疑，只当他家主人回心，适才无从听真，便到书生房内盘问公子根底。坐在炕上，无意之中，顺手掀起衣服，看见一封书字，用手拿来，从头至尾瞧了一遍。贼人不觉心喜：原来是个风流事儿！我命犯桃花，常听人讲杨小姐貌似倾城，诗词歌赋，件件精通，何不今宵借此会晤？娇花一朵，我先受用！必须如此哄信书生，将他灌醉，再到花园。恶贼主意打定，书字仍放原处，出房外行。

且说公子打发书童回去，心下欢乐，回房又取出书信复看，笑容满面："且住，虽说花园我尚不知在于何处，必须先看明白，晚间再去。"书生想罢，锁门往外行走，找到杨家花园，路径门墙谨记在心。回店，店家就问相公："何处去来？"秀才回答："散闷。"狗囚说："贵客投亲不得趁愿，一定生气，小人奉敬三杯何如？不过稍尽微情。"书生说："不敢无故作踏，甚是不恭。"二人携手进房，酒摆现成，不过鸡鸭鱼肉，馇馇美酒。恶贼让公子归坐，自己相陪。公子饮酒，含春说："承兄高情，多谢！"店家说道："薄酒不堪，休要见笑。"左一盅，右一盅，霎时公子酒深，扶桌朦胧而睡，贼人满心欢喜。

未知如何，且看下文分解。

第十六回

设酒席公子中计　裴彩云园内焚香

话说狗店家灌醉书生，用手一推，全然不动，偷书出门，倒扣房门而去，直奔杨家花园，要会佳人。且说杨安的侍妾姓裴，名叫彩云，年方二十三岁，小姐生母亡故，杨知县宠爱扶正。生得性格良善，美貌端庄。杨知县行事无法可治，因此着意许愿，每逢三、九日期，花园焚香。闻丈夫带酒而眠，未带丫环，独自来到花园赏花，看北斗星，诵经礼拜。小姐带领丫环摇枝将花园门开锁虚掩，闪立太湖石山之后，等候公子。见他姨娘拜斗焚香，园门无曾拴锁，说："恐怕书生闯进，定然扑姨娘而去，你我不敢相拦，泄漏机关，告诉天伦，羞辱难禁，你设法将门拴锁才好。"摇枝俏声口叫："姑娘不必担惊，他不过烛尽回房，此时二更时分，大概姑爷总得三更以后才敢到园。如今要去关门，反被看破形藏。"佳人不语，叫声："丫环，我觉心中甚不受用，暂且回房，吕相公来时，再到花园。"摇枝点头，小姐回身里行。丫环影藏瞧看，拜斗多时，还不转身回房。丫环心中闷倦，添上呵睡，坐在山怀，合睛打盹。

园门以外来了行凶店东，一派高兴来会小姐，慌张来至杨家花园门外，门儿半闭，欢乐无似，说："有趣呀！"便从门外往里观瞧，看见香烛影内有个美色女子，那里焚香磕头，虽然瞧不甚真，姣娆出众，意马难收："进园先诓银子，再图云雨，日后计娶仙姑。"恶贼想勾多时，上前就扑裴氏。彩云只顾祷告，不防抱住柳腰，口呼："可意，快把银子送我！"上边咬嘴，下摸阴物。贼人欲火一动，遍体酥麻，急得阳物水流，口内不住叫："小姐。"彩云唬得芳心乱跳，力小难以扎挣，半晌，嚷出一声："快来拿贼！"倒把个湖石后睡觉的丫环惊醒。

未知如何。且看下文分解。

第十七回

恶凶徒怒杀彩云　吕秀才落难含冤

话说丫环听见说有了贼，浑身乱战，说声"不好"，返身往里就跑。狗店家听有脚步响动，小姐不肯依从，倘有人来擒拿，反为不美，说："你不愿成亲，我要去了！待老爷送你与吕郎相见。"顺手拔刀对准咽喉杀死，尸骸躺在地上，凶徒急速朝外飞跑回店。且说丫环唬回香闺，见了佳人，说："姑娘，姑爷行事村粗，并不像读书君子，入园就抱姨娘当作小姐，心要风流，胡摸乱扭，奴婢惊醒，难以上前，躲避回房。"小姐听罢，秋波泪下，说："丫环，坑杀我了，姨娘见了父亲，定要诉说，污名传出，活在世间，亦难见人，不如早死！"丫环说："姑娘，今宵之事不必忧愁。老爷纵知此事，我替小姐认罪，前后都是奴婢，与姑娘无干。不是奴婢说句大话，虽死心甘。若要干连姑娘一字，我摇枝千刀万剐，碎其尸灵！"

且说狗贼出园回店，听书生还睡未醒。"我想今夜作件风流好事，采娇花，又骗银两，贱人性拗被杀。"思前想后，计上心来：何不叫醒姓吕的，他定急速赴约，决然被人拿住，这人命官司，打在他的身上。恶贼主意已定，连忙开放房门，把桌摇了几摇。书生醒来，说："吕相公，天已三更，上床脱衣去睡。"公子听夜已深了，暗道:"误事!"用话把狗贼支开,连忙出门,往杨家花园而来,似箭如飞,来到园外留神观看。门开一扇,心下欢喜,伏胆走进,心惊不住,抬头黑光天气,无有月色。双手摸至门边,不料死尸绊人,"咕咚",栽倒斯文,身体难受,伸手摸着地下尸骸,愈加害怕,谁入睡卧?又摸着金莲,书生心疑:妇人何故在此?真正古怪!莫非酒醉,睡卧花园?鼻子闻得血味,暗说"不好",魂离本体。此妇作定被杀身亡,小姐遭落毒手,因我贪杯,误事花园,不得会见贤妻罢了。不必贪财妄想,转身出园,不顾高低,正然前走,遇见一对兵丁察夜经过,高声断喝:"天黑夜静,二更时分,作什么来?"举起灯笼一照,瞧见公子两手哆嗦,浑身衣服上有鲜血。兵丁就问,公子流泪诉说根由。

未知如何,且看下文分解。

第十八回

兵丁锁拿吕秀才　杨守素追问摇枝

　　话说公子口呼："二位听在下细诉情由！"就把到此投亲始末说了一遍："不料出园遇见二位。"兵丁又问："秀才，你且休回店中，同到花园看明！"公子难以由己，三人迈步同至园中，香案倒在花亭之上，死尸横躺尘埃。咽喉下边鲜血直流，乌云散乱，衣衫腰带全行撕烂。巡兵说："亏你天黑夜晚前来行凶，今朝既遇我们，势难脱身！"腰中掏出锁来，撂在书生项中，任公子哀告，置若罔闻。一个拉定书生看守，一个叫门去寻尸主，喊声："家丁，快去通报杨老爷，就说你们花园中拿住一个杀人犯，快请老爷出来验看！"家人们从梦中叫醒，出门细询缘故，瞧见竟是那姓吕的姑爷，又去看那死尸，竟是他家姨奶奶裴氏。不敢怠慢，忙进后门报知。杨守素心下吃惊，摇头说道："胡讲！"家人说："小的怎敢乱传？现被兵丁拿住，请老爷前去认尸，好送凶徒到县。"

　　老贼坐起，披衣出房，丫环点灯引路，恶官后跟。来到花园，举目看尸，认的裴氏，气得圆睁二目，用手捶胸："贱人为什么私入花园，其中定隐别情！若是丑名传扬，颜面何光？"回头看见公子衣带血迹，心冒烈火，说道："穷鬼，定是前来偷盗，因奸不遂，行凶杀了贱人。你要想活亦难！"吩咐报官定罪，巡兵将书生立刻送至县衙。这历城县知县名叫卜浑，虽不过贪，问事绝无决断。青衣传报升堂，吕秀才带上，分诉明白："现有小姐来书为证，求老父母高悬明镜，伸冤理屈。"卜知县就令取书字观瞧。吕生说："在店中衣衫之下。"县令叫人去取，哪知已被恶店家焚烧，咬定只说无有。卜公动怒，就疑公子是谎，提起杨安图赖婚姻，又无衫衿，县公无奈，欲要归罪，又无赃证，只着差人去请杨守素前来对审。差人尚未出衙，先有他的家人回去报知。杨安正在家中审问丫环："奶奶是何时出去？"丫环说："奶奶许下逢三、六、九日期焚香叩拜北斗还愿，其中就里，奴婢不知。"

杨安暗想：吕家穷鬼今日才来，未必是私约，我看吕生不是行凶之辈，令人难猜。正然议论，家人说是小姐所约，狗官冲冲大怒，直扑千金房内。且说小姐听见杀了姨娘气恼，内室床上而卧。摇枝见主人来到，慌忙站起。杨守素含嗔进房，眼似銮铃，四下瞧看，怒叫："小摇枝，姑娘躲藏哪里，快叫见我！丫头胆大包天，不遵女训，伤败风化，还不趁早死了，勾引凶徒杀死姨母，累我遭殃！"摇枝口呼："老爷，何故糊涂，奶奶私入花园，惹起风波，累及家主，错怪小姐受此熬煎。"杨守素微微冷笑："丫头，休要唠叨，凶徒亲供招认，说小姐用字叫来，原书失落，差人拘我上堂究问根底，若非他引，你奶奶如何丧命？"丫环听罢，一时胆壮，带怒说："老爷，休得胡讲！这是什么言语，姑娘听见生气！昨日欠安，奴婢并未出门，何曾有甚书信？活活气死人也！有据有证，话儿只管讲谈，胡造非言，我就不服。至于奶奶私往花园，情由行村粗，打姑娘旗号，他倒卖酒，还将臭名扑人，岂有此理！老爷快请出房，省的姑娘闻知，活活要气煞！"杨安被丫环一顿话问住，沉吟多会，说："是，丫环有理。"

未知如何，且看下文分解。

第十九回

杨小姐香闺自叹　摇枝女巧定牢笼

且说素娟女儿在房中，叫何人去传书寄信？大约是彩云那贱人弄神弄鬼，私入花园，也未可定。但只穷鬼初进庄中，如何与他私约？或是吕生起了窃盗之心，来至花园，心愿不遂，杀死裴氏，假造邪言，毁谤闺女，又属难测。我这进县咬定牙关，不认诳哄衫衿之事。杨安拿定主意，说："丫头，你好张利嘴，等我回来再算！"摇枝说："无有私书，姑娘未必肯依。"杨安出房赴县，差人也道同走。

且说摇枝见主出房，走去掀起帘帐，口呼："姑娘，天大造化！姑爷竟把书字失落，无有凭据，不用担惊。"小姐长叹说："你且不必欢喜，看审问的如何，再作道理。"丫环说："据小奴愚见，姑爷乃斯文之人，焉有闯进花园抱住奶奶胡行杀人之理？姑娘想想是呀不是！"杨小姐听说道："此事咱家老爷但不知如何审问，我心似油煎。"叫摇枝不住探信。不多时打听明白，进香闺在姑娘跟前回话："老爷方才自县回来，见卜知县，只推无有衫衿，多年未曾见面，如何敢认？人贫智短，起了偷盗之心，花园内因奸不遂，动手杀人，私书全无，凭据一面之词，如何可信？假造非言，诬人闺门，叫知县从重治姑爷之罪。知县说：'你也是皇家命官，断无赖婚之理。吕生既交衫衿，就该作亲；既不作亲，就不该交衫衿。即如私书失落，更无据证。'"

未知如何，且看下文分解。

第二十回

杨小姐女扮男装　秉贞节公堂告状

　　话说杨姓私书全无凭据投亲，分明是个恶刁徒，欺心学伯，欲要断他杀人之罪，又无凶器，现今押监，且行文到府，回文一到，革退衣顶，加刑审问。小姐闻听，眼中落泪，暗叫："天伦嫌贫爱富，惹出事端！自古说嫁鸡随鸡，嫁狗随狗，岂有重婚再嫁之理？可叹吕郎只为疏忽招灾，身在他乡，无人看顾。"佳人不觉泪下。摇枝近前来劝说："姑娘，何必如此伤心？常言说的好，凡事从长商议。姑爷虽然落难，还得咱主仆设法搭救他。"说话之间，不觉起更。丫环忽然想起一事，计上心来，叫声："姑娘，有了门路，只要姑娘肯出头露面，吕姑爷自然有救。"小姐开言便问："你有什么妙计，快快告诉与我！虽跳火赴汤，奴也不辞！"摇枝说："小姐不必着急，听奴婢告禀：自古夫妻关心，姑爷落难，无人救应，你不出头，谁人向前？今朝奴婢想了一条计策，可以搭救姑爷。闻说山东新到按察司于大人为人清正，号称'青天'，善断无头冤枉。姑娘要救姑爷，除非去见青天大人，若审杀人之案，作恶贼人难以漏网。那时翻案拿住凶犯，一定宽免姑爷之罪。必须女扮男装，前去济南城中。"小姐听了，又惊又喜，开言说："丫环计谋真真不错，奴不鸣冤，叫谁向前？但只奴家生来是深闺之女，男装女扮，恐人笑谈。"丫环听罢，冷哂："姑娘，你好欠参详！古今多少稀奇之事，娘子当军，曾创基业；又有花木兰替爷应征。生死相关，急难之事，妻救其夫，千古美谈。休比牝鸡司晨故事，作个女中魁元，令人传扬。"小姐听罢，展放愁容，说："摇枝讲的言词果然不错，奴家少不得冒险前去，告状鸣冤。常言说'女子从夫'，似这样事，也顾不得天伦名分了。"丫环说："事不宜迟，将老爷的衣巾偷出一套来，待奴婢扮作书童，跟到城去作伴。"当下摇枝瞧空，将衣巾偷来，二人扮作妥当，天已五鼓，悄悄出了后门，直奔济南城，问路前行。

且说杨安睡醒一觉，丫环来报："小姐、摇枝踪影全无，不知去向。"杨安闻报，冲冲大怒，暗骂："丫头，你好无羞耻，定然被人拐去！料是怕追问私书，因此虚心，她才暗暗逃走。"不好倡扬，只得令人四下里访问。

且说小姐、摇枝问路前行，安心鸣冤，可怜他男装，靴袜坠脚，走得气喘吁吁，浑身汗透，五里之遥，走了半天。好容易来到城中，找至按察司衙门前，正遇抬出放告牌，杨小姐将怀内写成的状子掏出，抱牌而入，进角门，走甬路，踏边砖，跪在丹墀之下。贤臣坐上留神观瞧：那告状之人相貌娇娆，十分俊秀。贤臣吩咐递上呈词，两边将状接来观看，上写："告状杨氏素娟，历城县外住居，为恳恩爷断事。窃照素娟自幼许配吕门，两家席上割过衫衿，相隔数年，无曾相会，今岁前来认亲。吕德心自淮安至山东，痴心指望要配婚姻，不料身父嫌贫爱富，非但不认亲戚，而设计诳骗衫衿。民女坚心，欲全大义，是以修书去约吕生到花园之内，暗助银两。孰知遇见匪类之人，假充吕生赴约，指望胡行。凑巧姨母裴氏在园焚香，即时用刀杀死。吕生来迟，遇见巡兵，拿送县中历城，详文革巾，动刑严审。只恐将来难免屈打成招，无奈民女男扮，舍死投天告状，大人心悬秦镜，恳求差拘判断曲直，感恩无既。"贤臣看完状纸，想起那夜韦驮梦中惊觉之人，说有假男告状，叫本司留神判清，今朝应了尊神的话，倒要公堂细问女子。贤臣问女子："此事可真？"小姐说："民女焉敢撒谎？"贤臣带笑，开言说："杨素娟，可喜，你志秉坚节，虽是闺门女子，胜似男儿。本司准状，提人审问，自有道理。如今且不必回家，在附近暂住，以便听审。"

未知如何，且看下文分解。

第二十一回

于大人展才定计　恶店家钻杵心惊

　　且说贤臣吩咐青衣："快把这告状人送在附近尼庵之内，不许走露风声，如泄机关，一定处死！"衙役领了节烈佳人并摇枝，一同送在衙前青簿观内。且说贤臣退堂，来到书房，细参其中缘故。贤臣生成奇才，非同小可，兼之枇杷韦驮惊梦，此时书房独坐，前后参明，要知此事，必须如此这般。令人把秀水庄的里长传来，吩咐："明日本司委你那里还愿，献戏烧香，不知可有宽大庙宇否？"里长闻听，答应："小人那里庙宇虽多，都不十分宽大，惟有皮家店后身普济庵中甚是宽阔，除非此处。"贤臣发放里长，复传班头。贤臣坐上开言："班头，听我吩咐，到秀水庄普济庵中，通报僧人知道，就说本司献戏酬神搭台，再把济南府有名的戏挑一班来，明日天明开台，无分军民老少，只管观瞧，还愿之时，每人给青钱二百文，为的是酬愿修德，报答天地神明。办理妥当，本司还要重赏。""小人晓得。"康用迈步出书房，带领人夫前往秀水庄中办事情，一宿晚景无话。

　　次早，贤臣带领三班衙役，八抬大轿，虔诚到庵烧香还愿。普济庵前瞧看之人如千佛头一般。贤臣庵前下轿，住持迎接进寺中净手，神前拈香，默默祝告。方毕，吩咐开台，三出敬神，挑选名班脚，差齐行头鲜明。这一开台，十分热闹，况且还有二百青钱为彩，少老军民谁不来瞧？正戏三出，接连铁犁奴闯宴，陈武下降，唱到热闹之间，贤臣吩咐青衣："把庙门关上，前门后户加上拴锁，莫放看戏军民一人出去。如有卖法，定要当堂处死！"衙役登时围庙，发威叫喊把守！观戏众人冒魂，不知什么缘故，都想脱逃，尽被把门的挡住。个个惊慌，在院中站立。贤臣坐上开言，眼望两旁讲话："方才本司祷告，神明如来在暗中显圣，说此处有件冤情，为的杨知县妻子被人杀死，并淮安的吕秀才。本司默默拜问缘故，神明说道：'要知凶犯，只问韦驮。'"贤臣说罢，立刻升堂，吩咐衙役："快将韦驮神抬过来问话！"衙役不晓情由，答应，不一时，去把护法韦驮抬到大殿以上。贤臣起身迈步来至跟前，说了几句，复又点头答应："原来如此！还叫他亲身从降魔杵下经过，尊神杵打凶徒，与裴氏报仇偿命。卑职晓得！"贤臣自言自语，眼望泥神不住说话，唬得那些瞧戏之人一齐发怔。俗语说的好："为人不作亏心事，半夜敲门心不惊。"心中无事之人见此奇闻，争先观看，其中就有恶店家五道鬼在内。听见大人叫钻杵，如何不怕？只想脱逃，前门兵丁，后户把守，贼人来回混跑，已被公差瞧破暗报。贤臣吩咐令看戏闲人钻杵一齐迈步鱼贯，并无次序。贤臣复又叫两边衙役手拿竹板在于神前，钻杵者依次相钻，过者手内写一"过"字，再放出门，无"过"字者拿回，当以凶犯问罪，谁敢不听？无事人欣然钻过，而万恶贼人退前擦后，走上殿来，眼似銮铃，不住瞧看韦驮神。

　　未知如何，且看下文分解。

第二十二回

钻宝杵巧拿恶贼　拦大轿义兽鸣冤

　　话话凶徒皮八有病，心虚发毛，不敢从杵下而钻。怎奈衙役逼迫，只得要钻，两只贼眼就似离鸡。又见圣相头戴金盔，身穿金甲，胸挂宝镜，勒甲丝绦，五彩战靴，面如敷粉，神眉圣目，两耳垂肩，手拿魔杵，恶贼唬得浑身软瘫。皂隶吆喝："快走！"凶徒无奈，往前面钻，紧闭双睛，说道："凭天！"来至跟前，复又后退。青衣吆喝："贼人！"时下魂惊，大叫："尊神饶命！""咕咚"栽倒。贤臣吩咐："快把此人拿来！"衙役答应，齐往上跑，倒揪恶贼上殿，放在公堂前边。贤臣手拍惊堂，大骂："囚贼！你就是开店的皮八？"恶贼分外害怕：我的姓名若非怨鬼说出，大人焉得知道？恶贼干急，却不能分辩。贤臣心内明白：怪不得韦驮神梦中显圣明，是此贼作恶，说道"枇杷叶包藏凶犯名字，假男子鸣冤"，叫本司留心细审，我想"枇杷"与"皮八"字虽不同，音却一点不差，花园杀裴彩云明是此人无疑了。贤臣吩咐："夹起恶贼到监，把德心叫来对证。"恶店家夹得难挨，又有吕生对证，无奈招认。贤臣令人松刑，恶贼从头细禀一遍。吕生听毕念佛，立怔瞧看军民。贤臣坐上点头叹气说："奴才，'财色'二字虽是恒情，亦要道理，岂有因色杀人、为财伤

056　于　公　案

命之理？既然招承，本司开恩，饶你刑罚。"吩咐青衣传禁子，将皮八上了刑具，拟定秋后出决，当堂释放吕德一心，令人到城内庵中用车将小姐接至。复传杨安，叫他翁婿当堂和好。令衙役预备花红旌表烈女杨小姐。父女同吕公子谢恩出衙，回到秀水庄内完婚，重赏摇枝，令人到淮安接曹氏太太，一门老幼，庆贺团圆。

且说贤臣办完公事，又叩拜韦驮圣相，乐施资财，以为香火之费。历城知县自料必参，一应干连名姓，俱开职名呈递。贤臣公毕，吩咐搭轿回府，方出庙门，普济庵前两边观看闲人挤满，你言我语，夸奖贤臣审事爽利，清廉无比。

且说贤臣大轿一进关厢，见个带水花驴飞跑，轿前跪倒"灰灰"怪叫。贤臣吃惊："住了！本司在东亭县为官之时，曾有骡子告状，今日又遇花驴，也来诉苦。"

未知如何，且看下文分解。

第二十三回

差公人访拿恶伯　怜穷民怒锁石头

　　话说贤臣说："本司虽不敢远比宋时龙图包公，也是与民除害，既有这异事，少不得详情问理。"那些衙役一见花驴拦路，惟恐本官见怪，齐用竹板乱打。义兽救主鸣冤，任凭板打，趴在街前，纹丝不动。贤臣吩咐："你们不用胡赶！"在轿上高叫："花驴，你今拦住本司，莫非有什么冤枉之事？"贤臣话未说完，带水花驴连声嘶叫，望贤臣不住点头。衙役都说："奇怪，畜牲告状，心内通灵，拦轿鸣冤，惟独横骨搽心，难以讲话。"不表闲谈，且说贤臣口内称奇："定有别情，本司要细断明忠良。"伸手拔签往下大叫："快头！"韩龙答应，跪在轿前。贤臣说："韩龙，领本司朱签，带二十名捕役，跟定花驴急去，有甚动静，问明。但遇凶徒光棍，立刻锁来听审；若有私情，当堂处死！"韩龙答应，伸手接签，望义兽高叫："花驴，大人叫我们领签，你有什么冤枉，引我前去锁拿恶棍，带到公堂，好与你报仇雪恨。"花驴听罢，爬起，头也不回。公差率众在后跟随，前去追拿凶徒。

　　且说贤臣吩咐回衙，大轿竟奔济南府来。贤臣思想古往今来之事，当初战马垂缰救主，耕牛困虎护救韩朋，今又有花驴告状，其中冤情，定要断明，立斩凶徒，方显正直。贤臣思想，不觉大轿进城到衙，两旁闲人躲闪，忽听喊："冤枉！"贤臣说："住轿！把那喊冤之人带来问话。"青衣答应，走至路北，不多时，带至轿前跪倒。贤臣闪目观瞧老者，座上开言："你有什么冤屈，本司跟前快些讲来！"那人叩头，泪流满面："大人听禀，小人名叫刘谦，原籍青州府，只为投亲到此，谁料不遇，变卖盘缠，弄了一副筐绳，挑卖梅汤，顾吃不能顾穿。方到衙前，大人轿到，躲闪不及，被石绊倒，梅汤泼洒，家伙跌碎，将来定然饿死，情急无奈，是以喊冤。"贤臣闻听，默默叹惜，吩咐："人来，将那绊人的石头锁带衙中听审！"答应而去。贤臣轿到大堂，下轿，来至公堂，吩咐人："快写告示，明日午堂审问石头。"答应去办。贤臣释放告石头的老者，明日午堂再来听审。

且说青衣公堂跪倒："禀大人，今有武定州的人犯提到。"贤臣吩咐："带来审问！"不多时，打角门把张世登等带进至丹墀跪倒。贤臣留神观瞧一干人犯。

未知如何，且看下文分解。

第二十四回

于青天重翻旧案　胡恶人巧辩公堂

　　话说贤臣座上细看：杀妻凶犯相貌斯文，面目黄瘦，跪在丹墀，低头流泪，分明是守法良民，不像行凶恶人。贤臣怜悯，瞧他岳丈胡春，形容苍老，也不像诬告凶徒。贤臣思想本司瞧来，其中定有别故！如今这件事情倒要留心审问。往下说："张世登！"犯人答应："在！""你为何无故杀妻？是何道理？有什么辩处，只管说来，本司与你判断。"张世登满眼落泪，往上磕头，口尊："青天容禀：小人自幼攻书，因家贫才学买卖，在外贸易。今岁回家，夫妻和谐。一夜天亮，小人睡醒，返身瞧见妻子带血呼叫，一会并不言语，不知为谁人所杀。小人害怕伤感，惊动街坊邻舍，岳丈告上无故杀妻，州尊怒动严刑，无奈屈招，监禁南牢，只说作了屈死冤鬼，幸遇青天，按临小人，但得鸣冤，纵然作鬼，也是甘心。"贤臣坐上想勾多时，叫声："胡春，你婿时常不在家，有何人往来？从头实说，官法如炉，非同儿戏。"胡春叩头："大人请听：女儿女婿原是和气，相爱如宾。女婿在外回到小人家下，款待留饭，坐到天黑，夫妻回家。次日女儿被刀伤命，小人只有叔伯兄弟时常看望女儿。那日女婿来时，胡寅也来家中，陪着女婿饮酒。他送女婿回去，就是一往真情实话。

只求开恩判断，拿住恶人，与女儿偿命！"诉罢叩头。贤臣沉吟，伸手拔签，下叫："何能，吕干！你领本司朱签，速拿胡寅听审！"答应接签退转。又听得门外喧嚷，喊冤救命。贤臣吩咐："拿来！"不多时带到，两人丹墀跪倒，又听胡春喊叫："大人，这被告人就是小人叔伯兄弟！"贤臣吩咐："人来，把何能、吕干唤回。"贤臣瞧那被告之人，兔头蛇眼，开言说："何事到堂？"原告见问，叩头："大人请听：小人城内开设钱铺，名叫孙其，此地人氏。方才这人换钱，却是杭城银子，小人用剪夹开，尽是巧手灌铅哄人。他说小人将银私换。小人无奈，喊冤求恩救命。"贤臣带笑说："孙其，听本司吩咐！胡寅，已有人告你，且下去，本司问明再听发落！"孙其磕头退下。贤臣座上生嗔说："胡寅，你如何贪夜图财，把你侄女胡氏杀死，从实招来，公堂有神，本司双睛如电，若有虚假，定要加刑审问。"胡寅跪爬半步："大人在上容禀：小人与哥哥胡春原是叔伯兄弟，昨日为点子银钱就去谋侄女？况且杀人也要实据，即小人杀他，难道说青天爷瞧见不成？久闻大人一清如水，切莫叫小人含冤，求大人明镜高悬，与小民作主！"刁民诉罢，不住叩头。贤臣满面生嗔，用手一指："该死奴才，真正可恶，还敢和本司胡辩？有心立刻加刑，你道本司无据。也罢！暂且收监，明日访着实情，再加刑细审。人来！快把一应人等都入监内！"青衣遵依，传禁子将众人带下公堂。且说贤臣望着一个得用青衣，附耳低言，说了一遍。那人闻听，连忙办事去了。贤臣随即发放了开钱铺孙其。天已午错，退堂用饭毕。快头韩龙带领二十名捕役，跟定花驴往前行走。

未知如何，且看下文分解。

第二十五回

众公差怒锁群凶　遇难民当堂苦诉

话说捕快随花驴齐往前走，行了多会，约有十四五里，抬头瞧见前面村庄十分好看，就知此处财主曹英之家。正看之间，从后跑出一人，披头散发，满面流血，喊叫："冤屈，爷们快来救命！"后面有十数多人，棍棒交加，一齐赶来，不解其意。花驴瞧见主人，迎头挡住庄汉，乱扑乱咬。难民遂奔青衣，说道："表兄强奸表妹，图妻害命！"韩龙说道："别慌！"伸手袜内拔出铁尺，捕快举棍就打。庄汉不防，难以动手，东倒西歪，捕快打倒庄汉锁起，长工逃命。韩龙就问："你们挨次报名，花驴当堂告状，我等奉差来拿恶棍！你妻现在何处，谁是奸夫？"难民闻言，口称："爷们，我名叫纪必亨，为家贫投亲雇工，曹英爱其表妹，调戏未从，因此生计灌醉，四面堆柴放火，指望烧死活口，多亏花驴身上带水，来回趟灭，得命寻妻，瞧见曹英搂抱郑氏，意欲强奸，妻子不从，连声喊叫。当下怒气难按，上前抢妻，无如人多，曹英一棍将妻打死。即时要进城喊冤，凶徒率众追赶，幸遇爷们，驴救主命情真，如今拿住恶贼，那胡子大汉就是曹英！"韩龙又问："纪必亨，你妻死尸现在何处？领我们验明，好去见官回话。"纪必亨说："在后面房中，爷们跟我前去。"众捕快押定，吴能随后而行。至尸房验过，交人看守。曹英口呼："列位，若肯方便，我自有个敬仪！"韩龙冷笑说："曹英，你仗有钱，在此横行，今日恶贯已满，驴子告状，不必多说，快走！"纪必亨说："爷们，还有钱婆、丫头、才姐都是勾引通信之人，也得带去对词。"韩快手说："男女十个，都要上锁！"驴儿摆尾摇头，后跟出门，那些军民两旁观瞧。且说韩快头口呼："列位，小心押解，我先进去回禀大人！"说罢，迈步来至宅门以外，把始末告诉一遍。大人立刻升堂，吩咐带一应人犯听审。不多时，齐至堂前跪倒。纪必亨流泪叩头："只求大人超生救命！"贤臣座上下叫："难民不必啼哭，快些实诉，本司与你雪恨。"

未知如何，且看下文分解。

第二十六回

按察司怒审土豪　大堂上夹打恶棍

话说纪必亨口尊："大人听禀，小的本籍住居城外，娶妻文莲，姓郑，因穷无奈，投奔曹英，不料表兄爱其表妹，钱婆说奸未依，强奸不得，是以曹英举棍将小的妻子打死。"始末说完，叩头。贤臣动怒，用手一指，大叫："才姐、钱婆等，你们快诉！"才姐着急，哭泣高叫："大人，什么是牵头？小妮子不晓！"贤臣动怒，一拍惊堂："好奴才，你替曹英勾引郑氏，还在本司台前撒谎！"说："与我掌嘴！"青衣跑上，"吧吧"，打得口流鲜血。二十掌打完，贤臣说："快招！"才姐高叫："青天饶命，招了，都是主子作事，奴婢如何敢扭？曹英原爱郑氏，叫去勾搭，送她一对戒指，文莲气摔在地，掐奴婢脖子，揉出门外，别事不知。"贤臣大骂，又问钱婆，说道："才姐招认，你还不实说！"钱婆向上叩头："这些情由，老妇人一概不晓。"贤臣说："刁嘴奴才，若不实说，叫左右拶起来。"青衣拿住钱婆，拶子套在手指，用力拉绳。钱婆疼得"嗳哟"大叫："招了。"贤臣吩咐："松刑！"钱婆说："郑氏嫁了纪大，穷苦投奔到此，家主见其表妹美色，差老妇说合，暗送金簪手镯。文莲不收，劈面扔回，喊骂不依。又使才姐送去纱罗，郑氏劝夫搬挪。曹英难舍，摆酒送行，灌醉放火，谋其丈夫，图占妻子。曹英棍伤郑氏之命，不期花驴告状天台。"贤臣点头："可怜贞节之妇，屈遭凶徒之手，本司一定与她明冤！"用手指定曹英："可恨！你因奸打死表妹，难以抵赖，快招！免受严刑。"恶贼怕死，不肯招认，只是叩头称"冤枉"。

未知如何，且看下文分解。

第二十七回

曹恶人公堂认罪　怕冤鬼奸棍实招

话说曹英说："大人在上容禀：郑文莲并不是表妹，乃系雇工奴仆，两口子因穷无奈来作长工，每年身价钱十二千，指望赖小人强奸，白讹出去，彼此相争，所以误伤其命。纪必亨仗尸刁告，钱婆、才姐惧怕刑法胡招，求大人明镜高悬，小人愿认误伤长工之罪。"贤臣冷笑说："奴才，就是长工也不该因奸致命。一派胡说，非打不招，左右夹起来！"青衣发喊，上去脱去鞋袜，绑住，套上棍绳，用力齐煞喊堂，凶徒摇头魂惊，一阵昏迷。衙役口含凉水，向前对准面门一喷，恶贼还魂，口叫"冤枉"。贤臣冷笑："奴才，分明奸杀，还敢称冤！你这狗腿，要想脱逃，本司铁面无私，快些加刑！"青衣又取木杠。恶贼难受，只得招认："大人且请宽刑，容小人细禀。"贤臣吩咐："住刑！"青衣答应停手。曹英说："小的该死！表妹美色，暗行不仁，差钱婆，几次不允，又使才姐不行，所以小的使硬，打死郑氏，放火烧死纪必亨，欲绝活口。哪知花驴身上带水，暗救主人。如今事犯，情真难以抵赖，望大人松刑，小的口供是实。"贤臣满脸带怒说："恶奴才，既然实招，松刑画招收监。钱婆、才姐助恶致伤人命，宽恩免死，拉下去每人重责四十大板！"青衣发喊：

"拉下！"丹墀以前支开黄伞，遮住公堂，脱去裤子重责。钱婆、才姐难禁官刑，俱已身亡。验刑衙役禀明，贤臣点头说道："本司倒有心饶她的性命，哪知二犯难逃，俱已身死，莫非烈妇有灵，暗中取命？"吩咐："把死尸拉出掩埋，曹英下监候斩，从犯立刻充军。郑氏赐与牌匾，旌扬节烈。纪必亨葬妻安业，花驴随主回家。"断完退堂回后。

　　且说使假银的胡寅自入监内，就在狱神庙西边孤零零一间囚房。贼人坐到黄昏，三更时分，天气发黑，浓云如漆，寒风透体。恶贼前思后想，伤心自叹，困倦朦胧之际，听得隐然哭声入耳。恶贼惊醒，囚房之外，倒像一个女子。胡寅心中有病，不由发毛，渐渐切近，闪目观瞧，院中漆黑，虽然看不见，影绰像个披发妇女，不住呜呜啼哭喊叫："胡寅还命！"恶贼一见冒魂，浑身打战，说："侄女，高抬贵手饶恕！那夜行凶，非出本意，图财祸起，女婿回家，遇我同饮，说道赚银三百两，因此起念，将身藏在床下，半夜进房，溜至床前，手摸被套，你惊，我才着急，故此行凶砍了一刀。侄女着刀废命，胡寅但要得命，多请高僧超度侄女升上天界！"囚房外妇人又问根苗："昨日那宗银子，到底是真是假？"胡寅说："侄女，那银原本是假，前月偷得两宗纹银，挖空中间灌铅，本处难使，所以到此方用。那知倒运，被人看破拿住。"忽听房外哈哈大笑，叫声："胡寅真真该死！在堂上还不肯实招，大人略施小计，你就实说。睁开贼眼看看是谁！"又有禁子手举灯笼走进说："胡寅，如今现有你的亲招口供，难道还敢胡说，不招实情？"

　　未知如何，且看下文分解。

第二十八回

审胡寅问罪收监　锁石头公堂设智

　　话说进房之人奉贤臣所差快头何信眼望胡寅："我们事已办完，回话去了。"带严房门，翻身迈步而去。且说凶犯胡寅害怕后悔：早知假装死鬼，怎肯通说真情，既已招承，难以抵赖，当堂领罪。忽听五鼓锣鸣，大炮所响，吹打开门。胡寅正自害怕，听到外面脚步之声，何快头走进囚房，用手一指，喝叫："胡寅，既已招承，难以改口。大人升堂，带你审问，我劝你速速实招，省挨夹棍！"说罢，手拉铁锁，往外飞跑，带到堂口。两边吆喝："犯人跪下！"胡寅低头。贤公带怒说："胡寅，昨日强词不认，本司略施小计，你就自己通说，当堂还不快招！"胡寅说："小的实招，从头至尾全认，情愿画招领罪。"贤臣见凶徒画招，吩咐青衣："快带一应人犯！"张世登跪倒丹墀。贤臣吩咐开锁："供明无罪，释放回家。胡春恕其不知情，姑免诬告。州官自认免参，孙其释放。"张世登死里逃生，向上叩头谢恩，出衙而去。贤臣退堂用饭，吩咐点鼓升堂，内外三班站堂发喊："闪门！"贤臣升座："人来！快把昨日告石头人带来，若有闲人拥挤观瞧，不许拦挡，违者断不轻恕！"青衣答应，将告石头的刘谦并绊人石片一齐锁到衙门之外，瞧热闹人齐来观看，都说："曾记宋朝学士包公审猪断虎，判驴拘神遣鬼，审问泥胎拿风，从来未闻审问石头奇事，于大人更比包公能干，咱们倒要看看！"且说衙役拉定刘谦石片进了官衙，瞧看之人也跟进大门。

未知如何，且看下文分解。

第二十九回

出财帛义助穷民　奉圣旨官升抚院

　　话说众青衣带定刘谦，手领石片，来至公堂。刘谦便在丹墀下跪。贤臣大叫："石头！为何坑害刘谦，将他绊倒，使穷民把家伙打碎，本司既在此处为官，断不容此胆大石头作怪，拉下去重打四十大板！"众役喊堂，齐往上跑，动手把一片青色石头拉在丹墀以下，皂隶举起竹板，衙役旁边报数，五板一换。贤臣座上动怒，吩咐青衣关门。答应，如飞锁上大门，那些瞧看闲人俱被锁在衙门之内。贤臣说："将那看热闹之人叫过来！"齐至丹墀跪倒。贤臣往下说话："本司审问民情，你这些胆大奴才，竟都盗听官事！我且问你，还是愿打，或是愿罚？愿打每人二十大板，若是愿罚，每人罚钱一文。"都是愿罚，一口同音，齐往上说："愿罚！"贤臣闻听冷笑："既是这等，恕尔不究。人来！快取簸箩，放在堂前！"众人起来，站在东边，挨次往西行走，每人一文铜钱，撂在簸箩之中，登时撂完。贤臣吩咐："开门，将闲人放出！"且说贤臣又吩咐将钱数了一数，三千还多，叫刘谦上堂，说："可叹投亲来到济南，分文无有，谁人见怜，心想苦挣，不料平空绊倒，家伙砸碎，情急喊冤，本司用智哄众，罚钱三吊。拿去！不必延迟，或寻买卖，或回故土，奉公守法。

070　于公案

去罢！"穷民叩谢出衙。贤臣退堂，性情好静，在二堂旁边书房坐下，吃茶已毕。守转桶的家人回话说："老爷大喜，今朝命来临，请到督抚衙门接旨。"贤臣不敢怠慢，前去接旨，原是万岁喜爱贤臣累次善审奇闻，特旨超升直隶保定府抚院。贤臣接旨谢恩，督抚官员一齐贺喜。贤臣公事已毕，回归本衙，先着家属上京，然后到总督衙门交印，辞别合省官员，带领家人驰驿上京。老少军民难舍，都来送行，人山人海。贤臣又安慰百姓一番，主仆催马前走，按驿站换马，饥餐渴饮。正逢隆冬，天寒地冻。贤臣钦赐抚院，冒雪进京，这日到京，家中住下。吏部投文，朝见圣主，领训出朝，叩谢皇恩。回至家下，吩咐家人先将眷属护送至保定府巡抚官衙。又有亲友齐来贺喜，诸事已完，择吉起身上任。

未知如何，且看下文分解。

第三十回

于大人私行暗访　旅店中怨鬼鸣冤

话说贤臣择吉出京，这忠良为国爱民，心欲私访，假扮儒士，带领家人骑着毛驴，煞上驮子，人不知鬼不觉，假装走路，暗察民情。

这日进涿州交界下店，主仆饱餐，款衣安歇。不多时朦胧，忽然一阵阴风，冤魂前来托梦。奉城隍爷阴文，门神护尉不敢阻拦，本处土地把一个屈死冤魂引进店房之内。梦中贤公睁睛看视，一个披发女魂，赤身露体，满脸流泪。贤臣断喝："冤魂站开，本院就是抚院，铁面无私，神鬼皆骇，善断无头冤枉，剪恶除奸，奉旨直隶抚院。何事来见？莫非你有冤屈？就把那遭害根由诉来。"阴魂叩头哭泣，口尊："青天容禀：民妇徐氏，名叫素兰，丈夫陶正出外经营。妇女离夫，一身无主，闭户针指。老家人陶寻赤心为主，料理事务。不意陶寻续娶之妻，名叫山桂，竟与邻居潘表有染。去岁五月中旬，黄昏时分，小妇人闭户脱衣睡下，孰意房中藏有奸人，搂抱民妇，欲要喊叫，被他一刀扎死。知州审问，甚是糊涂，含冤未报，所以今晚来见大人台前诉苦。"说罢，冤魂叩头。贤臣不由叹惜，节妇竟被奸人杀死！说："徐氏，据你所言，冤仇未报，大概就不是潘表，但不知对头是谁，你可认得？"徐氏说："青天，并非潘表。要问凶犯之名，民妇有四句隐言，大人详参究断。"贤臣含糊答应。徐氏说隐言，求恩公记清，说道："杀人者，是肖走，一根枪，穿一口。"素兰说罢，磕头流泪，口呼："青天要知凶犯之名，全在这四句之内。"女魂言完，阴风一阵，滚出房外。贤臣梦中惊醒，思想隐语难清，等到天明，起身梳洗。

未知如何，且看下文分解。

第三十一回

见恶人抚院生嗔　涿州城青天下马

　　贤臣心内犹疑，忽然店家送进茶来，用手接杯，带笑就问店主："请问，贵处有个买卖人陶正，不知他现在何处居住？领教我好去寻找。"老者叹气，口尊："客官，他住在刘家堡，此人出外经营，前日方回，现遭官事。"贤臣闻听，又问："老丈，他家何事经官？倒要领教。"店东口尊："客官，这陶府的官司，竟是奸情命案，相公若不嫌烦，听在下细讲：陶大爷旧年出外经营，大娘子徐氏家中独宿，半夜之中，不知被谁杀死。风闻他家老家人陶寻续娶山桂，与邻居潘表有染，陶寻怒告潘表奸杀，本州太爷锁拿潘表，严刑审问，果是真情，为强奸不从，用刀扎死，将潘表问成斩罪，山桂凌迟。前日陶大爷回来，又去州衙补状。客官寻他，不知有何事故？"

　　贤臣闻听，忽然省悟，腹中暗转：哦，是了，我想"肖"字的"肖"字，下边添个"走"字，是个"赵"字；"一根枪"，分明一直竖，穿上一个"口"字，岂不是个"中"字？杀徐氏凶手，必然姓赵名中。烈妇梦中显灵，哀求本院替她雪冤，若不除此凶徒，枉作朝廷抚院！带笑口呼："老丈，风闻贵处有个豪杰赵中，此人住居何处？"老者闻言，心中不悦，眉头一皱，说："相公，敝处倒有一个赵中，不知是相公的亲戚呢，还是朋友？"贤臣看破不悦之言，陪笑说："学生与他非亲非友，不过风闻是个匪类。"老者低声答应："客官，你这一句话，说着了，是一挖窟剪绺窃盗毛贼。这里捕役弓兵，通他的线索，故此不肯捉拿，由着混闹。"

老者说到高兴，来了凶徒，鼠耳莺腮，口中乱说："赵大爷今日醉了，要你看顾。"贤臣认准赵中相貌，望店主猫腰："学生有缘，幸会！老丈贵姓高名？"老者回言："贱姓毕，现充里长，名随朝。"贤臣问罢执手："少时再会！"算了店帐，出门。骑驴过桥，离涿州不远，霎时进城，到灵官庙中下驴步进。住持相见，净面，家人侍奉，换上衣袍补服，亮红顶戴，抚院前殿改装。老道一见发毛，知是出品大官暗来私访，下跪磕头，说道："小道肉眼愚人，不识大人驾到，有失迎接！"贤臣手拈乌须，微微而笑说："住持，不知者无罪，领我到知州衙门内。"道士磕头爬起，吩咐："徒儿们！收拾行囊，好生喂养大人坐骥！"说罢引路，贤臣走出庙来，骑上毛驴，跟着道士，顿辔直奔州衙而来。

未知如何，且看下文分解。

第三十二回

公堂上提人问话　遣捕役村内拿贼

话说两个家人跟定抚院，道士前行，不多时，来到州衙以外。街市军民看见官长骑驴，说："这位老爷真混，不知是文官武职，顶戴亮红，衔定不小，典吏出门，还是骑马，这位老爷何故乘驴？莫不是总督抚院布按二司，暗来私访？"道人引路，到衙门以前，知州韩公知道要唬坏了。

且说贤臣催驴来到衙前，衙役瞧官府至，一齐站起献勤，跪在驴前打千："大人发谕，小的好进衙去报本官。"贤臣收骥说："本院奉旨，钦命保定巡抚，路过此地，要进州衙，传知州快见本院！"青衣答应磕头，返身来至宅门，说："快些通禀，巡抚大人到了！""迎接！"管门的转禀。韩知州闻报，更换官服，急忙跑出衙门，在大人驴前双膝跪倒，口尊："大人，卑职有失迎迓，在驾前请罪！"贤臣说："贵州引路。"知州手拉嚼环，闪中门直走通路，来至滴水檐前。韩知州坠镫大人下驴，迈步上堂，居中坐下。州官参见，平身，一旁站立。贤臣说："贵州，你把捕快头传来，本院有差。"知州吩咐："快传快头听用。"戚进、邹能堂前跪倒。贤臣手拈乌须说："快拿窃盗赵中听审，立刻回话，如敢卖法徇私，立追狗命！"答应，领朱签出衙而去。且说涿州州同通判吏目，城守营千总把总，知道巡抚到州，齐来参见。贤臣吩咐："赐坐！"众文武告坐，坐在两旁。贤臣望着州官讲话："本院风闻有一件人命，贵州竟自完结。此事不明，还得本院替你审问，速带犯人犯妇！"知州令人将潘表、山桂提来，跪在堂前。贤臣一见，便问潘表："你既奸骗仆人，又想淫污主母，徐氏不从，竟敢扎死！"潘表闻听，哭泣："大人，冤枉呵！小人奸山桂是真，杀徐氏是假。今日得见青天，死也瞑目！"贤臣说："潘表，杀命强奸虽然不真，奸山桂现在不假，不思守分，天良昧绝，难怪陶寻告你！青衣带下，再听发落。带上山桂！"贤臣就开口："山桂，你和潘表通奸，必知情弊，怎么强奸，何又扎死？从实说来，饶你死罪！"山桂不由流泪，磕头口尊："大人在上，犯妇与潘表通奸，情真难赖。至于奸杀主母，小妇人实在不晓，求大人追问潘表便知。那日，潘表爱上主母俊俏，令犯妇牵情。主母素行正道，怎敢进言？黄昏睡后，不知是谁进房强奸，惟恐高声，动手杀人，遗留祸端！山桂呼唤，犯妇到了里边，丈夫陶寻将犯妇锁起。他与奸夫素有冤仇，通知地方邻右，男女同拴送官。韩老爷夹打奸夫，将犯妇拶起，官法如炉，屈打成招，已定死罪收监，等候出决。今遇青天提审，倘得活命，感恩不尽！"贤臣点头说："不知羞耻，真乃禽兽！论理应当活活打死，姑且容宽，本院立判冤枉，且等拿到凶身翻案。"吩咐："带下去！"贤臣伸手拔签，就差捕役："提毕里长速来！"又拔签："飞去把陶寻、陶正提到听审！"贤臣妙算难测，立怔涿州文武官员。且说邹能、戚进奉差，不敢怠慢。

未知如何，且看下文分解。

第三十三回

两公差锁拿窃盗　于抚院追问情由

话说两个人路上商量："今日这个差事有些挠头。"邹能说："赵中买卖，人所共知，咱们使他闲钱，不是一次，怎好意思就去上锁？"戚进闻言冷笑："老弟，我们捕役，其名'吊搭脸'，说放下来就放下来，说卷起去就卷起去，这才当得差使。今日奉大人所差，比不得本州小事，抚院当面吩咐，放去贼人立刻追命！大人素行，大概你也知道，说要杀人，眼也不展，要犯在他手中，有个善放轻饶之理？一顿板子，管保活活打死！奉旨大臣打死两个衙役，就像臭虫一样。难道为人替死不成？"邹能说："见面拿住就锁。"商量已毕，迈步找到村中卖酒之家，瞧见囚贼窃盗大家喝酒猜拳。两个捕役堵住房门，故意执手含笑说道："众朋友，请了，你们好乐！"众贼抬头认得是戚进、邹能，一齐站起，陪笑说："二位太爷，来得凑巧，我哥儿无事消闲，大家饮酒。请进，先饮三杯，有话再讲！"戚进微微冷笑："众朋友，我们无有吃酒的工夫！"赵中闻听，"嗤"儿一笑，说道："二位太爷，别闹了，咱们弟兄捏什么酸？快过来，先敬三盅。"邹能说："傻兄弟，要喝就喝，还用你让？去年的宪书，今年看不得了，哪有奉差的捕役倒与贼喝酒之理？实说，我们奉大人所差拿你！"说着，抖出锁来，"哗啦"就把赵中锁上，不容分说，拉起赵中，随捕快如梭出堡，登时到涿郡，惊动多少闲人，直到衙门以外。

戚进进入衙门，月台前跪倒："禀大人，贼头赵中拿到！"贤臣恼恨贼人，喝叫："快把恶贼带来，本院审问！"快头答应，去不多时，带到丹墀，贼人下跪，眸睛上窥，着急口称："冤枉！"贼头崩地泪流："小人不敢犯法，为何拿到公堂，求大人释放，超怜草命。"贤臣微微冷笑，大骂："凶徒，你既会杀人，就不该怕死，你若无犯王章，本院焉肯拿你？不必假装糊涂，快说真情，将杀害徐素兰的情由，明明白白招认！"

未知如何，且看下文分解。

第三十四回

于大人拿贼问事　恶毛贼巧辩择清

话说贤臣手指贼人："快说，实说，省得六问三推，免得贼肉受苦！"赵中唬得脸黄，情急怕死痛哭，"咕咚"，贼头碰地，口尊："青天，小的不知谁杀徐氏，凭空污赖，不敢屈招，求大人开恩！"贤臣说："你在本院台下还敢巧辩？"喝叫："青衣，拉下重责四十大板！"衙役喊堂，跑上揪翻撂倒，中衣褪下，皂隶扬起毛板，青衣跪倒报数，门子举签，一起一落，"吧吧"作响，打完放起。贤臣骂："恶贼，你是窃盗窝主，专会掐包剪绺，盗洞挖窟，惯偷人家东西，事犯经官不过，扎一个'窃盗'字样，全不想人生天地之间廉耻为贵，羞辱一无，何事不可？已有里长毕随朝首告，还敢公然自称良善，本院台前巧辩。市井中要有你这一个良人，岂不把那些有气性的男儿羞死？你还思量挺刑求生，怎得能够？"贤臣正问，青衣跪倒："禀大人，里长毕随朝传到！"贤臣吩咐带来。不多时，把个多嘴老者领进当堂，朝上跪倒。贤臣就问："毕随朝，你告赵中是毛贼窝主，对众官从实直诉！"老者见问，不敢实回，怕窃贼的事完，到村偷他，老者只是磕头。贤臣就知惧怕恶盗，往下开言，说："毕随朝，抬起头来，看看本院！"老者闻言，抬头细看，认得是早起下店儒生，才知是抚院大人暗来私访。老者磕头认罪："小的不知是大人，今早信口多说，提起赵中，为人最恶，从小臭烂邪淫，跟着匪类吃喝闲逛，其中坏事尽多，人所共知。长大行事更属歪邪，剪绺掐包，还算小事，盗洞挖窟，暗行打劫，局赌窝娼，长藏窃盗，又会以花酒迷人，拐带偷摸，无所不至，大人私访，难得其详。"乡民诉完叩头。恶贼旁边听见，由不得害怕心惊，跪爬半步，口尊："青天大人，小的原是窃盗不假，情愿招承。杀徐氏情由，小人原不知晓，求大人开恩，超怜草命，感德不浅！"

未知如何，且看下文分解。

第三十五回

审窃盗堂上实招　为朋情衙门击鼓

　　话说贤臣闻听，微微冷笑，厉声大骂："赵中，我把你这个该死滑贼！窃盗事小，人命事大，想要死内求活，怎得能够？左右夹起来再问！"青衣喊堂，忙取夹棍，把贼脱鞋袜按倒，套上绳棍，杖打四十。赵中魂冒，凉水喷醒。贤臣座上大骂，说："快快实招，免得受苦！若再不招，加刑！"赵中疼痛难忍，高叫："青天，小的杀人罪过，情愿招了！"贤臣吩咐松刑，恶贼亲笔画招，书吏送上公案，贤臣留神细看，上写："犯人赵中据实招供：上年五月初九日，独到村东相邀伙伴，商量偷盗张仁银钱。行至街南，忽于楼窗之下见一美妇，知是陶正之妻，爱其美貌。陶正经营出外，欺妇女软弱，黄昏时分，暗入他家，藏在房中，欲行奸骗。徐氏入房，关门脱衣要睡，犯人向前搂抱奸淫。徐氏性烈不从喊叫，犯人惟恐人知，用刀扎死，摘下簪环拿走，无人知觉。不料今朝事犯，犯人该死，亲笔画招领罪，是实。"贤臣看罢招词，吩咐门子递与众文武观瞧，宾服之至，吏役皆称神见。贤臣说："将犯人赵中钉镣收监，毕随朝赏银二两，潘表重打四十大板，充军三千里。山桂官卖，身价交给陶寻。陶正无罪释放。题本请旨，旌扬烈妇，知州免参。"忽听"咚咚"鼓响，守门青衣上堂跪倒："禀大人在上，一人衙前击鼓鸣冤。"贤臣吩咐："带来！"答应。不多时带到。贤臣观瞧，神情端祥，眉清目秀，白面微须，堂堂相貌，心正直耿，口中叫冤："人命大事，杀兄图嫂，人伦不整！小人名叫孙礼，祖籍涿州。一个同窗朋友，名唤芦康，娶妻万氏，私通表弟，暗使任能谋死其夫，推落琉璃河中，只说芦康自己坠水，欺瞒邻舍街坊。冤魂如何诉冤？小民不知已死，竟然魂诉屈情，他叫小民面见青天，阴魂说罢，旋风而去。若有虚词，情愿领罪。"乡民说完叩头。贤臣闻听孙礼之言，半信半疑，往下说："孙礼，你与芦康同窗义友，出妻献子，这是常情，如何知道万氏不良，私通他姑表兄弟？"孙礼向上磕头说："大人，芦康年长为兄，小人年幼为弟，与万氏有叔嫂之分。万氏常出戏言，小人无心理论。去年八月，小民去找芦康，偏遇不在家，万氏苦苦相留。岂知恶妇不良，又故意推醉，拿一杯残酒相灌。小人将万氏推开，赌气回家，断了往来。此时小人上德州探母，路过琉璃河，河边游玩，忽遇芦康，岸旁相会，小人不知是鬼，问起缘故，他才哭诉情由：只为讨账，所搭伙计姑表兄弟任能，私通万氏，二人暗商把我害死。那日船到河心，黑夜多饮几杯，船头解手，被任能推入波涛之内，倒嚷'芦康失脚落水'！回家与万氏竟自安然而乐。可怜一命含冤，无人替伸冤，抱恨阴灵，前来特见贤弟，急到涿州，他说抚院于大人现在城内，又说恩台铁面无私，善断无头公案。说罢，一阵旋风，忽然不见。小人昏迷，多时醒将过来。"

未知如何，且看下文分解。

第三十六回

孙义士哭诉公堂　魏贞姬实回抚院

话说孙礼说："芦康显魂，言他表弟霸占家产。小人亦难辨真假，星夜回转，到芦家吊纸，恶妇哭泣无泪，恶棍任能狂妄，彼二人眉来眼去。小人看破情急，抓鼓代鸣冤情。"孙礼愈说愈恨。贤臣点头长叹："这样朋友，世间少有，料是真情，必非虚假。"伸手拔签，差捕快张全带领孙礼立拿恶棍任能、恶妇万氏，当堂听审。去后，衙外又有喊冤之声。贤臣吩咐："拿来！"青衣答应，跑出衙门带进。贤臣观看，两个妇女，一个道士，还有几个地方，高叫："众人，尔等到此，所告何事？"地方吕信往上跪爬，口尊："大人容禀，小人地方上的胡寡妇，家住涿州细柳村中。昨夜三更，听见他家乱嚷有贼，四邻起来齐去询问，堵住媳妇房中，恶贼却被倒下一扇门来压住，将灯一照，原来是年轻小道！老妇胡氏动气，说他媳妇败坏家门。媳妇魏氏说，他婆婆久已有染，及问道士，言讲与伊媳相厚，常常行走。旁边魏氏听说，连哭带骂，说道：'小道是婆婆遣差。'小人们难晓其中情由。大家商议，送到青天台前，审断曲直。"贤臣说："胡氏，本院问你，这个道士可是在你媳妇房中拿的么？不许虚言，快回实话！"胡氏进礼，口尊："大人听禀，老妇人的丈夫名叫金青，是个鼓手，不幸身亡。老妇人儿子名叫金丽，也学鼓手，娶妻魏氏，也经身亡。老妇几叫媳妇另嫁，就怕年轻出丑，无如坚意不听，昨夜忽有此事，老妇人只当是贼，故此喊起邻居，将房门堵住一个道士。大人天裁，分明媳妇不良出丑，追问情由，反将老妇人污赖，况且昨夜道士已经亲认私通魏氏，往来非止一次。只求青天与老妇人作主。"说罢叩头。贤臣吩咐："下去！"复又带上魏氏。贤臣观看少女举止，青丝蓬松，不搽胭粉，柳眉杏眼，温柔端方，不像淫邪妇人。贤臣说："魏氏，留神听了，你婆婆告你通奸，快把始末讲来！"魏氏闻言，流泪口尊："大人容禀，小妇人事到其间，难顾羞耻，只得实诉。小妇人身既孀居，敢不冰清玉洁？"

未知如何，且看下文分解。

第三十七回

于大人审问玄门　设巧计公堂断鼓

且说魏氏说："奴家的婆婆原有些丑事，公公去世，就勾玄门常常送暖偷寒，认作干儿，希图遮掩邻居的口。而小妇人碍眼，不得任意，故此几次逼着小妇人改嫁。不料昨夜三更，小妇房门忽动，就问：'是谁？'无人答应，只听'哗啷'一声，房门坠地，把踹门之人压在门下。小妇人喊叫'有贼'！众街邻才把道士拿住。谁晓他与婆婆串通，一口同音，反说与小妇人有染！小妇人身在孀居，遭此奇冤，真正恨死。恳求青天判断，感恩无既。"贤臣座上醒悟，含笑说："魏氏，本院问你，房中摆设什么物件？快言！"魏氏说："不过箱柜衣被，墙上还有丈夫在日的一面旧鼓。"贤臣闻听说："本院知道了。"吩咐："人来！快到金家，将魏氏房中画鼓拿来听审！"青衣答应出衙，就有锁拿任能、万氏的公差回话："禀大人在上，小的将犯人犯妇带到！"贤臣说："带上来！"在丹墀下跪倒，贤臣闪目观看：万氏面搽脂粉，乌绫包头，脸上虽有惊慌之色，眼角眉梢，暗自带俏，年纪三十上下光景，殊非良善，说："万氏，本院问你，汝丈夫既死，孀居之时，为何还搽脂粉，不穿重孝？"恶妇往上磕头，口尊："大人，小妇人面搽癣药，嘴皮焦裂，故此胭脂医治，被拘见官，脱去孝服。"恶妇口巧舌辩有理。贤臣微微冷笑，说："万氏，你丈夫为何淹死？快说！"万氏哪肯招认。又问任能，恶贼一口同音。贤臣吩咐："刑房，快制两副新木夹棍拿来！任能和孙礼对夹，严刑审问，将任能、万氏男女分监，晚堂听审！"答应。叫禁子把恶棍上镣收监，青衣在外押着孙礼候断。贤臣发放一对奸淫，又把工房叫到公案旁边，低言吩咐："急速预备竹箱，迎面用板，三面竹编，出气透明，不得有误！"工房领命而去。不多时，收拾停当，贤臣叫过门子曹新，低声说了几句，门子答应。又叫过两名捕快："将竹箱抬到土地祠，如此这般，不得有违！"公差答应。贤臣公事方完，又有两名青衣跪倒："启禀大人，小的奉命去金家，魏氏房中的画鼓取到。"贤臣说："放在公堂。人来！快将胡氏、魏氏、道人、地方一齐带进听审！"

未知如何，且看下文分解。

第三十八回

于大人设问奇冤　胡氏魏氏吐真情

　　且说一干人众带至丹墀跪倒。贤臣吩咐："把鼓挖开破面套在道士头上！"青衣走下堂，遵即套上。两旁文武各官，不知什么缘故，个个发愣。贤臣复又开言高叫："胡氏，快到道士跟前，用力打鼓，如若不遵，本院一定处死！"老妇人说："晓得！"起身来在道士的眼前，轻轻打了几下。贤臣观瞧，早已明白八九。胡氏打完鼓，复又跪倒堂前。贤臣座上望着魏氏讲话："那妇人，到公堂道士的跟前去打头上的鼓！"魏氏闻听，烈妇心内着急："也罢！大人既然吩咐，顾不得羞辱。"妇人时下无奈，平身走去，看见道士不由更气，恶狠狠鼓槌举起，搂头打来，一阵响声振耳，道士疼痛喊叫。贤臣说："住手！"魏氏返身上堂跪倒。贤臣说："道士，本院问你，与胡氏通奸，何得倒赖魏氏？"小道叩头尊声："大人在上，道人原与魏氏有奸，今被拿获，不敢污赖胡氏。"贤臣听罢，微微冷笑，大喝："贼牛，还敢瞒昧？方才本院叫胡氏、魏氏打鼓，内有道理。本院不说，料你不知！胡氏打鼓，不肯用力，轻槌，惟恐打着贼头，是呢不是？魏氏恼你污赖他的贞节，因此恨不能将你打死。况且地方拿你之时，又在魏氏门扇之下。本院问你，还是实招不招？要挨夹棍倒也容易。"贤臣几句言语将道士问住，不住磕头，口尊："青天大人，小道愿情实招。小道出家白鹿观内，名叫通元，与寡妇胡氏认作干娘，常常送情。魏氏节烈，恐碍眼目，胡氏嘱叫小道强奸魏氏，以便通隔。总是小道该死，听她所愚，半夜踹门，魏氏惊怪，被房门压倒，苍天不佑胡行之人，小道情甘认罪。"贤臣怒骂："恶道！你既身入玄门，理当清心寡欲，为何欺天越理，怎么又污赖魏氏，坏她名节？人来！把这小贼牛与那无耻的老淫妇拉下，重打四十！"青衣喊堂，拉下通元、胡氏，每人重责四十放起。贤臣提笔立刻标判："胡氏不守失节，逐出金家，任凭另嫁。通元好色贪淫，理该追度帖还俗，但有污赖烈妇贞节，罪加三等，发边远充军。魏氏节烈可嘉，请旨赐匾。"贤臣标判已毕，众官员深服。公事发放完竣，知州请贤臣二堂用饭。

且说两个公差锁拿任能、万氏，拉进土地祠，自石墩子上把锁拴住。戚进望着刘英说："兄弟，抚院大人退堂吃饭，这桩事晚堂才审，咱也吃些饭食，好预备挟拶两个犯人。"刘英搭就的活局说："正是。"二人说罢，迈步出了土地祠，将庙门倒扣，远远站立。万氏瞧瞧四顾无人，他二人对锁。万如芳叹气低声，眼望恶棍任能说话："我虽要将刑挺，到底发毛，心内不由惊怕，上拶之时，疼痛难忍，这事怎了？"不觉长叹泪下："奴因憎嫌丈夫，与你相好，暗商将他水中害死。"任能说："女子休得害怕，你挨拶子别要招认，我挨夹棍亦不招承，咬定孙礼，赖他刁告咱俩，滚出活命回家，依旧快活！谁要松口招认，难逃两命齐死，害夫杀命凌迟，大人一定按律。娘子全舍两只手指，救命全凭硬冲。我也舍着两腿，任凭六问三推不招。记着，死内求活，平安一世，方保康宁。"恶妇点头说道："有理！"男女两个横心做梦，也不知定了埋状，陈门子坐在箱中，记了口供，写完折好，揣在怀内。

未知如何，且看下文分解。

第三十九回

土地祠恶棍实招　于大人公堂定罪

　　话说陈门子坐在箱中，写完口供，折好，揣在怀内，伺候贤臣升堂。忽听发喊冲堂，说："快带杀夫人犯，并抬土地祠内箱子上堂，好与该犯对词。"两公差答应。不多时，男女跪在丹墀，竹箱放在公堂。贤臣坐上唤叫："陈新门子！"箱内答应，推开箱盖站起。众人不解其故，恶妇、凶徒一见，唬掉魂魄。孙礼一旁说："其人藏箱内，主甚情由？"门子出来，手举招状，呈献公案。贤臣仔细瞧看一遍，眼望万氏、任能，满面生嗔："本院问你，不用拶子夹棍，为什么一概实招？杀夫情真，谋兄是实。该剐恶妇，该死凶徒，招状已明，还有辩处无有？"任能、万氏流泪磕头说："青天，冤枉！冤哉！"贤臣冲冲大怒，一拍惊堂，厉声断喝："好恶妇、凶徒，还敢喊冤！清平世界，那晓人心比虎更毒！任能谋害表兄，图奸表嫂；万如芳暗与人通，害死丈夫，以致身作波涛之鬼，这等冤枉，盖世罕有！幸有孙礼为友抓鼓伸冤，本院拘审，可恨倒将义士赖是狂徒，还要对词，挨那夹棍，实犯真赃，竟敢不服！箱内装人，抄写你二人害命杀夫缘由，才吐真情，现有亲口招状，还要强硬，难逃法律！恶妇、凶徒已定剐罪，骂名传留后人！"贤臣发怒。万氏虽恶，到底是个妇人，胆小，见说出真病，打心里更毛，怕死求生，想推干净，"咕咚"不住磕头，高叫："青天大人，开恩饶命！任能在外谋害表兄，犯妇家内不知，恶人该死，与犯妇无干！"任能闻言说："恶妇，你叫我害你丈夫，好长久而过，到如今事犯情真，想推干净？"把万氏问住。贤臣吩咐："任能、万氏画招，定成一斩一剐！"喝叫："拉下去，重打四十！"打完放起，带在一旁。贤臣含春细问，孙礼有一子，芦康妾生一女。贤臣说："官断为婚，女婿养活丈人一世。"贤臣亲笔书匾"义贯金石"四个大字，孙礼谢恩而去。贤臣又重赏门子，委州官监斩，立刻从监内绑出窃盗赵中，众青衣将男女三人押赴法场斩讫，任能、万氏亦经斩剐。州官公毕，进衙面见贤臣回禀。贤臣立刻登程，保定府上任。韩知州预备轿马入夫，贤臣坐轿，拉开窗子，执事出涿州城，各官护送，开道鸣锣，十三棒对子马上带着钢锋，村庄店道百姓瞧看，按着站道，往前行走。这日，来到保定府的交界。

未知如何，且看下文分解。

第四十回

争米筛公堂告状　为雨伞彼此兴词

　　话说贤臣这日来到保定府，文武官员齐集迎接。贤臣轿进衙门大堂前，下轿拜印行香，合省官员挨班禀见。公事已毕，立刻升堂，吩咐把放告牌抬出。青衣答应。不多时，听见喊冤之声，有两个告状人跟牌而进，跪在丹墀以下。贤臣座上开言问："你们诉告何事？实说。"乡民见问，叩头："大人青天容禀：小人家住安肃县，在保定营生，名叫张申，开设面铺，今日这彭皮匠一早到铺，借筛箩家中一用，小的借给拿去。小的使用去取，不料刁民彭遇荣竟自想讹，不给，言是他家之物，倒说小的赖他，又要打骂。小的无奈喊冤，恳祈大人神见判明。"贤臣沉吟良久说："彭遇荣，你这个筛箩现在何处？"说："在小的家中。"贤臣说："人来，到彭遇荣家中，把筛箩取来听审。"青衣答应而去。且说贤臣坐在堂上，抬头只见阴云四布，狂风忽起，搅天扛地，连声所响，顷刻间，大雨盆倾。公堂以前檐瓦落下八片。贤臣惊疑，暗说："此事奇怪！"就问书吏说："城中有什么姓严的土豪恶棍？"年老书吏公案以前跪下："启大人，此处并无姓严的土豪恶棍。"贤臣闻听，说："诧异，其中定有别情！本院既受皇王俸禄，必须一点心苦尽忠诚，定要访明此事！"忽然风息天晴，又听喊冤之声，吩咐："快把鸣冤之人带进听审！"青衣答应，拿至公堂下跪。贤臣闪目观瞧，却是年轻两人，下问说："你等所为何事伸冤？"那穿蓝的叩头口尊："青天，小人名叫冯贤，本处人氏，方才下雨，打伞回家，路遇此人，名叫顾进，原是街邻，小的见他冒雨，叫其同打一伞。谁知不但不承其情，行到十字路口，竟说伞是他的。小人与彼理论，反欲打骂。因此叩恳大人，判断分明，感恩不浅。"贤臣闻听，就问顾进说："冯贤好意同伞与你行走，缘何反倒讹他？你这刁恶奴才，就该重处！"顾进见问，向上磕头，口称："青天，小的执伞路遇冯贤，叫他同打一伞，不料以情成怨，反要白讹，口出不逊，小的怒气难消，匍匐青天台前，伏祈严行询究，顶戴世世。"贤臣听罢，吩咐："一把雨伞，什么大事，也要兴词。人来，将雨伞拿来！"青衣答应，拿上公堂。贤臣又吩咐："把此伞扯为两半，每人一半，不许多说！彼此平分，攆出衙门。"青衣撕为两半，每人一半，两人叩谢出衙。贤臣复又叫过捕快朱升、尤用，附耳说了几句，公差答应，迈步暗跟两人而去。取筛箩之人上堂跪禀，贤臣吩咐："拿来听审！"青衣把筛箩放在堂上。

未知如何，且看下文分解。

第四十一回

打米筛皮匠实招　设巧计顾进授首

且说贤臣手指筛箩大喝："你还是谁家之物？"那筛子如何答应？贤臣大怒，吩咐："青衣，把筛子拉下重责三十大板！"青衣拿下，与打人一样，瞧看军民衙役多人暗笑。打完筛子，贤臣说："人来，拿筛子验看！"登时拿起筛子，留神瞧看，上堂跪禀说："小人看筛箩之下有许多白面。"贤臣闻听，说："你且下去。"手指皮匠，冷笑大骂："贼人，听本院吩咐，筛箩既非张申之物，如何打出面来？实犯情真，你还是要赖，还是认罪？"彭遇荣闻听，下边磕头说："小人该死，情愿实招领罪！"贤臣微微冷哂，吩咐："快把这刁奴才重打二十！"青衣喊堂，将彭皮匠推下，打完放起。贤臣手指凶徒说："彭遇荣，从今以后，务要洗心，再不可胡为，若要再犯，本院案下定然处死！""小的知道！"贤臣便叫衙役将筛箩交与张申领去。公事方完，就有跟随冯贤、顾进的两个差人跪倒。朱升、尤用开言回话："小的奉大人之令，前去跟听，今将顾进、冯贤带来听审，顾进说大人善断无头之事，今日审的糊涂，雨伞虽不得白讹，现被弄开，得把气平。"尤用说："小人跟定冯贤走，他说顾进生心讹伞，说大人不与出气，雨伞撕为两断，主何情由？这是小的听的，不敢

094　于　公　案

不为禀明。"贤臣听罢，微微淡笑，吩咐："带进两人问话。"不多时，战兢兢上堂跪倒。贤臣下叫："顾进，你妄讹雨伞，本院差人跟听，情由听出，事犯情真，万恶刁奴，你还有什么辩处？"两人不住磕头说："小的们万死，求大人宽恩！"冯贤说："小的背地胡言，还求大人饶命！"贤臣吩咐："冯贤，你们原本无罪，本院撕伞原系试探顾进。愚民不知缘由，抱怨几句，本院姑开恩不究，今罚顾进出去买伞赔你。"说罢，吩咐将顾进重打二十大板，罚买雨伞赔补。冯贤枷号，辕门示众。

贤臣公完，又听衙前人声喊叫："冤枉！"吩咐："人来！带进听审！"不多时，带至公堂。贤臣观看，说："开锁！"跪在下面，贤臣说："告状人，你叫什么名字？""小的名叫浦显。""你既有冤枉，为何不写状子。"浦显闻听说："小的已有呈状。"取将出来，递与门子，放在公案。贤臣闪目观看一遍，大叫："浦显快诉，若有虚言，本院一定重处！"浦显说："来告岳公石弘同女儿，要上别方，嫌贫爱富，设下牢笼，因此喊冤，伏乞恩天判断。"贤臣伸手拔签，吩咐："朱升、尤用，速拿石弘听审！"公差手执火票朱签出衙。只见打东来了个老者，朱升眼望尤用说："奇！你瞧这个人倒像前来告状的，不免招呼一声。"说罢，口呼："老者，这里有礼了！"那老者闻听，打量了打量，像是两个公差，连忙还礼。朱升说："请问尊名，到此何事？"老者说："实不相瞒，小老儿名叫石弘，特来告状。"尤用说："请问老者，所告何人？"老者说："小老儿告的女婿浦显。"朱升、尤用冷笑说："实不相瞒，令婿已经将你告上。"说着，就把老头锁起，不由分说，带到衙门。尤用带定石弘，朱升进衙回话。贤臣吩咐："把石弘带来听审！"去不多时，带至丹墀跪倒。口尊："大人在上，小的石弘叩头。"贤臣一见动怒，就问："你为何爱富嫌贫，将你女儿嫁与别姓？快些说来，免得受苦！"石弘跪爬半步："青天容禀，小的家住房山县石家庄上，姓石，名弘，年五十岁，曾与浦九作盟，与女儿成婚。过门三年，浦九身亡，家财遭火，母子二人苦度春光，女儿来家探母，留住。次后闻他婆婆有病，女儿实不知情，去迟得罪。小的八月十二将她送去，三天之后，音信全无，儿子亦无回家，或被杀死，也未可定。至于小的嫌贫爱富，并无此事。老陈婆替儿嫌妇，却是真情，小的若有虚假，过往神灵鉴察分明。"石弘言罢，不住磕头，口尊："青天作主！"贤臣吩咐："带浦显上堂！"浦显跪在下面，贤臣便问："浦显实说，本院好与你判断。"浦显手指石弘说："老儿，大人的案下，这爱富嫌贫，可是你做的么？"石弘说："小畜牲，替儿嫌妇，可是你母亲陈氏做的么？不知卖与何人为妻？"二人胡赖，就嚷成一处。

未知如何，且看下文分解。

第四十二回

于大人公堂发闷　红门寺扮道私访

　　且说贤臣见二人乱吵，喝道："且住！石弘、浦显，本院问你，素常行走，都从何处庄村地名？"石弘说："一路相隔数里，经过惟独红门寺庙内，僧人总有五百余人，时常抢劫行客，截夺良民妇女，贪荷恋酒，无所不至。"贤臣听说，灵机一动，说："你们别嚷，本院自有道理，先带下去，候着听审。"青衣押出。贤臣退堂，用过晚饭，问明路径，贤臣十分欢喜，说："求真，你同本院出衙私访，回来重重有赏。"

　　说话的工夫，已是三更。贤臣歇息，次早净面穿衣，叫过一个得用家人，吩咐道："本院前去私访民情，你在衙门不可泄露，只说本院有病，一应公文，等本院病好投进。"贤臣说完，同定求真起身，肩担蒲团，悄悄出衙私访。忠心耿耿，疼爱百姓，暗地乡间访问民情，也不知哪个窝藏石秀英，本院这一将贼访拿，恐有变更。思思想想，朝前行走，戴月披星，不辞奔劳。这日到了房山县，天黑贤臣进村庄，开店之人招呼，贤臣带领门子投宿。次日清晨出店，又往前走，一起行人老老少少。贤臣上前说："请了，贫道这里稽首了。"那老者以礼相还，说："请问道爷，到此何干？"贤臣："请问一声，前面村庄叫什么地名？"老者闻听，望贤臣打量了打量，说："道爷，你还实在不知，还是明知故问？"贤臣说："实在不知，哪有明知故问之理？"老者说："请问道爷，是何处来的？"贤臣说："贫道是通州玉皇庙里的，只为募化，所以才动问前面庄村。庄中若有善人，好去募化几文，以为途中路费。"老者闻听，倒抽一口凉气，说："你既不知，近前，小老儿告诉与你。"伸手把贤臣衣服拉住，附耳低言："说是村庄里边土豪甚恶，去不得，此庄名为锥子营，内有正蓝旗，是个庄头，外号'马三凤'。此人万恶，行凶霸道，好色贪淫。"说罢，吩咐而散。贤臣欲要访问石秀英的下落，进庄假扮算命敲板。恶贼听见，说："将外边算命先生叫来，与你老爷算命。"

管家不敢怠慢，出大门，瞧了瞧，说："那个道士，这里来，我家太爷叫你算命。"贤臣闻听，心下暗喜，将门子叫旁边，暗暗嘱咐："本院这一进贼宅，吉凶难保，你不用跟进，且在远近伺候。若有风吹草动，好去报官救我。"门子答应，迈步出庄而去。贤臣复又来到门前，那个恶奴一见就问："小道士为何不来？"贤臣说："小道今日起早，将一本起课的神书忘在店内，叫他去取。"说罢，跟定豪奴进大门，来到前厅以上，闪目瞧见马三凤坐在上面，生得恶眼凶眉，十分粗丑。贤臣一见，暗暗惊呼，心下犯想。

未知如何，且看下文分解。

第四十三回

马三风前厅算命　于大人遇救逃生

　　且说贤臣说："住了，本院既入贼宅，少不得尊他一声才好。"向上稽首，口尊："善人叫贫道前来，莫非算命？"三风点头说道："正是。"叫管家取了张小桌儿，放在地下，拿过一块整砖放在桌边。贤臣暗骂："恶贼，因何这等倨傲？俗语说的好，既在人眼下，怎敢不低头？"贤臣将《百中经》展开，口尊："施主，请问贵造？"恶贼说："待老爷说与你知道：我生在甲辰年丙子月丁卯日壬寅时，你可与我细细推寻，瞧那卦相，只要实说，别了奉承。"

　　贤臣说："细看尊造，主贵，正印偏官，多主福禄。但目下稍觉凶险，贫道直言，施主上听：朱雀穿宫，身遇大难，丧门入户，恐有哭声。黄幡豹尾相照，还有太岁当头。"贤臣言还未尽，座上三风动怒："好牛鼻子！哪是算命推星，分别是骗钱胡混！这也可恕，暗自毁骂与我，你走去访一访，马三太爷的素日，人人皆知。人来！把牛鼻子押在马棚，叫人与我拷打！"管家闻听，跪倒："启爷，今日是大奶奶的生辰，已曾吩咐不许打人。"马三风闻言，一生惧内，听见妻子生日，就不敢往前再讲，怒气难消，吩咐："将这牛鼻子暂且吊在空房，慢慢和他算账。"

众家人闻听，一齐前来，不容分说，将贤臣拿在空房，高高吊起，倒扣房门，一齐而去。把一位为国忠良吊在房中，不由一阵心酸，二目纷纷落泪。暗骂："三风恶贼，真该万死！久知横行霸道，无有人惹，欺压良善，苦害乡民，本院到此会贼，方知传话不虚，果然是真，一句不投，将我吊起，浑身上下，疼痛难忍，一定还要加刑。今死贼宅犹可叹，那石浦冤枉怎申？"贤臣暗尊："皇爷，臣只知出衙私访，不料锥子营逢灾，蒙主恩点保定抚院，偶遭大难，本院但得脱逃，定把贼人碎剐其身！"贤臣伤心不表。

且说马贼宅中，有个良家女子，被马三风白白讹来。这日信步而到这间空房以外，听得人声悲切，细听才知是抚院于大人，被她主人吊在此处。兰花慈心，要救忠良，瞧了瞧，四顾无人，用手推门入房，慢慢将贤臣放下，说："大人不必心惊，趁此无人，快些逃走。"贤臣一见，叫声："恩人，你叫何名，说与本院，待我回衙，好报答厚情。"那女子闻听，连叫："青天，不须问我，再要闲话，人来瞧破，你我残生难保。"贤臣就顾不得再问。女子把贤臣从后门送出，急回自缢倾生。贤臣心中感念女子，恼恨恶贼马三风。正在寻找，只见求真迎面而来，见了贤臣连忙跪倒。

未知如何，且看下文分解。

第四十四回

刘小姐红门遇难　于大人私访丛林

话说贤臣一见求真，说："门子，我几乎性命不保。"就将吊在房内情由，说了一遍。门子磕头说："大人何须伤感，回上保定，擒拿恶贼，当堂审问。"贤臣闻听，点头说："正是。"带定求真又走，要访石氏的行迹，好回保定判断。

且说一个遭屈的女子，此女父母是山西汾州府人氏，姓刘，名方正，母纪氏，这小姐名叫素真，生的十分美貌，许嫁秀才张文举为妻，不幸父母双亡，张生的父母辞世。山西汾州荒旱，张文举同妻商议要到顺天府投亲。夫妇雇驴登程，一路戴月披星，饥餐渴饮，这日来到房山县西北角下两狼山虎口角牙路山红门寺外。寺内凶僧胆大包天，常常抢掠民人妇女。这日正然站在门首，抬头瞧见素真小姐，面似芙蓉，腮如莲花，柳眉杏眼，十分俊俏。还有一个男子，眉清目秀。凶僧身软，顿起色胆，夸奖不绝，吩咐："众徒弟，快些上前，莫要放走美人，抢进山门！"

金山、涧秀答应，群贼上前，便把驴子拉住，涧秀抱下佳人，推进禅林。刘素真口喊"冤屈"，张文举魂飘，大骂："僧人要死！青天白日抢掠良人，王法全无！我要告到当官，把凶徒刀剐万块。"

凶僧法秉听得冒火，喝骂："穷酸反天！佛爷要抢多娇，竟敢毁骂禅师，就该控眼！"说着举起利刃，迈步飞赴上前，望秀才搂头就剁，张文举命丧黄泉。

刘素真回头看见，真魂唬掉，犹如万剑刺心，高骂："凶僧万恶！竟敢白昼杀人，真真不要天理！官府要知，一定擒拿立斩！"佳人怒骂。凶僧推拥进寺，把小姐放在禅床之上。刘小姐站起，恶狠狠手指法秉大骂，瞅空照着墙上下了绝情，响亮着重一头崩死。恶僧吃惊，将小姐抱起，小姐气转还阳，睁开二目，一见和尚，气满胸膛又骂。和尚也就生嗔，大骂："泼妇，不知抬举。人来！把恶贱人送到花园之内，与那日抢来的妇女都交与看花园的妇女，叫她们打水浇花，不许寻死，等她们受苦不过，那时再来回我！"金山、涧秀推拥小姐，不容分说，推入花园之内，交明回复法秉。凶僧便叫僧人将秀才的尸首埋在钟楼之下。

且说贤臣私访，只从锥子营逃生，带着门子就来到鸡冠山下，又看见馒头山岭。贤臣一见两狼山虎口角牙峪山谷，造盖一座寺院，十分幽雅，黄澄澄，金光耀眼；碧森森，高耸云霄。苍台碧绿，松柏茂盛。贤臣看罢，说："这座禅林果然凶险，石秀英一定在这寺内！"

未知如何，且看下文分解。

第四十五回

于大人寺中观景　石秀英哭诉奇冤

话说贤臣看罢丛林，望求真说话道："我这一进寺去访石秀英下落，只怕吉凶难保，待我写出一封文书交与你留心。"取出笔砚，就写上："拜上保定府众文武，字奉南道北道军厅粮厅康府尹孙知县等：本院八月十五独自进寺，三天之内，本院出寺则已，逾期不能出来，可星疾率兵到红门寺找寻本院。众位务要全忠，共报圣恩，倘若稳坐公堂，袖手不动，红门寺中托天保全残生出来，定要参官问罪，幸勿稍迟。"贤臣写完折好，交给求真。瞧了瞧，四顾无人，低声吩咐门子："本院一进寺去访石秀英下落，只怕凶多吉少，全在今夜，明日若不见本院，急上保定，将文下与众文武老爷，来救本院。等我回去，重重赏你。"门子说："小的晓得。"贤臣站起，迈步直扑寺去。门子躲在土地庙内存身。

贤臣来到寺前观看，果然好一座古寺，甚是齐整，盖的精工，古柏浓荫，两溜苍松，朱户金钉碧瓦，左钟右鼓，双竖旗杆，悬挂红幡，殿宇巍巍，香风阵阵，狐鸣野鸟，寺内雾气蒙蒙。贤臣迈步进头层山门，哼哈二圣。又进天王殿，四大天王，第一尊怀抱琵琶，二尊伏虎降龙，三尊擎花吻哨，四尊手擎坤。又一层托塔天王哪吒太子。

贤臣迈步出殿，顺着甬路前行。磨砖整齐，两边树木蛟龙，石碑书有大字，麒麟刻得更精。如来大殿三殿之内，三尊圣像居中，两边塑的十八罗汉，风调雨顺，面貌狰狞。贤臣连忙参拜平身，睁眼看视天花板，庄严彩画，红漆桌案，上画金龙，花瓶满满插花，香炉精好，如来圣像居中，佛身以后还有鹏莺。

贤臣迈步出殿，不觉来至后园，忽听哭声说道："奴家们不幸，逢难遇见胆大僧人。闻听保定府于大人到此，何不来寺走走？"妇女园内诉苦。贤臣举步进园，抬头瞧见两个妇女在井台汲水，十分美貌。贤臣沉吟暗说："我疑此处僧人打劫良人妇女，果然不假！如今虽有形迹，还不知是石秀英不是。本院问她一声。"走到跟前，手指女子。两个妇人猛抬头，一见贤臣，惊疑说："道爷，你还不走！这寺内和尚闻知行凶，专能杀人，幸亏看花园的妇人不在这里。奉劝道爷，快逃性命要紧！"贤臣带笑，又问："你等身系女流，因何在此寺内？"两个女子闻听，不由伤心落泪，齐尊："道爷，我等不是愿意在此。"石小姐说："家住石家庄，父亲名叫石弘，母亲毕氏，奴家名秀英，从小许配浦门，过门三载，家中探母，留住丈夫，那日到家，说婆婆得病，收拾就走，出门骑驴，兄弟相送。正走之间，看见古寺，就起风波，大祸临头。一群凶僧出寺，手执枪刀，将兄弟杀死，把奴抢进寺内，为首僧人要行奸事，奴家至死不肯，欲要身缢，又不得空。派我等在此打水浇花，多少僧人看守，惟恐觅死。幸喜今朝遇着仙长，拜求仙翁送个信音到石家庄上，寻我父亲，把这段情由诉明，可怜父母家中无处找觅，丈夫浦显无处里寻。"石秀英越说越恸。

未知如何，且看下文分解。

第四十六回

闻钟鼓抚院吃惊　观动静于公遭绑

话说贤臣私访，偶遇石秀英诉苦，不觉心中赞叹。二人正然讲话，忽听一个僧人高叫："管女子的首领！长老今在方丈饮酒，唤众女子们一齐梳妆，前去敬酒！"有一个老婆子答应："长老请回，老身晓得！"僧人扬长而去。贤臣闻听，气得面目焦黄，走出园外，听得凶僧在前殿之中追欢取乐。"本院既入寺内，少不得瞧一个明白，早回保定府也好审问。"贤臣想罢，起身出了供桌之下。轻移挪步，找到一所僧房之外，听得鼓乐笙歌，甚是嘹亮。贤臣来到窗前，寻了一块大砖，搁在窗下，用脚踹住，舌湿窗纸，往里观瞧：当家和尚在居中而坐，魁伟胖老，形容甚恶。女子两边站立，手擎乐器歌唱。先弹《折桂》，令美女偷情，更加听有几个妇女口尊："师傅！"居中胆大凶僧叫声："梓童！"贤臣闻听，心头火起，暗骂："贼人！清平世界，胡作乱行，我若出寺门，回到保定，遣兵调将，擒拿凶僧，斧剁刀切，方为痛快！"忽听和尚发喊，大骂："孽障，真真该死！"事儿凑巧，贤臣闻听，魂不附体。和尚房内饮酒，打了一个喷嚏，所以骂的凑巧。这时取乐，因何打出？贤臣不知就里，心下着忙，当是和尚知风，说是："不好，还不逃命，等到何时？"慌忙伸脚，就踏翻砖头，响亮一声，惊动居中和尚，说："外面是何人前来偷看？徒弟们！"金山、涧秀进房。法秉说："你们出房瞧是哪个！"两个和尚手执灯笼，迈步出房，绕到后边瞧了瞧，四顾无人，到房回禀。大和尚闻听，低头犯想："人来！快把众女子送入后面花园石洞之内。""遵即领送！"法秉凶僧复又开言说："徒弟们，咱这寺内常常打劫行人，风声久已在外，今夜之事定是外人前来打听消息，你们快跟我前去搜寻，务要拿获！"大小僧人谁敢不遵，一齐出门吆喝："是谁前来访事？"灯笼照如白昼。前殿后殿，钟鼓前，东寻西找多会，回禀当家恶僧。法秉连说："岔异，适才房中饮酒，分明窗前有人窃听，为何找无踪影？其中另有别情。"凶僧正在沉吟，忽听涧秀、金山喊叫："师傅，有刺客了！"法秉说："现在何处？"和尚说："地下这只云鞋，不是寺中人的物件。师傅你看，摔在这伽蓝殿门前，大概就在这殿内。"大和尚吩咐："徒弟们，快些找寻！"众僧人答应，迈步直奔伽蓝殿。来至门前，法秉当先，众和尚随后，吵闹进殿，恶似丧门，凶如太岁，高举灯笼火把、短棍铁尺。金山找到供桌下，留神看视，围桌下边露出衣服。和尚发威，掀起围裙，拿灯一照，瞧见赤胆良臣，一齐喊叫："快拿老道！"把贤公揪出围桌，不肯放松。当家和尚说："绑了！"几个僧人上前拿绳，登时绑起。法秉吩咐："且不用动手，待我问明，处治不晚。"

说罢，眼望贤臣，说："我把你这该死狂徒！进寺何故？快些说来，饶你不死。若有半字言差，立追性命！"贤臣闻听，口尊："师傅，小道是九华山玄门，路过宝方，借宿一宵，明日再行，并无他意，乞师傅念同道之情。"法秉听说，大骂："狂徒，料你不肯实说，徒弟们，将我那把刀拿来，不如把这厮杀了，方解心头之恨！"

未知如何，且看下文分解。

第四十七回

城隍爷暗中显圣　求门子保定投文

且说金山闻听，不敢怠慢，走去将利刀拿来，递与法秉。大和尚用手拔刀，望定忠良，照头就剁。涧秀旁边用铁尺架住，尊声："师傅，不可动手，前日得了一个美人，曾发誓愿，再不动手杀人。今日要杀玄门，岂不自毁誓愿？不如锁在马棚之中，等到夜静更深，与他一把火，要其性命，岂不妙极？"法秉闻听："好！"登时把贤臣锁在马棚之内。霎时，众僧散去。

且说房山县城隍不敢怠慢，抚院有灾，叫鬼判快搭轿，不得耽迟！忙出庙门，驾起云斗，一阵风响，登时来到红门寺前，轻轻落地。大小鬼判旁边站立，城隍吩咐："鬼卒，快到寺内将灯火吹熄，把和尚耳目闭住，再去撞钟擂鼓，放声大喊，哪个违令，打在阴山！"众鬼使闻听，齐说："遵令！"精细鬼打鼓，伶俐鬼撞钟，寺内火起火落，钟鼓齐鸣，众多和尚沉睡。邻近村庄说声"不好，红门寺内有灾"，乱哄哄，都来救火，围裹山门数层。这时不见火光，往里观瞧漆黑，耳内亦不闻钟鼓之声，人也不哼，众庄民都说："奇怪？其中定有缘故。"内中有个愣头青，一心只要爬上墙去瞧看。年老乡民说："寺僧甚恶，何苦惹他？火光既灭，各自回家。"

刚离丛林，火光又起；众人复回，红光旋灭；及至走出箭许，红光又显。众人惊异，要问僧人，又怕惊动凶僧。"少不得各回家去，明早再来细细访问。"说罢，刚至山神庙外，忽听庙内呼声。乡民开言说话："众乡亲，我想深山旷野，常有虎豹狼虫行走，夜深又黑，此人睡觉，性命难保，不如叫醒，岂不是好？"众人闻听，齐说："有理！"走进庙内，将门子求真唤醒。起来就问来意，众人细述寺内奇闻。门子闻言，几乎唬死，连忙用话支吾。众人散去，门子直扑房山县，投文搭救贤臣，要快马一匹，扑保定府的大路，雷转星飞，来到保定府内通报。

知府康公不觉失色，瞧看公文，通知众文武立刻挑兵，大炮三声起身，参将何爷前站，副将掌理大营。来至安肃县，又添一队兵马，霎时到了房山县。该县领兵明盔亮甲，撒放征驹，朝前进发。且说值日公曹，空中马跑，飞至红门寺前，揽雾收云，进寺一扬圣手，麻绳落地，托定贤臣，起空出寺驾云，怪风一阵，贤臣轻轻放在荒郊，公曹圣体转天。且说门子求真坐跨能行，前边引路，低头一视，瞧见贤臣躺地不语，心下惊疑，连忙下马扶起。不多时，大营已到。

未知如何，且看下文分解。

第四十八回

王总爷枪挑凶僧　于大人碎剐法秉

话说保定府来的各官，一见求真扶定一人，认得是抚院，一齐下马，打躬施礼。门子说："大人醒来，小人去下公文，已将众位老爷请到！"贤臣闻听，睁开二目，看了看，果是众官到了，手拉康知府，泪下说道："不得相见，却又重逢。方才所走阴司路径，何人手提到此？你们只晓为官荣乐，哪知死内逃生，险些命丧，红门寺内，被锁马棚！"众人听罢，俱各施礼，说："大人，救应来迟，有罪，望海量宽容！"贤臣说："可恨！恶僧万恶，若非神佛保佑，性命早丧。"贤臣伤心，众官打躬，口尊："大人开恩，恕卑职等来迟之罪。"贤臣说："多承前来救命，本院再谢。"康知府开言说："大人贵体受惊，凶僧万恶，此仇一定要报。"

说罢，吩咐兵丁拔营进山，响炮发喊，把座红门寺团团围住。副参游守，明盔亮甲，手持刀枪动怒，刀剁山门，吆喝大骂："凶徒！不该抢掳良民，无法无天，快些出来受死，若少挨迟，乱刃倾生！"官兵发喊，里面和尚闻听魂惊，僧人知是官兵，急报凶僧法秉说："师傅，祸从天降！那云游道士不知怎么，出去调领军兵，如今围了山门，要拿师傅同众僧问罪。"大和尚闻听，唬得发怔，仰面长吁：

"我只说万恶胡行，谁知暗里神察，如今围住寺院，事犯情真，性命难保，插翅无处飞腾。"凶僧不由二目恸泪，正自思想，涧秀、金山口尊："师傅，祸到临头，悔也无用，依我二人主意，不如把寺内僧人齐集，各执刀枪，舍命杀将出去。倘然闯出重围，投奔他方，还有活路，强如拱手遭擒，死于刀下。"大和尚闻听，点头应允说："我的儿，你们主意高明。"说罢，忙把寺内僧人传集，俱是双刀禅杖，坐跨能行，耀武扬威，开放山门，朝外直闯，乱撒征驹。左金山，右涧秀，法秉当先，大叫："官兵破路，哪个拦阻，剥皮！"房山县副将王老爷一催战马，提枪迎头挡住法秉，如雷叱咤："事犯情真，还敢拒捕，想要逃生，怎得能够！"持枪分心就刺。凶僧难以招架，左腿着中，"嗳哟"坠落征驹。官兵上前按住绑起，副将将枪一抖，铁枪一枪一个，金山、涧秀丧命。官兵催马上前，刀剁枪扎一阵，凶僧俱各归西，单留法秉绑着来见贤臣，在轿前跪倒。贤臣一见，气得二目圆睁，大骂："凶僧，真该万死！离京不远，竟敢行凶，不怕王法，霸占民妇，杀害良善，昨日寺内要杀本院，险丧残生，龙天不佑，已遭拿获，恶贯既满！"吩咐："动手！先碎剁凶僧，以安良善！"

只听呐喊，齐举钢刀，照顶剁下，响声震耳，法秉一命归阴。贤臣见凶僧已死，又吩咐："官兵进寺，到后花园石洞之内，把落难妇女救出寺来！"官兵答应，不敢挨迟，迈步到后花园，救了妇女。

未知如何，且看下文分解。

第四十九回

众难妇轿前诉苦　老义仆保定伸冤

　　话说贤臣瞧了瞧，共有一二十个，都在轿前跪倒，一齐拜谢救命之恩。众难妇齐说："因还香愿来到红门寺内，凶僧爱好，强贼诳哄留茶，硬使强奸，谁敢不依，命丧黄泉，丈夫骂贼倾生，现埋钟楼之下，总有冤屈，无处去诉。可怜忍辱含羞！不亏青天到此，小妇人等焉能报仇！"贤臣面带愁容，说："你们不必悲痛，现今凶僧已死，本院差送尔等回家，嗣后务要谨守闺门，再不可入庙烧香。"妇女复又拜谢，各自回家而去。单留石秀英一人，带到保定府中结案。火烧寺院，立刻拔营，至锥子营外安营，立刻差人将恶人马三风拿到，审明口供定罪。

　　贤臣剪除恶棍，回到保定府城中，令人将石弘、浦显带至公堂。石秀英一见其夫和父，走近前来说："天伦，儿夫自从那日回家，行至红门寺外，僧人万恶，胆敢抢进庙去，不知兄弟下落，凶僧强要成亲，奴家岂辱宗祖？手抓口咬，法秉动气，锁在后园，幸遇青天访查此事，今朝方能团圆。"秀英伤心，翁婿酸恸，三人哭如酒醉。贤臣带笑口呼："烈妇可敬！你志似松筠，心如秋水，身入虎口，不肯失节，今日幸得一家聚首，不必悲痛。"父女闻听，随即止住，往上叩头，拜谢贤臣，回浦家庄而去。后来找着石奇，一门欢会，感念贤臣，朝夕焚香答报。贤公复将马三风出决，访问使女秋香，才知那日放了之后，自尽身亡。贤臣深感烈女之恩，请旨旌表。退堂回后，歇息一夜。

次日升堂。刚然坐下，放告牌还未抬出，人声乱嚷："冤枉，大老爷救命！"贤臣闻听，吩咐："人来，快带喊冤之人！"青衣答应，不多时，带进一年老的男子。公堂以下跪倒。贤臣座上留神，瞧罢开言说："姓甚名谁，哪里人氏，什么冤枉，快讲！"老头朝上磕头，痛说："小人名叫张勤，恩主张宗显，曾在钱塘作过县令，唐县清流庄住。恩主去世，家贫，撇下年幼小主，奴仆拐带逃走，剩下老奴一人看守大门，扶侍小主学房读书，至今约有十数多年。老主在日与小主定亲，他与一榜同年郑宅结姻，拟欲前去就婚。郑乡宦忽生恻隐，差院公到门，向小的说明详细，郑老爷嫌贫，欲要毁婚。夫人、小姐势不依允，又不敢相拦。郑爷上河间府去，老夫人打发人来请，说道黄昏之后，花园等候，愿赠金银。老爷回家，行茶过礼，免得将来绕舌。这日公子去西庄瞧表伯，小的报信，小主耽搁，次日才往，谁知小姐自尽。"贤臣闻听此言，不觉心惊，开言便问，"张勤，郑家母女因乡绅郑济悔婚，暗助之意，既然请到他家，就该多赠金银相助才是。"

未知如何，且看下文分解。

第五十回

于大人究问情由　张公子诉讲原因

　　话说贤臣手拈乌须，下问："张勤，就便你家公子无去，郑小姐却又自缢，是何缘故？从实诉来。"张勤望上叩头，口尊："青天大人，那日郑夫人差心腹来到这边，将来意说明，公子甚是犹疑，一心要正大光明。次日到郑宅，或是退亲，或是赠银。不料去时正遇小姐自缢，郑乡绅赖公子奸骗妇女，强逼人命，立刻送在县衙，不容分说，严法审问，公子难当，只得招承。可怜公子无有亲友，是以小的冒死前来哀求大人救小主之命，感仰天恩无尽！"贤臣一见，心下思量：老仆所诉惨情，必须细审根由。贤臣正在为难，衙役禀事，说道："本处知县衙外禀见。"臣说："有请！"青衣外行。

　　不多时，知县上堂。贤臣端然坐定，一见知县进来，站起说道："贵县前来何事？"县令说："张勤之案，卑职审过，此事既为诳骗，要有凭据。"贤臣又问众乡民："因何也随张勤到此？"父老闻听，堂前叩头，说道："众人也为张公子无故受屈，于礼不合。他本世代乡绅，诗书传家，公子为人端正，严刑苦拷，虽然招认，久仰大人判事如神，又恐张勤一面之词，难以凭信，是以斗胆随来，在天台案下代明不白之冤。"贤臣听罢父老言词，点头说："你们回家，不可多事，本院自有公断。"众人随即出衙而去。贤臣叫声："张勤，有词状么？"义仆说："烦琐公案，故此无写，小人口诉。"贤臣说："你且回去听候发落。"磕头谢恩而去。贤臣立刻差人赴唐县提到公子张琳，上堂跪倒。贤臣目视张琳，眉清目秀，举止温柔，年纪不过十五六岁，项带枷锁，蓬头垢面，骨瘦如柴，跪在阶前。贤臣观毕，说："张琳，把你冤枉之事，细细诉来。"张琳见问，下边叩头说："小人含屈，不料今日得见青天。小人父亲在日定郑济之女。嗣因身父辞官不作，家业凋零，无力行聘，郑家便要毁亲。岳母母女不从，私遣家丁前来，唤小人黄昏到花园，愿助金银，小人当日偏偏无去。"贤臣说："似此有益之事，为何不去呢？""大人容禀，小的当时生疑，恐有不良之事。再说小的贪夜入宅，非奸即盗，是以当日未去，次日正大光明，从他大门而去。"贤臣说："你可见他母子无有？"公子说："夫人别无话说，言小姐责备小的去迟失约，说明心事，他的终身有靠。"

未知如何，且看下文分解。

第五十一回

问冤情公堂细审　张公子辩诉曲直

话言公子说："大人，休想这段姻缘，小的正与岳母讲话之间，使女前来禀报，说道小姐房中自尽。夫人叫小的同行，进香闺瞧看，小姐果然已死，催促小的急速回家，免得连累。不料岳父回家，告状诬赖诓过金银生事，二次上门又行讹诈，逼死小姐。送官，县主又不容分说，屈打成招认罪。这是小的实情，求大人判断。"贤臣复又问道："你进门时，汝岳母问何言语？"公子说："小的进门之时，岳母并无说什么，便出房去，又叫掌家婆来问小的来历，盘问多时，岳母便让至内室，小姐隔帘说了几句，方才回禀大人的言词，此外并无别话。"

贤臣闻听点头：此子相貌端庄，行止老成，他在郑宅与夫人见面，如何不询，却叫婆娘盘问？或因相貌不同，叫其女隔帘答话，料无别故，大概分其相貌，未曾赠金，竟落空回。小姐说下为何失言，内中定有缘故，莫非恶奴骗财，行事苟且，郑小姐含羞倾生？据他之言，已去两次，况且千金一命逼死，当时怎肯放他？及至乡宦回来疼女，始兴词告状，倚仗托付莫知县报仇，屈招定案。贤臣叫声："张琳，本院问你，郑宅家人请你之时，见过此人否？""小的并未会面，将情由说与老奴，彼时小的在表舅家中，老奴前去报信才知。"贤臣说："报信之时,却有何人在于旁边?"公子说:"并无外人,唯有表兄闲坐。"贤臣说:"你表兄多大年纪,什么名字?"公子说:"表兄年已十八岁,名唤徐立。"贤臣点头又问:"你岳母相帮,有什么话说?"公子说:"并无别话,深怪当日未去,小的因向表兄借用衣服,他说鞋还未上,明日再去不迟。"贤臣说:"这日你表兄在家无有呢?"公子说:"表兄时常在外,一夜未回。"贤臣吩咐:"提袁公来审!"

不多时,将袁公拿到。贤臣座上微微冷笑说:"袁公,那一夜是你领进张琳去,你就无看见他的相貌么?"袁公向上磕头说:"大人在上,那夜天黑,小的认不真切。"贤臣闻听,将头点了一点,无凭无据,如何审问?况且既有欺心,岂肯善招之理?想匀多时,吩咐:"人来,快把郑家的账单取来过目!"上写着:散碎银一百二十两,首饰十八件。贤臣瞧完,吩咐:"将张琳寄监,随发放袁公回去!"公事已完,点鼓退堂。次日挂出牌来,上写:"本院偶染风寒,一应公文病痊投递,府县一概免见。"

且说张琳的表兄徐立专学匪类,这日吃过早饭,街上闲行,树荫下一簇入围绕闹吵,不知所为何事。徐立到了跟前,闪目瞧看,一个客人身穿重孝,两匹骡子驮定绸缎,众人要买,他却不肯零卖,欲连骡子一总全发。众人心中不服,向那客人说:"你那两匹骡子还卖?赊给牌头老谢一匹,那一匹我们现钱买你的,缘何不卖呢?"那客人说:"在下有个缘故,先父归西,两三日就要料理,哪有工夫零卖,情愿让个加一都卖了,好去治事。"

徐立闻听,心中打算:奈何我如今不敢行茶过礼,表弟官司尚未完结,银子虽然藏定,昼夜悬心,何不拿作资本,买个便宜,赚点渔利?如今客人着急要卖,等钱使用,必让加三,我要买下,又可心静,岂不是好?贼人安定,望客人开言说:"客官既然急卖,须多让几两,咱要成交,是现兑银子。"客人闻听,便将绸缎算明,共值银二百两,让个加一,还值一百八十两。

未知如何,且看下文分解。

第五十二回

施巧计徐立遭擒　万恶贼惧刑实诉

话说徐立见客人将账算明，开言便说："你若让个加三，便买一半。"客人说："一来也无这许多让头，二来也不卖一半。"徐立说："我也无这些银子。"客人说："瞧这村中也无有个上样的财主，哪里有人买得起这些？"

徐立心中不服，说："客官太也小看人了，你若让加三，我便全买。"客人说："我赌气让你个加一五，何如？"让到加二，讲定共值银一百六十两，徐立点头就叫："客人把绸缎搬到家中！"恶贼内心辗转：现有纹银一百二十两，还少银四十两，首饰拿典当，又恐走了风声，何不与他兑算，占些便宜？恶贼主意拿定，眼望客人，带笑向耳边说明，客人应允。

徐立欢喜进房，将银子首饰拿来。客人过目，客人见了银子，首饰十八件，便叫徐立看看绸缎，推说："我去叫伙计来看。"急出庄村而去。客人是谁？就是抚院大人，暗来私访，见了首饰金银，真赃出现，立刻回到保定府，出票差人来至村中，将徐立上锁。恶贼心下吃惊，不知是何缘故，跟到保定府。贤臣立刻升堂，吩咐青衣带徐立上堂听审。喊堂三遍："提犯！"唬的恶贼冒魂，又听惊堂响亮，贤臣动怒，手指恶徒："为害表弟，冒名顶替，诓骗金银，郑如兰自尽，因你丧命，败坏人伦，若非本院亲访，清浊不分，冤枉好人，快诉真情！恶贼跪在堂前，抬头看见抚院竟与那卖绸缎客人一样，又细观瞧，果然不错。

贼人胆裂魂飞，不敢抵赖，下面磕头说："小人该死！"贤臣说："快将你那买绸缎的金银首饰献上来罢！"恶贼惧刑，一一实招。贤臣差人到恶徒家中起赃，以结公案。去后，贤臣手指徐立大骂："凶徒！你如何假冒张琳欺瞒弟妇，诓骗金银，决不该玷辱名门，有伤伦理，莫非你与张琳素有仇恨？"徐立闻听，口尊："大人，小的与表弟无仇，姑丈在日害过小的。"贤臣说："汝姑丈张忠显已经死去多年，为何说他害你呢？"徐立说："青天在上，姑丈在日，原本好心，反成恶意。当日与小的定了一门亲事，本处奚乡宦之女，名叫羞花，今年十八岁，人才出众，相貌惊人，兼之书画琴棋，无般不会，各乡宦人家都想谋娶。奚氏之父母贫寒，现随他叔叔度日，母亲又不与小的急急完婚，皆因姑丈之过。小的想姑丈在日，偏心疼儿，替表弟定下有钱岳丈，表弟却无钱完娶，不能行聘。他岳丈有钱暗助，所以怀恨，得了前次赠银这个消息，假冒表弟诓银，到手好完婚聘娶。小姐留住一宵，是她自己不是，与小的无干，本是自己含羞寻死，何尝是小的逼煞？所诓财礼分毫无动，大人先时私访，亦都看过，一点不错。"

未知如何，且看下文分解。

第五十三回

于大人公堂为媒　方从益攀高图贵

话说徐立说："今日在公堂情愿全交，求青天开恩饶命。"贤臣听罢大怒，骂声："贼囚，还敢求生？汝姑丈给你定亲，原为你好，不念恩情，反起祸端，诳金银，害表弟，污辱名门，罪当乱刃诛之！"吩咐青衣："先拉将下去，重打四十大板！"一齐答应，按倒，打得凶徒满地乱滚。贤臣叫张琳："听我吩咐，徐立是你父在日，曾与奚门给定亲，你可知道么？"张琳说："小人全知，还有众乡绅图谋，作诗一首。"贤臣说："你可记得？"公子说："小人记得。"贤臣说："你写出与本院过目。"公子当堂提笔，写出那四句诗词。贤臣接过观瞧，上写诗曰："薄命红颜实可伤，仙姿不幸配村郎。冰人当恨张知县，强把明珠土内藏。"贤臣一见诗词，就知奚氏羞花是个才貌双全之女，心下辗转多时，主意拿定，立刻差传奚氏并他叔叔奚让到衙问话。差人领票如飞，把奚让传到。贤臣吩咐："带上堂来！"贤臣举目观瞧：羞花生的出众，怪不得各家想要联姻。常言说，淑女应嫁才子。今配徐贼，太觉不堪！贤臣坐上叫声："奚让，汝侄婿行事亏心，逼死人命，应该抵偿，必是另选高门。哪有表兄欺心害表弟之理，以至威逼小姐身死。张琳无妻，本院为媒，羞花可补凤鸾，正是才郎淑女，你可依从否？"奚让闻听欢喜，连忙进礼磕头，口尊："大人在上容禀，身兄在日，原欲羞花匹配张琳，谁知张琳已定亲事。张县令为媒，说与徐立，不料此子匪类多端，悔之不及。如今又有这番变故，蒙大人天恩，复将羞花匹配张琳，小的感恩不尽！"贤臣闻听甚喜，便向公子要出玛瑙为定，令奚让带羞花回家听候，择吉完娶。且说恶贼见贤臣将羞花判与张琳为配，气得如痴似醉，后悔不来。贤臣吩咐："把张琳当堂释放。这份长枷刑具，给徐立带上。"往下吩咐："张琳，此事于你无干，乃系莫知县断事不明之过，休怨你岳丈郑济诬告，你若不泄机，如何有此祸事？今玛瑙定亲，可择吉完娶，官给赏银十两，以为读书之费，从此须当勉力攻书，以图上进。"公子苦苦推辞说："小人与奚氏有叔嫂之名，怎敢乱伦为配？求大人开恩，免此婚姻。"贤臣说："恶贼欺辱弟妇，礼当以奚氏补偿，恶贼秋后处决。奚氏无靠，配汝为妻，正合天理人心，不必推辞。去罢！"公子无奈，谢恩叩拜，同时开释义仆张勤，心中快乐而去。贤臣吩咐："徐立收监，秋后处决，莫知县才力不及，休官罢职。恶贼所诳金银首饰，令袁公领去，物归本主。"袁公到家，郑济便问老家人审断情由，说了一遍，又言："奚家好个女子，美貌无比，配与姑爷。"郑济闻听，望顾氏说道："如今如兰虽死，有徐氏抵偿；张公子失妻，有羞花抵补，都算公道。我想奚家最穷，不如认羞花为义女，招赘张琳来家作女婿，几下里均有照应，岂不是好？"顾氏甚喜，令人去请奚让来郑乡宦家中，彼此商量。奚让闻听，欢喜之至，随即择选吉日，接羞花小姐，拜认义父义母，又择吉期将张公子招赘过门。公子重赏义仆张勤，享福养老。张公子感念贤臣，朝夕焚香报答恩德。后来张公子成名，双生贵子，真乃夫和妻顺。

且说保定府城中有一家暴发户，姓方，名叫从益，外号"扯燥"，祖父原是庄农之汉，运至时来，偶然发财，放账滚折，渐渐称为财主。妻子生个女儿，起名绛霞，生得倒也聪明，敏慧美貌端庄。方从益外面甚有些交接，府县衙门亦颇有体面，性情奸狡刻薄，倚财仗势，欺压良民，爱富嫌贫，不行好事，干过许多过恶之事。

未知如何，且看下文分解。

第五十四回

方从益霸占良田　恶玄门见财起意

　　话言方从益倚仗赀财，结交乡宦，狐假虎威，欺心霸道，无所不至。有一个崔秀才，家业贫寒，典地与方家，银价二百两，三年无人回赎，任其倒卖。已逾三年之后，崔家商议，要卖与方家，再找银二百两。崔生烦亲朋说合，才许找银四十两。崔秀才一气，竟将此地烦人说合，转卖与新进秀才贺素华。及至贺家赎地，方家哪肯依从？打听明白，贺家虽是乡宦之后，家业不足千金，又是新进秀士，故方不放眼内，竟霸占崔家土地，告官争闹已有二三年。方姓钱大，将地霸住，贺素华白花百金，银地两空，还有亲朋说合，读书之人，只得弄钱。大比之年，贺秀才中举成名，次年会试及第，又中进士。贺素华欢喜。方扯燥闻知，唬得魂飞，茶饭懒餐，想前思后，不该霸道。如今他是翰林院，身趋凤阁，倘若想起旧怨，贺素华怎肯容情？要和同年说知，我的家财立刻消倾。急中生计，想起贺家有个儿子，戚秀才的哥哥戚克新受业，就有心将女儿与他结亲，又恐有了亲事，兼怕贺家不允，托人打听虚实。贺家儿子庆云未有亲事，方扯燥闻听喜悦，备重礼烦戚先生中间说合，戚贡生受了礼物，到贺家作媒，进士在京候选，一应家务是伊妻黄氏照管。夫人打听方家丰富，却不是书香人家，因碍着先生，只得应允，到他家相看，女年十四岁，名叫绛霞，生得端方。黄氏喜爱，选上吉日良辰，行过聘礼：金如意一对，金戒指一副，金簪一对，金镯一对。方扯燥为选名门，并不争论。黄夫人写书到京告诉进士。贺素华见是方家，倒也罢了。

且说一个耍狗熊的闲汉，名叫杨束，养一个小狗熊，教它诸般玩耍，精心用意恩养。这日，杨束在保定府城中耍了一日，赚有三吊多钱，心中快乐，右手拉定狗熊，左肩扛着宝钞，遇有酒铺，喝上几盅。出城走到黄昏时候，至黄花铺后边，酒就涌将上来，头重脚轻，躺在地上睡着，三吊铜钱扔开。狗熊最通人性，把拴它锁子抖了一抖，绕在身边青草丛中歇息，等候主人一同回家。且说一个道士通真胡行，不干好事，虽是玄门，专以耍钱吃酒，每日念经，赚来银钱都花费了，恨天怨地后悔。这日到清虚观，米面柴油俱无，且吃黄瓜充饥，又说："何不偷些物件，典当钱文，到明日另想奇方？先在庙后白老道养的报晓鸡，何不瞅空偷用一只？更深杀之，打酒关门吃乐。明白进城，弄些钱返本。"恶贼想到开怀之处，迈步如梭。刚然来到黄花铺，忽听脚下"哗拉"，止住脚步，原是杨束所扔之钱。月色当空，贼人瞧得明白，走到跟前又看：是三吊宝钞！还有一个醉汉躺在尘埃打呼。通真细看，认得是杨束，说："妙呀，我今路遇邪财，何不悄悄偷去买酒肉吃喝，剩些钱钞好作本捞梢，岂不是好？"想罢，伸手拾钱，揣在怀内，不提防杨束酒醒，睁眼见有一个道士偷钱，狗熊不知在哪里去了，由不得动气大骂说："通真，焉敢偷我钱钞，还不放下！"道士心急，伸手打怀中掏出一扇铜钹，望杨束打去，只听响亮，正中杨束的头上，霎时丧命。道士得钱喜悦，迈步前行，走了半箭之遥，惊醒狗熊。瞧见主人已死，身旁之钱业经偷去，义兽飞奔，顺着背道，朝前追赶。通真正然走路，忽听背后吼叫之声，贼人心下吃惊：一定是杨束的狗熊通灵，赶我来了！转眼工夫已到。道士害怕，无奈，扭转身形，望狗熊使劲就是一钹，竟无打着。恶道一翻身钻入高粱地内，绕几个弯子，霎时无影响。义畜虽然月色当空，瞧不真切。

未知如何，且看下文分解。

第五十五回

恶道士因财害命　于大人巧定牢笼

　　话说道士通真钻入地内，义兽虽把恶道士在月下瞧明，不料凑巧的高梁地被他逃走。这狗熊守定主人，哭了半夜。天亮远远有人喝道而来。狗熊虽是畜类，心内通灵，跪到大轿跟前，抓住轿杆。众青衣俱各着忙，一齐赶打。那狗熊死也不松，连声怪叫。轿内的官员却是抚院于大人拜客，一见狗熊抓轿，打也不开，贤臣说："住轿，本院问话！"说："狗熊，有甚冤枉，轿前拱扑，本院替你断审。"跟去看验，狗熊性灵非凡，前扑连拱三拱，翻身跳过轿旁，一是魂附熊体，一是义畜知恩报主。贤臣下叫："何能、谢正，跟随此畜前去！"二人答应，跟定狗熊来到黄花铺后，瞧见死尸。绕到前边，跪倒回话："禀大人，铺后有一个死尸，相离有半箭之路，还有一扇铜钹扔在地下。"贤臣听说，想勾多时，吩咐把轿抬到后边，亲瞧死尸，是个闲汉模样。贤臣说："此熊一定是此人畜养，脑后竟像铜钹所伤。"贤臣就问："这是你主么？"那熊点了点头。又问："害你主人的仇人家下可认得么？"那熊把头又摇了一摇。贤臣说："那仇人你可认得？"那熊又将头点了一点。贤臣吩咐："人来，掩埋尸首。"令人把扇铜钹取到，贤臣观瞧铜钹，里面写着红字"清虚观"

三字，心下明白，定是道人作恶！本院有心硬拿，怕的是清浊难分，牵连良善。想勾多时，往下吩咐："将狗熊暗暗带进衙门，不可令人知道。"青衣领差而去。贤臣大轿抬起，拜客。

且说恶道士通真自从害了杨束，偷去三吊钱文，失了铜钹一扇，东荡西游，半月有余。这日街上闲行，听得纷纷言讲，都说巡抚衙门内一尊泥塑天尊圣手会动，但凡道士有缘看见泥像的手一指，定是素有根基，将来成仙。抚院大人有令，若有玄门看见天尊的手动，大人施银五十两，以为焚修之费，你我明日何不去瞧看？或是真假。道士通真闻信，甚喜，说："明日我何不也到衙内观个热闹？倘然祖师慈悲，动一动圣手，白得银五十两，岂不作好几日的赌本？"这贼思想，回到庙中，次日天明，急走赶到衙门之外，等了一会，保定府的大小道士齐集一处，都要看天尊，倘然手动，好白得银子。衙前牌上写道："今有天尊显圣，托梦与本院，保定府城中有根基道人，单看圣手一指，将来就是得道的神仙。如遇其人，本院施白银五十两以为焚修之助。"

未知如何，且看下文分解。

第五十六回

恶玄门中计遭擒　对铜钹狗熊见证

　　且言众道士等候，好瞧圣像。单说贤臣吩咐门子求真一旁伺候，说："把狗熊拉来。"门子答应，顷刻牵到后堂。畜类双膝跪倒，不住的拱扑磕头。贤臣观看，心中不忍，说："狗熊，害你主人的仇家你认个明白，不可冤屈良善。你若心中明白，点头三点。"那畜闻听，将头点了点。贤臣甚喜，叫声门子："将此熊拉在手内，大堂之下，如此而行，不可有误。""小人知道！"门子带定狗熊，吩咐开门，把一尊泥塑神像请在当堂供上，用锦袱盖定，不过是哄人，假设香烛纸马，府门开放。那些玄门一齐往里行走，参佛一般，一个万恶的通真也挤在大堂以下。座上贤臣开言讲话说："众道，听本院吩咐，前夜安眠，房内响亮，天尊下界，望本院含笑说道：'此处有神仙，衙内塑我之像供奉，传唤玄门，大家挨看，祖师暗里显灵，若有根基重的，天尊圣手能指神仙。'本院无可为助，五十两白银以助焚修。此刻天已寅时，圣像专等辰时指仙。"贤臣恐众道士等得心烦散去，用话稳住。

　　且说门子求真奉贤臣密计，坐班房将狗熊拴在房内，预备香茶，等候人散，留住吃茶，不觉辰时，众道士挨次上堂看圣像。轮到通真，此时把前事忘了，瞧圣像供在当堂，迈步近前，掀起包袱，看勾多时，不见动手，后面道士催逼，恶贼这才放下，心中妄想，半点全无，迈步退下公堂，出角门来至班房之外。求真让进吃茶，恶贼正然口渴，走进班房，先散出来三两个，在那里吃茶闲坐。通真也坐在椅上，等候吃茶。狗熊一声怪叫，正是"仇人相见，分外眼红"。恶狠狠两爪高扬，扑了通真而来。贼人一见，往外飞跑。门子一声喊叫："当差众伙计，快锁凶徒！"青衣答应，动手锁拿，推拥上堂，滴水檐前下跪。贤臣说："众玄门，不用心惊，本院捉拿此贼有个缘故。说瞧天尊动手，你们想，亘古以来，有泥神会动之理？"说罢，吆喝带上恶道听审。青衣答应，带上下跪，唬得浑身打战，口叫："青天，拿小人所为何事？"贤臣听毕，大怒，骂声："胆大凶徒，还敢赌讹？黄花铺外，铍打杨束丧命，人死无对，谁晓狗熊义气鸣冤，拦轿告状，差人跟去验明，铍上现有朱红写的'清虚观'。今巧用计策拿你，狗熊为证，快把杀人情由诉来！倘若不招，六问三推，严刑拷问！"道士开言，只得从头至尾实招，贤臣说："可恨，你这恶贼，心似毒蝎，因财致命。本院问你，那扇铜铍现在何处？"通真说："现在庙内。"贤臣吩咐："人来，快把通真的那扇铜铍取来！"青衣不多时拿至，贤臣闪目观瞧，铍内也有"清虚观"字样。看毕生嗔："将通真拉下，重打四十，问成杖后斩罪，即时收监。"狗熊令人送在城东普济寺内，交与当家僧人，每月领官钱粮喂养。贤臣公毕，点鼓退堂，众玄门散出衙门。

且说方从益自从与贺家作了儿女亲家，方家势利心肠，十分欢喜，四时八节常送礼物，黄氏夫人也有回盘。不料贺素华京内为官，一病而亡。方从益闻知，好生后悔。

未知如何，且看下文分解。

第五十七回

势利翁爱富嫌贫　晋安人良言解劝

且说方从益悔在心中，婚姻大事，也难启齿。贺家搬丧，殡葬花有数百金，家业凋零，还可度日，不幸又遭一把天火，一贫如洗，奴仆散尽。母子二人，公子贺庆云年交十六岁，家贫难以攻书，亏有几门亲戚常来帮助。又过二年，公子年交十八岁。这日，正然闲立街门，一群牲口打门前所过，内有一个骑骡之人，身穿重孝，相貌富足，贺公子只顾观瞧，不提防就是那势利的扯燥。抬头瞧见公子，帽破衣残，犹如乞丐。心下不悦，把头一低，催骡而去。公子这才认出是他岳丈，十分羞愧，欲要回转。走过一个老者，此人姓徐，名叫咸宁，为人义气，一见低头，就知他愧见岳丈，又见方从益佯装不睬，骑骡过去，老头儿动了不平之气，口尊："公子，因你岳丈相轻，含羞心烦，不必发呆，先贫后富。尽有财主，先富后贫，亦复不少。既已当日定亲，木已成舟，难以后悔，须要耐时，守分攻书，我帮你几串钱，硬自行茶过礼，不怕他不看顾与你。方令亲若果爱富嫌贫，就写词状，告到当官，这新来的于抚院断事如见。大人若要究情审问，哪怕他仗势？巨富乡绅，谁人敢惹，正是官清民安。公子不必忧愁，听我奉劝，我必然帮你成亲。"贺庆云长叹，口呼："老丈，多蒙金石之语，但只这段姻缘，家母说来，也是方家强求而作，现有旧日先生为媒，哪怕他嫌贫爱富？不愁别的，一来家寒难娶，二来这穷苦，自觉羞愧。"徐老者说："公子，此话差了，他家赶着你家作亲，谁人不晓？令尊死在京中，家下又遭天火，也是天意，该当勉强不来的事，哪里有人笑话？公子不必愁闷，还是同老太太商量要紧。小老儿系在紧邻，一定极力相帮。"公子点头说："多承指教，家母若替小侄完婚，必然奉求相助，仰仗你老人家成全此事。"徐咸宁说："出尔反尔，岂是人类？"说罢执手，各自回家。

且说方从益那日从骡子上看见公子衣履不齐，加上几鞭，一辔头来到家中，坐在书房低头纳闷，辗转暗说："贺公子穷得如此光景，亲友闻知，笑我无能，玷辱你贺家祖宗犹可，为何损我方家素日之名？仗着银钱去退婚姻，若要不依，定叫穷酸丧命。"正是奸贼胡想，安人晋氏走进，便问："员外拜客回来，因何不乐？"方扯燥见问，把手一拍说："安人，罢了！"就将拜客路遇贺庆云之事说了一遍："我女儿嫁到他家，成何体面？"安人闻言相劝，方从益低头不语。安人回后歇息。方扯燥心生一计，若要退亲，除非原先的媒人戚贡生去说方妥。

未知如何，且看下文分解。

第五十八回

想退亲邀请贡士　酒席上试探冰人

且言方从益又想，戚贡生乃系贺庆云之师，焉有为我之理？贺家母子倒放不在心上，唯独戚贡生难惹。他乃见财忘义之人，只需多费几两银子，怕不出力？何不差人请来，缓缓试探口气，若有几分成手，就送银子；若是不顺，两生别方。"安童呢，快去请教书戚老相公吃酒！"安童答应前去，方扯燥等候放学之后来临。红日西坠，整顿酒席，授业先生摇摆而至。方从益一见戚克新，满脸含笑，打躬让至客堂，分宾主坐定。安童献茶毕，戚克新便言："多蒙员外相召，不知有何见教？"方扯燥心事虽急，一时难以出口，随机答道："久闻先生洪才，总因出门，未得领教，今备水酒，奉请老先生台驾闲谈。"戚贡生深打一躬："多谢盛情，愚下才疏学浅，何以克当？"

说话之间，安童摆上酒席，谦让坐下。饮酒多会，方从益复又斟满，敬了数杯，这才开言讲话，口尊："老先生，弟今不为别事，皆因小女执柯已经五载，两家儿女俱已长成，也该完娶，小弟专候，而贺宅全无音信，请教老先生有何高见？"戚贡生原不是正人，专扛顺风旗儿，听见从益之言，长吁口尊："员外令爱婚姻之事，只因小弟多管，耽误良缘。"方扯燥闻言，假作吃惊，说："先生何出此言？"戚贡生说："当日小徒令尊在时，家业倒还丰富，不幸进士京中丧命，又被天火，可叹衣食之类，甚是艰窘，真是一贫如洗，定难上进。当年错牵红丝，昔日若不放定，早选富贵儿男，如今贺家无力迎娶。"方扯燥又假意长叹，口尊："先生，如此言来，贺宅一时不能完婚，莫非耽误小女终身？求先生替小弟想一条两全之计，感之不尽。"戚贡生说："他家日用尚且不足，小弟总催，也是无益。"方扯燥闻听，说："小弟倒有一计，未知是否？现今贺宅家业寒苦，不如从此一割两断，早为开交，免得月下老为难。先生若能退礼，小弟自当重谢！"贡生暗说："老方竟有爱富嫌贫之意，将来定要磨牙，何不试他一试，然后见事行事，再作道理。"

　　未知如何，且看下文分解。

第五十九回

戚克新贪财忘义　徐咸宁向热不服

且说戚贡生打算已定，说："莫非别外有主意？小弟要费些唇舌。"方扯燥闻戚贡生之言有些活动，拿出白银五十两，光华夺目。戚贡生一见，打动心怀，满脸堆欢："多承高情，原就不该，员外既有心事，大家商议，受人点水之恩，必当涌泉之报，不劳员外费心。"固辞不受，却伸手接过，揣在怀内。方扯燥连说："轻慢，求先生妙计玉成。"戚贡生说："员外，小弟有一条计策，就不好向员外言讲，若依愚见，倒有几分成手。"扯燥说："先生有何妙计？请言，小弟必然遵令。"戚贡生说："愚下拙见，今日竟到贺宅说令爱暴病而亡，他知令爱病故，一定将聘礼送还，那时把令爱另选名门。他家不来便罢，若是追根问底，就说员外有位二姑娘，今日出嫁，难道不许聘嫁？量他母子也猜不透此事。小弟说明，望员外思忖。"扯燥闻听此言，甚喜，说："多蒙先生高明，小弟深感盛情，就劳台驾办妥此事，小弟自有重谢，勿敢忘德。"说罢，到后边取出四色定礼交戚克新，辞别竟扑贺宅而去。

到了贺家，把前言说了一番。公子闻言，心中暗想：怪不得昨日方从益这老头子见我，竟自面前公然而过，果然今日出想此法。他家女儿既已病故，岂有不报之理？今日戚先生前来，其中定然有诈！且报与母亲，再作道理。回后禀明老太太，闻听疑心：此事有假！说："请进，先生面讲情由。"黄氏夫人只是不信，戚贡生着急，高声分辩，惊动隔壁。徐老者正在家中，隔墙听见，仗义心肠甚是不忿，忙到贺家。公子正为婚事作难，见徐老者前来，不由心喜，口呼："老丈请进寒门，替评上一评。"就将方家着戚先生前来退定，言小姐病故之事说了一遍。老者便问："戚先生，方贺两家姻缘之事，原是先生的月老，贺宅才放定礼，两姓成就姻事，小老儿不知。只讲现在，贺小姐既然病故，生是贺家人，死亦贺家鬼，为何小姐得病之时，方宅并不通知，是何缘故？还怨夫人动气。先生乃是明礼之人，读书君子，也要详参，你还来退定，心中不无有诈，真假唯独先生知道。"戚贡生闻听，急得长吁说："徐老丈知其一不知其二，错怪人家，屈死小弟。"

未知如何，且看下文分解。

第六十回

徐老者羞辱媒人　贺庆云公堂诉冤

　　话言戚贡生口呼："老丈，非方家不来报信，怕贵府知道，姻缘之亲，不同泛常，是我疼爱徒弟，怜惜其苦，叫他不必通知，讵料次日绝气。方宅因是小口，又不便报丧。你母子省得花钱，该感其情，何得怪先生不公？老徐，你也最明礼义，评评曲直，我是向热之心，付与流水。"徐老者微微冷笑，开言望戚贡生说道："据你所说，还要公子感情。依小老儿看来，你们竟是串通一气。我更不会巧辩论，我老徐也讲不出道理。"公子闻听，也就动气说："我们散罢，明日告到当官，见了抚院大人，那时再去细细分礼。"戚贡生眼望贺公子与徐老者二人，站起说："好事！贺家母子定是你窝调，你仗着于抚院，戚克新理直气壮，方员外情真事实，哪怕去告我，在堂上等你。"说罢站起，转身就走。贺公子只为先生欺人，也就不送，臊的贡生难受，所谓苦刀难入鞘中。虽然走路，暗想：贺庆云看我着急答话，这如今说满，无了退步，他们兴词要见抚台，于大人为官清廉，不顺人情，不爱民财，我作事尽虚，区区怎敢到堂？指望欺负孤寡，谁料反害自身？不觉来到方家，见了扯燥，前言说完。方从益理短情虚，也觉害怕，说："贺庆云那畜牲，仗着有人主谋，方要告状，到官见了大人之面，咱定要出丑，如何是好？"戚贡生口尊："员外，事到其间，也无别策，保定府城中惟侍讲崔英他的官大，又系于抚院同年，何不备一分厚礼，前去求烦？且是往日受员外礼物颇多，一定肯去！于公虽是清官，为别人未必肯伤体面。"扯燥闻听，说："有理！"连忙预备金银厚礼，令人抬定，亲到崔府面见侍讲。崔英受了金银，满口应允。方扯燥告辞回家。

且说庆云与母亲商议停当，就烦徐老者同到衙门写状，告到于大人案下。接状瞧完，腹中暗转："我想戚克新身系贡生，岂不知伦理纲常？既与徒弟为媒，焉有偏向方家之理？若推此情，方家之女定然得病而死；若论方家，既是富户，其女有了婆家，岂有身亡，暗暗抬出掩埋之理？分明是虚词假话！况且既是真情，何须求崔侍讲前来讲说分上？本院若是拘审，如何就肯实招？既曾定计，自然另有腾挪，暗暗嘱咐家人设一口假棺，难道本院还去劈开验看？媒人又是他师傅，又是个贡生，无凭难以突然加刑审问，想来不可急促，必须如此方妥。"贤臣主意已定，差人押公子庆云，提戚克新听审。找了一天，未见其面，谁知躲在方家商议主意。

未知如何，且看下文分解。

第六十一回

诓小人巧配婚姻　带家书乡民觅舅

　　且说方扯燥暗暗求侍讲崔英前去面见于公说情，刚到黄昏，方从益又到崔英探信。崔老爷将扯燥让在房中，献茶已毕，方从益便问："喜信如何？"崔英说："大人已经允了，将来贺庆云这官司还要照顾。"方从益告辞回家，见戚贡生说了一遍，两人欢喜。戚克新方要回家，家人来报："今于大人差门子求真到门，有事商议。"方从益闻听，急走把门子迎至书房，献茶已毕，开言口尊："员外，我奉大人所差，一事来商：大人的内侄现今无有亲事，今日闻听侍讲崔老爷所言，府上有二位小姐，大小姐身亡，二小姐现在待聘，大人差我前来提亲，欲将二小姐说与大人的内侄，不知员外允否？"方扯燥闻听抚院与他提亲，甚喜，口尊："上差，既蒙大人不弃，寒微小女与大人的内侄作亲，小民求之不得，有甚不愿？"门子说："既然员外允下，还有一事相烦，大人的内侄现今十分穷苦，大人叫我向员外说，连行聘之礼，也是无有，向员外借银一千两，以为行茶之费。有呢，立刻打点行聘；若是无有，这婚姻也不用提了。"方从益一闻抚院与他提亲，只愿结姻，哪还疼一千两银子？回答说："是有。"求真门子把事讲完，也就回衙。

次日，贤臣把贺庆云、戚克新提到，当堂审了，一堂巧辩，当堂贤臣竟都全信，反将贺庆云、徐咸宁处分一顿，说他要告师尊，本当重处，姑念年幼无知，实因方家报迟，兼有嫌贫之论，免其重责，撵出衙门。贤臣判毕，退堂。众军民尽都抱怨，齐说贤臣往日一清如水，不爱民财，今日如何受贿贪赃，竟图方扯燥的家财，与他提亲，屈断贺庆云之事？言讲纷纷。贤臣只推不知，总不究问。贺夫人与公子十分怨恨贤臣，连徐咸宁也不住的抱怨，无奈收回定礼。贤臣这里也就行茶过礼。不觉吉期将临，贤臣令人料理，人夫彩轿鼓乐笙箫，方绛霞小姐迎娶到衙门之内，将新人搀出轿来，贤臣就叫从人自后面请出一位公子，众人瞧看，却原来就是贺庆云！堂上挂着粉牌，上写的为悔婚一案，上写："本院为官冰似心，说情明显有私恩，全情全义红丝续，今判新人归故人。"贤臣立刻升堂，方从益、戚克新、徐咸宁一应干连传至。贤臣说："方从益留神，听本院吩咐，悔婚一节，你不过嫌贺家贫困，本院借你银子千两助他，若是贺家门户不当，彼时焉能成其姻亲？他本世宦之家儿男，也配的过暴发户之女，且本院又借给这个名头与贺庆云完婚。方从益，不算难为与你，汝女婿已有家园，你有偌大家财，再帮助与他，定然愤志攻书。方从益，你将来还是贵人的岳翁，那时候你还要感激本院恩情。若不看侍讲崔老爷之面，一定要将戚克新革退衣巾，重责尔等，以正国法！令你回去说与崔府相，这等人情以后不必说他。"方众益、戚克新二人又是害怕，又是含羞，哪里还敢多话？惟磕响头而已。贺庆云母子叩拜贤臣，喜极热心街邻徐咸宁。贤臣将方家陪送妆奁并一千银子，连他夫妻二人、黄氏夫人送归贺宅完婚，夫人带着公子小姐，鼓乐笙箫，回家婚配，亲戚朋友贺客满门。夫人公子深感其德，早晚焚香，答报贤公之恩。那些老少军民这才知贤臣并非贪财。方从益哄信绛霞小姐，当堂公断，巧计完婚。扯燥、戚克新无言可对，下堂而去。

且言新城偏南有一座村庄，名叫王家村，住着一个乡民，姓李，排行为三，名唤进禄，为人忠厚勤谨。祖上原有些产业，后来渐渐凋零。老母年已七旬，妻子贤慧。虽然家道贫寒，却甚和美，母子三人正在房中所坐，李进禄之母陈氏望李三说话："我儿，如今世道敬富欺贫，不知咱家几时运来时转？"李进禄口尊："母亲，自古富贵穷通，皆由天定，为人在世，岂有生成的造化？若要妄想强求，神明不佑。"母子正然闲话，听得门外"吧吧"，有人击户。李进禄迈步出房，开放街门瞧了瞧，是个过路行客。李三陪笑说："客官，到此呼唤，不知有何吩咐？"那人说："在下是济南府来的，令母舅陈爷烦我带一封书到此。"说毕，打怀中掏出，递给李三，执了执手，往西而去。李进禄手拿书信，迈步进房，望陈氏开言，尊声："母亲，今有舅舅烦人捎到书信。"陈氏闻听兄弟字至，欢喜之至，说："进禄我儿，你舅舅自从往山东贩布，有五六年，音信未通，你可拆开，念与老身一听。"进禄连忙拆读，上写："弟陈宸拜上：贤姐安好！弟离家五载有余，买卖稍可糊口，惟觉年老无子，不料弟妇忽然病死，可怜孤苦零丁，并无倚靠。年残老景，想念亲戚。耳闻外甥成人，现在家内庄农。姐姐快叫进禄整顿行李赴山东，同我布店照应买卖，强如种地。久后弟若辞世，收拾财物回家。谨字奉闻。"李进禄念完书字，陈安人闻听，不由满心欢喜。

未知如何，且看下文分解。

第六十二回

李进禄济南投亲　斩曹操清官执法

话说陈氏安人知兄弟发财，甚喜，令儿子山东投亲。李三口尊："母亲，为儿前去虽好，路费全无，如何打算？"陈氏低头思想，进禄妻子刘氏开言说："婆母，若无路费，这有何难？昨日儿妇的父亲在集上卖了几石粮食，家中现有银子，何不叫你儿子前去借贷，等山东得意回来，如数交还，有何不好？"陈氏闻言："媳妇讲得有理。"李三答应，就去南庄找寻岳父屠户刘成借贷。到了他家，与刘成相见，就把舅舅捎书叫到山东的话说了。刘成闻听，当时应承，取出纹银十两交与进禄。接过揣在怀内，告辞回到家中，治办行囊，别过母亲妻子，出门竟往山东找寻母舅。来到济南府鼓楼之前布店以内，甥舅相逢欢喜，从今诸事留神，把买卖尽都学会，出入经营十分茂盛。不料，他舅年残，一病倾生。李三发送入土，丧事已毕，心中想念老母，随即收本回家，除发送之费，剩银五百两，带在腰内，买牲口，离山东，竟扑雄县。

且说贤臣这日审完案件，退堂回至书房，不觉困倦，伏桌而寝。忽听房外风声，瞧见一个犯罪之人，走至房内，项带长枷，身缠铁锁，赤脚蓬头，十分狼狈，来到贤臣面前跪倒。一见心内惊疑，开言便问："下跪之人是谁？"鬼犯叩头说："大人在上请听，鬼犯生前官为汉相，名叫曹操，心亏要霸龙墩之墓，越礼胡为，后来辞世，阎罗动怒，说鬼犯罪犯干条，游遍地狱，无处诉苦！现罚人间变为畜类，千秋受那刀锤，今朝又该受苦，求青天慈念垂恩，搭救脱难，再不敢违天而行。"鬼犯流泪进礼。贤臣怒骂："奸曹，真该万死！想当年，你任意胡为，徐田射鹿，欺辱主君汉献帝，惧怕运微国倾，忠臣义士俱遭你害，逼死皇后，倚强压弱，名为公相，暗是国贼！"鬼魂心怯，旋风乱滚，悲切出房。贤臣梦中惊醒，瞧房内无人，天交午错，暗自沉吟，说："奇怪，本院睡梦之中，明明是汉室奸曹前来哀告本院救他，我想已隔年代久远，为奸恶贼到此托梦是何缘故？"贤臣总难猜解。又要判一件民情，吩咐："开门，伺候升堂！"刚然坐定，公堂之下竟有猪声。贤臣低头一看，果是一只黑猪："人来，将黑猪赶出公案！"那黑猪跪在当堂，状似人形，贤臣吃惊，叫青衣快去验看黑猪有甚形迹。那名衙役答应，来到黑猪跟前，留神观看，瞧勾多时，口称奇怪，跪倒："禀大人在上，小人验看黑猪，身边明明有字，像是'曹操'二字，分毫不错。"贤臣闻听，心中醒悟：怪不得方才鬼诉求情，竟有这等异事？曹操乃汉世之人，到如今还变黑猪，果然天理昭彰，分毫不爽。贤臣想罢，吩咐："人来，快传屠户伺候！"青衣迈步出门去传，可巧就遇着那户系城外之人，即是山东投亲李进禄的岳丈。这日到此有事，听大人传唤，来到衙内，当堂下跪。贤臣开言就说："此猪既有'曹操'二字，定是恶贼托生，理当正法，以警愚人，如有失主找寻，官给价银二两。"说罢，吩咐："快把黑猪拿下去，街前杀死警众。"说着，亲写告条，晓谕百姓。屠户刘成不敢怠慢，便把黑猪拿到街前，一名青衣手持告条宣示，刘屠户动手杀猪，众军民无不称奇，唾骂曹操，美扬贤臣。事毕退堂，刘屠户回家，往雄县行走。

未知如何，且看下文分解。

第六十三回

逢岳丈进禄探亲　见白银刘成定计

　　话说进禄归家心切，不辞风霜，饥餐渴饮，早走晚宿，一路戴月披星，不住的催驴，这日就来到雄县。才要进城，迎面来了一人，好像岳丈模样，相离切近，李三慌忙下驴，紧行几步，控背躬身，口尊："岳丈，小婿有礼。"刘成见女婿说："姑爷出外多时，我父子在家，刻刻想念，今日上保定找人，被抚院大人传去杀猪，交差回转，不期路遇姑爷，真乃大喜。天气尚早，离家不远，姑爷何不先到家中瞧瞧岳母，歇息片时，然后回家也不为晚。"说罢，拉着牲口来到南庄，至家，与丈母妻舅见礼，归坐。刘成叫儿子买肉沽酒，款待李三，大家饮酒，翁婿相逢叙谈久阔，说些家常。李三掏出银子一封，两手擎定，口呼"岳丈"，含笑说："小婿些须微意，少表寸敬，祈为哂纳。"刘成接银说声："不敢，有何德能，领受厚赠。"说罢收讫。谈话中间，暴云密布，凉风阵阵，盆倾大雨，不觉时已黄昏。刘成说："姑爷，大雨难行，而且昏黑，明早回家。"进禄闻听，说："今夜打扰不当。"二人说罢秉灯。李进禄复又开言说："小婿一路乏倦，将酒肴撤去歇息。"进禄倒身而睡。刘成心下思想：女婿回家，光景得意，饱载而归，人都有时来运至，独我命小无福，枉自用心。现当屠户,莫非亦是前生造定,该受困苦?又骂无智匹夫,眼前女婿赚几百银子,何不趁他睡着,用刀杀死,尸首掩埋后院,人不知鬼亦不觉,财帛到手,买房置地,强如受苦当这屠户,从此荣华。恶贼主意已定,叫进两个行凶之人,就同贼子讲说根苗:"咱家现多寒苦,杀猪为生,想要发财,万万不能!你妹丈赚银无数,趁他睡熟,害其性命,后院掩埋尸首,快去磨刀!"刘屠户妻子闻知,唬得胆战心惊,浑身筛糠。

未知如何,且看下文分解。

第六十四回

恶屠父暗害东床　李进禄冤魂托梦

　　话说恶贼父子商量，不防他妻子张氏听见要害女婿归阴，唬得魂不附体，往前紧走几步，伸手拉住刘成，流泪说："儿夫为甚无故生心？银钱本是淌来之物，妄想胡贪，得罪神明。自古女婿原是半子，为财伤命，事犯当官，若出祸灾，且是女儿孤单，亲家母年已七旬，龙天察照，放过谁人？儿夫若要听劝，不可暗杀女婿。"张氏言词未完，恶贼动气，大骂："蠢妇，休得胡言！女婿乃是外人，又非你我所养，杀了有何妨碍？若愁女儿无人养活，守上一年半载，另寻一个门当户对的人家，又是一门新亲，更比李家还胜强百倍！我们作男子行事，谁许你多言？还不与我回后去睡，再要拦挡，连你一齐杀死！"说着，分外动气，张氏唬得"喏喏"而退。恶贼刘成同定两个贼子，便把李进禄杀死，用刀剁开，埋在后院，一应东西打理干净，俱各收拾停当。然后在灯下把李进禄的行囊打开，掏出银子。次日，掖着银子，便去治房买地，比先大不相同，十分丰富。
　　且说陈氏自从进禄山东投亲，朝夕盼望娇儿，如何还不回来？山东离此不远，音信未通，莫非在外身得疾病？或是舅舅不在历城，投亲不遇，无钱回家？安人前思后想，痛泪交流。李三妻子刘氏旁边亦为伤心，勉强解劝："婆母宽怀，你儿不久回转。"不觉天色已晚，秉上灯来，婆媳吃罢晚饭，贤人打发婆母安眠，然后回到自己房中。贤人独对银灯，伤情暗叹，无精打彩，和衣而卧。

且说李进禄被恶屠户所杀，冤魂不散，牵挂老母妻子，连夜托梦还家，一阵旋风，离了刘成后院，霎时来到自己门首，欲要进门，忽听人声，显露两位尊神，全身披挂，手擎鞭锏说："那屈死冤魂，少要前进，此乃良善之家，不可擅入。"李进禄一见门神拦路，跪倒口尊："上圣，小魂并非邪祟，乃是李门之子，名唤进禄，被人害死，今日回家托梦，望乞上圣开恩放进。"门神说："你虽是家亲，并非善终，既要与母亲妻子托梦，前门难以行走，打后门而入。"李进禄不敢有违，离前门，扑后户，刚到，亦有门神挡住。哀告多时，圣体一闪让路，李进禄便旋风般滚进后门里，走进房，抬头瞧见妻子刘氏锦屏睡在炕上，冤魂心如刀搅，泪流满面说："贤妻醒来！我是你被害丈夫，回家托梦。自从布店投亲，甚是得意，不料母舅身亡，思念家乡，收本回还，指望一门欢会。路遇你万恶爹爹，相见邀到家中，见财起意，用酒灌醉，一刀杀死，碎剁尸骸，埋藏你家后院，五百纹银已入他手，可怜无人替我雪恨！贤妻若念大义，替伸此冤，醒来别当虚浮梦景。再要多说，恐惊鸡犬，那时难以行走。"说罢，床前击了一掌，刘氏贤人惊醒，觉得冷风飕飕，出房而去，唬得魂飞，村庄之内，虽无更鼓，大概已交三鼓。贤人想前思后，怔得半晌无言，只说："奇怪，方才梦见丈夫回家诉苦。"

未知如何，且看下文分解。

第六十五回

刘锦屏试探天伦　房乡民喊冤告鬼

　　刘氏说："儿夫被我天伦图财害死，欲说梦景不真，又再三嘱咐，此事令人难猜。若说无有冤情，丈夫手提人头，尸骸不整，说得详细，父亲图财杀婿，料来焉肯下此毒手？替夫鸣冤又无凭据，梦中口词，如何当官告状？况且仇家又是天伦，岂有无故生非，就去告状之理？此事非小，不可轻举妄动，须要见其真实，再作道理。"贤人为难，婆母跟前又不敢告诉，过了几天，假称去瞧母亲，来到娘家。刘成见了女儿，比先分外亲热，治买酒菜款待殷勤，反说："姑爷许久不回，我倒时常想念。"贤人着意观瞧，一点行迹也是无有。住了一日，告辞父母，回转婆家，晚间又梦见丈夫托梦，叫报冤仇，与前言一样，夜夜如此，再不脱空。先前不过托梦，次后刚到黄昏，鬼就出来，悲声惨切，哭骂刘屠户图财杀命，贤妻不肯报仇，顾父不顾丈夫，阳世既无人报恨，少不得丰都告状，先拿刘成父子，再活捉妻子。贤人害怕，祝赞口叫："儿夫果被我父谋死，你该去闹他，留我好与你雪冤。"祝赞之后，不见冤魂，刘氏房中安宁。李进禄之魂来到刘成家内，白昼现形，前后乱跑，闹得刘成父子胆战魂飞，都不敢在家中睡觉。

且说贤臣正坐官衙，听得门外喊"冤屈"，随即吩咐带进听审。青衣答应，不多时，提进一人，丹墀跪倒。贤臣观瞧，赤身露体，看其形容，倒也良善。便问："你有何冤？"那人叩头口称："青天，小人名叫房能，住山西平阳府内，要往京城经营，路过雄县南庄，起身尚早，走到一座井边，遇着邪祟冤魂，走至面前，披头散发，身穿白衫，望小的悲声索命，唬得栽倒地上，人事不知。醒后，被套内有白银八十两，袍褂衣衫全然不见，未知冤魂，或是贼偷？恳请大人垂念离乡之人，严缉到案追究，实为德便。"诉罢磕头。贤臣一见乡民落难，不由心生怜悯，腹中思忖。

未知如何，且看下文分解。

第六十六回

于大人暗访凶徒　王家村女子算命

话说贤臣暗自思忖，往下叫房能："本院问你，井边未遇鬼之前，是在何人店内投宿？"房能说："那夜正在南庄一个亲戚严三片家内。"贤臣想起那日为审民情，堂前怪风吹落檐瓦，风雨之内又带哭声，那日本院疑心，虽是"严""檐"两字音同字异，莫非应在严三片身上？无凭无证，难以提审，何不暗去私行，访个明白，再作区处？贤臣想罢，吩咐押下房能，另日听审。青衣答应，押定乡民出衙而去。贤臣退堂更衣，扮作云游道士，肩担扁拐蒲团，不带一人，等到黄昏出城，直扑雄县。过县面前有一村庄，竟自迈步进庄，手擎毛竹卦板敲响，口内吆喝："善晓吉凶，六壬神课，预知生死，兼断穷通。"刘氏正在房中闷坐，听得卦板之声，心想："丈夫托梦，未见真实，今日幸遇婆母在街坊家闲坐，何不请进先生占算吉凶？"迈步出门，应声呼唤说："那位卖卜的先生请进来，奴家一件疑难心事，烦劳占算。"贤臣闻听，留神观看，街东门首站着个年轻妇女，甚是端庄，愁容暗淡。贤臣看罢，躬身打了一个稽首，口尊："奶奶，呼唤贫道不知有何见谕？"女子说："道爷，奴家正为算命。"将贤臣请进院内坐下说："道爷，算个属虎的男命。"贤臣说："属虎的今年三十一岁,不知几月几日生辰?"说:"八月十三日夜半子时。"贤臣取出《百中经》查对,半晌开言说:"这位尊造乃是路旁土命。幼年虚花,未逢旺运,祖业难守,定受奔波。癸酉交运,该他成家立业,发一宗外财,吃亏了偏官带煞。奶奶别恼,贫道直言。这位爷临终定然横死,况且今年又是太岁当头,白虎神压运,若无意外之灾,定主性命之险!此位是奶奶的何人?现住何处?"女子闻听,唬得惊疑,半晌开言,止不住落泪:"道爷,阴阳如神,此人是奴夫主,离家山东投亲,至今并无音信。还有一事,为难在心,欲言又恐泄机。"贤臣说:"奶奶,贫道乃是出家之人,凡事慈悲为本,焉有借端生事,暗害于人?你心中有甚为难之事,只管对我言讲。"女子闻听说:"既问根由,等我细诉,万不可走漏风声,为祸不小。"自始至终说了一遍。贤臣听罢,便问:"奶奶,依贫道参详,真假难辨,一来梦中虚幻,二来仇家并非陌路之人,乃是令尊,想来亦无此事,即便是真,你怎肯为丈夫冤仇去告亲生之父?大料断无此心。虽是真情,也属无益。"女子闻听,心中不悦。

未知如何,且看下文分解。

第六十七回

刘氏女深明大义　于大人巧遇凶徒

　　话说刘氏贤人口尊："道爷，你的言词竟不合礼！古语云：'脱衣见夫，穿衣见父。'若是为父偏心，不报夫仇，岂不有伤风化？果然事犯真赃，有了证见，一定兴词告状。"贤臣听说夸奖不已，恨父怜夫，四德三从，真是烈妇！本院定访明此事，安良扶善，立斩恶人。贤臣口尊："奶奶，贫道云游，奇怪事情也不知见过多少，令尊府上住在何处，姓甚名谁，作何生意？告诉贫道，待我前去探听，包管就见真假，别要轻举妄动，有伤父女恩情。若是图财害婿，贫道看破行藏，我与你写上一张状词，同你婆婆到保定府内抚院于大人台前禀告，包管与你丈夫雪冤。"刘氏见说，满心欢喜，说："道爷，我父姓刘，名叫刘成，是个杀猪屠户，住南庄。"复把卦板掏出，用手擎定，敲得连声所响，吆喝："算命！"

　　刚进庄中，迎面来了一人，酒有八分，一步一恍，朝前行走。贤臣闪目观看来人动静，衣帽异样，举步轻狂，贼眉鼠眼，摇头晃脑，口中自称"严三太爷"。又有一个说："这就是南庄开店严三片，此人万恶滔天。"贤臣听说，暗道："本院若知房能被害情由，须得回衙之时如此这般。"想毕，迈步前行，手中卦板频敲，吆喝："贫道

148　于公案

出海外云游到此，专治一切疑难之病，灵符一道，善消灾患，走尸逃亡，捉怪降妖，净宅怨鬼，冤魂作耗，我要来时，他就远远走开，治病除邪，不受谢仪，管待山人顿斋而已。"贤臣正然卖卜，该死凶徒走上前来，紧行几步，望着贤臣施礼。

未知如何，且看下文分解。

第六十八回

怕冤魂恶人求治　后院中怨鬼鸣冤

　　且说恶贼刘成，自从杀死李三，怨鬼冤魂不散，闹得胆战心惊，正然站在门前，听见吆喝"除邪驱鬼"，不由心内欢喜，来到贤臣跟前说："道爷，在下姓刘，就在此处居住，家内忽然邪祟作耗，烦道爷退送，倘得宅舍平安，自当重谢。"贤臣说："宝宅既然不安，贫道前去瞧瞧。"刘成连忙把贤臣领到家中。贤臣闪目，前后瞧了一遍，说："斋公宝宅之中藏隐一股黑气，非是妖魔精怪，是个屈死冤魂，白日太阳，真火照耀，不敢现形，难以除治，须得夜深，方能除去。"刘成闻听，心中有病，不由担惊，说："道爷，夜晚是要什么镇物？"贤臣说："诸事不用预备，香烛纸马，宝眷移开，不许一人在此，贫道自有法力降捉，明晨包管宅舍清静。"刘成连声答应，叫长子刘太治买香烛俱齐，又买些素菜面饭，打发贤臣吃饱。不多时，太阳归宫将晚，贤臣眼望刘成讲话说："斋公，天已黄昏，贫道刻下就要静宅驱鬼，尊驾不可在此久留，请便。"刘成答应，便同两个贼子、妻子张氏都到邻家借宿。贤臣打发刘成举家去后，把香案摆上，虔诚进礼，叩拜天地，坐在香案以前。二更时候，忽然打后院起一阵旋风，滴溜溜刮到前院之内，觉得冷气凄凄，阴云滚滚，隐然哭声，行显不显。贤臣座上细观,风中裹定魂魄,手捧人头,尸骸不整,浑身难看。贤臣观罢,手指说:"作祟冤魂,少要进前,本院姓于,保定身为巡抚,善断民间冤情,剪恶除强,以安良善,今朝私访到此,怨鬼有何冤事?把你被害情节诉来,本院替汝报仇,免得怀恨阴司。"李进禄冤魂连忙在香案前跪倒,开言讲话:"大人在上,小人名叫李进禄,今年三十二岁,山东作买卖回家,不料丈人刘成见财起意,用刀杀死,囊内银五百两尽行拿去,将尸埋在后院,始末备细说完,求大人从公判断。"贤臣听怨鬼之言,与刘锦屏梦中言语一毫不错,说:"这段冤情已经显露,可叹世上惟有人心最狠,连至亲女婿也不认得,为银钱把女婿都杀。"

未知如何,且看下文分解。

第六十九回

于大人替写呈词　恶刘成公堂认罪

　　话言贤臣说："刘成不念人伦，只图财物，真令人恨煞，古语云：'人为财死，鸟为食亡。'从此瞧来，真乃不错。本院私到此，屈死冤魂现形。回衙一定拿获凶犯，碎剐其尸，方趁心愿。"贤臣想罢说："那怨鬼，你的冤屈本院俱已明白，你且去守尸，再不许出来现形，本院与汝妻言明，叫他写状到本院台前申告，锁拿刘成父子，与你雪冤。"怨鬼闻听，叩谢而去。不多时，东方发亮，贤臣把刘成父子打邻居家叫来，说："贫道已将怨鬼驱去，从此贵宅平安无事，多有打搅，贫道告辞。"刘成闻听甚喜，打腰内掏出三百青钱说："道爷，薄仪轻微，权为斋敬。"贤臣一见，陪笑说："我四海云游，有愿在先，但凡与人家除邪净宅，分文不受，焉劳厚谢？"说罢，执手扬长而去。且说恶贼刘成到晚上回家睡觉，果然不见冤魂吵闹，心中欢喜说："这个老道真有些神通，竟把李进禄冤魂撵去。"

　　且说贤臣将李进禄的冤情打听明白，离南庄，复又来到王家村李三门前，用手击户。刘锦屏闻听走出，将门开放，瞧了瞧，认得是昨日在他家算命的先生。刘氏说："道爷，昨日去探听消息，不知可有什么动静否？"贤臣就把刘成请去净宅，李三冤魂现形诉苦，尸首埋在后院之内的话说了一遍。刘锦屏闻听，只哭得恸倒在地，不醒人事。贤臣候了半日，刘锦屏略醒起来，难以隐瞒，把贤臣让进院内，将前后告诉婆母。老人家哭得捶胸跺脚，死去活来。贤臣一旁解劝："哭也无用，贫道与你写一纸冤状，到保定城中于大人台下去告，若愁无有盘缠，贫道身边还有白银三两送你，可为路费。"贤臣说罢，登时写状已完，并银放在一处，说："你婆媳不必挨迟，快些前去。"刘氏婆媳一齐磕头，叩谢恩惠。贤臣随即出离村中，先到保定府内，立刻升堂，叫上捕快头儿何彪，附耳低声吩咐一遍。何彪说："小人知道。"出衙前去办理此事。

且说刘氏贤人同婆婆商量要去告状，收拾行李，扶侍婆婆上车，出雄县奔西南保定府，催着车辆前行。不上几日，来到保定府内，正遇放告，贤人手搀婆婆，来至巡抚衙门，口喊"冤屈"。值日官员接了呈词，禀明贤臣，见是图财杀婿一案，满心所喜，吩咐："把告状妇人带将进来！"不多时，婆媳二人到堂跪倒。贤臣下叫："刘锦屏小妇人伺候，抬起头来，你可认得本院否？"贤人闪目，偷睛往上观看，抚院大人与前日算命的玄门一模一样，贤人唬得惊疑不止，不敢答应，往上只是磕头。贤臣坐上微微冷笑说："本院为你丈夫这段冤情，在外私访，受许多惊恐，就里情由本院早已明白，不用再诉。你婆媳暂且在此伺候，本院差人去拿凶犯。"说罢，写票出签，差八名马快往雄县南庄，把刘成夫妻父子，一家四口俱各拿到，带进衙门，一齐跪倒。贤臣动怒，惊堂木一拍，大骂："刘成，把你这万恶之贼，你女儿告汝图财杀婿，与我从实招来！"刘成跪爬半步："青天在上，小人的女婿往山东投他母舅，至今尚未回家，如何信一面之词，污赖小人杀害女婿？"贤臣闻听，不由心中大怒，用手一指："本院若不给你个对证，胆大贼还要本院台前强辩。可记得前日与你除邪，有个云游老道到你家中，晚间鬼魂显形，在本院前诉冤，他因贸易山东，想念老母，收本回家，路遇岳丈，请至家中，设酒灌醉，

第六十九回　于大人替写呈词　恶刘成公堂认罪　153

乏困睡觉，见财起意，把他杀死，尸首埋在后院。事犯情真，还敢吱唔？"刘成闻听不语，唬冒魂魄，心中后悔，不如认罪画招，免得当堂夹打。恶贼跪爬半步，说："小人的过恶，俱已被大人识破，小人不敢强辩，件件皆真，情愿当堂画招认罪。"

未知如何，且看下文分解。

第七十回

斩凶徒军民称快　访窃盗假鬼遭擒

　　话说贤臣闻听恶屠户之言，随即差人星夜赶到雄县南庄之内刘成后院，把李进禄尸骸刨将出来，命土工验看，尽是刀伤刀剁，俱已报明。贤臣又叫刘成之妻张氏上堂，开言断喝："蠢妇，你丈夫、儿子纵要胡行，图财杀婿，你该解劝才是，如何通同一气，行此非礼之事？按律察情，其罪不小。"张氏闻听，浑身打战，不住磕头："那夜他父子商量，小妇人已曾苦拦，丈夫不听，要连小妇人一齐杀死，若非儿子挡住，小妇人早已丧命，并非同谋，伏乞青天宽小妇人之罪。"贤臣听罢，随即提笔判断："刘成万恶，杀婿碎剁埋尸，按律凌迟；刘大、刘二帮父同杀妹丈，应该立斩；张氏劝夫存善，开恩释放回家，断与女儿养老；李进禄无故遭害，将刘成家业房地断归养赡伊母陈氏；刘锦屏告父雪冤，颇晓大义，礼当本奏金銮，起盖牌坊，旌表节义，以垂千古美名。"贤臣判断公正，府县官员喜悦，陈氏、张氏一齐拜谢，出衙而去。贤臣随即写本进京，数日圣旨降下，命斩刘成父子三人，就在保定府正法。这日刘成等捆出南牢，刘锦屏虽与他父有杀夫之仇，难却养育之恩，同母张氏买些祭物纸钱，来到法场，摆在他父面前。刘氏跪倒，泪流说："父亲听讲，非是女儿告你，决不该图财系婿。"刘成闻听羞愧，忽听青衣发喊乱嚷："时辰已到！"刘氏退步，只见刽子手提马走来，把刘成剐之，刘大、刘二斩完。刘锦屏怜父女之情，买棺三口掩埋。同婆婆、母亲雇车回归雄县，整顿家宅，与刘成的产业归并一处，敬婆婆，养母亲，供奉贤公禄位牌不表。

且说捕快何彪带领四个伙伴，出了省城，直扑雄县。那日正往前行，眼看南庄相离不远，何快头当先寻着房能所说水井，暗将四个公差埋伏在松林之内，他就急进南庄，投在严三片的店中。吃完茶饭，要了一杆等子，褡套里取出银子，称了一会，弄得"叮啴"连声所响，然后收拾安眠。留神一夜，不觉天亮，起来扛上行李，会账出门，直至井边的大道。时刻留心，装作经商行路，决意要试冤枉虚实。来往走勾多时，水井不远，忽听井内悲声，渺渺冥冥，显形大胆。何彪一见冤魂出井，留心看视，与房能讲的一样。何彪故意"嗳哟"一声，栽倒尘埃，行囊被套扔在地上。公差装死，眯缝二目瞧看，冤魂竟扑褡套，生春满面，急把白袍脱下，解绳卷起放在褡套之中，又把头巾摘下，揣在怀内，钢钩一对，挂于胸前，收拾完毕，甚是喜欢，肩扛褡套就走。何彪一见，站起喊叫："贼人往哪里走，机关已被看破！"说着，取出铁尺，直奔贼人，怎能躲闪？"咕咚"栽倒地上，何彪迈步按住，松林之后闪出四个差人，一齐上前将贼人绑起。不多时，东方大亮，看得明白，却是开店严三片前来装鬼。

未知如何，且看下文分解。

第七十一回

严三片惧刑认罪　安肃县抚院私行

　　话说何彪看罢大笑，眼望着众公差口呼："伙计，大人吩咐的言词果然不错，曾说一定是人装鬼，叫你我前来假装下店，弄财帛勾窃盗，贼人就中牢笼之计，今日水井充鸯被拿。"说罢，带着贼人，扛起褡套，来至井前，往下观看，一齐"哈哈"又笑说道："我说他怎么站在井中，原来想出这个计策，竟是一个簸箩拴上麻绳系在井内，绳子拴在护井石上，站在簸箩之内，很妙，难为贼计多端，想出这个方法，过往行人不知害了多少，偏叫抚院爷猜破，竟遭擒获，到衙少不得究情问罪。"

　　公差拿起褡套，锁拿贼人来到雄县，要车一辆，装上犯人，立刻起身回转保定。这日来到衙前，快头何彪进衙回禀。贤臣立即升堂，吩咐："带贼听审！"青衣不多时把万恶严贼带上公堂，跪倒丹墀，贤臣留神一看，果是先在南庄见的恶棍，大怒说："该死贼囚，装鬼欺唬行客，多少下店经商受苦，闻听素日为贼，偷人粮米钱财，不知羞臊！欺压邻舍，房能遇害失盗，衣衫盘费尽被偷去，无奈到此喊冤。本院私行访你，今日恶贯已满，情节本院皆知，真赃实犯，快些招来，免得受刑！"贼人闻言，不住磕头，口尊："青天老爷，不必生嗔，容犯人细禀：小人自幼无赖，偷摸为业，后来被拿，地方送官，小人腮边扎字，从此飘流受穷。春间到安肃县夏家村内访友，小人顺路进山，遇见行人坐在林中，驴上搭着行李，小人见财生心，四顾无人，腰内取出钢锋，行客不防，将他杀死，取下行李，将驴放去，内有白银一封，还有零银。三片嗣后买房开店，还常偷盗，假装怨鬼唬人。不料房能告状，青天私访，驾到村中，小人恶迹全知，自作自受，应该万死，所招是实。"贤臣骂声："恶贼！人来，将严三片重打四十！"传禁子钉镣收监，秋后斩决。发放已毕，复又低头暗想说："住了，方才招说，今春在安肃县山中杀死行客，本院想来这一件人命，也不知那官司连累多少旁人，少不得本院到安肃县访明，免得良民含冤。"贤臣想罢，吩咐差人速到雄县南庄起赃，青衣领签票前去。

且说贤臣打发公差去后退堂。至晚，假扮算命之人，出衙扑安肃县，手敲竹板，吆喝子平。这日来到安肃县交界，迈步进村，喊"卖卜"前行，忽听有人招呼。贤臣举目观瞧，路东门内年老妇人望着贤臣招手。

未知如何，且看下文分解。

第七十二回

于大人细问情由　张氏女说明缘故

话说贤臣进了夏家村观瞧，招呼之人是个年老婆子，带笑口称："妈妈，呼唤在下，不知有何见谕？"老妇人说："先生，无事不敢相邀，请问会写字否？"贤臣说："既然算命，焉有不会写字之理？"婆子连说："凑巧有事奉烦，请先生进院。"老婆子跑至里边，说："杭大嫂，你的红鸾动了，我一出门去请先生，就有位识字之人来到门外，你那婚书何不烦这位先生一写？"那妇人闻听，说："刘妈妈，你把情由说给先生，写就是了。务必先把聘金拿来，我好买些酒饭送到监中，留些银钱，也尽一尽夫妇道理。"

贤臣闻听，心中暗想：这妇人提到监牢，必因官司。烦我写字，作定是活离的婚书，倒要问个明白。年老妇人笑嘻嘻走到外间屋内说："先生，奉请不为别事，杭大嫂的丈夫偶遭奇冤，县里定死罪，家又无钱，不但不能送饭，连这大嫂糊口也是艰难。老身给她说了个人家，叫这大嫂去投生路，娶活人之妻要立张文书，好去要取聘礼，拿来好给她丈夫送饭，留些钱钞，以为监中费用。"贤臣说："既有冤情，何不写状伸告，那至说写婚书？"婆子说："先生，这件事出在春间，县里老爷已问死罪，现有真赃实犯，纵有清官，也断不出真假。"贤臣说:"妈妈,你把就里说明,我好代写。"婆子见问,长叹:"先生要同屈情,留神听进:杭贯走山截住空驴一头,回家宰杀卖肉,县里知风拿去,系以人命官司,有口难辩。杭大嫂贫穷,每日忍饥,无奈改嫁,求先生写明,自当奉谢。"贤臣不由叹气说:"妈妈,这位杭奶奶,如今还是情愿另嫁,或是伸冤?若是有意鸣冤,现今保定府的于大人在安肃县内,我给她写张状词,去见于大人,包管一告就准。"

贤臣外边说话,内间屋里张氏听见甚喜,也顾不得抛头露面,走到外边,说道:"奴曾听见人讲,于大人忠正,善断无头冤事,剪强扶良,恩台到此,夫君免祸,奴家情愿忍饥,但不知青天爷何日可到?"贤臣说:"今明日必到,放心前去鸣冤。"贤臣言还未毕,媒婆闻听着忙,说:"过耳之言,不必信他,快写婚书,别误亲事。虽然救出你夫主,忍饥难捱,怎如另嫁财翁,吃穿如意?"张氏闻听,粉面通红说:"妈妈讲话欠通,夫主虽穷,大义难却,被害含冤,心下何忍?若是爱富嫌贫,天理难容,宰驴卖肉,皆因养妻所致,没清官到此则已,于大人既然不日按临,少不得要去伸冤,救出儿夫,不枉夫妻一场。倘搭救不出,纵死何妨?"婆子闻听,口呼:"大嫂,此事须要商量明白。"张氏说:"妈妈请进。"婆子说:"你要伸冤,我难相拦,万一救不出杭贯,再想嫁人,我也不管。"说罢,赌气扬长而去。张氏说:"先生,只管写起呈词,这婆子只要说成赚钱,不管人家夫妻情义。"

贤臣闻听,暗夸这妇人生在乡间,还算深明大义,叫张氏将始末缘由,从头至尾说上一遍。张氏说:"先生听禀,春间丈夫进山,偶遇一驴,赶回家来,杀了卖肉,县里闻风,差人将丈夫锁去,驴皮并剥驴刀子拿去,六问三推,叫丈夫认罪。是时不肯屈招,知县平老爷动怒,又问说:'你既不杀人,为何有这解手尖刀?'丈夫哭诉说:'并非小人之物,原是里长黄英因买驴肉前来,看见使用旧刀切肉,他就以刀换肉五斤。'平老爷提审黄英，竟然不认，反说丈夫害命移尸，杀伤孤客，是以屈招罪名。今蒙先生高情，不知状词还是怎样写法才好？"贤臣闻听，暗说："若依这妇人言来，怪不得知县加刑审问，那知严三片山内杀人，倒叫良民认罪！里长黄英以凶器换肉，此中必定还有别情，过日再去细访。"贤臣想毕，连忙把状词写下，就要告辞起身。张氏再三称谢，说："多承先生高情，今日酬谢无钱，如何是好？"贤臣闻言，微微冷笑说："奶奶不必多心，待等你丈夫出来，再来取谢。"

未知如何，且看下文分解。

第七十三回

因治病巧访行踪　替解冤智诳赃物

话言贤臣说："明日一早，只用走到衙前，包管汝丈夫脱灾。"说罢欠身，迈步出门。手敲竹板，不住吆喝："卖卜，求财问喜，合婚选日，周堂占算挪移，并有仙方医病！"正走之间，忽听土墙内有人招呼。贤臣跟定，进草房坐下，只听里边叫："童子，端张椅子放在窗外。尊声请坐！奴家奉请，一事相烦。听得先生会算，海上仙方，善治怪病，奴家从春间得病，直到如今，常见鬼神，总未安然，望先生算算，或是开方医治，若能病退，自当重谢。"

贤臣听毕，就问年庚子午卯酉，论那支干，说道："丙午年炉中之火，今年计都照命，幸有天月二德解化，惟主夫星不利，因小财勾引冤魂作耗，所以不得安宁，须得退送禳星，烧些纸钱，才能消灾。幸遇山人到此，不然妙药灵丹难医娘子。趁着今朝，快烧香烛，再迟难保性命。"妇人闻听心怕，说："先生阴阳有准，拙夫因贪小利，山中见尸剥衣，招来冤鬼，此衣又不敢拿卖，每夜以致鬼叫，还亏胆大，门上悬刀拦挡，唬的奴家得病。说明缘故，求解冤退之。"贤臣听说："得冤鬼银钱衣物，不用还他，烧些钱纸，也就是了。若有衣裳行李，倒要烧化，我好书符，请神与你解冤。"妇人说："此事非轻，关系一家人命！先生须要口紧，莫要传扬。"贤臣说："山人四海云游，不管闲事，必要细问根由，好解冤治病。"妇人甚喜，说："实不相瞒，那日拙夫进山，遇见强人杀害客商，银钱行李偷去，撇下尸首，恐县尊追问，牵连地主，移尸之时，剥下几件衣服，回家藏在床下，凶刀已换驴肉。不料县尊差拿，唬煞奴家，进县交打，总未招认，推给杭贯免祸，随定伊之罪名，现在监中。家中惟有冤魂作耗，小奴染病，先生若肯解冤，情愿烧衣，焚些钱纸。"贤臣闻言，心中寻思："我疑里长黄英剥衣移尸，果然不错！"贤臣又说："娘子，快拿衣服来，山人好退怨鬼。"妇人听说，勉强下床，将衣取出来，送与抚院。贤臣见衣说话："娘子，山人留下三道灵符，你须依法行事。"

未知如何，且看下文分解。

第七十四回

说真情抚院心欢　解鹌鹑巧猜安九

且言贤臣眼望妇人说："头一道灵符，用火焚化，净水吃下，包管安然如旧；二道贴门之上，冤鬼远避；三道叫你丈夫带在身边，今日即去移尸，山上修斋，当日客商何处所死，就把衣裳埋在那里。鬼的东西，私留一点，又生横祸。"妇人听说，以金钗为谢，留饭，贤臣坚辞未受，随别而走。来到安肃县衙门以外，说知三班衙役，一齐跪倒。贤臣吩咐："休要外扬！"青衣人等答应，进内禀事。"当啷"云牌响动，知县平公出来，在贤臣跟前跪倒请安。贤臣说："请起，后堂叙话。"知县方行参见礼毕，献茶搁盏，平公心惊，贤臣座上问话说："贵县杭贯山中杀客一案，如何审讯？"知县闻听，躬身："卑职前审强贼，现有驴皮凶器为证，犯人当堂实诉，偷盗之物被人窃去，尚未完赃。"平公说罢躬身。贤臣闻听，微微冷笑说："贵县，你说杭贯现已实招，惟偷褥套，资财又被贼偷，就算赃证俱全，难怪加刑审问。据本院想来，还有三事可疑：贵县才短，故尔该犯既盗财帛，何又宰驴卖肉，岂不是自己告状？此其一也；既曾杀人，偷盗财物，自然紧紧收藏，岂有反被窃偷之理？此其二也；既走山中，必带板斧，如何不用，劈人倒使尖刀伤客？此其三也。贵县若肯留心，杭贯焉能冒认罪名，误拿正犯？"平知县闻听，忽然醒悟，跪伏尘埃，说："卑职粗心，有罪！"贤臣又说："贵县不必惊怕，杀人凶手已被本院拿住，问出情由，现在拘监定罪。"知县连忙叩拜，站起。贤臣吩咐"人来！"说："你明早出城，到杀人山内方近藏着，若有人烧纸，拿来听审。"公差领签而去。知县吩咐人役看宴，给大人接风。

贤臣用饭已毕，传刑房将人犯册拿来，夜深传出一应犯人，免其伺候。贤臣独对银灯，展开册子留心察看，惟恐冤枉良善。细观皆合礼节，一起杀人命案上写：小新庄章名焕黄昏贪酒，厨房取物，言语相触，刀伤妻子汤氏，问成斩罪收监。贤臣瞧罢，暗想说："住了，据本院想来，章名焕恩爱夫妻，虽系贪酒昏沉，岂有被夫杀死？况且在厨房之内，无头无脑，本院难以猜详。若不分辨曲直，枉食君禄！汤氏若真被伊夫害命则已，倘或不是，其夫章名焕岂不受冤？只管显灵，本院与你等判明报冤。"贤臣想到难处，忽然困倦，似梦非梦。汤氏冤魂求告神祇显应，贤臣梦见飞禽从天坠下，竟是九个鹌鹑！落在面前，头一个口含标枪，点头声喧。贤臣一见奇事，此禽主何情由？正然思想，忽听响声，几个鹌鹑复飞上天。贤臣梦中惊醒，闪目对灯发怔。听得滴漏三鼓，想勾多时，猛然醒悟：九个鹌鹑明是安九杀人，并非汤氏之夫，一定安姓，行九。口含标枪，是何缘故？仔细推详，说："是了，想来使标枪之人，定是个猎户，明日公堂只用如此，曲直立辨。"

未知如何，且看下文分解。

第七十五回

锁猎户审问情由　张氏女告状鸣冤

话言贤臣复传兵房，将安肃县的猎户姓名册呈进查看，册上第四名就是安九。贤臣暗暗欢喜，清晨升堂，吩咐："快带章名焕！"不多时犯人跪倒。贤臣座上留神观看，不像行凶之人，说："犯人，听本院问你，为何杀妻？"章名焕泣说："大人，小的素日读书，不胡行。那黄昏以后，小的妻子厨房点灯未回，小的出房看时，不料被人杀死，簪环首饰全都不见，又没银壶一把。惊动地方，绑起送官，含冤认罪。幸遇青天到此，求恩判断超生。"贤臣听罢，就问知县说："这一宗人命官司可是你审？"平知县闻听，口尊："大人容禀，卑职只为凶器昭然，又有四邻见证，是以粗心问成，其中深情，还求大人判断。"

贤臣闻言冷笑，复又望着乡民讲话："本院问你，小新庄左右街邻，可有姓秦姓安的么？"章名焕说："小的右邻有一个姓安的，现当猎户。"贤臣立刻拔签写票，差人即传安九："你就说本官要去打围，如敢违误，当堂追命！"青衣领票，天交寅刻带到。贤臣吩咐："开门放告。"书役排衙喊堂。贤臣说："提安九！"猎户心惊，跪下偷看上面，大人衣冠齐楚，三绺胡须黑如墨绽，铁面生寒，鬼神钦敬。正看之间，听得大人拍着惊堂大骂："恶贼安九，为何杀人！冤魂告你，官司已犯，快诉实情！"猎户奸诈，不住磕头说："青天爷，冤死！小人平素奉公守法，怎敢杀人？"贤臣闻听，怒气冲冲说："本院量你不肯实招。"吩咐："人来，夹起恶棍！"青衣答应，动刑。安九说："冤枉！"知县观瞧纳闷，立怔三班六房，无凭无据，提人就审，混动严刑，此事甚不合理，看判断如何。且说猎户口喊："大人青天，乱夹良民，理上不合，小人只会杀獐宰鹿，擒拿野兽，从来不会杀人，有何凭证？官法不公，难以服众。"贤臣见安九不招，心生计策，说："恶贼，本院明知不招，你反强词巧辩，若要赃证，这也容易！"说："且把凶徒收监，听候发落。"又听衙门前喊冤之声，贤臣吩咐："带那妇人上堂！"丹墀下跪倒。

　　贤臣留神观瞧，是卞家村含冤张氏。那妇人跪在当堂，偷眼看见贤臣就是写状的先生，始知大人是来私访，不住磕头说："大人救命！"贤臣吩咐："接上状来！"交与知县，才晓抚院已在卞家村暗访确实。贤臣座上叫声："张氏，你丈夫冤枉情由，本院俱已深知，你且回去听候审明一应干连，那时发放你丈夫。"张氏闻言甚善，叩头方走，见青衣将里长黄英锁来，张氏惊喜交并，站在一旁听审。且说差人当堂销票，带上里长堂下跪倒，偷眼瞧视，堂上大人十分威武。

　　未知如何，且看下文分解。

第七十六回

诉实情黄英认罪　诳赃物安九伏诛

话说里长黄英见贤臣的威风，唬得万恶凶徒冒魂。贤臣开言说："黄英，为何移尸剥衣，强推杭贯身上认罪？本院私行访问拿你，当堂供来！"黄英下面胡赖。贤臣说："现有你妻告状，想要转推，万万不能！"里长猛然醒悟，无言答对，抱怨妻子之错，不该算命退送冤魂。赃证分明，从头至尾直诉，后悔痛情哀告："天恩饶恕，再不敢损人利己胡行。"贤臣吩咐画招。平知县听见说："这是本县失于觉察，被瞒，关系我的考成，如何是好？"

不言知县害怕，且说贤臣又叫黄英到公案前，附耳低言说了几句。里长闻听，欢喜走下公堂，竟自去了，贤臣等候回音。且说黄英直扑山下卞家村内，至安九门前击户，猎户妻子单凤英开言便问："叔叔前来何事？快说！你哥县里传去当差，至今还无回家。"黄里长故意着急摆手："何须多讲，且到里边告诉，祸事滔天。"单氏闻言闭门，同着黄英往里走。里长叫声："嫂嫂，我在途中遇见长兄，他说前次杀人官事已犯，于大人三推六问，总要审明，兄长与我叮咛，任凭大人动刑，休想实招，怕官差人搜拣，叫我前来通信，快把真赃藏起。"妇人全无识见，低声口呼："叔叔，你哥愚蠢无能，东西盛在箱中，埋缸之下。"黄英听罢说："那壶不如也埋一处。"单氏说："首饰埋在水缸之下，今日倒了一缸水，挪移不动，也未必想到此处。银壶一把，现在箱中，烦你带到荒郊扔了。"黄英说："嫂嫂之言甚是有理。"逼着单氏取壶，带在腰中，辞别就走出村。到县，银壶呈献案前，细诉窝藏赃物之处。贤臣闻听，满心欢喜，差人去到安九家中把赃物起来。监内提出安九，贤臣喝骂："恶猎户，你说并无证据，说本院屈动官刑，本院问你，这首饰钗环因何埋在你家缸下，银壶你妻叫黄英带到荒郊扔去？"安九闻听，就知妻子中计，哑口无言，只得画招认罪。贤臣抛下刑签："重打四十，收监定罪，秋后处决。"又断："黄英剥衣移尸，诬赖平人，本当发边远充军，姑念起赃之功，折杖三十，枷号三个月；杭贯贪小利以致遭冤，自取其祸，昧心杀驴，本当重处，念其已经含冤，免究，当日释放还家。"杭贯磕头欢喜，迈步出衙而去。复又差人前到保定府取严多誉，赃银交与山内被害尸亲领去，所取安九家中首饰钗环，交章名焕，当堂领发。平知县才力不及，免其提参，严加申饬，嗣后改过自新。贤臣公事已毕，随要毛驴一头，带定门子求真，出了安肃县城，又去私访。

且说定兴城东康家庄有一个孟五员外，这贼广有银钱，算为首富，常欺良善，府县与他交接，颇有体面，纵有被害之人伸冤，贼人贿买官员，并不审问，倒打一顿板子，反说诬告良人，还要收监问罪，往往逐出，因此无人敢惹。

未知如何，且看下文分解。

第七十七回

遇清明凶徒散闷　　见美色恶棍生心

且说恶贼人给他送了个混名，叫"风流太岁"。见无人敢惹，愈加心高横行，街上行走，见个美色女子，喝令家人抢回家来，硬纳为妾。受害之家都知势大钱多，告控不倒，因此含冤。这日也是恶贼该恶贯已满，带领家人散闷，坐骑骏马，郊外游春看景，兼之清明佳节，祭扫之期，男女往来。孟度最爱美色，兹日并无遇见一个，心中甚是不乐，暗暗思想：如何这些妇人之中，竟没有出色女子？想是无缘，所以未遇，不如暂且回家，明日另往别处寻找，或者得遇一二亦未可定。

想罢，一旋能行从大道旁边一条路岔将下来，走到一坐坟园，无意中看园中坐定夫妇二人，开怀畅饮。恶贼单瞧那轻盈妇女，勒住丝缰，留神细观，十分俊俏，貌似天仙，虽然素服裙衫，雅淡梳妆，那一种风流，令人难描。恶贼马上如痴似醉，两只狗眼直往里瞧，早已惊动园中女子。她的丈夫是黉门中秀才，姓齐，名京，年方二十四岁。祖父在日曾做礼部郎中，这佳人就是他娶的妻子，姓时名香兰，真有沉鱼落雁之容，闭月羞花之貌。而且贞净和平，端庄典雅，夫妇二人可称齐眉举案。时氏香兰正与丈夫开怀饮酒，抬头见孟度生的枭凶，兔头蛇眼，几根狗蝇胡须，身穿华丽，带着十数个家人，骑跨骏马，站住呆呆往里瞧看。佳人就知是不良之徒，口尊："夫主，日已西沉，该收拾回家。"齐京闻听，把空盘捡起，叫小童背定，同妻子出了坟山，主仆三人竟扑南门旧路而去。恶贼一见，心下着忙，催驹就赶。

未知如何，且看下文分解。

第七十八回

孟凶徒心怀恶意　密松林硬抢佳人

　　话言恶贼孟度不顾王法，往下就赶，正在着急，一见贡济前来，满心欢喜说："你有什么妙计？快些说来。"恶奴把马一拎，凑至孟度跟前，低声道："此人名唤齐京，那妇人一定是他妻子，大爷若要爱她，只须如此，包管到手如意。"孟度欢喜说："我儿主见不错，倘若事成，重重有赏。"说罢，领着家人，一催能行就追齐秀才夫妻。马上孟度开言，眼望贡济讲话说："见面与他先讲好话，若要不依，硬抢其妻，怕不顺从！"恶贼催马赶上，齐生见事不好，才要同妻往小路躲避。马至前面，口尊："齐兄，今日何往？"

　　齐生乃是读书之人，听见以兄称之，转身答话，时氏、家童闪在松林之内。齐京转身之际，凶徒早已下马，家人接去牲口，恶贼托地一躬："小弟久闻齐兄大名，今朝会晤，乃三生幸耳。适有小事要到尊府相商，不期途中遇会，若蒙见允，感激不尽。"齐生闻言，以礼答之说："不知尊兄姓甚名谁，高居何处，承呼何事见教？"贼人躬身含笑："齐兄在上请听，小弟贱名孟度，定兴一带传扬，家有银钱地土庄田，称为员外，乡绅官长，无人不敬。只因小女生的伶俐，意欲念书，延请教师，耳闻尊嫂能文，兼之女工针指颇善，小弟斗胆奉邀，不知尊意如何？"齐生见说，含气说："员外休要胡闹，拙荆不识文字，如何会掌学堂？得罪尊兄，实难领命。"言罢想去，恶贼心中不悦，手拉秀才说："你且缓走，再可商量。"贡济见主人拉住秀才，贼奴陡起凶心，望众人说道："趁员外拉住，何不林中抢那妇人，驮在马上，谅小书童焉能救护？"

未知如何，且看下文分解。

第七十九回

遇非灾佳人落难　齐秀士自叹伤情

且言众人商量停当，齐奔松林，如狼似虎，上前绑住时氏，娇音骂声不绝，家童唬得大哭，恶奴背时氏抄小路往康庄而去。孟度一见，满面添欢，撒手放了秀才，叫家人拉过能行，上去一催就追赶下来。

且说齐京被孟度拉住，又见贼奴进林把妻子抢去，家童哭骂，齐京气得跺足捶胸，高叫："贤妻，素多节烈，怎肯失身？骂贼丧命，我定兴词告状，按律究问。"

齐生带领家童，从小路奔康家庄追赶，似醉如痴，连哭带骂，不提防迎面来了一个老者崩倒在地，爬起，心中大怒说："你这后生是何道理？"齐秀才回身赔罪，就把妻子被抢，要去鸣冤的话告诉一遍。老者复又解劝说："相公，岂不知孟度素行厉害，依小老儿良言，不告为妙。"说罢，执手而去。

秀才听老者一片言词，气得发怔，思想：且不必告状，何不赶到他家中，以大义之言，与其讲理？或者贼人发了恻隐之心，放出妻子，也未可定，倘然不依，那时再扭住凶徒到县告状，也不为晚。思想多时，带领家童竟到康家庄。

且说风流太岁赶上，见家人撮定时氏，满心欢喜，进西门回转进庄，至大门下马，叫家人把时氏放在院内。孟度坐在大厅传仆妇丫环："将美姨娘扶至后面，预备花烛酒宴，今夜好与新人合卺。"

家人答应，俱各散去，赏贡济二十两银子，动手家人每人五两，贡济等谢恩站立两旁。里边仆妇丫环听家童传话，一齐来到前厅搀扶。时氏坐在牙床落泪，不住暗叫："儿夫，九载恩爱，今朝割断，恶贼送我楼上，此宵定要成亲，妾本贞烈之女，岂肯失节与人？唯有一死相报！"想至此，不由痛哭，丫环解劝。

且说齐京来至康家庄，就叫家童回去看家，然后整顿衣衫，走到孟贼门首。贡济正在门前，看见秀才一脸怒气，就知来意不善，下台陪笑说："齐相公，且等片时，我去通报。"不多时出来说："员外二门恭候迎接，请齐爷上大厅相见。"齐生听这一番话，告状之心稍平，跟恶奴来至二门。恶贼恭敬迎接，见齐生打躬谢罪说："齐兄，方才粗鲁，万望包涵。皆因一片爱慕之心，请在厅上闲谈，慢慢告禀。"让进分宾主坐下，家人献茶搁盏，恶贼带笑说："尊兄，非是小弟粗鲁，缘久慕大名，时常想会尊颜，正欲遣人去请，不期天缘巧逢，邀兄降临寒舍，无如执意不肯，是以小弟斗胆抢尊嫂而来，老兄必难宽容，定蒙赐光，奉请并无别意，可以指教愚顽。尊嫂现在后房，与小女饮杯叙话。今朝天晚，回府不便，轿马舍间全有，明晨再请回转，仁兄不必挂心。"吩咐家人看酒，登时设摆让坐。齐生认作实意，只要送回妻子，无奈饮至更深，恶贼百般钦敬，把书生灌醉，扶在书房床前睡下。

且说恶贼叫到贡济说："我的儿，这件事非你不可，到书房杀死齐京，赏元宝一个，将尸埋葬后院，不可令外知晓，事成另赏，今夜也不必成亲，爽利等着杀了齐京之后，与新人合卺，我还在此等你回信。"贡济答应，接银持刀，三更时分，暗暗前去行事。谁知惊动一位神祇，正在空中巡游，往下观见恶奴手提利刃竟扑书房，这位爷心中不悦说："孟度恶贼，死在眼前，还敢遣人行刺？齐京将来还有连元之分，吾神若不搭救，岂不白送性命？"夜游神一按云头，来至书房门外。

未知如何，且看下文分解。

第八十回

贡济贼书房丧命　屠知县受贿贪赃

且说夜游神见贼奴相离不远，一声大咤："贼人休往前行！"贡济正走，忽见对面金光，唬得魂消！夜游神手举金锏，一声响亮，贪财贼囚一命归阴。

齐京正然睡梦，听外面响声惊醒，见一阵金光，倒像有人说话，不由胆战，等到天明，这才乍着胆子走出房外，院内躺着一个死人，天灵粉碎，旁边一把钢刀，搭包中装一宗物件，就知孟度差人行刺，连忙向空中磕头，叩谢灵神。

且说孟度等至天明，还不见贡济报功，心下猜疑，又叫心腹前去观看。那人到书房院门，瞧见贡济尸首吃惊，又见齐京正在那里叩谢天地，贼奴焉肯容情，上前抓住秀才说："好个大胆齐京，员外留你过夜，为甚伤人？去见员外！"拿到前厅，说了一遍，恶贼不知神圣显灵，只当行刺不成，反被齐京打死。登时大怒，吩咐家人送县。不容分说，推出门外。家人随身带了三百两银子，暗送知县屠才，叫他严刑审问。书生连声叫喊，过路之人无不叹惜。把书生送到县内，屠知县立刻升堂，提进听审。赖作赃证俱明，申文革去衣衿，屈打成招，下牢坐监。知县退堂，叫孟度家人进内，将齐秀才屈打成招之言说与家人知道，回去说与孟度。恶奴答应，回转禀知。恶贼满心欢喜，吩咐预备花烛酒宴，抬到后面房中，好与新人成亲。等至黄昏，穿上一身颜色衣服，喜笑颜开，来到新房，使妇、丫环齐说："新姨娘，员外爷来了！"时氏此时欲死不能，正在房中悲痛，忽听此言，唬得心惊，暗说："不好，奴家被贼抢到此间，不知丈夫下落如何？这贼今夜竟来房内，定是痴心妄想，倘然言词不逊，如何是好？而且孤身妇女，怎样支吾？"正然害怕，凶徒含春走进房来。

未知如何，且看下文分解。

第八十一回

恶贼人劝解佳人　时香兰自寻拙志

话说孟度走进房中，摆上酒宴，丫环上前搀扶新人，烈妇望着孟度开言说："为什么硬抢良人之妻？岂不想头上青天鉴察，循环一到，难免临期刀碎其身。奴家虽是贫妇，节操冰霜俱明，丈夫本是簧门，诗礼传家，岂有肯失节辱门？"孟贼闻听，微微冷笑说："美人不用伤心，我这里吃是珍馐美味，身穿绸缎绫罗，金银首饰，广厦高台，喝奴使婢，齐京不过寒酸秀才。"孟度说着伸手来拉，若说不允，就要使强。时氏闻言，不由害怕，说声："不好！要不自尽，贞节难保。"用手掀翻酒席，"哗唧"，碗盏杯盘撒了一地，时氏当下拿起破碗，项上用力一横，栽倒流血。使女一齐上前，扶起时氏，恶贼发怔。使女说："员外，不必着忙，贱妾看这光景，今日不能成亲，暂且回房。"恶贼只得下楼而去。

且说贤臣从在安肃县审明诬赖杀那几宗冤案之后，又暗到定兴县私访。

未知如何，且看下文分解。

第八十二回

于大人定兴私访　进宝儿哭诉屈情

话言贤臣一路暗访民情,这日到了定兴城中下店。黄昏时候心烦,欠身独自出门,街前闲步,不觉更后,皓月当空。贤臣思想:"今夜更深,权且回店。"次日起来会账,到县前走去访事。见一个幼儿悲切前行,年纪不过十三四岁,手提小篮盛的饭菜,拿着二百铜钱。贤臣猜破是与监中送饭,定有委屈,本院正要查情,须得细问。常言说,小孩口内吐实话,省得为难。想罢,上前拉住孩童说:"小哥,为什么啼哭?何不告诉与我,给你裁处。"这小厮就是齐秀才的家童,名叫进宝,与主人送饭。禁卒图财不容,受一场凌辱,回转作难,所以哭泣,天假奇缘,遇见贤臣拉住问话,只得停步,看见贤臣里表堂堂,道士打扮,带泪说:"那位老爷,拉住为何?"贤臣陪笑叫声:"小哥,看你拿着碗篮,想是在监中送饭,或系去看亲戚回来,哭得可伤,动我恻隐,所以拉住问你,什么事情说明商量,包管另有主意。"进宝答话说:"老爷容禀,我主人被屈,身在南牢,昨日一天水米无见,小人害怕心焦,今早前来送饭进监,不料禁子暗受人托,不容送饭,反将小人凌辱一场,想是得了孟度钱财,所以我主倾生。"

贤臣听完，带笑说："孩子，不必啼哭，此处讲话不便，同我到衙门后边，地藏庵庙门口，你把内中缘故细讲明白，自会救你主人出来。"孩童闻言说："是！老爷尊姓大名？府上哪里？可有什么方法救我主人？"贤臣回道："咱且快走，等我告诉。"孩童闻言，点首起身。顷刻来到山门口坐下。贤臣叫声："快把情由诉明。"答言："我唤进宝，今年十三岁。"贤臣又问："你家主母平素也去上庙、外边看戏否？"进宝说："老爷，你老不知，我家奶奶素日连大门不到，坐在房内，终日针线，轻易不大声说话，家下人等更加恩宽。今被孟度抢去，定然打煞，或是杀死。"进宝说罢，又问："老爷到底姓甚？哪里居住，果能设法救出我主人？"贤臣点首，随口撒谎说："我是京山万岁爷差下来的御翻子，姓于，名叫干钧，这件事不许走漏。你且回家，我去见知县，必然三日内有信。你奶奶娘家姓甚？"回言："我主母姓时，名叫香兰，娘家无人。"说罢，拿着篮子，叫声："于老爷，既是万岁爷差来，少不得恳求救我主人一救。"贤臣答应，起身分手各行。

贤臣走着，一路发恨，回到店中，叫主人前来："收拾上边屋子，放张桌椅，我要请个人来，说宗买卖。"开店之人说："要是讲买卖，贵客上房使不得，与县房师预留的。"贤臣闻听，登时恼怒，一声断喝。

未知如何，且看下文分解。

第八十三回

于抚台店中吵嚷　臧书办劝问情由

且言贤臣说："你这店家太也欺人，出言无状，难道借间房子会客，就占了你的地皮不成？这样无礼，县里书办怕如天爷。莫非我就狠不济吗？况且还给你赁钱二百，既作买卖，不知和气，一定送到县官。"

店家闻听就恼，说道："你休讲梦话，谅来和我一样人物，不用瞎摆，唬谁！嫌窄快搬，我店不赚你钱钞。"贤臣听说越气，正然吵嚷，臧书办进来店中，衣帽鲜明，缎棍一般，见贤臣品貌端方，在那里喊叫生气。店家见书办进来，越发占理，把客借房之事向刑房说一遍。臧静庵说："不用吵嚷，借间屋子不过会客，多大功夫？请问贵客要会令友办事，必定是讲生意。但不知尊姓大名？贵处哪里？作甚生理？要会哪个？我就是本县屠老爷衙门刑房，姓臧名清，号是静庵。"书办通名，贤臣陪笑叫声："师傅听讲，在此已住两三天了，敝处保定因事到此，姓于，借上房系会贵县屠公。"书办听说是会本官，复又问道："贵客与我们本县系亲，还是朋友？既然认识，为何不住衙门里去？"贤臣回言："在下原是要去，因系官衙无人通报，未免有些劳神。站在辕门等候，是以借上房一会，还想烦店家替我送个报单前去通知，谁料反倒胡言乱道。既是师傅你来，就烦你去请声，恐县尊不理，还有一件东西带去，屠老爷要看见，必然前来会我。"说着，掏出一物。书办接来打开，是张龙票！上边御玺，两边五爪金龙，看见不由惊怕，才知是抚院大人，立刻送过，双膝跪倒，磕头碰地。店家登时吓得筛糠。书办说："不识大人金面，站立说话，罪该万死！"店家也不住的连磕响头，合店人俱都害怕躲开。

贤臣拈髯叫声："店家，你十分可恶，你说我和你一样，又说只敬书办，这会子连书办亦跪在此间，少迟你的县官见我，只怕也要跪上几跪！姑念无知，小民饶恕，快去收拾！"店家连忙磕头答应，此时另是个嘴脸！跑去开门打扫，居中设座，家内铺炕毡子抱来铺上，佛前桌帏解下，拴在桌上，让贤臣进去坐下，书办捧茶伺候。用罢，贤臣吩咐："书办，速去报与知县，不用伺候公馆，本院到就衙门，有事要办。"臧书办答应，跑出店房，如飞而去。县官听见大人坐在店中立等，即乘马出衙，传齐三班衙役，打着执事，人夫轿马，到店门首。县尹身穿吉服禀见。贤臣立刻出店上轿，执事鸣锣响道。县官后跟随进衙，大堂坐定，标发火票锁封，唤上差人接签，速拿孟度听审，再传时氏香兰到案。县官屠才站在一旁，胆战心惊，暗说："此事曾得银三百两，我也有些不妥。"

且说恶人孟度见时氏伤痕渐好，进房又想与烈妇成亲，令人摆下酒席，说是今番定要与美人追欢取乐。

未知如何，且看下文分解。

第八十四回

难佳人凶徒动怒　逼烈妇恶棍生嗔

话说孟度来到房中扑佳人，转身坐在床上。时香兰面向里边落泪。贼人带笑口呼："娘子，前日胡行，多有冲撞，今日特来治酒与娘子赔罪。奉劝不必啼哭。"丫环摆酒，这一次俱各留心，恐寻拙志。孟度见酒席摆齐，亲身斟酒，走至时氏跟前，开言说："美人请酒，前次得罪，望祈包涵。奉劝娘子，你丈夫穷酸，家下淡薄，吃穿艰难，谁似我家豪富快乐？骡马成群，良田千顷，仆妇家人，珍珠玛瑙珊瑚，身穿绫罗绸缎，交接府道官员，家业给你掌管，侍妾人等由你使唤。若有欺你，我就不依，何等快乐！比那穷酸胜强百倍。"说着手拉时氏。烈妇回身一推，"当啷"，金杯落地。孟度正欲动嗔，又把怒气忍住，还是满面含笑说："美人，奉劝皆是金石之言，只因爱你花容月貌，才这样下气，再要扭性，难逃公道。素日谁不敬我？若保贞节，枉用其心。"

时氏听罢，回身指恶贼骂道："朗朗乾坤，抢人妇女，再三威逼，只顾胡行，上天难容！远在儿孙，近报己身，循环一到，万刃碎尸！富贵焉能动我？如今视死如归。生前不得伸冤，死后也要报仇！"起身手举酒坛，照着孟度打来。恶贼闪过，骂声："贼婢，太也胆大！"吩咐丫环动手剥衣，一齐上前解扣。时氏正在急难之处，忽听房外响声，丫环进房，跑得吁吁而喘，口尊："员外，知县差人来请，有机密事相商。"恶贼听说，无奈只得前去，说："将时氏且自松放，小心提防，倘有疏处，回来俱各追命。"丫环们说："知道。"孟度迈步出房，来到大厅。

未知如何，且看下文分解。

第八十五回

众公差智锁凶徒　时香兰公堂诉苦

且说孟度上厅，刚然转过屏门，就见众多捕役，带笑口称："众位，屠县尊请我，未知何事？"捕快闻听说："员外，县主差我等，说有紧事，不知其中情由。"说着，冷不防套住孟度，哪容分说，拉起要走。捕快崔标眼望申明讲话："速到后面将齐秀才之妻找到，你我好至衙门交差！"答应。去不多时，上厅，跟随出大门以外，惊动康家合庄老少军民，齐来观看，俱各深愿。

且说奉命公差锁着凶徒，时氏随后，来到衙门以外，崔标当堂回话。贤臣说："快提凶徒孟度听审！"快头带上恶贼与时氏，报门喊堂，丹墀下跪。贤臣座上观瞧，难妇雅淡梳妆，未搽脂粉，娥眉杏眼，还带泪痕，项上着伤。下边时氏口尊："青天爷在上，听民妇细禀。"就将遇灾、凶徒硬抢始末缘由说完："求大人救命，审问大胆凶徒！"

未知如何，且看下文分解。

第八十六回

斩凶徒于公执法　全大义烈女伤悲

且说时氏香兰不住磕头，满眼恸泪说："孟度万恶可恨，抢掳良人之妻，欲行奸骗，无中生有，小妇人丈夫被他暗害，拴进衙门，问成死罪，求大人严审贼人，感恩不浅。"贤臣听罢，目视行凶恶棍，相貌凶顽，举止粗暴，瞧毕动怒，惊堂一拍，大骂："恶棍，强抢良人，威逼妇女，罪当诛之！本院已经访确，又有时氏对证，从实招来，以免三推六问。"恶人闻听，想道："现今赃证俱明，大人铁面无私，不顺人情，若不实招，一定严刑，莫如实招，以免当堂受苦。"想罢，朝上磕头口尊："大人容禀，小人从前郊外之事情愿实招。"自头至尾诉毕。贤臣骂声："凶徒，清平盛世，岂容抢良欺善，拉下重打四十！"青衣喊堂。责完放起。贤臣判断："孟度掳抢良人之妻，律应立斩。齐京无故含冤，时氏贞节可敬，立刻行文将齐京衣衿给还秀才，当堂释放回家；贡济助恶行凶，已被天报，姑免不究；屠知县贪财枉法，请旨革职。其余一应干连，俱各当堂释放。"随即启本进京，不日纶音垂下，贤臣差人派官员监斩孟度，委定兴县二衙署理县印，新知县前来，另行交代。贤臣公事已完，即行起身，回保定府而来。

且说东安县内一个仕宦之家姓封，名真，年一十八岁，才貌双全。他父封章曾做青州府知府，告老还乡，与本处冯乡宦结姻。封章去世，家业萧条，仆人逃散，度日艰难，谈氏夫人与公子封真娘儿两个，老夫人纺线绩麻，供给封真读书，每日在他父的同年杜作楫家内同他儿子一处攻书，先前往冯家去过几次，后来因家道贫寒，难以上门，母子二人甘贫度日。

且说冯春原是小器之人，敬富嫌贫，安人早已身亡，生有一女，名唤素英，生性幽贤，能文识字，终日忧愁，封府贫寒无力毕婚，又知父亲安下赖婚之心，小姐不住长叹，忽听帘栊响亮，使女秋葵走进房内，眼望小姐说："员外叫来请小姐，老爷现在房中立等，有话商议。"小姐出房来见天伦，拜毕，员外说："看坐。"低头不住叹气，说："吾儿素多伶俐，有桩大事蹉跎，封家贫困，难以行礼，吃穿不继，少不得另选豪门联姻，封家若是争论，那时剪草除根。你父交结官员，东安县尊颇熟，岂肯叫吾儿受苦，嫁一穷家？紫金宝镯是传家之物，须要收藏严密，休得遗失。"冯春言毕，小姐无语，暗自蹉跎，有心与父分辩，羞口难开，无奈辞归绣户，紧皱娥眉落泪。

且说冯春为人心肠最毒，见封府家寒，倚仗银钱，存了赖婚之意，立刻差人去催封府行茶过礼。老夫人母子糊口尚且艰难，哪有毕婚之力？冯春见封家无有动静，又与知县相熟，放心大胆，终日打听豪富之家。

未知如何，且看下文分解。

第八十七回

泄机关封真中计　万恶贼园内行凶

　　且说素英小姐见父亲改变初心，不顾礼义，终日差遣媒人打听豪富。小姐心内着急，恐选中人家另许，岂不有玷纲常？虽与封郎尚未会面，幸喜秋葵到过他家，何不将封郎暗约花园相会，说明就里，赠与金镯珠宝，早完婚姻，即不怕天伦赖婚。小姐主意已定，把秋葵唤至跟前，嘱咐："快去，不可迟挨。"使女答应，忙出绣户，趁着乡宦无在家中，出花园角门，竟到封公子家中，偏遇封真在杜家读书未回。拜见夫人，谈氏认得秋葵，让在一旁坐下，说："秋葵姐有半年光景未到寒门，今日前来，不知有何事情？"秋葵说："夫人容禀，婢子此来并无别故，替小姐传话。昔日两家门当户对，结成秦晋，不料如今一家豪富，一家贫寒，老爷爱富嫌贫，说府上穷苦，并无毕婚之费，如何行茶过礼？一月之内，还可有望，若是迟延，恐赖亲事，另选佳婿而许。纵然县内告状，银钱势利可以通神，府县各官俱是朋友。小姐贤慧，深明三纲五常，暗差奴婢通信，商量机密，千万小心，本月十三黄昏，请公子花园相会，赠送金银，以作过礼之用。偏公子尚无回转，只得告诉夫人转达公子：婚姻大事，非同小可，莫叫小姐枉自操心。"说罢，告辞而走。诰命含春送出秋葵，闭户进房，归坐喜欢。见公子回家，太太就把秋葵的言词告诉。公子口呼："老母，怪不得冯家屡次差人催促完婚，其中有这缘故在内，十三黄昏孩儿少不得前去。"谈氏夫人闻听说："我儿，话虽如此，愁你年轻，我是妇道，须得与你相好朋友商量才好。可去则去，不可去则止。"封真连声答应。

次日，去到杜家讲书，把杜家当作知心好友，将此事与他商量。杜园闻听暗喜，说："封兄，依你尊意，还是去与不去？"封真道："小弟年轻，主意不定，才来领教。"杜园故意想了一想，假意着忙，面上变色说："封兄，依小弟瞧来，冯家使女并非小姐所使，必是令岳差遣诓你，有心将女儿另嫁，恐你兴词告状，是以假称冯小姐暗赠金银，哄到花园，半夜三更，无人知晓，不是一刀，就是一棍，绝了后患，好将其女另嫁。况且律载一款，黉夜入人家内，非奸即盗，登时打死无论！还有可疑之处：昨日既是令正着使女前来，为何不将赠送之物送到府上，何必又叫仁兄半夜去取？小弟想来，定是冯乡宦的鬼计，封兄千万不可轻信，自取其祸。"封公子闻听，不由发毛害怕说："杜兄讲的甚是。"分别回家，对母细禀。

且说杜园一些话哄信封真，打发公子回家，满心欢喜：明日天黑，何不假称封真，冯府花园去会小姐？他二人也无会面，真伪难分，倘若成就欢娱，又可诳骗金宝，岂不是好？恶贼拿定主意。次日十三，盼到天晚，皓月当空，如同白昼，巧妆打扮，竟到冯家花园角间，已有二鼓。却说使女秋葵正在角门以内等候，望见一人如飞而至，不辨真假，转身跑进香闺请小姐。冯小姐闻言，连声叹气说："好事多磨，偏不凑巧，方才奶娘来说，老爷还未安寝，若到花园，怕老爷一时来请，将这金银一包，紫金镯一对，你快去送与封相公，叫他早些行礼，迟则有变，快去速来，若是被人知晓，其祸不小！"丫环答应，迈步出房，手拿金镯珠宝，两脚如梭，回至花园。那书生在月明之下，藏藏躲躲。私葵叫声："姑爷快接金银珠宝，还有机密言词相告。"杜园闻听，才要来接。秋葵月下瞧出破绽，暗道："封真是个白面书生，这是有胡须的丑汉！"丫环心惊要跑，杜园拉住衣衿。秋葵方欲喊口叫，杜园着急，月色看的明白，地上偏有半块砖头，杜园猫腰拾起，照秋葵就是几下，丫环丧命。

未知如何，且看下文分解。

第八十八回

冯乡宦园内吃惊　老夫人商量告状

　　话说凶徒杜园将秋葵打死，地下拾起银包，才要去找金镯，耳闻花亭后有人行走，翻身跑出花园，回家而去。且说冯春带领家童察看门户，经过花亭，月色之下，低头看视，地下一人横躺，主仆害怕，细观，原是使女秋葵，脑浆迸裂，地上有砖头半块。说道："这事诧异，何人到园行凶？"登时哄动仆妇，打灯笼齐看，冯春拾起金镯，唬了一跳，登时气得改色。吩咐："人来，看着尸首！"手拿金镯，直扑绣房。小姐吃惊，才要问话，他父喊声道："好个未出闺门之女，暗差秋葵主何事情，被人打死，宝镯失落花园，快还我传家之物！迟延定不容恕。"小姐闻听魂飞，心间辗转：不料封真如此万恶，未知打死秋葵是甚情由？父亲立要金镯，奴家如何应答？小姐急躁泪下。冯春冷笑，骂道："无羞耻之女，任意胡为，心事猜透，私约到园，封真轻薄，贪财行凶，明朝到县告状，封真一死绝念。你若心下无愧，为甚低头不语？"冯春言罢，翻身复又到园，令家童抬尸，暗搁封家门前，明日去找秋葵。冯春正然安排，要赖封真图财害命。丫环来报："小姐要寻自尽，幸亏奶娘瞧见救下，现在房中悲痛。"冯乡宦闻听，唬得魂不在体，跑进香闺，见素英落泪，父女连心，把怨恨付与九霄，说："我儿不必伤情，为父言语粗暴，须看父女分上。"劝慰一回，叫人小心守定，出房回到花园，只骂封真。天有五鼓，叫过四个家人，把秋葵之尸抬起，暗送封家门外。

次早，封真往杜宅读书，刚出街门，被冯家仆人拿住，送到县中。冯春随补状子。东安县知县名叫孙炼，厚贪财之辈，素与冯春往来，不容公子分说，严刑审问，屈打成招。杀人之罪，身入南牢，含冤受苦。谈氏夫人听说公子遭屈吃惊，无奈变卖银钱，南牢送饭告状。公堂孙知县受冯春之托，一概不准，老夫人惟有伤心。这日正坐房中，隔壁张婆走进说："老太太，公子含冤，问成死罪，方才我的老头打保定回来，说道抚院于大人明如日月，善断民词，一清如水，老太太何不前去补一呈子？那还有几分指望。若愁无有盘费，老身情愿帮银二两。"说着，打衣袖之中掏出银子。谈氏太太闻听欢喜，千恩万谢，深感张婆之情，随即雇车，要到保定告状，托付张婆与公子送饭。老夫人戴月披星，直扑保定府而来。且说贤臣搭救齐京，监斩孟度，催人夫回保定府。

未知如何，且看下文分解。

第八十九回

于大人怜民接状　书房内神鬼泄机

话说贤臣这日到了保定府，大小官员迎接，穿街越巷，轿至衙门以前，忽听人声诉苦："冤枉冤哉，青天大人救命！"轿内贤臣瞧看，却是年残妇人，吩咐青衣："把那妇人带到衙门听审！"衙役答应，将谈氏夫人带起。贤臣进衙，下轿升堂，说："众官请回，明日再会。"众官员打躬告退。贤臣吩咐："带告状贫婆。"下边答应。老夫人上堂跪倒，流泪诉苦，说道："大人在上容禀：命妇丈夫在日，曾作过青州知府，告老还家，不幸身亡，生有一子，名叫封真，年十八岁，学馆读书，曾与冯春结成朱陈，已聘素英为婚。如今因命妇家贫，起意赖婚，暗害使女，东安县告状。县官图财，苦拷封真，问成死罪。久闻青天爱民如子，求大人高悬秦镜，恩断屈情，感顶无既。"贤臣默转：谈氏替子告状，为冯春欲赖姻亲之事，须得细问。说："谈氏另听审讯。"

诰命谢恩叩拜出衙，暂住尼庵。贤臣随即写票拔签，差四名差人往东安县提封真听审。不几日提取。孙知县等也就前来伺候审问。封公子的口词与谈夫人之言一样。贤臣复又问冯春说："你自己杀了秋葵，图赖封真，将女儿另许别人，作这样伤天害理之事，成何道理?"冯春闻听,跪爬半步说:"大人听禀,封真本是东床,受聘成亲,不料封章去世,封真越礼胡行,天黑私入花园,想要偷盗,秋葵赶他,致被打死,尸骸在他门首,凭据分明,不肯招认,赖女儿约至花园,私赠金银。含冤无处诉苦,是以送到东安县审明,封真招成图财害命。大人断事如神,伏求恩审。"贤臣座上吩咐说:"据本院观瞧,封真不像行凶之辈,将他暂且寄监,你等讨保,本院细想其情,定然断明。"贤臣发放众人,回到书房,独自寻思,不觉困倦,伏桌而寝。梦听门外陡起阴风,一个屈死妇人前来诉苦。贤臣睡中举目端详,披头散发,口带鲜血,芙蓉粉面,秋波泪眼,来至座前,拜倒磕头。贤臣问:"何处冤魂,少要痛伤,被何人谋害?快些详诉,本院一定拿获正犯斩之!"女鬼拜罢说:"大人在上容禀,提出被害情由,一言难尽。有四隐言,求大人醒来猜详。"念道:"丈夫系子到皇都,草肃生心将计露。主母佳酿醉死奴,可怜身赴黄泉路。"女鬼念完隐言,一阵旋风,出门而去。隐然哭声,令人伤惨。叱咤一声说:"鬼魂,快走!此乃抚院书房,不可在此搅扰!"一片红光,有一位出世的神仙来到房内,贤臣闪目观瞧,却是个道家打扮,仙风道骨,不同寻常,头戴翠云巾,杏黄鹤氅,水袜云鞋,面紫生光,神眉圣目,手擎黄金如意。贤臣带笑,望着开言口呼:"羽士!"

未知如何,且看下文分解。

第九十回

感仙人显灵惊梦　于大人详解诗文

　　话言贤臣看毕，开言便问说："请问仙翁，何缘到此？"那道者听问，口呼："抚院，须要听真，道人家住蓬莱岛内，寿与天齐，长生不老，从来不染红尘。因清官似水，感动神仙到此，吾乃氤氲使者，管理婚姻，清官遇此疑难之事，冯春告状，图赖封真，打死秋葵，凶犯尚没下落，抚院不知谁是凶手，故此道人临凡，指点迷津，要知犯人名姓，新诗一首记清，念的是：'木土相逢散绿荫，野猿无犬入园心。清官须要留神悟，诗句包藏作恶人。'"神仙含笑从头念完。贤臣听罢诗词，才然要问，霎时之间，房内起片祥云，云磨响亮，氤氲使者出门而去。贤臣惊醒，追思梦景，细听醮楼，已交三鼓。暗自参详："梦中女鬼诉冤，说了隐言，被神仙喝退，指引害死使女的凶身，念诗一首，不肯明说，叫本院猜详哑谜。"左右思想，灵机一动，满面生春说："是了，隐言头一句'丈夫系子到皇都'，'系子'二字相连，是个'孙'字。日间问过东安县知县，名叫孙炼；第二句，'草肃生心将计露'，'草'字为头，'肃'在下，岂不是个'萧'字？第三句，'主母佳酿醉死奴'，'主母'凑起是个'毒'字，佳酿是酒，此妇定然是酒死；第四句，'可怜身赴黄泉路'，分明遭屈被人害死无疑！女鬼不与本院申冤，分明诉苦，此事应在知县孙炼身上，也未可定。不免等他回话之时，如此这般，此案一定明白！还有四句诗文更觉显然，'木土相连'，定是个姓杜的'杜'字，'散绿荫'无非助语；'野猿无犬人园心'，'猿'字去反犬旁儿是个姓袁的'袁'字，外加上一个圆圈，分明是个园林的'园'字，据本院想来，打死秋葵的凶犯一定是姓杜姓袁。"想罢，安寝歇息。

次早，开门升堂理事。大小官员一齐参见，行礼已毕，各自退下。贤臣眼望贪官孙炼讲话说："孙知县，你可知罪么？"孙令闻听，魂不在体，连忙跪倒，口尊："大人，卑职奉公守法，不知罪从何来？"贤臣座上生嗔，微微冷笑说："本院问你知罪，并非为审问封真杀人之事，只问你的妻子是甚姓氏！"知县暗说："这又奇了，大人无缘无故追问妻子姓氏，却是为何？令人难解。"向上打躬说："大人，卑职妻子娘家姓萧。"贤臣闻听说："奇怪！"又假意生嗔说："知县，你家中屈死一个妇人，萧氏作的鬼计，快些实说，若是欺瞒本院，一定连你追问。"孙知县闻听，魂飞魄散，暗道："大人真称神见，趁此何不说明，也省得后来受累。"知县想罢，口尊："大人既问情由，容禀：卑职嫡妻萧氏，心似蝎蛇，十余年不生，情性嫉妒，卑职娶妾秋如雪，指望生儿养女。不料陡起风波，前者宪令进京，回署，秋氏已死。追问萧氏，话语不明，卑职疑心大略妻子阴毒，暗生歹心，以前为恶胡行，害死通房已经数个，怒打萧氏。他兄到房，名叫萧魁，万恶乡中霸道，倚仗他干爹官大，说卑职无故打妻，萧魁动怒说道要萧氏在，若有差池，定不容情！所以卑职害怕中止。"贤臣叫声："知县，真乃无用，枉受朝廷爵禄。县官之职非小，百里表率，为民父母，因何竟废纲常，纵妻行凶，且放过一边，听本院与你判断。"拔签，立刻差八名衙役东安县西村捉拿萧魁听审，再到县衙去拿萧氏。速即前来，不得有误！青衣答应，出衙而去。孙知县又想说"错了"。贤臣吩咐青衣提封真出监。

未知如何，且看下文分解。

第九十一回

锁杜园封真脱罪　拿恶妇秋氏鸣冤

　　话说封公子跪在丹墀，不住磕头流泪。贤臣往下开言，问道："封真，你与冯素英私约赠金，此事真假？"书生就将小姐差秋葵暗约花园，赠送金银为毕姻之费，小人惟恐定有计策，主意未决，告诉杜园，与其商议，杜园相拦的话又说了一遍。贤臣闻听，心内明白，就知是杜园行凶，立刻拔签，差人拿到这个贼，跪到丹墀，连声喊冤。贤臣怒气勃勃，骂声："大胆贼囚，若非神仙惊教，事犯情真，还敢混推！封真泄机，你生邪念，唬住书生，假扮封真，暗到花园图财害命，打死秋葵，陷害封真，含怨招认，真是屈死好人，笑煞贼囚，夺去金银，以致烈女含羞。今非严刑，谅也不肯善招！"吩咐："抬上夹棍来！"青衣齐上，弄翻撂倒，套上大刑，用力一拢，恶贼疼痛，还不招认。贤臣吩咐："松刑，暂且收监，另听发落。"青衣答应，带杜园下监。贤臣叫上邹能、戚进，附耳低言，嘱咐了几句。两个公差一齐答应，迈步出衙，星夜办事。贤臣退堂歇息。

　　次日升堂，秉正坐下，只见差拿萧氏之役。当堂跪倒："启禀大人得知，小的奉差到东安县内将萧氏、萧魁提来。"贤臣吩咐："带进听审！"不多时，先把萧氏拿到当堂，唬得筛糠打战。贤臣往下观瞧：萧氏生的眉粗大眼，满面惊慌，暗藏阴毒之相。贤臣看罢，开言说："萧氏，今有女鬼秋如雪告你姐弟谋死她的性命，依本院说，快些实招，免得三推六问！"恶妇闻听，浑身打战，心中后悔，不如趁早招认，口尊："青天在上容禀：犯妇原本行的错，与兄弟同谋，恼夫娶妾，安歹心肠，夫主奉差公出，毒酒害死秋如雪。及夫主回署，即问其情，答以暴病而亡。夫主不信，怒打犯妇，幸亏兄弟相助拦挡，无奈住手。今蒙大人神见，善断无头公案，事犯情真，难以抵赖，不敢隐饰。"说完叩头。贤臣冷笑说："萧氏，听本院吩咐，你的心事我已参透，既经实招，指望再拿萧魁对词，倚仗恶贼，走跳势要，线索勾通，好救你的性命，恶妇还敢妄想？"贤臣又说："快把助恶萧魁带进听审！"

未知如何，且看下文分解。

第九十二回

恶妇凶徒齐认罪　贪财窃盗暗生心

且说带上萧魁，一见贤臣，不由魂胆皆碎，说："大人不用动刑，情甘招认。"萧氏见兄弟实说，唬得魂不附体。贤臣眼望赃官说："知县，萧氏今有三宗大罪当诛：头一件，嫉妒不贤，断夫后嗣，理应一死；二件，害妾凶恶，毒酒杀人，理应二死；三件，倚仗兄弟，凌辱丈夫，理应三死。本院顺人情以定罪。"知县听罢，往上磕头说："大人在上，卑职恨其阴毒，欲食其肉，哪里还有爱恩心肠？"贤臣闻听点首，吩咐青衣把萧氏、萧魁收监候斩。

才要退堂，只见差去东安县起赃的青衣跪倒："禀大人，小的到东安县杜园家内，照大人吩咐金谕，向他妻子言讲，说杜园已经实招，我等奉大人差遣，来取赃物。他妻信以为真，从箱中取出赃物，金银一包，钗环六件，小的星夜回来，销差缴票。"贤臣闻言甚喜，提出杜园、封真并冯春、谈氏，俱各传到。当堂先把封真刑具去了，同众人旁边伺候听审。又将杜园带上公堂。贤臣手指凶徒，骂道："该死奴才，你说赃证全无，这是何物？本院略展奇谋，真赃已献。"令青衣将金银钗环拿下。杜园观看已有赃证，不敢抵赖，把威吓书生，冒名顶替，打死秋葵盗银物一一实招。贤臣吩咐："把杜园暂且收监候斩！"又将冯春唤至堂上。冯乡宦见杜园实招，大人断事如神，唬得不住磕头说："监生污赖东床是实，罪应当诛！恳求大人开恩免死，从今改过自新，不敢爱富嫌贫。"贤臣冷笑说："冯春既知罪过求生，须听本院吩咐。"说罢，提笔判断："杜园图财害命，律应处斩；封真无故含冤，冯素英贞节可嘉，当堂官断照旧为婚。"又断："监生冯春爱富嫌贫，礼当加罪，姑念其女贞烈，罚银一千两，帮助封真以为完婚之费；使女秋葵已死，令冯春厚葬；孙知县枉法贪赃，纵容妻子萧氏杀人，题参革职；其余一应干连，俱各释放回家。"

判断已完，谈氏夫人同定公子叩谢，随众散出衙外。冯春回家，料理掩埋秋葵，纹银千两帮助封真完婚。谈氏、公子回到东安县之后，行茶过礼，迎娶小姐过门，一家欢乐，感念贤臣，早晚焚香，以尽报恩之诚。贤臣发放已毕，派官监斩男女三人，退堂回后。

且说河间府离城十里丰村，住着个良善乡民，名叫井纯，字遵古，娶妻冉氏，性格贤良，有房美妾姓向，名唤丽娟。家道美，守分安居，还有个幼小家童，名叫素贵，虽是年轻，甚是勤慎。井纯产业也尽够过活。井遵古乃是读书之人，心雄志大，每日闭户读书，只想名登金榜。这日正打书房往外行走，遇徐家庄柳宁至，乃是井纯的表亲，常来借贷。井遵古让到书房，启齿问柳宁来意。柳宁闻听，满脸带笑说："表兄，屡蒙所赐，感念不尽，惟是三千小钱，那里够用？拿到家中，盘费半月，分文无剩，现在又打饥荒，所以复来冒渎，求兄长推念亲情，再借几两银子，等兄弟宽容之时，加利奉上。"井纯闻言，私下说："可恶，你屡次借贷，拿去不是嫖，就是赌！我念亲情，你竟不知进退，今日又来借取，若要给他，只怕越发得意，不免阻绝。"想罢，微微冷笑说："贤弟，我乃平等人家，哪有余钱，只管借贷？奉劝从今再别张口，要你谨慎殷勤，哪里吃穿得了？无事请回，家中无钱，难以遵命。"说得柳宁害羞，告辞出门而去。柳宁素性嫖赌，输急窃盗飘流，不安本分，被井遵古羞辱一场，走出井家，心下发恨，暗骂："井纯不帮分文，反出言无状。何不定计，叫他家破人亡，见我冒魂。趁此还不下手警觉与他！不然世人敬富，尽欺贫穷。"恶贼主意已定，先到南门山太爷家内，这般如此，不怕井纯不遭大祸！柳宁迈步如飞，到了南门山万里门外。且说山万里乃是个万恶土豪，广有银钱，竟有敌国之富。交结尽是府县官员，来往乡绅富户，为人心毒意恨，好色贪淫，此处军民尽都惧怕。这日，正在门前闲看家丁遛马，一见柳宁，开言便问。

未知如何，且看下文分解。

第九十三回

施毒害柳宁设计　山万里买嘱娄能

　　说道："小柳儿，这几日不见你的影儿，想是摸着什么巧事，今日前来有何事情？"柳宁说："太爷，听我告诉，这几日穷忙，故此无来请安。今日特来与太爷传报一宗喜事。"山万里闻听，把柳宁带到大厅，恶贼坐在椅上说："小柳儿，有什么喜事快些讲来，若是趁心，你太爷一定有赏。"柳宁说："合该你老花星照命，姻缘天降。提起这家人家尽知，丰村中姓井名纯，家道小富，与我拉扯，他系表兄。有房爱妾，十八岁，名叫向丽娟，生成美貌，面如芙蓉，柳眉杏眼，胭脂点唇，腰似杨柳，十指如笋，金莲三寸，犹如天仙，意比婵娥。"山万里闻听，不由纵放心猿，微微哂笑说："小柳儿，好无来历，你表兄的姬妾生得姣娆，与太爷何干？岂不是多说无益？"柳宁道："你老人家不知就里，听小人告诉，方能知晓。井纯的美妾听见小人传说太爷的富贵，大量宽洪，人物丰彩，称起珊瑚，树高三尺，大厦千间，心中颇有爱慕之私，她怎奈井纯碍眼，背地商量道：'只叫太爷把他害死，好侍奉太爷。'"山万里闻听，不觉大悦，道："我有何德，能敢劳美人这等见爱？他既有情，我岂肯负意？小柳儿，就烦你回复美人，叫他耐心相等，不过几日，定将井纯害死，然后再议娶亲之事，还有重赏。"柳宁心中暗喜，即辞出门而去。

且说山万里听信柳宁之言，不由甚喜，口内叫声："多娇，姻缘天赐，奇花巧遇，向氏未从会面，不料反承想慕，情愿身为侍妾，叫杀井纯，吾今快寻良谋。"忽生一计说："家人，速把丰村的里长叫来，有话商议！"去不多时，娄能到了厅上。山万里开言说："娄三哥，一向未会。"娄能说："小人身当里长穷忙，不得时常来与太爷请安叙话。"山万里说："娄三哥，前日对我讲你哥哥的店中要添本钱，望我借贷，今日叫你前来，拿一封银子去使。"说罢，令人到后面取银五十两，交给娄能，然后书房饮酒款待。饮酒中间，叙谈闲话。山万里手擎酒杯说："娄三哥，听我问你，我待你如何？"娄能连忙欠身说："太爷之恩，天高地厚。"山万里闻言，淡笑说："娄三哥，一事相烦，你未必肯去？"娄里长说："太爷咐咐，未有不遵。"山万里拉住里长，附耳低言，把要害井纯的话说了一遍。娄能说："要害井纯，这都容易，须得如此而行，方能事妥。"山万里闻听点头："人来！取白银三十两。"不多一会拿到，娄能接过，拜谢辞别而去。

未知如何，且看下文分解。

第九十三回　施毒害柳宁设计　山万里买嘱娄能

第九十四回

井遵古逢灾中计　山乡宦暗买黄堂

且言里长娄能回到店内，将他哥哥店中商人用酒灌醉杀死，把尸首移在井纯的门首，又去买通牌头总甲，四下埋伏，只等井遵古天亮出门，就赖他图财害命。且说井纯这日清晨要去探望朋友，冉氏贤人叫丫环预备茶饭，井遵古将饭吃完，冉氏手捧香茶，递与夫主说："相公，今日出门，须要留神防备，奴家夜得一梦，甚是不祥。"井纯口呼："娘子，作的何梦，就晓不祥？何不说来与你详解。"冉氏说："请听，昨晚梦中醒来，天交三鼓，梦见黑雾阴云密布，'哗啷'，中梁折断，打房内就地黑烟所起。醒后心惊，大略不祥之兆。"井纯说："娘子，何用多疑？梦境虚浮，不须忧虑。"冉氏难往前讲。井遵古说着，迈步出门，来至街上，刚然要走，被一物绊倒，爬起抖衣，其心记挂朋友，迈步走路，只见里长娄能向前搭话说："井相公，你的令友来瞧，因何灌醉，撵在门前，露天地里睡觉？"井遵古口呼："里长，此人并非亲友，不知为何睡在地下，小弟起早出门，竟被绊倒。"娄能说："原来如此，哪里吃醉，躺在相公门前，是何道理？待我拉起，打发他回家。"贼人是作就的机关，故意向牌头说话："陈哥近前！"大家观瞧，只见项上着伤身死。里长看视,假意害怕,喝叫:"井纯大胆,莫非图财伤命,非同小可,无端绊倒,循环昭彰。"井纯闻言流泪说道:"清平盛世,怎敢伤人?"娄能摆手,不容分说锁起。

　　拉至河间府,正遇坐堂理事,娄能丹墀跪倒:"回禀太爷,今有乡民井纯图财害命,夤夜移尸,被小人与牌头总甲看见,锁到公堂,现在衙前候审。"知府闻听人命重情,吩咐青衣,带来听审。两边吆喝喊堂,不多时,井纯在丹墀下跪倒。知府康蒙下视乡民,相貌斯文,非是行凶之辈,其中一定还有别情。知府正然犯想,得用的青衣案前跪倒,低声悄语说道:"山万里差人到此送礼。"呈上礼单。知府接来阅看,上写"纹银五百两"。开言便问:"山大爷送礼,不知所为何事?"衙役低声回话,就把山万里要害井纯之言说了一遍。自古道:"清酒红人面,财帛动人心。"康知府受了资财,吩咐说:"与来人回去拜上山爷,所托之事,自当效劳,审时办妥。"青衣领命出衙,说与来人回去。且表那贪贿的知府,把娄能打的报单展开观看。

　　未知如何,且看下文分解。

第九十五回

惧严刑公堂屈认　入南牢自叹伤怀

　　上面写着："图财害命凶犯一名，井纯，丰村居住。"康知府先前见井纯年轻俊秀，相貌斯文，尚有怜惜之意，如今受了五百两贿银，就要动刑审问。知府登时变过嘴脸来了，惊堂一拍，往下便问："井纯，你图财害命，万恶滔天，杀人凶器，现藏何处？从实招来，免得三推六问！"书生见问，磕头口尊："青天容小人细禀，虽是乡民，读书知礼，奉公守法，还望上进，岂敢胡作非为？望乞大人高悬明镜，并察覆盆之冤，开释良民，井纯举家感恩不浅。"康知府座上生嗔说："井纯，你害命图财，赃证俱明，如何还不实招？"吩咐动刑。衙役发威，近前按倒弄翻，拉去鞋袜，套上严刑。井纯疼痛难禁，命染黄泉。青衣用水喷活，暗骂赃官，心里仇恨，忽听高叫："杀人贼，快些实招！"书生下面喊冤，说道："大人在上为官，不与民除害，枉自标名！即受皇恩，食君俸禄，理当秉正判冤！"狗官听言，吩咐："快些加刑！"衙役不敢怠慢，刑上加刑苦拷。古语云："人心非铁，官法如炉。"康知府贪赃，苦拷书生屈招。奸官说："拿笔画招。"当堂问罪押监。明日申详文稿办就，知府退堂，值日衙役把井遵古送到南牢之内，禁子收监。井纯想前思后，哭得如同酒醉，众犯人闻听，无不伤感。内中有一个禁子，名叫闻中，见井遵古害命图财是一宗屈事，倒有怜念之心。康知府贪贿受赃，定要井遵古抵偿，虽有不平之心，却不敢多说，一来惧怕本官，二来知道山万里的势利最大。

　　未知如何，且看下文分解。

第九十六回

闻禁子丰村送信　两贤人房内哭夫

　　话言闻禁子怜念井纯遇害，虽不敢多言，生了一个慈念，走到井纯跟前说："井相公，今犯法在监，大料你家中未必知晓，欲要府上送信，不知意下如何？"井遵古闻言甚喜，说："既是长官垂爱，知恩容报。"闻中说："相公放心，这一送信，令正闻知，必然打点救你。"说罢，出监而去。来到丰村，找至井家门首，用手拍户。连声所响，冉氏云芳正在房中闷坐，听得有人击户，吩咐素贵："快去开门，想必你爷来了。"家童走去开门，抬头见闻中，就问，说："太爷，敲门何故？"闻中说："你家相公烦我带信，今早出门瞧看朋友，图财害命，地方拿住，不容分说，解进河间府。太爷动怒，三推六问，严刑审问，当堂画招认罪，现在南牢。我念其读书之人，特来送信，叫人送饭，打点官司，迟则相公性命难保。"素贵闻言，登时变色，家童进内告诉二位佳人一遍，冉氏、向氏唬得魂飞魄散，哭得哽噎难住。素贵口尊："主母，相公含冤，现在南牢之内，奶奶们枉自悲伤，快商搭救相公要紧。"二人听说，止住泪痕，冉氏云芳眼望丽娟向氏说："贤妹，不可挨迟，打点好去南牢，先与相公送饭。"向氏口呼："贤姐，你往监中送饭去看儿夫，我在家中想一条妙计，替相公好伸冤，搭救夫主。"冉氏闻言，满面流泪说："贤妹，总然要去鸣冤，也等我看相公回来慢商。"说罢，令丫环收拾菜饭，装在食盒，作轿坐上，家童跟随出门，往南牢送饭。

且说山东万里花费银子，把井纯害得问成死罪，这日坐在大厅，令人把窃盗柳宁叫到说："小柳儿，前者对说之事，俱已作妥。井纯押监，问成死罪。"

未知如何，且看下文分解。

第九十七回

恶柳宁着急定计　稳佳人窃贼提亲

且说山万里说："小柳儿，今日叫你来，为的前事，快去通知美人，我好择日娶亲过门，重赏与你。"柳宁答应说："不用大爷吩咐，小的知道。"转身迈步出门而走，不住的思想，因恼恨井纯不肯借贷，无事生非，才叫山万里定计暗害，问成死罪。今我前去提亲，怕向丽娟未必肯允，山万里焉能善罢？倒怕我的性命难保！心生一计，须得如此而行。不觉到了丰村遵古门前，用手击户。向氏忙叫丫环开门，见是柳宁，说："柳大爷，到此何事？"窃贼说道："方才我在城中，闻知你家相公遇害，前来探望，有个门路可通，你奶奶商量，作速搭救。"使女闻言，去告诉向氏，正在望救之时，叫："把柳宁请到房中。"向氏站起，让坐献茶，用毕搁盏。柳宁故意究问被害根由，向氏流泪说了一遍，柳宁又故意点头说："嫂嫂不必伤悲，表兄遭此屈情，人所共知，明是知府为仇，要害性命，我来正为此事，商量搭救才好。"向氏含悲说："大爷有甚妙计，请讲。"柳宁说："嫂嫂，表兄遭屈，诸人赞叹。河间府南门住着一家员外，姓山，名唤万里，家有百万之富，交结府道三司，真有拨天手段，谁不闻名？昨日山太爷闻知表兄含冤，倒有怜悯之意，要去搭救之心，今早将我叫去，命来与二位嫂嫂商议，你们若肯依一件事情，包管表兄安然无事。"向氏说："大爷良谋快讲！山爷若肯救出夫主，凡事无不依从。"柳宁长叹说："嫂嫂听言，今岁清明上坟，你夫妻同到城南，员外见你风流俊俏，美貌无双，迄今思念，无缘相会。嫂嫂若肯嫁他，打点官司，甚亦容易，上司衙门说上几句话儿，表兄立刻出监，若不依从，命难保全。"向氏杏眼圆睁，才要动气，复又煞住。

未知如何，且看下文分解。

第九十八回

向丽娟商议良策　写合同误中牢笼

话言丽娟闻窃贼之言，开口欲骂，复又暗转：山万里心图美色，搭救丈夫，如今烈性不允，相公性命难保，我本偏房，又非正配，失节救夫，全其大义，虽系改嫁，于心无愧。主意已定，恶气消平，满面春风说："等大娘回转商量。"

正然讲话，丫环来报："大奶奶回家。"向氏闻听，款步接进。冉氏刚到，放声大哭说："贤妹，今早愚姐进监，瞧见儿夫实为可怜，手铐脚镣，形容狼狈，垢面蓬头，活像鬼怪，见时彼此悲痛，再三劝解，勉强吃了半碗米饭，叫咱快些搭救，奈你我都是女流，可有何计？"向氏口尊："姐姐停悲，趁早商量一事。"冉氏便问："不知你有何良策？"讲话工夫，走进房门见柳宁，让坐。向氏将贼言告诉一遍，冉氏低头不语：欲舍丽娟救夫，与礼不端；不叫其改嫁，夫君怎保？左右为难，急的叹气一声，计上心来，眼望柳宁说："叔叔，向氏不过荆布裙钗，并无惊人才貌，山员外若肯搭救，情愿破家相谢，叫山太爷另娶一房美貌佳人，岂不是好？"柳宁不由冷笑说："嫂嫂言之差矣，山员外乃豪富之家，哪里希图谢礼？除了向氏嫂嫂嫁到他家，才肯出力搭救，若不依从，总是枉然，中何而用？"

向氏先开言说："贤姐，祸事临期，你我不得不允，想那落难，定成死罪，有我无夫，亦是枉然！况且婢妾失节，全其大义，以免相公无事，山员外既肯搭救，恩即不小，失节报夫，礼觉亦通，小妹情愿救夫，姐姐不必拦挡。"冉氏说："既然如此，叔叔，还有一事，倒要请教，山太爷既发恻隐，不知先救相公，还是先娶向氏？"柳宁说："嫂嫂言之差矣，自是先娶过门，然后搭救表兄。二位嫂嫂若不信，先叫太爷写一张合同执照，好教你姐妹放心。"

未知如何，且看下文分解。

第九十九回

娶佳人亲友贺喜　山万里误泄机关

　　冉氏闻听窃贼之言，说："甚是有理，烦你去到山家，我姐妹心中都已情愿。"柳贼答应："晓得。"告辞到山万里家内，回复说："向氏深感高情，诸事停当。"恶贼喜之不尽，拿过宪书择吉，又写一张假执照，来到井纯家内，交与二位贤人。信以为真，专等娶亲过门，救井纯脱罪。这日，柳宁前来说："吉期已到，山府娶亲，嫂嫂须得打点。"说毕告辞，返身回去。向氏与冉氏房中对坐，不久彼此分离，哭诉衷肠，整说一夜，直到天明还是伤感。柳宁从外走进说："向氏嫂嫂，快些梳妆，山宅娶亲彩轿就到。"向氏无奈止泪，移过妆台梳洗。
　　不多时，听得鼓乐声喧，来至门前。邻舍不知情由，你言我语，纷纷谈论，都说井相公为人忠厚，无故遭屈。且说向氏在房中梳洗，换上吉服。柳宁催促。佳人闻听心恸，双膝跪倒说："大娘，我今此去，愁虑在心，从此割断恩爱，死别生离。"拜毕站起，款动金莲外行。冉氏相送，丫环泪流，搀扶二门以里上轿，鼓乐喧天，抬起出了街门，直扑正南。前后围随火把灯笼，向氏轿内伤感，轿进大门，至厅，凶徒迎亲，阴阳生赞礼，使女搀夫下轿，同拜天地，送入洞房。贼的原配妻子观看。山万里实道当为，谁不趋奉贺喜？亲朋来往不断，闹了一天方散。贼人来至洞房，仆妇人等也即散出。贼坐床前留神观看：向氏灯下而坐，生成月貌花容，与柳宁所言不错。恶贼意马难拴，伸手拉住佳人说："娘子，趁早成亲，你我睡罢。"抬头一看，唬了一跳。

未知如何，且看下文分解。

第一〇〇回

向丽娟巧定牢笼　山万里贪欢中计

话说山贼手拉向氏，一见落泪，心下惊疑，开言便说："娘子，你叫柳宁前来通知与我，事情作成，才为夫妇，今日合卺交杯，乃是大喜，不知因何愁烦伤心？"向氏闻听，暗说："山贼说话有音，待我问他一问。"想罢，口尊："员外，未知柳宁所言何事？望乞讲明。"

山万里见问，说："娘子留神听言：前者我在前厅正坐，柳宁到此，说娘子聪俊风流年轻，现与井纯作妾，并非情愿，憎嫌遵古贫寒，意欲重婚改嫁，又碍书生，不敢言讲，叫我定害他，好成姻缘。娘子吩咐，遵命而行，不顾伤天害理，花费银钱，铺谋设策，买嘱娄能，暗杀孤客，贪夜移尸，屈赖井纯图财伤命送官，又贿托康知府，苦拷成招押监，秋后处斩。井纯死后，人愿天从，乐何如之？"

向氏闻听，如梦方觉，气得粉面焦黄，暗骂柳宁："真该万死，与你何仇？无故生非，折得夫南妻北，只说失节救夫，谁料身入虎穴！"暗说："大娘，你在家中痴心妄想，指望到此，央求山贼搭救夫主，不啻龙潭，我今不斩山贼，怎称烈女？只须如此，凶徒一定中计，若得报恨，香传于后。"向氏回嗔作喜，口尊："员外，多承见爱，甚感盛情，欲敬三杯，未知员外肯赐薄面否？"凶徒堆欢说："美人见赐，山某自当领情。"吩咐丫环看酒，吹口之力摆齐。向氏虚意笑脸，亲自执壶斟酒，燕语莺声，说："员外为奴使碎心机，深感肺腑，今晚窃喜洞房花烛，无可将意，奉敬三杯。"恶贼说："遵命！"伸手接酒，口呼："娘子，昨日小柳夸奖美容私慕于我，是以暗害井纯，方得鱼水之欢。"酒已饮干，向氏又斟，恶贼贪色，连饮三杯，归席对饮，向丽娟巧语花言，不住相劝。

未知如何，且看下文分解。

第一〇一回

劝香醪灌醉山贼　全大义佳人行刺

话说凶徒在灯下留神细瞧，向氏借灯光分外风流，令人可喜！尽量而饮，不多时大醉，坐在椅子上边，身形乱晃。向氏观瞧，心中发恨，吩咐丫环说："员外已醉，你们安歇去罢。"答应散出，向氏又独坐一会，听着尽皆而睡，转身关门，瞧见万里对子荷包腰带上一把小刀，抽在手内，迈步走到恶贼身旁，对准咽喉，就是一下，响亮一声，红光乱冒。大凡为人善恶昭彰，皆有定数，山万里罪恶滔天，神人共怒。不久抚院按临，拿贼问罪，如今阳寿未终，虽扎一刀，未伤致命之处，山万里梦中惊醒，疼痛难当，"嗳哟"栽倒洞房之内。向氏唬得魂飘，往后倒退，横心寻死，暗叫："儿夫，奴今杀贼为你报仇，天明恐有人知，传扬于外，相公岂不讨愧？奴之真节，惟天可表。"又骂柳宁害的好苦，少不得去到阴司拿住偿命。正要自尽，见门外跑进两个丫环，向前抱住，口尊："姨娘，因何自寻拙志？"

未知如何，且看下文分解。

第一〇二回

于大人私访民情　小素贵庙中诉苦

且说那些使女看见向氏要寻自尽，连忙上前抱住，才要究问，又见员外满身通红，躺在地下乱滚，面目焦黄，连忙报与主母。乌氏闻报来看，山贼着伤，眼内落泪，令人搀到床上，细讯情由。山万里昏迷不醒，乌氏遣人请医调治，知是向氏为井纯报仇，吩咐绑起，又拿柳宁，天明送到河间府衙门审问。知府康蒙登时动怒，把向氏、柳宁二人下监，等山万里养好伤痕再问。且说冉氏打发向氏出门之后，恸哭不止。次日，听得街上传扬这个凶信，连忙到监中瞧看向氏。再说贪财府尹把井纯屈打成招，问成死罪，随详报上司按察司观阅文卷，命案重情，禀明抚院。批文回府说："井纯图财害命，赃证既全，按律秋后在本地处斩。"康知府观毕，专等到期斩犯。

且表清廉贤臣这日退堂，书房独坐，腹中暗道："直隶八府地方最宽，不无也有冤枉之事，何不前去私访，察其善恶？"想罢，假扮寒儒，暗出衙门，扑东安县，到处留神访查民情。晓行夜宿，饥餐渴饮。这日来到河间府，见旗幡招展，人声喧闹，手举高香，口中号佛。贤臣说："原来是军民作会，虔诚最专。"跟着同行，至慈济寺内，神像威严，修盖齐整，贤臣瞧罢，随众朝参作会之人焚香礼拜，诸事已毕，散出庙外，锣鼓齐鸣，回香而去。贤臣乏倦，配殿歇息，刚然睡熟，一个年轻之人来到，礼拜佛像啼哭，惊醒贤臣，留神观看，幼童跪在佛前，拜毕平身，"咳"声不止。贤臣心内生疑：莫非有什么冤枉？本院何不追问情由！开言说："在下请问一声，咱这里有件屈事，不知小哥知道否？"幼童听罢，流泪说："实不相瞒，我家就有屈事，未知客人问他怎的？"贤臣说："请问小哥姓字名谁？住居何处？"幼童说："小人主人姓井，名叫井纯，丰村居住，小的是家童，名叫素贵，不知尊客何姓？问小的何故？"贤臣带笑说："实不相瞒，我就是相公的契友，闻他近有含冤屈事，特问一声，果然不错！"素贵闻听，不由更恸，口尊："老爷，听小的细禀。"始末诉罢。贤臣叹气说："掌家，相公遭害，也该早些打点，为何袖手旁观，见死不救？"素贵说："老爷，小的虽是年轻，岂不知孝悌忠信？主人有难，就无搭救之心？无如知府图财，为仇无门申诉。"贤臣说："掌家，我既与你相公相交，他今遭此冤屈，心中深为怜念，指你明路，可回府商量告状。"素贵便问："老爷，还是叫小的往那里去告状？"

　　未知如何，且看下文分解。

第一〇三回

于大人指引家丁　小义仆奔驰告状

　　话说贤臣说："管家，听在下告诉，若肯为顾全其大义，必须告状。直隶省城保定府一位抚院于大人直烈，为国怜民，专拿贪官污吏，土豪恶棍望影魂消，你若告状，包管家主离监，即刻起身赶路，休得迟误。"素贵说："小人久仰于大人明如日月，早要前去鸣冤，只因信息不切，既承老爷说明，小的回禀主母，就去鸣冤。"贤臣先回省城。且说忠义小童到家，就把前去焚香，遇见主人的朋友，指引保定府鸣冤的言词说了。冉氏说："你既要报主告状，我也不便拦挡，在路小心。"给了素贵几两盘缠，义仆接过揣在怀内，随即拜辞主母，出门竟奔保定府。这日进城下店，次日走到一个命馆之中，执手陪笑说："先生，一事相烦，与我写一张状词，自当重谢，不敢轻慢！"算命的先生让坐，含笑说："尊驾要写呈状，不知所为何事？"

　　未知如何，且看下文分解。

第一〇四回

写呈词细问根由　白鹄子公堂告状

话说素贵说："先生若问写状的情由，听诉。"就把已往之事说完，先生提笔写毕，递与素贵，从头看罢欢喜，取银三钱送星士，告辞行走，来至抚院衙门。

且说贤臣别过素贵，一路攒行，进保定府到官衙。次日升堂理事。众官员行参毕，退去。贤臣眼望值日官说："本院私访去后，可有朝命来否？"官员口尊："大人，有朝命到来，钦限天下人犯出决，这道文书各省府县尽晓。"贤臣暗道："不好，眼下出决，各府县俱要监斩犯人。"贤臣正在踌躇，忽听衙外有人抓鼓，吩咐青衣把那喊冤之人带进听审。答应出衙，锁拿人犯，推拥义仆素贵上堂，勉强偷观大人，线缨貂帽，蟒袍补褂，山瑚素珠，粉底官靴，面如美玉，三柳长髯，文眉虎目，威风惊人。素贵暗转：大人倒像慈济寺进香遇见那一秀士，模样相同，想是私访而去也未可定。义仆想罢，叩头口尊："青天，小的素贵，今年十八岁，家住河间府，为主人伸冤到此。"从头至尾始末诉罢。贤臣说："素贵，不必多说，你主人屈情，本院已经明白。可记得在本处城南慈济寺内遇的穷儒，那是哪个？"小义仆知前者果是大人私访。素贵进礼说："小的该死。"贤臣说："素贵不必惊慌，不知者不作罪，还有隐情在内，恶棍赃官，若不擒拿，如何安良除恶？"令人接上呈词，瞧罢，吩咐："素贵，衙前听审。"义仆磕头，出门而去。贤臣写了提文，遣差星夜赴河间府，把井纯一案证见干连，令本府押来听候审问。那名听事差人领文驰驿而去。

且说贤臣发放已完，才要退堂，忽见一只白鹁子飞到公堂，朝着贤臣将头乱点，像是磕头一般。贤臣心下生疑叹气，眼望那物高叫："白鹁子，莫非你有冤情？如果遭屈，头再点三点，飞腾引路，本院叫衙役跟随，瞧你下落，锁拿凶身，雪冤报恨。"鹁子心内通灵，将头连点三点，展翅摇翎，飞出堂口，上下翩翻，像是等人一样。贤臣叫上康进、辛英："快跟白鹁子去，瞧其下落，速回！"差人连声答应下堂，跟定出衙而去。贤臣退堂用饭。且说两名公差跟定白鹁子出衙门之外，不敢徇私，城西有三里之外，荒郊无人，白鹁子飞过高坡，公差也就越过土岭。

未知如何，且看下文分解。

第一〇五回

救崔云铺户回生　众公差猜详异事

话说白鸽子飞进一座松林，两公差赶上，只见落在深坑之内，一齐观看，低头一望，其深无底，看不甚真。二人商量："你我如何看的真切，除非下去。"言罢，走到关庙之内，与铺家找了一个筐，几条绳子，又叫几个守铺之人齐到林内，用长绳将筐拴紧，辛英坐在筐中，众人一齐用力，将荆筐送下。走出筐中站住，坑内漆黑，瞧不真切，伸手一摸，却有个死人在内。公差仗着胆子大，将死人抱在筐内，用手摇绳，上边有铃，绳动铃摇，连声所响，上边众人一齐用力，拉上坑来，俱各害怕。辛英跳出筐来，带笑说："朋友们，这个人身体温和，想必小死，快取姜汤灌下，或者回生，也未可定！"说罢，灌下姜汤，一齐围裹死人，见白鸽子打死人怀内钻出，望空飞去。众人以为岔异：此人坠坑，显有别情，不像贫汉，衣履鲜明。且说姜汤灌下入壳，"嗳哟"一声，睁开二目，留神一看，多人扶定，不由伤情。口呼："列位，若非搭救，性命早亡！我与宗能契厚，并无仇恨，无端推落深坑，险些而死。"康进闻听，拿话试探说："老仁兄贵姓尊名？缘何坠坑？请告诉我等。"那人见问，叹气说："众位太爷听禀。在下姓崔，名云，现开钱铺，西门外离城五里青草铺居住,本村有个富户,名叫宗能,我俩相交契厚,他居长,我属弟,时长往来,如同手足。今早邀我进城吃酒,灌醉而回,巧言哄骗,打此处抄近回家,不料暗安歹意,来到林中,冷不防推落坑内,叫勾多时,无人搭救,一阵发迷,倒在坑内。幸蒙列位救命,不知何由得知?"康进说:"崔大哥,有个白鸽子飞到公堂,大人疑心有什么冤枉,差我等前来,才把你救出深渊,姜汤灌活。"崔云闻听,说:"多谢爷们救命,但不知大人是谁?求列位告诉小弟,好去叩谢。"康进说:"崔大哥,你问是谁,就是断奇冤于青天。"崔云闻说,不觉得忧中变喜。

未知如何,且看下文分解。

第一〇六回

崔铺户公堂诉苦　于大人追问民情

话说崔云闻听甚喜，眼望公差，开言说："小弟久仰于大人善断无头之事，今日不幸逢灾，亏鹄子诉苦，得见青天，即是崔某万幸！"说罢，两公差搀扶崔云迈步齐行，多人瞧看，来到衙前。辛英回明，贤臣升堂，带进崔云，当堂细问，崔云流泪磕头，说："青天大人容禀，小的崔云城西青草铺居住，与宗能朋友，今早相约进城吃酒，前有过路行人拿着白鹄子，小的用钱八十买下，爱惜他的翎毛，酒楼以上放去。小的与宗能饮至酪酊，出城回村，不料宗能心怀不良，抄至松林，不防推在深坑，幸蒙公差救上，小的才得回生。叩见大人诉苦。"

贤臣闻言默然，又说："崔云，据言你与宗能最厚，托妻寄子，不避嫌疑，本院想来，你的妻子必有邪淫。"崔云听说，如梦方醒，不住磕头说："恩台大人，小的行事昏愦，相交宗能如胞，讵意人面兽心，外装老诚，内蓄奸诈，见妻明以嫂嫂称之，暗地私通，今日将小的推入深坑，若非鹄子告状，大人遣差搭救，已作含冤之鬼。小的无可为报，惟愿大人福寿如天，还求大人恩典，宗能万恶，因奸害命，伏乞大人明正其罪。"说罢叩头。贤臣说："糊涂蠢人，长言

'钢刀虽快，不斩无罪之人'。汝妻阮氏私通恶棍，巧设机关，虽有奸情，并未获住，没有证据，如何拘审？推你深坑，又缺对证，崔云不必伤情，听本院吩咐。"

未知如何，且看下文分解。

第一〇七回

于大人暗差捕快　小义仆叹气伤情

"本院如今差衙役八名随你同行，暗到家内，如宗能在你家中，招呼人役，将宗能与阮氏拿来，本院自有处治。"崔云说："多谢大人洪恩，小的感戴不尽！"贤臣就差捕快头儿韩宣，带领捕快八名，用车装着崔云，放下帘笼，恐走风声，出城往青草铺捉奸。且说宗能通其妻而欲谋其夫，竟到崔家过宿，房中对饮，欢笑擎杯，以"嫂嫂"呼之，说道："定的妙计，真正可圈，既要偷香，须安奇计。今日推落深渊，神鬼难测，崔云白死，谁去偿命？咱俩风流，何乐如之？"阮氏带笑口呼："冤家，少要狂言，因邪种祸，厌物必死，今宵可吃交杯。"奸夫淫妇贪乐，秋连、素桂伺候，斟酒侍奉，主母阮如花喜欢。小家童来福瞧出岔事，宗能与阮氏私通，不敢明讲。又见主人一日未回，宗能竟住下过夜，来福不愤，却是敢怒而不敢言。又听叫摆酒，小义仆暗在窗外窃听，一往真情，记在心内，才知主人含冤已死，心中发毛，走至前边，蹲在尘埃，正然要去告状，耳内听"吧吧"门响，小家童心惊，开口就问："外面何人黉夜击户？"外面答应："是我！"来福听是主人声音，只当是鬼，唬得打战，哀告啼哭，说："宗能把爷推落坑内，已经废命，小的心内不平，明日替爷伸冤，爷何不和他们要命，来吓小的？"崔云说："来福，宗能可在咱家没有？"来福说："在房中与奶奶饮酒。"崔云听说，大叫一声，栽倒在地。众多差人齐来扶起，苏醒，来福门内听的明白，说："奇怪！明是家主，方才听我所言，气倒在地，又有旁人搀扶，莫非家主命中遇救？也未可定，且开门，一瞧便知。"来福开了街门，看见捕快扶定主人呼唤，家童来到跟前，拉住崔云说："爷快醒！"崔云气转，睁开二目，望着公差说："快些动手！"众捕快闻言发威，齐往里闯。

未知如何，且看下文分解。

第一○八回

众公差锁拿恶棍　宗恶人巧辩公堂

　　崔铺户动怒说："众公差，奸夫淫妇现在房中，求爷们速擒，别要逃走！"捕快说："有理！"一拥而进，掏出铁锁，套住宗能，阮氏唬的筛糠，不容分说，推拥出村，街坊邻舍齐来观看，言语纷纷。且说崔云随同公差押解犯人进城，到衙门以外，快头韩宣进去禀贤臣，吩咐："带来听审！"不多时，淫妇奸夫在月台前边跪倒。贤臣说："奸夫，听本院问你，朋友之妻，欺心勾引，败坏人伦！奸其妻子，害其性命，天理难容！从实招来，免动严刑，若不招认，皮肉吃苦。"宗能跪爬半步，口尊："大人在上，阮氏风流，勾引小人，和奸之事，愿领罪名，并无谋害之心。"贤臣大怒，厉声骂道："好大胆贼人，就该万死！私通友妻，为色杀人，自知行凶无人知晓，白鹇子告状，飞到公案，本院差人救活铺尸，暗遣衙役拿住你们，就该认罪实招，为何只认通奸？想择人命！本院若不剪恶除害，岂不叫良民含冤？"伸手拔签，往地下一扔，衙役喊堂，将宗能拉下重打四十。恶棍总不肯招认，贤臣手指阮氏，微微冷笑说："恶妇行奸卖俏，勾引凶徒，败坏家门，就该一死！又串通奸夫，谋害本夫之命，安心寻死，万剐难容，快些实招，免得皮肉受苦！"阮如花怕死，磕头高叫："青天爷容禀，宗能引诱民妇，原有奸情，不敢越礼欺天，谋害亲夫之命。求大人开恩，超怜草命。"贤臣惊堂一拍，说："淫妇，既然怕死，就该循理，安心谋夫，应即实招，还敢支吾？左右与我拶起来！衙役喊堂，一齐来围住阮氏如花，将拶子套住十指，把绳用力一拢，疼痛难当，大叫："青天大人，小妇实招，都是宗能勾引。他说暗地不便，定计杀夫，犯妇不肯，讵料昨日黄昏奸夫对犯妇言讲，约崔云进城饮酒，醉后诳至松林，将夫推入深坑，犯妇听说，心下甚实难忍，宗能谋害，与犯妇无干，望大人饶命！"阮氏全招，宗能心中发恨，连声喊叫："大人留神听犯人回禀，与阮氏通奸情真，谋害崔云也是俩人商量，俩人行凶，为甚一人受死？大人如若不信，只问两个丫环，俱是见证。"贤臣吩咐："松拶！"素桂、秋莲上堂跪倒，一口同音，从实回禀说："主母与宗能通奸，奴婢们早已知道，不敢多言，惧怕主母打骂，昨日宗能前来，房中与主母饮酒，说出真情，他俩早已商量，害死家主，推在深坑，大料废命，他们要作长久夫妻，都是真情实话。"贤臣怒骂："宗能、阮氏，太也胆大，按律应斩，阮氏凌迟，天理昭彰，鹁子告状，本院差人，灵禽引路松林，救出崔云，善恶分明，报应不爽。传禁子伺候，把淫妇奸夫监候斩，崔云释放回家，发放一应干证人等。"崔铺户叩谢出衙而去，贤臣写本进京启奏，打鼓退堂。

且说河间府奉票的衙役提人犯，只因限期紧急，催驿星夜前去。再表河间知府接到出决文书，不觉到限，监里人多，从头一日，就把众犯绑起，次日一早，动手开刀。康知府黄昏时分，领定衙役来至监中，井纯一见害怕痛泪，不由满腔怨气，口叫："龙天！无端受此非灾，我本读书之人，寒窗愤志，奉公守法，康知府图贿，屈打成招，已问死罪，眼前出决，无人搭救！"向氏分外伤情，哭的哽咽难抬，如痴似醉。

未知如何，且看下文分解。

第一〇九回

于大人公堂审事　山万里害怕实招

话说向氏止不住流泪伤感，只骂柳宁那世仇恨，暗害至此？又怨康知府贪贿赂，不问青红，图赖谋杀家主，严刑问作凌迟，眼前就要出决，无从搭救，丽娟一死不足为惜，儿夫含冤莫伸，这是前因造就，一刀之苦，也是难逃。且说青衣跪倒回话："启禀太爷，监内人犯共三十九名，俱各绑完。"知府说："天已五鼓，不可挨迟，押到市曹，天明开刀。"青衣答应，推出南牢，押赴云阳，天明问斩。且说冉氏打听出决日子，就知夫主与向氏性命难保，素贵白去鸣冤，总见于大人也是无益。贤人一阵伤心，欲待前去祭奠，知府又吩咐不容，莫如天明买棺木再去收殓。

正话表河间府知府押令众犯来到云阳，专等天亮斩犯，该犯一齐悲叹，惟有井纯、向氏分外恸悼。正然悲哀，听得已打亮钟，少时就要动手，抚院差官已到，提犯公文紧急，不便到衙投递，探得知府押犯监斩，竟至法场高叫："河间府，快接抚院大人提文。"知府闻听，不敢怠慢，令人接过，拆封观看，是为井纯之事，心下吃惊。接见差官，请安已毕，说："这件事业经详明，为何又要亲审？其中定有缘故！押解前去，但恐有变。"康知府只得吩咐："把井纯、向氏留下，其余人犯，俱各斩之！"随即差人将山万里请至，说明抚院差人来提，恶贼唬吓一跳，无奈跟随差官上保府，亲身押解，直扑保定府省城。

这日来到城中，康知府禀见，贤臣冷笑说："贵府，本院问你，井纯这案，今有他家仆人素贵告你受贿屈良。"知府闻言心怕，进礼口尊："大人，卑府蒙皇恩居知府，岂敢枉法冤民？井纯图害财命，夤夜移尸，现被里长娄能所拿，赃证俱全，如何是假？"贤臣淡哂说："人命重情，何得只凭里长一面之词，问成死罪？再者向丽娟行刺杀人，内中还有缘故，为何不问明白，以严刑苦拷，屈打成招，问成凌迟？柳宁提亲，原非好意，引出向氏杀人，这事明显有弊，把柳宁问成军罪。"知府听言，唬得魂不在体，打躬进礼。贤臣说："你且站在一旁，本院再替你细审。"说罢，吩咐带娄能上堂跪倒。贤臣动怒骂道："万恶贼人，因何夤夜移尸，暗害良善？若不从实招来，严刑拷问！"娄能惧刑，往上磕头说："青天大人，小的总有包天之胆，也不敢私自杀人，本处乡宦与井纯有仇，给小的银子五十两，叫将店内孤客杀死，移尸井纯门首。井遵古有事出门，被尸绊倒，暗地埋伏，上前拿住，河间府也被山万里买转，把井纯问成死罪是实。"贤臣令书办记下口供，又带山万里上堂，跪在丹墀之下。贤臣手拍惊堂说："山万里！本院问你，里长娄能当堂招认，说你用银买转，暗杀孤客，移尸污赖井纯抵罪，从实招来！"山万里口尊："大人容禀，若论监生与井纯素日无仇，因他表弟柳宁说他的侍妾丽娟美貌，有心改嫁，监生干碍丈夫，所以暗害井纯。监生信柳宁一面之词，因此拿银买托娄能，后又贿买知府，井纯定罪押监，随即娶向氏过门，指望成其夫妇，向丽娟真是节烈之女，改嫁原为救夫，别言全然是假。"

未知如何，且看下文分解。

第一一〇回

斩恶棍正法除奸　冯通判举家赴任

话说山万里说："尽是窃盗柳宁作的诡计，向氏言明将监生灌醉，行刺扎伤脖项，次日绑送衙门，暗托知府将他问成凌迟。"贤臣夸奖："此女真乃处变全节，能明大义！"说罢，带柳宁上堂跪倒，贤臣座上手指柳宁说："该死凶徒，你与井纯何仇？无故生非，陷害于他，如今真赃实犯，还不招认？"柳宁将与井纯借贷不遂，反被凌辱，记仇设计，将向氏捏以假言，哄信山万里缘由，自始自终全招。贤臣听罢动气，提笔定罪："知府康蒙贪赃，诬害良民，提参问斩；里长娄能图财杀命，贪夜移尸，讹作良善，山万里仗势欺人，主谋伤命，革监生，俱问立斩；窃盗柳宁无事生非，是祸皆因他起，问成凌迟；井纯无故遭屈，向丽娟真节难得，俱各释放；宁家义仆素贵舍命鸣冤，搭救主人可嘉；其余一应干连当堂释放。"贤臣判断已毕，俱各感念，回家焚香答报。贤臣写本进京，不日命下，贤臣吩咐出决拿犯，众青衣绑起宗能、阮氏、山万里、柳宁、娄能、河间府康蒙，俱推云阳问斩。

且说上任通判山西汾州府人氏，名叫冯文，原在京中作官，年满就升湖广武昌府，今赴任带领妻子尹氏、家丁、使女出京，行至张家

234　于　公　案

湾城外，箱笼行囊搬到船上，夫妻随后登舟。不料雇了一只贼船，弟兄两个生得膀阔腰粗，常图财害命，见冯通判行李沉重，两贼暗生心术，又见尹氏生得国色，暗为喜欢。怎知箱内都是文章诗赋？当是财宝，安下歹意。且说尹氏夫人上船，看见船户举止非良，愁眉不展。冯文就问："贤妻在家，每日喜悦，今朝何事不乐？"夫人将情由言明。冯公听罢，冷笑说："贤妻不用多疑害怕，船家不过生成粗蠢，况且此河南北通大道，过往船只来回不断，哪有贼人行凶之事？"

未知如何，且看下文分解。

第一一一回

见船家尹氏心惊　劝夫君冯文生气

且说冯通判说："贤妻，自古道，'疑心生暗鬼，胆小寸步难行'，奉劝不必害怕，拙夫包管无事。"夫人为夫主相拦，也就不讲。且说船家开船，行了一天湾住，吃罢晚饭，二人在后舱闲坐。庞五望庞六说："贤弟，我瞧冯通判被套行李很重，想是豪富之家，此宗买卖看来如意，尽勾嫖赌吃喝。"庞六说："兄长，通判行李虽重，其中还须斟酌，他本名登金榜作官，故旧同年甚多，若是害命图财，仆人又众，怕巧成拙，倘然事犯当官，罪名不小！且是此处人烟稠密，愚弟倒有一计，过了河西务以南蒙村，行人稀少，树木又稠，那时如此而行，岂不妙哉？"庞六闻听颇喜，两贼也睡。次日开船，分外殷勤，正遇顺风，打起篷来如飞。

冯通判眷属坐在舱内，观瞧河边景致，开怀说笑吟诗。尹氏夫人说："作官受禄，依妾瞧来，就像朝露浮云，不如庄农逍遥自在。虽说离乡背井，风光美好，幻境荧光，不能常久。庄农何等快乐，举案齐眉，无甚灾祸，要吃还是乡中之水，自古恋土难移。"冯文说："贤妻所言，为官作宦，不如耕种锄刨，似此说来，普天下之人，都不该求名上进？十年愤志，也不过求名作官安民，与朝廷出力报效。"

未知如何，且看下文分解。

第一一二回

殷员外误救凶徒　恶赖能恩将仇报

　　话言冯文说："图一个改换门庭，光宗耀祖！贤妻何说作官不如种地？到底妇人不知大义！"尹氏见夫主生气，不好再讲，满面含春，离座说："老爷，妾身一时讲错，彼此闲谈，何必动嗔？"冯文见夫人赔礼，恼怒全消。

　　且说河西务以北有一豪富之家，名唤殷实，杨村庄里居住，为人心慈面软，敬佛斋僧，膝前一子，名叫殷申，颇有田园，家中富足，长期周济贫寒，资助亲友。因此老幼尊敬，远近传扬，谁不知殷员外好善？这日闲暇，散步行到城南，绿柳桃花，百草初生，和风扑面，又见上坟祭扫之人来往不断，慎终追远，清明佳节，子孙烧钱化纸。殷员外点首叹气，人生在世，一场大梦，酒色财气，混住愚顽。正走中间抬头，唬了一跳，迎面松林有人寻死，绳拴树上，就要去套。殷员外走到跟前，用手拦阻，原是庄中邻舍，名叫赖能，每日打闲为生，不务本分，生的凶恶，专好耍钱吃酒，到处偷盗银钱，挖窟掏洞。因输银钱，怕人打骂，所以林内寻死，瞧见老者相拦，不由落泪，又道苦处。殷老者点头说："第五的，看你为人却也伶俐，为甚好耍贪顽，误事寻死？不亏老汉前来，性命难保！身边带了些须银子，奉赠与你一两还多。"赖能接过装起，拜谢殷实，跪倒磕头，感恩戴德而走。刚出松林，陡起凶心，暗道："殷实腰内银多，趁此林中无人，何不恩将仇报，害其性命，掏过银子，耍钱吃酒，任意穿戴，岂不是好？"回身来至老者跟前，说："大老爷，天色已晚，回府路远，赖能无可为报，送回尊府。"殷实认以为真，迈步前行，赖能后跟，不上数步，从后把手一伸揪住，随攒劲一推，"咕咚"摔倒在地，用腰带套住，可叹殷实即时废命。赖能连忙掏出银包，揣在怀内，尸骸不可撇撂在此，恐他儿子来寻，看见报官，不如移撂河沟，岂不甚妙？哪敢怠慢，尸上坠石扔在河沟，沉下河底，迈步回家，又去赌钱吃喝输尽，心中后悔，早知丧良心的银钱不能肥己，决不该暗起亏心，谋害殷实性命。

且说殷员外之子殷申等到黄昏，不见他父回家，放心不下，次早出门，各处去找，心忙意乱，走到城南，并无踪迹影响，不由心惊，又到亲戚朋友家中寻问。

且说遭屈怨鬼，未知如何，且看下文分解。

第一一三回

殷员外废命逢神　诉冤情回家托梦

　　话言殷员外被害倾生，灵魂不散，松林前河沟之内守定尸骸，每夜黄昏悲啼，无人替报冤仇，直闹到东方大亮。这道河通天津卫的海岔，惊动一位巡海尊神，前来查问，看见殷员外哭泣，用手中利刃一指，大叱："冤魂，何故悲哀？"员外望对面观看：尊神遍体挂素，凛凛威风，红须飘扬，金匣扣顶，神眉圣目，面赛瓜皮，圣体丈余，征裙系腰。殷实看罢，跪倒口尊："上圣，小魂杨村良民，名叫殷实，一生好善，本处窃盗赖能在松林寻死，小魂好意相拦，资助银两，不料他见财害命，恩以仇报，勒死林中，尸首扔在河沟之内。冤魂恼恨，因此伤情。不知上圣前来，望乞饶恕。"水圣点头说："吾神怜念平日为人忠正，指你明路，好去雪冤。只须如此前往于抚院台下告状，包管报冤，擒拿恶贼正法。"殷员外叩谢，水圣腾云南去。
　　殷员外不觉生欢，若得擒贼报仇，作鬼无怨，如今回家，三更托梦，殷申定赴保定府替鸣冤枉。员外见红日归宫，出水上沟，天交三更时分，一阵旋风，如飞似箭，进庄来到广亮门，听得叱咤断喝："冤魂，少往前走！"殷员外止住脚步，对面站着二位尊神，全身甲胄，手执兵刃，知是户尉门神，员外跪倒口尊"上圣"，把被害缘由说了一遍："多蒙水圣怜念，指引回家，与妻子托梦，伏乞上圣开恩，放小魂进去！"二圣闻听，赞叹说："殷实，念汝平日为人好善，无故含冤，被人勒死林中，无人知晓，吾神开恩容进，说明屈情，快回河沟看守尸骸！"殷实叩拜，两位爷一闪金身，殷实站起，一阵旋风进了自己门内。至书房里边，殷申在床上正睡。殷员外心如刀搅，含泪说："娇儿，为父昨因闲游，城西散闷，走到松林，遇见一人寻死……"始末说完："为父去也！"阴风一阵，回归河内。书房惊醒殷申，翻身坐起，心下惊疑不止，说："此梦稀奇！"

未知如何，且看下文分解。

第一一四回

为天伦商议告状　于大人审问殷申

话言殷申说："方才睡梦之中，明是见父亲说被赖能生心暗害，叫我保定府鸣冤，还说暗中跟去告状。"父子天性，不由痛哭。不多时天亮，将门开放，走到上房，难以隐瞒，告诉母亲，官氏奶奶唬得打战，放声大哭，跺脚捶胸，哽咽难止。殷申解劝，止住悲哀，母子商量保定府告状，不敢倡扬，恐惊走赖能。收拾行李，拜辞老母，出离杨家庄，星夜赴保定府。不辞辛苦，这日进保定关厢下店，房主来问说："客官，用甚酒饭？吩咐以便预备。"殷申说："却且不用，倒有一事动问，保定府抚院作官如何？"店小二说："于大人清正如神，谁人不晓？"殷申又呼："贤东，实不相瞒，在下有件屈枉之事，要到大人台下鸣冤，不知衙门得多少使费？"店家说："贵客，于大人不比别官，手下衙役三班，分文不敢索要，你若告状，到衙喊冤，包管有人带进你去。虽是抚院衙门，大人为官慈善。"殷申随即打点安歇。

次早，爬起出店，竟赴衙门，高声喊叫："冤枉！"值日青衣上前说："跟我进来。"殷申推至当堂，丹墀下跪倒。贤臣往下观看：年幼乡民。座上开言，便问："你叫何名？家住哪里？有什么冤屈，本院台下告状？"殷申跪爬半步，口尊："大人，小的家住通州杨家庄，名叫殷申，年十八岁。小的父亲名叫殷实，年逾六旬，被本处一个凶徒赖能勒死，尸首撂在河沟之内，小的舍命前来，伏乞恩典作主。"贤臣便问说："殷实被赖能所害，谁是见证？"殷申满眼泪流说："大人容禀，小的前来鸣冤，父亲托梦说跟来一同告状，求大人一问，便知详细。"贤臣惊疑，便问叫一声："殷实上堂听审！"连叫数声，并不见冤魂答应，不由大怒，手指孝子，骂声："该死刁民，幼小年轻，敢虚词枉告戏弄，本院难容！"吩咐青衣："拉下重打！"该值人役上前，殷申一见魂飞，泪如涌泉，口叫"苍天"！且说老员外的冤魂才要进衙，忽然迎面一道金光，二位尊神挡住，一左一右，神威凛凛，金盔异宝，朱缨斗大，螭头连环，层层钉丁，征袍可体，胸前宝镜。冤魂跪倒。两位原系衙门监察尊神，开言断喝："何处冤魂到此？"殷员外闻听，哭诉一遍。

未知如何，且看下文分解。

第一一五回

殷实公堂诉苦情　抚院通州访恶棍

且说二圣闻听，点头说："你是奉圣指引前来，既然如此，放进。"放出一条路径，驾起旋风就刮进衙门，只听衙役发喊，按定殷申，灵魂点头赞叹："娇儿为我见官，大人疑心不信，故此动怒。"殷实离抚院不远，暗中讲话喊冤说："大人快救性命！"贤臣正然动气，要打殷申，听得有人喊冤，瞧左右并无一人，心下惊疑，吩咐："且把殷申放启。"贤臣便问说："方才是何人喊冤？"殷员外暗中答应说："启大人在上，小民被害，冤魂前来告状诉苦。"随即将被屈情由细诉一遍。贤臣听完，想来并非虚假。昔日大宋学士龙图包公白昼断阳，夜间断阴，于某当是荒唐，不肯轻信。今日看来，委果是真！想罢，往下说："殷实冤魂听真，本院准你的冤状，且回本处看守尸骸，本院随后拿人替汝报恨，不可白昼现形，恐令人惊骇。去罢！"冤魂暗中闻听，拜谢，一阵旋风出衙，回娄家坟河沟而去。贤臣复又令人带殷申到衙外，等候拿住凶身，那时对案审结。贤臣发放已完，退堂回后。冤鬼鸣冤，难以出票，少不得扮作云游道士，前到河西务，私访凶身，暗出衙门而去。

且说赴任通判冯文夫妻坐在舱内，一路不觉到了板营口交界，夫妻船内留神观景，河中波涛乱滚，四面大水连天，水势凶险！正然害怕，船家庞五口尊："老爷，船到蒙村板口，这所在比不得别处，水势汹涌，十分厉害，近来凡船只到此都要祭赛河神，方保无事，小的特来回明老爷知道。"冯通判不知是计，信以为真，说："既然如此，用什么祭物，令家人去治办。"庞五答应说："还有话要回老爷，今日天色已晚，就便祭赛河神，亦难赶路，不如明早致祭。"冯通判说："只要你将祭物同去买齐，明白船头祭赛可也。"庞五见冯通判应允，暗喜，说罢同家人买齐，不觉到了四鼓。

未知如何，且看下文分解。

第一一六回

冯通判船头丧命　尹天香跳舱遇尼

话说天气才交四鼓，庞五、庞六将船开到没人烟之处湾住，船头上摆设已完，庞贼到舱请冯公前来拈香。冯公梳洗，整衣束带，秉诚出舱，来到船头，摆列三牲祭礼香烛纸马。通判上前点香，拜倒祝赞，奠酒已毕叩头。庞五、庞六上前，哪肯容情，将冯通判连拉带推，抛在空中，只听水响，坠落汪洋，踪影全无。家人大骂："船家胆大害官，清平世界，王法何在？"船家一齐动怒，回手衣下拔出利刃，手起刀落，两家人登时废命。又到舱内，尹氏夫人浑身打战，默默无言。庞五说："妇人，你丈夫已死，家人丧命，今日也打发你同行。"抢行几步，揪住夫人，举刀剁下。庞六用刀架住说："兄长，你且刀下留人，我看她花容美貌，风流典雅，成其夫妇，岂不是好？"庞五点头。

偏得又有朋友船到，大家叙话饮酒，就倒扣舱门。尹氏夫人舱中悲痛，忽听船头呼声振耳，心想："何不趁着众贼带酒睡卧，偷上岸去，再拿主意？强如等死。"连忙来到后舱船窗之下，开了舱门，往外观看，凑巧该尹氏脱灾，揣了几件钗环，用手拨窗，爬出往岸上一跳，上苍暗护，落在河沿之上，慌忙迈步急行，穿着芦苇，往前行走，找着大路，胆战心惊，无奈往前正行，只见路旁一座尼庵，十分幽雅，心内甚喜，走至庙门以外，用力击户。里面出来一个年老尼僧，瞧见夫人，唬了一跳说："那位奶奶，不像此处打扮，五鼓尚未交完，为何来到这里？"夫人未曾说话，恸泪先流，口尊："师傅，提起来铁石人闻听了也为之酸痛。我本名门乡宦之女，匹配冯文，得中金榜，京城为官，特升通判，今赴南京，夫妻上任，不料误雇贼船，夫主、家丁刀下丧命，强贼逼着成亲，幸亏恶盗贪杯睡卧，方得逃生。今遇尊师，特叩宝刹，恳求搭救。"

老尼闻听，叹气说："是一位夫人，身遭大难，请到庙中暂住，商议回京，或到州中告状。"夫人拜谢，随尼僧走进庙内。

未知如何，且看下文分解。

第一一七回

因打鱼螃蟹告状　通州城怒锁凶身

话说尹氏夫人进观音堂见了徒众，就在庙中住下。且说庞五、庞六醒来，到舱中开门，不见夫人，唬了一跳，各处搜寻，踪影全无，两贼吃惊，无奈开船躲避。

且说贤臣离保定府，一路私行，这日来到通州杨家村的交界，顺河所走，望见一人坐在河边撒网。列公，此人就是赖能，勒死殷实，偷去纹银二十余两，还是照旧贫苦。这日拿网来至河边，指望打些鲜鱼去卖。常言说，"人丧良心，焉能得好？神佛不容。"贤臣走至切近，抬头见是渔翁，网网皆空。贤臣说："在下身闲，一事奉商。"赖能观看贤臣，鱼尾金冠，道袍一领，黄绒丝绦，水袜云鞋，面如古月，眉高目朗，站起口尊："道爷请坐，前来不知何事见教？"贤臣连称："不敢，在下今日云游到此，看见居士打鱼，意思也要打上几网，不知允否？"恶贼说："这有何难？道爷只管打鱼玩耍。"贤臣接过网来，坐在河坡，一连数网，闪目观瞧，网内有两个顶大的螃蟹，一个五爪，一个是六只爪。贤臣看罢说："从来无见这事，里边定有什么缘故，本院到通州再问。"想罢，捞上螃蟹，交与赖能，接去放在桶内，贤臣说："请问老兄贵姓？"赖能说："不敢，在下名叫赖能，杨家村居住。"贤臣又问说："宝庄有个殷实，不知尊驾认识否？"赖能闻言，唬得筛糠，勉强开口尊声："道爷，若提殷员外，家中豪富，近闻有事，令人惊怕，出门游春，竟无下落！"贤臣明白八九，又见他那一番惊惧之形，早经看破。赖能说："道爷问殷实，有甚亲道，或是朋友呢？"贤臣说："居士，贫道久闻好善之名，是以借问，竟未知生死。"说罢，执手别去。仍顺河涯直扑通州，不觉来到通州城中，衙门内见了知州，唬得知州魂不在体，只得伺候贤臣升堂，伸手拔签，往下高叫："快手何雄，你接本院朱签，速到杨家村锁拿凶犯赖能听审！"该差答应前去。

且说赖能家中正坐，忽听外面有人叫门，凶徒走出，将门开放观瞧，认得是州里的公差，暗惊，开言说："四位太爷到此，不知所为何事？"公差冷笑说："姓赖的，实告诉你，今保定府于大人前来私访，现在州里，指名拿你，不必挨迟，快跟我们走罢！"一面取锁，"哗啷"一声，套在脖项之上。

未知如何，且看下文分解。

第一一八回

审凶徒于公动怒　看尸身宫氏哭夫

话说赖能口尊："上差，因何拿我？"众人闻听，不容分说，带着赖能来到衙门，何雄进去销签缴票。贤臣吩咐："提人！"不多时上堂，丹墀跪倒磕头："大人在上，小民本是百姓，平生学好，不敢行凶。今日追问殷实之事，小民一字不知，伏乞青天日月高悬。"说罢流泪。贤臣大怒骂道："凶徒，图财害命，只说此事无人知晓，岂知早已访明！你把人勒死，又想胡推！赖能，抬起头来！"凶犯将头一抬，留神端详，就是那河边打鱼捞螃蟹老道，赖能不由害怕，磕头说："小的该死！"贤臣说："还不招来！"吩咐："抬夹棍来，夹起凶徒！"两边发喊，登时夹起赖能，无奈挺刑，痴心逃生。天理循环已到，堂下忽起旋风，裹定一人，大叫："赖能，快些招认，殷实与你同到幽冥！"恶贼一见，口叫："大人，小的招承！"将前事说完。贤臣吩咐书办，写了招状，犯人画上招供，贤臣令人责打四十，钉镣收监。立刻差知州到娄家坟前河沟之内捞上殷实尸首，惊动方近居民，人千人万，都来瞧看，谈论纷纷。

且说殷员外妻子宫氏，自从打发儿子殷申前去鸣冤，这日家中正坐，丫环报说前事，坐一辆车儿来到娄家坟，下车至松林，走到尸首跟前，留神细看。

未知如何，且看下文分解。

第一一九回

于大人怒斩凶徒　审螃蟹巧逢恶盗

话说安人一见殷员外尸首,迈步前跑抱住,口中连叫"员外无故遭屈",恸哭,又见州尊,报名磕头。知州上轿进城回禀贤臣,赖能问斩下监,秋后出决。贤臣发放已完,令人到保定府去传殷申,释其回家而去。

贤臣公事刚毕,知州禀报说:"大人在上,今老佛爷南巡回来,龙船离天津不远。"贤臣默然不语,私下说:"本院前日私访,捞鱼无意中捞起两个螃蟹,正要寻根,今日圣上南巡回銮,接驾之时,好访真情,与百姓除害。"想罢,吩咐知州,预备船只接驾。次早出城,登舟开船,往天津而去。这日来到蒙村河岸之上,一个妇人喊冤。贤臣唤人吩咐:"拢船上岸,带那告状之人。"不一时,妇女跪在船头。贤臣瞧看,那妇人颜似宋玉,未搽胭粉,乌绫罩发,身穿罗裙,举动端方。观罢便问:"女子所鸣何冤?不许胡言,若有虚假,本院铁面无私,定加重罪。"妇人见问,腮边泪下,口尊:"大人,命妇山西汾州府人氏,夫主冯文举人,现升通判赴任,误雇贼船……"从头至尾诉完。贤臣听罢,吩咐:"接状,本院过目。"两边答应,接过呈上,贤臣瞧毕,叫听事官:"将妇人送至庵中暂住,本院拿住凶手身再问。"值日官不敢怠慢,令人送去。贤臣吩咐开船,又往前走。这日来到葵庄,听得庄上有人喧嚷,三人闹成一处。贤臣吩咐:"拿来,本院审问!"不多时带到。贤臣喝骂:"大胆凶徒,因何吵嚷?"打架三人闻听,唬得浑得打战,口尊:"大人容禀。"

未知如何,且看下文分解。

第一二〇回

清官爷怒斩凶身　张媒婆生波起祸

话言庞五说："小的兄弟二人，名叫庞五、庞六，撑船为业。"贤臣便问说："你们二人就是庞五、庞六么？"二贼吃了一惊，磕头说："青天爷，就是小的等名字，那人替小的撑船，不意三月间拐财逃走，今日遇着追讨，他竟敢行凶，反为打骂，恳求替小的等作主。"贤臣不由动怒说："此事甚小，为甚行凶，害死冯文？将通判推落河中。天理昭彰，难妇脱逃，前来船头告状，尹氏诉讲真情，本院正要拿贼，不料此处获你二人。快招实情，一句言差，本院六回三推，皮肉吃苦。"两贼口叫："青天超怜草命，小的本是良民，怎敢图财杀命！求大人明镜高悬，照察此事。"贤臣冷笑说："既然怕死，就不该图财害命！如今事犯情真，还敢当堂混赖？又有螃蟹鸣冤，本院早已详参。尹氏鸣冤，有凭有据，本院若不加刑，如何肯认？左右，快些夹起！"衙役发威，齐往上跑，脱去鞋袜，套上两木，将绳一煞，"嗳哟"疼痛难当，一阵昏迷，大叫："青天大人，招就是了！小人原系强盗，江湖行凶。冯文上任登舟，见其行囊沉重，生心胡行。船到扳罾口，设计诓祭河神，推落河中，两个家人刀下丧命。庞六贪图尹氏美貌，想逼成亲，嗣因饮酒误事，瞅空脱逃，不期拦船告状，已被大人访明，事犯遭获，头上青天不肯相容，身该万死。"诉罢，叩头。贤臣复又追问庞六说："现今庞五已经实招，你还敢混赖么？"恶贼无言可对，只得实招，随即细禀一遍。贤臣吩咐松刑，令犯人画招押字样。又叫那一打架之人审问，原是一伙为盗，名叫杨立。贤臣审明，每人俱是四十大板，发在天津监禁。差人传到尹氏，官给盘缠，送回本家，立刻缮写折本，奏闻圣上。未几，降下纶音：立斩！就在天津正法三个恶盗。贤臣复又差人锁拿余党，问出真情，俱斩，军民趁愿。贤臣接了老佛爷，亦就回保定府。

且说直隶顺德府沙河县出一宗异事：此人家住城南小柳村内，姓何，名叫何素，妻子曹氏，所生一女，名唤秀芳，生的风流，十分美貌，琴棋书画、女工针指出众，年方一十六岁，尚未许人，家道不大甚富，却也从容。这日夫妻无事，房中对坐，何素望妻子讲话说："惟有一件心事，女儿现未聘人，几时得赘佳婿？"曹氏说："夫主若论秀芳，年还幼小，何须挂心？拣选东床，才貌兼全，方可允承，相女配夫，是礼之正，休提富贵贫穷，但得乘龙佳客，女儿受些荣华。"夫妻正然闲话，听得帘栊响声，瞧看，却是媒人张婆笑嘻嘻走进房内。

未知如何，且看下文分解。

第一二一回

张媒婆提亲受辱　何大户拣选东床

话说张媒婆进房陪笑："相公、娘子万福，老妇人请安来了。"奶奶说："妈妈免礼，请坐吃茶。"老婆子拜了两拜，坐在旁边。曹氏道："我家姑娘喜事奉托许久，竟无回信。"老婆子含笑说："奶奶容禀，姑娘亲事与杨村侯员外门当户对，万贯家财，膝前大相公捐纳监生，名叫侯春，年十八岁，满怀珠玉，才博学优，大概不久选官受荣，特差贵府提亲，郎才女貌，甚属相当，如蒙见许，择期下礼。"何大户闻听，摇头说："妈妈，姑娘还小，不必提亲，回复侯员外，迟几年再讲。"媒婆冷笑说："相公差矣，姑娘今年十五六，还说年小，就不该托我，相公行风又雨，岂有此理！"何大户用手一指说："张媒婆，我家女儿由我作主，快去！"媒婆赌气出门而走。

且说曹氏打发张媒婆去后，眼望大户说："相公息怒，原是托张、柳两个媒人与女儿查对亲事。"何大户说："贤妻，侯信害众成家，行事凶狠，走跳衙门，包揽官事，专想邪钱，好通线索，侯春纳监更又凶恶，性爱风流，交接狗友狐朋，妄想求亲，岂有明知故许之理？拙夫倒看准东床佳婿，名叫孙馨，与秀芳同庚，人才出众，进了秀才，就可科举会试。常言说'佳人才子'，将来夫荣妻贵，不枉我目识英雄。未知贤妻意下如何？"曹氏陪笑口呼："相公，奴乃妇道，女儿大事，理该夫君作主。"何大户听毕欢喜，令家人找寻柳媒。不多时，柳媒进房，拜了两拜，坐在旁边说："相公，不知有何吩咐？"何宁带笑说："妈妈，侯家提亲未允，另有主意，绿堤村里新中童生孙秀才之子，名唤孙馨，与姑娘同年，有心选他为婿，烦妈妈暗去通信，好叫他家再烦你提亲，若得事成重谢。"柳媒大笑说："相公，你既看准女婿，诸事都要将就，孙秀才乐得便宜，老妇人包管一说就妥，等我去见秀才，回来报喜。"说罢告辞，出门紧走，来到孙秀才门首。

未知如何，且看下文分解。

第一二二回

孙秀才何府求亲　张一炮侯家报信

　　话说柳媒煞住脚步，用手敲门。孙馨闻听走出，开放门户。柳媒瞧见孙馨，带笑说："小相公，老相公在家没有？"童生回答："在家，妈妈到此何事？"柳媒说："有话讲说。"迈步走进房中，孙馨插门，柳媒陪笑说："相公万福。"孙秀才说："妈妈免礼，请坐，看茶。"柳媒拜了两拜，旁边坐下说："相公大喜！"孙秀才叹气："我乃贫苦之家，有何喜报？"柳媒就把提亲一事说知。孙秀才大笑说："妈妈，今朝何故哄我？久闻何公膝前爱女生得美貌，多少宦门豪富求亲不允，因何倒爱痴儿？想来断无此理。"柳媒说："姻缘大事，老妇人如何敢撒谎言？何老相公看中令郎，是以叫来通信。相公这边好去提亲，何相公已经满应，倒扎门招赘女婿，行茶过礼，下聘东西俱是女家自备。"孙秀才说："妈妈，虽承何公美意，素手清贫，糊口艰难，如何娶得媳妇？"柳媒笑说："相公，此事只用你烦媒提亲，何相公已经满应，倒扎门招赘女婿，行茶过礼，下聘东西俱是女家自备。"孙秀才喜之不尽，说："妈妈，既承何公俯就，只得高攀，一客不烦二主，还是妈妈为媒，大事成全，另有重谢。"柳媒道："既是相公应允，好替令郎提亲，今朝天晚回家，明日事成，再来报喜。"柳媒出门而去。

且说张媒无好谤气，走到侯家，进了上房，侯员外见张媒便问："妈妈，到何府求亲如何？"张一炮见问，含怒摆手摇头："员外听禀……"就将未允亲事说了一遍。员外、安人不悦，侯春听见说："何家今日不允，明日再去求亲，一定成其好事。先给媒婆纹银三两，说成定以元宝为谢。"侯信夫妇最疼儿子，即拿银子递与张媒。无不应允，告辞回家，歇息一宵，天明爬起。

未知如何，且看下文分解。

第一二三回

何大户怒骂张媒　侯恶人商量定计

话说张媒爱财，次日爬起，穿上衣服，又到何家强求亲事。何大户一见张媒，不由动气，大喝："你特无理，姻缘之事，非同儿戏！总而言之，我家另选奇男，侯春不是乘龙之客，别想此亲。再要多说，剜你眼睛，快与我出去！"张媒无语，回去传话。

且说柳媒进门说："相公，姑娘亲事，孙宅愿意依从，就只无钱聘娶，情愿坐门招婿。"何公甚喜，说："妈妈，大事已成，同娘子早些商议，择吉过礼。"何秀才说罢先行，柳媒在后进房见曹氏，就说孙家愿招女婿的话，何大户拿过宪书拣选日期，择定十月十三日下茶过礼，十六日招女婿过门。洞房花烛，买绸缎，雇裁缝，给女婿女儿作妆新衣，着媒人送银十两，给亲家安家，又打发家人去买礼物，媒婆来往通信。

且说侯春两次提亲，何宅未允，恶人怀恨，打听孙家下礼，咬牙大骂："何秀才，不知香臭！世上嫌贫爱富，偏他嫌富爱贫，从来未见以女求男！孙家原是遇赦军徒之后，我的妻子被他占去，怎肯低头？何不撺掇父亲动气，县中首告逃军，花些银钱，买点体面，官司必赢，拆其鸳鸯，然后提亲。秀芳一定愿从狗子走进上房！"眼望爹娘，叹气大叫："父亲，快些搬家，杨村住不得了！"侯信就问："我儿，有话商量，何用如此？"狗子把脚一跺说："商量什么？人家将老婆夺去，你老人家还在这里装聋，过什么日子？散了罢！"朱氏见儿子发急，解劝说："孩儿，你别生气，快把情由告诉妈妈，我叫你爹好替你出气。"

未知如何，且看下文分解。

第一二四回

侯监生县中告状　孙秀才嘱咐亲生

且说侯春闻听，越发大喊说："母亲，提起这事，活把人羞死！"就把何家择吉招婿过门，气难平消的话说了一遍。侯信见儿子生气争亲，要害孙馨，听信妻子之言，吩咐家童："快备走骡进城！"登时备完，带领家童来到沙河县中，买通后房书吏郑楫，作弊蒙官，将那"军犯孙茂遇赦回乡，禀明本县官给执照"的字样挖窟补好，并看不出破绽。书办为财弄鬼，侯信害人，串通一气，将事作妥，写状叫儿子出名，以便好与孙馨作对，约定十月十六一早拘人，给新人一个扫兴，使何家大面上弄人。诸事妥当，骑骡回家，告诉狗子，打个上风官司。

且说秀才何素备聘送到女婿家中，请亲戚看礼接茶，款待喜酒，女婿押聘礼赴席，老媒带领新郎进房拜见岳母，行了四拜，礼毕归坐。曹氏留神观看女婿，上下打量：果然好个书生！瞧罢，满心欢喜，吩咐使女献茶。

吃完，娇客告辞外行，媒婆当先引路回家，单等招赘完婚。不觉到了十月十六，何秀才吩咐家人安排喜宴，四人官轿，鼓手火把灯笼，柳媒插花披红，骑马出村，鼓乐喧天，扑小杨村大路行走，惊动那些村里邻近村民齐来观瞧，齐声夸奖。且说孙秀才说道："何宅喜轿就到，我儿快些梳洗，戴上头巾，身穿吉服等候，好作新郎，前去入赘。"孙秀才坐在一旁，眼望孙馨开言嘱咐。

未知如何，且看下文分解。

第一二五回

恶侯春拦挡孙馨　张媒婆何家报信

且说孙秀才说："我儿，听为父的嘱咐与你，要紧记在心。这一到何宅为婿，读书更宜用心。汝祖遭逢屈枉之事，充军遇赦回乡，我才进学，你须愤志，将来倘得荣贵，光宗耀祖。虽然离我膝前，岳父岳母跟前，早晚必须愈加殷勤，不可荒唐。"孙馨答应说："谨遵严命！"父子正然讲话，听得鼓乐之声，笙管箫笛齐鸣，四人大轿，灯笼火把，已到门前，惊动合村男女，都来瞧看热闹。

柳媒下马，用手拍门，高叫："相公，吉时已到，请新郎上轿，别误时辰！"孙秀才欢喜开门，孙馨洋洋得意往外而走，刚出门槛，侯春上前高叫："孙兄大喜！"孙馨听见声音甚熟，止步观看，认得是同学窗友，只得拱手陪笑说："侯兄久违，今日因何光降？"狗子见问，冷笑回言说："孙兄，我看你帽儿光光，要作新郎，在下有个小柬相邀，请兄去吃杯喜酒。"孙馨未及回言，孙秀才答话说："侯相公，小儿有事，不便叨扰。"狗子微微冷笑："老先生，我这个席儿不但令公郎难辞，即老先生也要去走走。奉官来邀，并非在下私至。"高叫："朋友们，快拿官府的请帖，给他观看！"八个公差一齐如狼似虎跑到跟前，快头打怀中掏出一张朱票，打开说："老相公，请看，并非我等虚邀。"孙秀才闻听观看，上写："沙河县正堂张为拘唤逃军孙裕。今监生侯春呈控，伊子孙馨立刻传到当堂，审讯真假，从公问断屈直。如敢抗违不遵，革衣巾，锁拿到案严办，决不姑容。去役毋得滋事。特票。"孙秀才看罢，发怔，望狗子讲话说："与尊驾素无仇恨，小儿也系窗友，何故平地风波，妄报逃军，为理不能！侯兄快去抽此刁状，莫伤义气，徒落污名。"狗子冷笑大骂："冤家稍装糊涂，休得掩耳偷铃！曾说无有仇恨，破婚之事，是何人所作？张媒说到八九，你的儿子坐门招婿成亲，夺妻之仇，怎能平消！总要闹个黄河水清！"公差不容分说，带起新郎去打官司。何宅家人、柳媒一齐发怔，难以分解，瞧着差人拉着亲家相公、新姑爷父子前去。众人干急，无法可救。柳媒开言讲话。

未知如何，且看下文分解。

第一二六回

孙秀才县中见官　恶监生公堂弄鬼

话言柳媒说："众位管事的回去罢，告诉相公，无咱的不是。"家人无奈，一齐扫兴而归，将始末述说一遍。何大户说："皆因他求亲两次未允，愿招孙馨，不料却是逃军之后，这件官司非轻。侯春挟恨，出首买通衙门，亲家姑爷遭此横事，设或女婿充出，撂下女儿，终身无靠。舍着家私全花，替姑爷洗清。"吩咐备马，叫过一个管事家人，拿出银子打发柳媒等散去。"先瞒着姑娘要紧！"说罢，出门上马，带领家人进城。

且说狗子侯春、八名公差，围裹秀才、童生如飞进城，走巷穿街，到了沙河县衙门以外，两边吆喝："逃军进！"拥至当堂，父子跪倒。知县张明就问："孙秀才，本县问你，汝父昔年犯罪充配湖南，因何胆大冒称遇赦？侯监生首告理合，本县批准，故此拘你父子上堂对审，或真或假，从实招承！"孙秀才见问，肘膝进礼，口尊："老父母容生员细禀：昔年生员父亲冤枉之事，发配湖南数载，后来侥幸逢恩赦回，生考进文学。今年何宅爱女侯春求亲几次，生员不知。昨日忽柳媒通信，何秀才愿将爱女招赘孙馨，因此侯春挟仇告状，捕风捉影，呈控公庭，奉票拘唤。案前诉冤，实话口供，公堂有神，难以撒谎。伏乞青天父母详情度理，细追缘由，刁辞诬告，应该何罪？"诉罢叩头。张知县听罢诉词，不能割断，说："孙秀才，据你说，汝父昔年充军湖南遇赦，并非逃军？"知县又对侯监生说道："孙秀才军犯，已经遇赦回家，是无罪良民，怎挟仇妄告于他呢？该当何罪？"侯春往上说："青天容禀，监生挟仇妄告，这是实情。孙秀才并非遇赦良民，逃军却也不假，望青天明镜高悬，从公判断。孙秀才果否遇赦，定有执照文凭，老父母问他有文凭没有？"张知县说："监生言之有理。"便叫孙秀才："你把执照拿来，本县验看。"孙秀才闻听，不由唬了一跳，心中吃惊说："老父母，容生员再为细禀。"

未知如何，且看下文分解。

第一二七回

查军册知县生嗔　中牢笼孙馨被害

话说孙秀才见问，口尊："青天，莫信侯春之言，请听生员细禀：昔年生父遭事，发配湖南情真，喜逢恩赦，康熙万岁纶音传到湖南，是以赦免。原有执照文凭，嗣后，家寒走火，房舍全烧，怕死逃命，执照烧毁，欲即领补，又乏使费。伏乞青天超怜草命，格外开恩，请查案卷，以分清浊。"张知县虽不贪赃，断才甚短，混名"一盆粥"，耳软心活，书吏瞒官作弊。且说张公闻言，点头说："本县替汝查看军册。"叫兵房把军册拿来，书办呈上，张公又系近视眼，上面写着"充发湖南军犯一名孙茂，军妻郑氏，军子孙裕"，并无"遇赦还乡"字样。不由动怒，大骂："孙裕该死！当堂还敢混赖？监生告汝逃军非谎，姑念年迈，权将孙馨起解湖南。孙代祖罪，理之当然，不许多说！"吩咐办文，就要起解，不可迟延。孙馨父子吃惊，叩头口称："冤枉！"张知县手指说："老贼，就该掌嘴，明是逃军，还要巧辩！本县念汝年老，不忍加罪，才将汝父子衣巾革去，叫孙馨孙顶祖罪，反又叫冤，再要强辩，文书上边再添你父子之名同去，岂不悔之晚矣？"又吩咐文书办完，就差解役杨新押孙馨到湖南充军，讨批文前来回话。杨新答应，登时与孙馨上了刑具，发放侯春出去，打点退堂。

未知如何，且看下文分解。

第一二八回

送女婿何素赠银　为图婚恶人生事

张知县退堂，三班散出衙外，孙家父子拥出，不由痛哭。公差押着，迈步前行，正走之间，后边有人高叫："亲翁！"孙秀才回头一瞧，认的是秀才何素，站住身，何大户霎时来到。孙秀才口呼："亲家，侯春害得小弟好苦！"何秀才闻听，痛泪口尊："亲翁，听我言讲，侯信之子甚是刁恶，平素轻狂，暴发财主，依仗势利，长欺良善，差遣媒婆两次提亲，老汉坚辞未允，因爱令郎聪俊，品格端方，非池中之物，春雷一响，腾云直达，因此遣媒到府，情愿备送妆奁，以结丝萝，可享半子之劳。不料侯春怀仇，竟告逃军，亲家赦罪文凭偏又烧毁，县里军册查处，其中定有人作弊，暗改文书。家童来报，姑爷孙代祖罪，仍发湖南，归期难定。小女志气，又通纲常，一丝为定，岂有变更？等候贤婿举案齐眉。小弟赶来饯行，街东铺内设席，立饮三杯，以尽微意，路上盘费已经预备。"何公语毕长叹。杨解子心中难过，叫声："孙相公，令亲既已费心，你父子少不得前去领情。"

说着四人走进酒肆，家人将酒馔停当，何大户眼望差人说："上差，求把小婿刑具略松片刻，小弟自有薄敬。"杨新答应，随即将孙馨手肘松了。何大户让孙秀才上坐,然后归席相陪,家人斟酒。何大户先敬杨新三杯,又送银子五两,托付路上照应。又敬孙秀才三钟,小书生也是三盏,叙谈将别之情,彼此眷恋难分之意。

杨解子催促孙馨起身,三人闻听,止住泪痕,孙馨带上手肘,孙秀才同何秀才又送了一会,去远回家。孙秀才只为含冤,气恼身亡。何素花费埋葬,何秀芳立志守节,只等孙馨回来,夫妻欢会。不料侯春又生出恶计。

未知如何,且看下文分解。

第一二九回

老安人房中自叹　朱媒婆巧用谗言

话说何大户之女守志，恶人侯信复又铺谋，暗买里长周宾，半夜里弄了一个新埋尸首放在何大户门外，次日又赖他杀人，将何素拿送到官。知县糊涂，以人命定罪，秋后出决，入南牢坐监。黄氏安人、秀芳小姐母女二人无计可施，坐在房中伤心，正商量主意。

使女回话说："启安人，外面有作媒朱婆前来求见。"安人止住泪痕，眼望小姐说："我儿，朱媒婆无故前来，不知有何事情？"小姐说："她的来意，咱们如何能知？既称有要话来说，母亲见她何妨？"安人闻听说："吾儿言之有理。丫环，到外边说有请。"使女答应。

不多时，朱媒走进房内，带笑说："安人，小姐，何故悲啼？老妇人前来请安，敢求老安人告诉。"安人说："朱妈妈有所不知，请坐，听我细讲。非是悲恸员外现入天罗，无故遭害，若果身犯王法，也无可辞，孰料县官污赖，不知谁人移尸，苦用非刑，审问定案，秋后出决。如今有冤没处去诉，故此母女伤心。妈妈来此何事？"朱媒点头赞叹："可怜老员外为人甚是忠诚，明是县官作对，也该想个方法搭救才是。"曹氏说："岂不商议？无法可施。"朱媒婆闻听，故意吁气为难,说:"老安人,小妇人倒有一条良谋,要救员外出监,易如反掌,但只一件难以出口,二来府上与此人不和,安人未必肯允,总然小妇人说出,中何而用?"安人说:"妈妈,常言说,与人方便,天赐以福;救人性命,莫大阴功。只管讲来何妨?"朱媒口尊安人,又呼小姐:"依此说来,是不嗔怪老妇人的了,待我告诉,老员外遭屈,方近之人,无不赞叹。"

未知如何,且看下文分解。

第一三〇回

为救父孝女重婚　老安人应允亲事

朱媒婆说："这偏东十里之遥，住着一位有势利员外，姓侯。"安人说："莫非名叫侯信的么？"朱媒婆说："正是，先与孙家争亲，告上孙家逃军一状，小孙相公因此充军湖南。这件事与府上有隙，所以不敢提亲。昨日闻尊府遭逢奇冤，倒有搭救之意，把老妇人叫到他家中，特命来与安人商议，若肯依允，侯员外包管叫这里老员外平安无事。侯员外的家当谁人不晓？交结都是府县官员，颇有拨天势利，若肯替府上疏通，何愁老员外不出监牢？包管平安。"安人说："妈妈，我想吾家小姐也不过是村庄野民，并非国色，她的主意要为孙府守节，老身难以相强。如今侯员外若肯救出我家老员外，老身情愿倾家相谢，不知妈妈尊意若何？"朱媒闻听，微微淡笑说："老安人言之差矣，侯员外乃大富之家，金银财宝尽有，哪里希图什么谢礼？他的本意要小姐为妻，所以才肯出力办事。安人允了亲事，别话枉劳精神。"小姐坐在旁边，心中也就拿了一个主意，不等安人开口，先就讲话："母亲，事已至此，父亲已问秋后出决，若不急救，惟恐性命难保，有谁搭救？奴今为父，情愿重婚，趁势应承。"安人点头嗟叹说："吾儿，既然如此，汝父有了救星了。"

未知如何，且看下文分解。

第一三一回

侯恶人闻信下礼　何小姐为父过门

话说安人说："待我先与朱妈说个明白，好与侯家送信。"说："妈妈，一事不明，倒要领教，还是先救我家员外出监，或是先与小姐下定？"朱媒说："老安人言之差矣，侯员外也曾说过，此亲老相公咬定牙儿不给，所以才告逃军，不敢重提。老安人如果允亲，那里还要先娶小姐过门，然后才替尊府办事。若救老相公出监，又恐生悔，那怨哪个？依我愚见想来，倒是小姐先过门为高，一来侯员外无有推托之处，二来看小姐面上，一定尽心竭力，寻情搭救。侯员外财势通天，别说这点官司，就有几宗人命案件，也只当变戏法的一样。老安人但请放心，不怕救不出老相公来，惟恐安人不允亲事，或先立执照亦可。"安人说："妈妈所言在理，回去见侯员外，就说老身应允。"朱媒婆甚喜，告辞竟到侯信家中回复凶徒，说事已作妥。恶人拿过宪书，拣选下聘娶妻吉日，朱媒复到何素家中送了日子，专等娶亲过门，搭救何素出监，一家重会。

这日朱媒前来说道，明朝侯家过礼，后日就是黄道吉日，花轿前来迎娶。曹氏安人心烦，一总由他。次日行过礼来，十分丰厚。到了娶亲这日，母女二人整说一夜。天交四鼓，朱媒前来说："安人，快些打发小姐梳洗，眼下娶亲彩轿就到。"安人闻听，吩咐丫环快些服侍姑娘梳洗。不多一时，听得外面鼓乐喧天，花轿来到门前。且说何大户左邻右舍不晓其情，你言我语，纷纷议论，不表。

再言曹氏安人，未知如何，且看下文分解。

第一三二回

恶侯春醉后泄机　何秀芳安心行刺

话说曹氏安人听见花轿已到门前，令人服侍小姐梳洗换衣，腰系缃裙，身穿大红。朱媒说："吉时已到，请小姐上轿。"秀芳心恸，含悲跪倒，口尊："母亲留神听禀，为儿此去千愁万虑，惟愿父亲早脱大难。"哭拜毕，使女搀扶往外而行。曹氏朝外相送，二门以内上轿，鼓乐震耳，轿夫抬起出村，前后围随，灯球火把。小姐暗骂知县。不觉轿至侯家门首，抬到大厅，侯春亲迎，吩咐阴阳生赞礼，请新人下轿，众使女搀小姐下轿，一齐拜了天地，送入洞房。听到侯信为狗子娶亲，那些亲戚朋友都来贺喜，整闹一天，到晚方散。

凶徒父子送客出门，诸事已毕，侯春来到洞房。何秀芳低头无语，对灯而坐，生成美貌，比初见时分外风流俊俏，更又可观。侯春喜悦，躬身控背，口尊："娘子贵耳请听，自古夫妻前定，莫把姻缘事情当作偶然。自从游春见芳颜，终朝想念，心头梦寐间，未尝或释。前次遣媒提亲，令尊不允，故此怒告孙馨，充军湖南。有心再去提亲，又怕安人不行，贿买周宾，半夜刨尸作伤，暗移贵府门前，天明拿获凶手岳丈，到县上下买通，屈问官司坐监，又遣朱媒婆复提亲事。多蒙岳母见允，为你终日打点，不惜银钱，今朝才得同到一处，天从人愿，喜何如之！"何小姐听罢，如梦方醒，气得浑身打战，竟不知孙馨与父亲皆被贼陷害，图谋于我。这样凶徒定没良心，诳奴与他为妻。想要救我天伦，断然不能！奴本三从四德，贤良之女，明纲常，晓大礼，今朝反作不清之流，落得重婚外扬，何不用酒灌醉，得便下手杀之，替父报仇，与夫雪恨，又可显出奴的清名！拿定主意，回嗔作喜，将错就错说："原来如此。奴家初到府上，洞房相会，素承青目，十分愿从。今既伴君，讲不得作腔，终是夫妻，难推臊脸，且敬相公三杯，不知尊意何如？"侯春满心欢喜说："既承娘子美意，奉陪消饮也是该当。"吩咐摆酒，丫环一齐设摆，美味香醪，夫妻畅饮，银烛明亮，丫环两边侍立。小姐有意杀贼，勉强堆欢，亲自擎壶斟酒，玉腕端杯，燕语莺声说道："多谢君家，为奴使碎心机，惟铭肺腑，兹洞房花烛，龙天定就百年良缘，奴今敬君喜饮欢娱之酒，相公不可推辞，请干！"侯春说："遵命！"连饮三杯，这才回敬。

　　未知如何，且看下文分解。

第一三三回

假欢欣诳哄狗子　因带酒险受锋亡

话言侯春是酒色之徒，兼之洞房花烛，快乐无比，酒到跟前，并不推辞，一气饮干。何小姐心喜，暗骂一声："该死凶徒，万恶滔天，今夜刀剁恶棍，全其大义，方显贤名，以伸仇恨！纵然身死，何足为虑？"吩咐丫环："夜已深了，你们也去睡罢。"众使女答应，一齐走出洞房。

听得去远，这才心下斟酌，说："住了，凶徒带酒，奴乃妇女，力小身微，又无兵器，如何伤其性命？"正在为难，低头瞧见贼带子之上解手小刀，说："此物堪可伤其性命，与天伦、夫主报仇。"转身插上房门，轻轻走到狗子跟前，用手拔刀，复又闪目观瞧，侯春坐在床前，身靠床栏，竟自睡熟，醉得人事不知，骂声："凶徒，合该命尽无常，死在今夜！"手举尖刀，直奔侯春。杏眼圆睁，对准咽喉，才然下手，听得贼人口内"咕嘟"说："美人，有酒快些拿来，拙夫领情。"小姐闻听，吓得惊疑，往后倒退。又坐一会，天交三更，说："此时还不动手，等到何时？"翻身站起，走至侯春身边，对准咽喉，就是一下，听得"嗤"，扎将进去，霎时红光直冒。列公，为人在世，未从造生，先就定死，侯春父子作恶多端，神人共怒，但阳寿未终，还等时到，故耳今日如何能死在秀芳之手？

未知如何，且看下文分解。

第一三四回

刺凶徒小姐全节　送当官秀芳有罪

　　且说小姐这一小刀虽然扎入咽喉，并无伤着气嗓，恶人睡梦之中"嗳哟"一声，"咕咚"栽倒在地。何小姐手内擎刀，不由打战，复又伤心，往后倒退数步，口中暗尊天伦，又叫儿夫："你翁婿被害，今夜满拟杀贼全义，趁此奴亦寻死。"小姐回手才要自尽。且说这些丫环听房内狗子"嗳哟"，都来瞧看新人的热闹，来至窗前，听见响声厉害，从窗缝里瞧见小姐行刺，推开窗棂，跳入房内，夺过钢刀，就去告诉老贼夫妻。侯信同妻子来到新人房中，儿子躺在地上，浑身是血，人事不醒乱滚。夫妇十分心疼，又见小姐被众丫环拿住，坐在尘埃，令人将小姐绑起，叫地方里长连夜送到县，立刻升堂，问明前后情节押监，等侯春伤好，再问口词。过了几日，侯春伤痕已痊，到县对审，知县偏问，哪容小姐分辩？定以持刀杀夫，未经殒命，秋后处决，入在监中，发放侯春回家，地方里长俱各无事。

　　且说侯春来到家中，又养了些时，伤已全好，这日，无事散步，来到村外。信步闲行，至一个村前，这个所在甚是清雅。正然闲玩，水声响亮，一个妇女站立井台，虽是村装，生的美貌娇娆，体态可动人心，何不上前探问？"请问娘子一声，这是什么村庄，离县几里路径?"妇人回答说:"此处名叫张家庄,离县十里。"狗子说:"多承指教。还问娘子,此处有个种地之人,名唤郎能,不知他在哪个门里居住?"妇人见问,把头一低说:"尊客,那郎能就是我丈夫。"狗子甚喜,暗道:"妙啊,不料郎能竟有这么一个妻子,大概今朝这桩美事十有八九。"恶贼复又开言说:"郎娘子有所不知,尊夫郎能是寒舍长工,娘子既是他妻,咱们还算自家。"侯春明欺是自己家中长工之妻,而且四顾无人,越发胆大,走到井边,深深一揖,口称:娘子,既然府上无水吃用,娘子何须亲身汲打,在下家中奴辈最多,只用说声,令人挑上几担。倘或累着娘子,反觉不便。等我效劳,代挑进去,累坏娘子,令人心疼。"说着,胸前摸了一把,又去挑那水桶。田素娘不由恼怒,才要动骂,干碍是丈夫的田主,恼在心中,不好使将出来,说:"不敢劳动,奴身自家平常挑惯,等奴自己挑罢。"

未知如何,且看下文分解。

第一三五回

恶侯春调戏田氏　节烈女怒骂凶徒

且说狗子侯春闻言，复又控背躬身说："娘子，在下与令夫虽是家长雇工，平日犹如兄弟一般，实不相瞒，常听郎大哥闲谈，甚实羡慕，时刻想念与娘子亲近，今朝幸而有缘，这点微劳，在下一定要替。"田氏气往上撞，圆睁杏眼，大叫："狂徒，虽是家长豪富，丈夫无非长工。男女授受不亲，圣人之理！你如何信口胡说，分明有意前来调戏，想打主意。你先打听打听我田氏为人！狂徒羞耻不知，真乃禽兽，礼义全无，活是畜牲。"田氏破口大骂，侯春满面堆欢，只叫："娘子，奉劝不必生气，今日任凭打骂，只求贵手高抬宽容，稍疼在下，感激不尽。"复又一躬，贤人就顾不得，用力端起半桶水来，对着狗子泼去，浇了侯春一头满脸，衣帽全湿，遍体冰凉。这个贼站起，田氏手提水桶，扬长而去，跑进门里，"哗啷"，将门插上。侯春赶到跟前，见门已闭，不由恼羞成怒，咬牙切齿，发恨骂声："贼人，我倒有心爱你，却无意疼我。"复又回想，满心欢喜。自古常言，"好事多磨"，今日初次相逢，想是含羞，且等她意转心回。这贼妄想，还望田氏回心。转到家中，换上衣服，又到东村，在田氏门口不住张望，一连几天，门也不开，不见影儿。急得狗子来往干转，想是与我无缘，就不该相会，井台既见面，于井台应有婚姻之分，冰人错配郎能，月老就该提参。

且说贤人田氏，自从井边遇见侯春，回到家中大骂："畜牲！人面兽心，井边擅敢无理，调戏奴身，按律应问立斩！"贤人终日不食，减去芳容，闭门静坐几日，听得儿夫回家叫门，欣喜不胜，出房将门开放。郎能一进门，瞧见田氏消瘦，满面泪痕，吃了一惊。

未知如何，且看下文分解。

第一三六回

问根由郎能动怒　见凶徒忿骂贼人

且说朗能开言便问说："贤妻，我才去几天，赶着作些佣工，你为何落泪，面带病容？莫非思念？家乡时运不利，带累贤妻，无人见疼。"田氏说："自古常言，'随夫贵贱'，这有何碍？贫穷不足言讲，昨日我到井边汲水，遇着狗子这般放肆调戏，只等夫主回家说明，奴家寻个自尽，以免夫主后来受累。"郎能闻听，惊恼兼集，骂声"万恶侯春"，说："贤妻不必生气，且自开怀，明日进县告状，虽是家长豪富，我是长工，现在穷困潦倒，拼他不过，官司包管赢胜。"田氏说："奴非轻生，只因侯春兴腾，你今现为长工，要去告状，有输无赢，头一件有势利能以通神；二来咱是外路之人，手又空乏，这贼怎肯轻歇？现在服他所使，犹如笼中之鸟，官司非惟不赢，反怀愁恨，残生难保，如今奴家寻死，以省临期生祸，若是贪生，侯春还设牢笼。除此一着，别无计策，丈夫不必恋奴。"郎能说："贤妻，你且忍耐，不必着忙，我也是堂堂男子，七尺之躯，岂肯甘受他人之挟制？先到县中告上一状，倘若不赢，拙夫另有主意，若不报仇出气，非是男子。"

言罢，写了一张状子。田氏拦挡不住。郎能刚出院门，迎面就与侯春遇见，大骂："贼徒！井前调戏吾妻。"狗子躬身陪笑说："郎哥息怒，昨日老兄到舍，在下回家，井边遇见令正是真，小弟并无欺心。"郎能说："你这贼，青天白日调戏良人妻女，还敢胡讲，巧言强辩！"上前当胸揪住。侯春冷笑，大叫："郎能，你是我家长工，使硬行凶，竟敢无礼，信口骂人，赖我调戏汝妻，以无作有，擅自打辱。"郎能二目圆睁："强贼，还敢嘴硬，怎肯善容！"攥拳迎面打去。侯春脸上着重，登时青肿，狗子把腰间带的刀子拔出，郎能赶到跟前，一脚踢在侯春手腕之上，甚是疼痛，小刀落地，郎能连忙抢起，在上一扬，侯春回身就跑，郎能持刀随后追赶，大骂侯春："反了，我今定要杀贼，偿命挨刀，也属情愿！"侯春回家关门，郎能高声喊骂不绝。街坊劝住，一齐便问，郎能就把已往情由说了一遍。众人不便多言，不过劝解。郎能气恼难消，往县中告状。

未知如何，且看下文分解。

第一三七回

文林郎乱问官司　穷百姓诉冤无用

　　且说郎能被众街坊解劝，气恼不过，索性使性子，高声喊讲一番。转身迈步，竟往衙门而来，只顾低头往前走，口内还是乱骂。不防对面有个老者，手拄拐杖，病体方好，年已八旬，是衙内捕役丁四的父亲丁胡子，年纪衰迈，耳聋眼花。一是看不见，一是走得慌，两来之劲，彼此不防，将老者一撞，往后一仰，躺在尘埃，嘴张了一张，手脚乱动一阵，绝气而亡。郎能唬得魂飞，止住脚步，不敢前行。顷刻之间，街上人都看得真切，齐说："这条大汉太也慌忙！"

　　且说捕役丁四听见父亲被人碰死，急忙迈步如飞，赶来观瞧。众人一见说："丁四哥快来，令尊被这大汉迎面走来碰倒在地，我们赶来搀扶，不料老人家竟自绝气。"丁四闻听，走至跟前观看，父亲躺在尘埃，两眼双合，胡子乍煞，身躯直挺。连忙猫腰，对面急得乱嚷，止不住悲惨，愁眉双锁，泪流满面，说道："新近伤寒才好，家下又无人跟，偏我兼有要紧差使，未能脱身，就遇着这愣怔东西，不看人走路，瞎眼把老父碰死。"丁四用手指定郎能，骂道："囚徒，这么条大街，难道还走不下你吗？往人身上撞，碰死我父，岂肯与你干休？你姓甚名谁？快些讲实话，同去见官。要想脱身，万万不能！"上前劈胸一把揪住，照脸就是一个嘴巴。登时红肿，又不敢还手，忍气吞声说："老爷休要生气，容我细讲，我在小杨村侯家作活，身为长工，今日原有冤情，进县告状，只顾舍命到衙，走得太紧，低头顾跑，不料碰坏令尊。在下姓郎，名叫郎能，素与令尊无仇，彼此不认，望贵手高抬，少动雷霆，原是误伤，并非故意，情愿备出十两三钱烧埋银子，就便送到当官，再打一顿板子，亦不过如此，可怜我有冤枉。"说罢跪倒。丁四全然不听说："贼徒，讲得倒轻巧，将人碰死都是误伤，如今拿刀杀人，难道也是误伤不成？"叫地方拴进衙门。地方总甲一齐动手，用绳将郎能套上，令人看着尸首，扑衙门而来。

且说侯春被郎能赶得飞跑，回家关门，郎能外边喊叫，令家人出来观看，正遇街坊姓傅，叫作傅二，他向来种着侯家一顷多地，听见这事，跑到侯家，把郎能所骂，赴县告状缘由，与侯春说了一遍。侯贼就问："你如何得知？"傅二说："因老郎要去告状，大家劝他会子，不听。大概此时告上了员外爷，趁早打点，你老乃是体面之人，别要输，莫叫人瞧不起。"

未知如何，且看下文分解。

第一三八回

傅老二传信　侯员外使钱

　　话说侯春听傅二之言点头，进去取出青钱五百，说："老二，为你送信，有事不便治酒留你，拿去自己吃杯罢。"傅二再三推辞，接过揣起，说："员外爷，快些打听要紧，倘有用我之处，定来效劳。"侯春说："好说。"

　　傅二去后，唤过恶奴侯德："到县如此这般……快些回来禀我！"侯德答应，迈步如飞，转弯抹角，来到衙门观看。大门紧闭，三班捕快四散，那厢有两名青衣闲坐，就问："你是何人？到此找谁？"侯德说："二位太爷，我是侯宅来的，要寻里长周师傅说句话。"青衣回答："方才被丁四哥请去，少时就来。"讲话未及，从西来了好几个人。侯德走在一旁，相离甚近，看的真切，有三两个公差拉着一人，脖子里拴着铁绳，带进衙门，不是别，长工郎能！侯德吓了一跳，暗说："彼系前来控告主人，为何又带铁锁？"正然发闷，见周里长，说道："郎能碰死人命。"侯德说："原来如此！"里长就问说："侯相公找我有何话说？"侯德见问，低言把郎能呈告，差人相托打点，要打上风官司的话告诉一遍。周宾点首说道："这事容易，就只此番比不得前番何家之事，须要比先丰盛。上下欢喜，方能得意。"侯德说："我回去告诉便了。"周宾回事："事不宜迟,怕官明朝要坐早堂,趁着今日料理,明日包管连被告不叫,你主人高枕无忧,坐在家里,官司就会打胜。"侯德说："须得多少使费?"里长暗自算了一算,说道："这件勾当,一股脑儿扫地出门,须得四百纹银,方能了事。戥头要高,银水十足,方可使得。"侯德答应,即忙回家,告诉侯春。倒也爽快,如数兑银,交与侯德。不料恶奴见财起意,将银收起二百,给周宾二百两,设词说道："银子未足,我主人说求周大婉转,只要将长工郎能押监定罪之后,找足二百两。"里长也当侯春不肯全交,暂为应允说："侯相公趁着今日没事,到明朝早堂审理,便见明白。"侯德听罢,急忙迈步回家,禀复侯春,说："银子全交。"

且说周宾得了银子,走到熟铺,把银包拆开,重又封包,预备送官,又包随封,各处料理妥当。周里长剩银一百三十余两上腰,走进衙门,到转桶上交明,又去见刑房书办托付,出衙回家受用。

且说捕快丁源听见郎能告诉,原是来县控告侯春调戏妻子一案,偏因气恼,走得太紧,不曾留神,误碰而死,实非故意。丁四生了弯子说："与其整治郎能,不如借这一篷风弄侯春几两银子,岂不是好?"想定说："郎能,你将我父碰死,真非情理,皆因有事在心,告状鸣冤,光景亦是一穷汉耳,就便以误伤饶放,连十两三钱烧埋银也是无有,不如你拿侯姓顶了罪名,这场人命官司你就脱了。"郎能说："大爷,我一时之失,碰坏令尊,侯姓又去,如何无故赖他?"丁捕役说："你来作什么?"回言："我是为告侯春调戏妻子。"丁四说："既然告他,你与侯春就是仇人,不为告状,如何就会碰死我父?如今回官,只说侯春奴才侯德碰倒而死,现有他家长工郎能见证。县官要问,你也照我一样禀话,去拿侯姓家人侯德前来,只说他碰死,虽系冤屈,也是误伤,这十两三钱烧埋银子出在侯家身上,与你无干,岂不是好?你若依我,就放了你。"郎能低头思想："老丁既然这样怜悯我，便赖他何妨？"郎能说道："丁大爷，既然如此，况且我和侯家也是仇人，就依尊意行事。"捕役立刻解开绳锁，放开郎能，又嘱托地方总甲，烦代书写状，连郎能告侯春的呈词一并拿进禀县令。不多时，里边吩咐："明日早堂审理。"

且说县尊虽然糊涂，不同赃官，见了银钱却也欢喜，两张呈词：一张是侯德碰死丁源之父，见证是郎能；二张乃是郎能控告侯春调戏伊妻。知县看完暗想：早晨里长送进银子四十两，说是老侯叫把长工问个诬告，这却不难。还有一件，侯家奴才侯德碰死了丁四之父，这案又是郎能见证，明晨审理。但侯春时常孝敬，不住馈送东西，伊之家人碰死人命，状子写着"走路不曾留神，老头年衰有病"，不过是个误伤，不用夹打治罪，先把郎能问个控告侯家不实，以诬告之例，打顿板子押监，然后把侯德叫来，判问个误伤结案。到了次早，起来梳洗冠戴，打点升堂，坐在暖阁之中，面前设摆朱笔、砚盒、签筒、惊堂，青衣喊堂，门子传话说："老爷吩咐，把捕役丁四、长工郎能带进问话！"两边答应，一齐将丁源并地方等带到堂前。

未知如何，且看下文分解。

第一三九回

偏心问诬告　受贿害良民

　　话说人都跪在当堂，县令往下便问："丁源，你的状上写侯德碰死汝父是怎样碰死？"丁源口尊："老爷，小人状上写的明白，小人父亲年逾八旬，病中爬起，出来走动，不料侯德对面硬往身上一碰，当时气绝身亡。"县官又问地方总甲，俱都一样。又叫郎能："你是与侯姓一同走路看见，还是各自有事行走看见的呢？"郎能回说："老爷，小人是各自行走看见，侯德碰死他就跑了。"县令说："人来，领朱票前到侯家，将家奴侯德锁来问话！"差人答应，出衙前去。县公又问说："郎能，状上写侯员外之子调戏汝妻，有何凭据？快些禀来。"郎能口尊："老爷，小的在侯家身作长工，苦挣吃穿。不料侯春见色迷心，小的妻子井边汲水，要替担挑，百般调戏，小的妻子情急无奈，提起水桶泼贼满身是水，侯春只顾拧水，田氏得空跑进家中，关门躲避。及至小的回家，听妻子告诉是实。小的要去找寻侯春，出门就遇贼人前来，及至小的家中面饬其非，伊不肯认罪，口内反出不逊之言。小的怒气难消，是以举手要打，伊抽刀欲杀，小的就势将刀夺过，伊即飞跑回家，小的随后追赶，两人闹了半日，伊喝令家丁甚是凶恶，小的不敢争论，特来鸣冤。望求老爷速拿侯姓严问。"郎能禀罢。县公不悦说："你作长工共有几年？还是同居，或是另住？""禀老爷，小的另住，相离不过里许之遥，佣工已经三载。"县公又问："侯春调戏之时，可有人撞着，有何把柄？"郎能说："老爷，这样事情原是瞒人所行，岂肯使人知道？况且侯春富厚，人都惧怕，谁敢言他之过？原本小的妻子告诉情由是实。"县公一声断喝说："狗奴才，侯姓家中既属豪富，娇妻美妾自然会买，独乎喜爱长工的老婆？大约借贷不遂，心怀私仇，赖以调戏汝妻为由，要生事端，举呈诬告不实，与我拉下！先责二十大板，再问曲直。"不容分辩，按倒当堂，褪下中衣，皂隶动手，五板一换，登时打完，把郎长工打的肉破血流放起。县公吩咐记了诬告案册。郎能受了这番冤枉，怒气攻心，跪在当堂，登时头晕，一阵发迷，复又醒转，睁开两眼，大叫数声："青天老爷，冤枉！"县公明知长工受屈，既得侯家银子，只得与伊消灾，和衙人等无不受贿，勉强顺从办事。

且说两个差人来到侯家门首，说明姓名，进去不多时，侯贼就走出，彼此带笑挚让，进书房坐下，端茶吃罢，侯春只当还因长工之事，未及开口，两公差叫声："侯大爷，姓郎的事情本官已经依了里长周师傅之言，把老郎打了二十大板，还问诬告侯家之罪呢，你老放心。我二人此来，另有一公事，且请听讲：尊管侯德……"即将碰死丁源之父的缘由说了一遍。侯春说："二位上差，侯德去找周里长，是在郎长工已去之后，侯德从衙前还看见地方总甲用锁套着郎能，侯德何曾碰死了人？"两个原差心中不悦，说："侯大爷，此言差矣，真假有无，各自去辩，我们不管。只知本官吩咐，就得遵依。常言说，'官差不自由'，律上载的更又明白，说道，'家人有罪者，罪坐家主'，若不叫尊客到衙，就得你去，我们也好交差，倘或不信，再看老爷的朱票便知。"从怀中取将出来，递与侯春，接过打开，上面写道："碰撞人死，性命匪轻，不思守候讯情，反行脱逃遁避。仰该差即带侯德赴县听审，以凭详解。究拟。"侯春看罢朱票，不觉吃惊，说道："小价差往西村讨取账目，不知几时才能回来，况且县主票到，又难违悖，还求二位将侯德碰死的原故，讲与在下一听，即便他不在家，在下自然也有一个主意，好安置二位仁兄回衙去见官禀话。"且说两个差人俱都姓李，趁势就把丁源状上言词又加些厉害话细说一遍，又说："老爷还等回票呢。"侯春说："二位少坐。"走将进去，复又出来说："二位李哥，侯德实不在家内，西村讨账，等账讨完，才回县主之命，须要二位回去美言，自然稳妥。这是白银十两，二位权且买杯茶吃，千万禀明县主，宽一月之限。"两人闻听，故意作难说道："银钱小事，怎么回官销票？万一老丁不依，如何是好？"侯春说道："二位仁兄，那丁四哥与我相熟，我也备一斤银子烦劳带去，送与丁兄，暂且治办装殓，小弟随后三五日，定然另有商议，求宽一限，足感高情。"二人接过银子，故意迟疑："少不得回去替大爷转折。"说罢，执手作别而行。

未知如何，且看下文分解。

第一四〇回

捕快得钱作弊　县官宽限退堂

　　话说糊涂官儿糊涂皂隶，县官是个浆子盆，使唤的都是些面糊子，不管升天下地狱，一有事情，齐伸手先拿钱来，幸亏是长工郎能误伤人，不致偿命，断个烧埋银子结案。且说侯恶贼打发差人去后，心内左思右想：判到其间无非亦是误伤，但不知侯德狗奴才怎么这般不小心，把人碰死，要不是我老侯的体面，别说官长不容，就是差人与尸亲也都不依，且等侯德回来再问，便知明白。多日又不见侯德回家，差人各处寻找，无有下落，当是惧罪脱逃。哪知侯德将送里长办事银子赚起二百两，又在西村要的账银三百两，共银五百两，拐带脱逃，竟往他方而去。侯春打听不着消息，生会子瞎气，忍个肚疼，心里还盼长工定罪押监，便好烦人说娶田氏美妇。

　　且说两个公差回到衙门禀明本官，只说侯德偶得大病，不能前来听审，求老爷宽限。县公吩咐："限一月之期，病好赴审。"丁捕役闻听，心内不依，才要上堂见官，原差向他打个手势，站在下边等候。且说县令常受侯家贿赂，乐得不究，又吩咐："郎能诬告东主，上了刑具收监。"委二衙明日验尸，令捕役丁源将其父尸骸浮厝，等拿到侯德之日，再行结案。打点退堂，众人散出，牢头将郎能上刑带去下监。且说捕役出了衙门，就被李二李三拉到僻静之处，掏出银子一封十六两，叫声："丁伙计，我们奉老爷之命传叫侯德，伊主人侯春就问缘故，我二人把朱票与他瞧看，又拿话吓了一番，说侯德已经往别处取讨账目，尚未回来，送了我们两个十两银子，又送你十六两，说权且替老人家治办丧事，数日之后，另外还有敬仪。想来这宗事不过是个误伤，况且本官与侯家最厚，何必定要认真？老人家大限将终，却也难怪侯德，如今既送一斤银子，比烧埋之数还多，且是老侯说还有敬仪，何不且把老人家装殓起浮厝，别要放松，过上两日寻到他家，我帮着你说，老爷立要严究，再起发几十两银子，也就罢了。临期老爷不问就罢，若要问起，递张和息，断不深究。与其闹着无益，不如弄几两银子使用。"丁源点头，接银到手。次日，二衙前去验尸，侯春又差家人前来打点，一概没事，这才抬去浮厝。丁源又照应地方总甲，然后在家穿孝，过了几天，侯春又遣人送了几十两银子交与丁源，余外又备礼物馈送县公，上下点补，大事全完。只是一件，要把长工郎能治死，便好设法娶田氏过门。

且说郎能告状以后，押在监牢，又挨二十大板，前思后想，伤心恸泪，恨骂侯春，抱怨县官图贿冤良，正然凄惨，忽听得有人叫声："郎大哥，少要悲伤了。"

未知如何，且看下文分解。

第一四一回

冤极逢仇害　监牢遇故人

"你可是侯家作活的郎大哥不是？"倒把郎能唬了一跳，止泪抬头，观见牢房对过也是一间房子，一人项上带着铁锁，站在门前。郎能看不真切，即忙移步蹭将出来，走到面前，乃是被害的何大户。彼此一见，甚是相亲。

郎能说："大爷一向多受惊险，无故遭屈，其苦异常！糊涂县官，贪酷太狠！闻大爷已问斩罪，苍天没眼，要治良善，姑娘事情可有挽悔？"

何大户见问，摇头流泪说："女儿已定杀夫之罪，秋后出决。"又问："郎大哥，你在侯家佣工，为何也来监内？"郎能叫声："何大爷，你老不知。"就把已往从前之事，对何大户细说了一遍。何素闻听，才知其故，由不得气满胸膛，用手指定大骂："万恶侯贼，因色迷心，陡起恶念，清平世界，黎庶含冤！"说："郎大哥，我女儿现在女监，大约性命难保。"郎能劝慰一会。牢头过来，替郎能遮掩，托付一番，让至囚房，就地坐下，烦禁子治买点子酒菜消饮，诉说彼此的苦情。

且说秀芳小姐自从洞房行刺，未曾杀死恶人，反被拿送衙门，偏遇糊涂县公，不容分辩，定为持刀杀夫之罪，拟秋后决。项带铁锁，体冷似冰，孤身一人，囚房漆黑，犹如地狱，一心寻死，只恨侯春。不觉黄昏时候，已起初鼓。

未知如何，且看下文分解。

第一四二回

女牢头怜弱　老安人探望

话说何秀芳坐在牢房，满面流泪，想母思家，叹父悲夫，独对囚灯，千愁万恨。忽听得钟声响亮，监牢内一阵梆铃，猛然吃惊，不觉初鼓，更又伤惨。忽然乏倦，盹睡片时，已交五鼓。

且说曹氏安人从女儿嫁往侯家，究觉心中难忍，次日就得个气迷症，瘫躺在炕上，人事不懂。家人着慌，各处找请名医调治，渐渐痊好。小姐行刺，拿送官问，持刀杀夫，照律抵偿之罪，拟秋后出决，糊涂县公已经报文。何宅仆人虽都知道，谁敢向主母实言？老安人也曾问过家人，拿话支吾，谁敢漏出一字？这日安人病已大愈，坐在房中说："丫头们，你姑娘到侯家好几日，这些时可曾回来？我病糊里糊涂的，不知侯宅为何还不搭救你爷出监？前去探问，快些回来禀我知道，才好放心。"有一个快嘴丫环，年方十岁，名唤春燕，在旁边尊声："奶奶问姑娘么？别指望，已经弄出乱子来了。"就把小姐行刺，未曾杀死侯春，绑送衙门定罪坐监的话，对主母说明。曹氏闻听，轰去七魄，"嗳哟"，登时合眼咬牙，仰卧炕上，直挺身躯，四肢冰冷。仆妇上前搀扶说："安人醒来。"叫勾多时，渐渐气转，睁眼哭叫："娇儿，疼死为娘了！只说嫁贼，成为夫妇行孝，以救汝父,不料杀贼未得,被绑送官,定罪押监,小命难保!"丫环一齐解劝,止住悲切。忽叫王老婆过来:"听我吩咐:出去说与何宁,雇辆轿车,不用别人跟随,就叫何宁伺候,你是姑娘的奶妈,须得跟去一看。"王妈答应,出去告诉何宁前去雇车,安人一面梳洗穿戴,又包些吃食东西,交与乳母,吩咐仆妇人等小心看家。不多时,何宁雇了车来,拿坐褥毡条将车铺好,曹氏拄上拐杖,走出上车,王乳母坐在外边。何宁跟赶车的扬鞭赶着牲口,往县而来。霎时到衙门以前,守门司阍就问。奶奶说:"老身姓何,来看女儿,现在南监,望求公差方便,自有酒资。"衙役闻听,点首说:"见面何难?"安人下车,王妈妈递钞纸包银子一两,差人接去。常言说,"有钱能使鬼推磨",话非虚传,差人领着安人,与王乳母到了监门,往里叫唤两声。女牢头冯氏寡居,无儿无女,丈夫早亡,在这衙内当差已久,年纪花甲,为人极其老实。自小姐到监,他问姓名年岁,又问坐监的原故,见小姐坐监,终日不茶不饭,只是啼哭,冯氏怜悯劝解,弄点汤水吃喝。小姐听见女牢头相劝,勉强用点,深感其情,叫声:"老妈妈,自从进监,家中无人前来,连杯水酒未敬,倒承这样相怜,真乃世间少有。"忽听外面叫门,连忙走去问道:"是谁?"外边衙役叫声:"冯大嫂,何家有人来看姑娘,开门放进去罢。我可走了。"女牢头开放虎头门,让进来,复又关上。冯氏观瞧何奶奶,浑身素净斯文,品貌端方,年纪老迈,手拄藜杖,还有一个半老妇人,穿戴干净。何氏也看牢头妇女,鬓发皆白,面貌苍老,身穿上布短袄,蓝裙系腰,和颜悦色问:"奶奶来看千金?"安人答说:"正是。"乳母说:"姑娘在哪房里?"冯氏说:"我才叫那边屋里去,这几天不茶不饭。"说着就去叫姑娘说:"你母亲同奶娘来了。"小姐在炕上流泪,听得叫唤,连忙欠身下炕,竟往门外行走。

未知如何,且看下文分解。

第一四三回

何秀芳哭监　田素娘送饭

且说秀芳小姐走出门外到院中，老安人与乳母前来，两下相离咫尺，小姐看见安人，不由哭喊："我的娘啊！"就往奶奶怀中一扑，母女抱头恸诉已往情节。牢头劝住，让到房中炕上，一齐坐下。安人这才说："我儿，你把在侯家报仇缘故告诉为娘的知道。"小姐自始至终告诉安人一遍，又将牢头冯氏待他的好处讲与安人，奶奶闻听感谢不尽。回头叫乳娘把吃食递与小姐说："留着零碎吃点子罢。"老安人又叫乳母从腰内掏出一个纸包递与女牢头说："冯妈妈，多承高情，疼怜小女，这是银子一两，不用推辞，千万收下买盅茶吃。"冯氏才要推辞，乳母拦阻，无奈之何收起。安人又给小姐一包银子，又嘱托牢头一番，复哭一场。牢头劝着小姐回进牢房。乳母扶侍安人出了女监。又到男监见何大户，彼此痛泪。夫妻分手，奶奶回到家中日夜啼泣，愁肠万状，各处寻情恳人料理。

再说郎长工的妻子田氏，自从丈夫为他被人调戏问了原故，才知道是东家的儿子，气得与侯春大闹一场，走到县内喊冤，指望官法处治，不料县官徇情糊涂，又是一双近视眼睛，不但不传被告，反把郎能判为诬告，责打二十大板，押在监内，又不再审，耽延日期。有人与他妻子送信，田氏闻听，吓得芳心乱跳，珠泪交流，痛骂侯贼，县官糊涂，听信书办、门子、衙役人等之言。田氏怨恨伤感多时，复想：“家中并无别人，少不得奴身亲去监中探望丈夫一回，问个妥当信息，方能放心。”梳洗完毕，绫帕罩头，缟素衣衫，不搽胭粉，收拾外走，锁上街门，托付邻右照应，迈开金莲，霎时进城。到衙观看，守门就问："作什么的？"田氏回说："我姓田，因丈夫打官司，今要进监，望求爷们行个方便，外备酒资奉敬，念奴家穷苦之人，些微淡薄之仪，勿以为弃。"守门人说："这位大嫂说话好不明白，你说来看丈夫，到底姓甚名谁？因犯何罪押在监里？说白了也好带你进去。"田氏闻听说："大爷，我丈夫姓郎，名唤郎能。"那人说道："原是郎大嫂。"伸手接过银包，约有四五钱，说："郎大嫂进去探夫，不可空手，须要买点吃食物件，才好遮掩。"田氏点头，掏出青钱二百，就烦公差走去买些饮食点心等物，草纸包定。田氏拿着跟随，门役领到男监，说与禁子，各自又去守门。

且说禁子佟方开放虎头门往外观瞧，见是一个美貌妇人，开言说："大嫂来看何人？"田氏启齿说："大哥听言，郎能乃是丈夫，今来送饭探夫，望求放进监去，感恩不尽。"禁子佟方未及答话，又来一个牢头，名唤王均，平素不大老成，开口说："大嫂，你当家的监内终日盼你，总不来一看。"佟方看见光景不好，上前把王均推开，说："郎大嫂，不要与他一般见识。"田氏听禁子劝解，收回怒气，从袖内拿出纸包叫声："禁大哥，常言说，'管山的烧柴，管河的吃水。'我丈夫坐监在此，凡事仰仗照看，奴今前来岂有空过之理？须念我夫妻贫穷，原是佣工之人，这是纹银三钱，送大爷买杯茶吃。"佟方接银口尊："大嫂讲得明白，理上甚通，快些请进相见。"田氏跟随内行，开放监门，朝里行走。一见丈夫项带铁锁，面黄肌瘦，避不得人前羞辱，走到身旁，杏眼流泪，不好拙比，如断线珍珠一般。郎能也禁不住悲切。夫妻两个哭够多时，田氏把那吃食物件递与郎能,哪里吃得下去?又走到一个僻静屋里,彼此细说缘故。田氏又从腰内掏出一包银子,叫声:"夫啊,这是三两银子,快些收起,留着使用,等着官府再要定罪,看是轻重,妾再来看望。"商议已毕,郎能点头流泪,复又低声问道:"恶侯贼知我不在家,可曾有个动静没有?"田氏答应:"并未扰乱。妾想且自搬到城,就在县衙方近权且租下一间房子居住,一则躲开狠贼,不受惊险;二来也好打听信息,方可稳当。"郎能甚喜,正然讲话,禁子走来说:"郎嫂,快些走罢,改日再来。少时狱官查监,难以久停。"

未知如何,且看下文分解。

第一四四回

田素娘搬家　于大人私访

且说田氏被禁子催逼，无奈何与丈夫洒泪而别，急忙归家收拾，就在城中寻妥一间房子住，早晚打听丈夫的信息，时常还去送饭探望。且说恶贼侯春，自从托里长周宾衙门疏通，将长工郎能治到监中，定了诬告之罪，虽然出了怒气，到底还不妥当，须得早设计策，或者将他治死，或者边远充军。务使长工离了眼下，也好叫媒人前去提亲。田氏没了丈夫，身子无靠，她不改嫁，何以度日？侯春胡思，又偷空跑到张家庄窥探，打听几天，听见说长工妻子早搬家而去，却不知住在哪里。恶贼寻思，愈觉动了恼恨，再破花费几百两银子，定把郎能害死才好，一客不烦二主，进城再托周宾便了。

且说贤臣各处私访，判断多少无头公案，清静直隶各处地方。这日到了沙河县所管的地方，小杨村智断水中螃蟹，剪除杀人犯庞恶人，走进县城，各处闲游。偶然腹中饥饿，寻了一个饭铺，买些饭食充饥。会了饭钱出铺子，暗问门子说："须寻个干净茶社，喝碗清茶再走。"门子回言："县衙对过茶馆干净，茶水甚高。"贤臣说："既然这样，咱就前去。"迈步转弯抹角，不多一时，来到门对过，吃茶观看：一溜两间门面，收拾甚是干净，吊着茶牌，贴着对联，是个江南茶社，匾上还有三字白粉牌匾，写着黑字，乃是"悦来轩"三字，屋内板凳满坐，桌子摆有十余张。掌柜的不住上账，走堂喝账奔忙，喝茶各色人物，果品都全。耳内听得议论纷纷，众人闲说的尽是抚院私访行为，皆是忠正之事。旁边有个人也在那里吃茶，接话说是："众位，方才说起于抚院，何尝不是位忠正大人，奉旨放了保定府的巡抚，管理直隶通省，何尝有一日消闲？前者杨村判断那螃蟹，捉拿恶人老庞，又不知回转保定府而去，亦不知往哪里又去查访？若是还在这里，前者侯财主家做的事情，只怕久已清结，哪里还容其胡闹？"众人点头说："是老侯的造化。"那人复又摇头说："众位，老侯在小杨村算得头等人家，体面可也不小了，除了于大人之外，别的衙门亦就无治他之人。昨日孙家父子同何家父女，小孙相公被充往湖南军罪而去，杨新是长解，已经走了好些日子了，老孙爷也死，何大户也是受老侯的圈套。"众人说道："可是因何家的姑娘那宗勾当不是？"那人点头说："这时候何姑娘亦在监里，风闻定成秋后出决，今年已经八月，何家父女未必能以保命，或者逢个恩赦，熬得出才好。"众人点头。又说："众位可知道么？县监里又监一个长工，姓郎，名字叫作郎能，就是侯家的作活的。"正说之间，外房进来几个衙役，也来吃茶，让坐，都不讲这些话了。

也是上天有眼，神差鬼使，贤臣就在对面带一门子装作云游羽士吃茶。众人焉能知晓？古语云："隔墙有耳，窗外岂无人？"贤臣暗说："本院还在沙河县，不料恶人出在此处，方才讲论，不明内里，情由知不真切，此人必知其详，暗跟到一个僻静地方，细访便了。"且自吃茶，等候半日，众人起身出铺。那说话之人也走到柜上会钱。贤臣不肯怠慢，照门子努嘴，起身开发茶钱，跟着那人走出，随在背后，离了茶铺，转弯抹角，来到小巷，那人就往里走。贤臣说声"不妥"，想了一个主意，迈步到那人背后，叫声："施主，你老好么？"那人听见叫他"施主"，回身站定，仔细观瞧，是一个玄门道士，穿戴干净，品貌端方，后面跟着个小道士。暗想说："从来未有交往道人，如何认得？待我问他一声。"口尊："道爷，素日未曾会面，为何以施主见称？想必前来募化，何不从实说明？"贤臣摆手说："贫道并不化缘，也不化斋饭，因驾走过，见尊容带着喜色，只怕目下定有机会，不是发财，就有好处，或遇贵人提拔，也未可知？"那人闻听，"扑哧"一笑说："道爷，你说我有些不信，身系很穷秀才，连饭都没的吃，哪里还有财发？三亲六故彼此都是难过。就有两家富足，各顾自己，况且敝族中又无作官之人，谁来提拔？道爷，想必取笑。"贤臣说："一见尊面便知吉凶，并不奉承。"那人闻听，就有些活动说："应在几时？"贤臣说："就在目下，若不凭信，寻个僻静之处，告诉与你这番的喜气。"那人闻言，却有些欢喜："道爷，你说的如此，我就在这巷内居住，叫作松树胡同，祖居已经三辈，身列黉门，只因家寒，不能温习书史，进过两场，未中，今年三十岁，双亲去世，膝下一儿一女，我夫妻二人共是四口。既然相法高强，请到舍下一叙，还要领教。"贤臣说："相公，既不弃嫌，就到府上。"迈步走不多远，来到门前，用手敲户说："有客来了，快些开门！"

未知如何，且看下文分解。

第一四五回

访根由严拿侯恶　放良民参革属员

　　这秀才住着三间土房，打扫得倒洁净。小孩子出来开门，让到对面一间草房坐下。儿子端茶，吃罢，秀才说："道爷可会饮酒么？"贤臣带笑答言："贫道酒肉不忌。"秀才令儿子买菜打酒，立刻收拾摆上，秀才斟酒，二人先饮三杯。吃酒之间，秀才举杯观看道人，衣袍洁净，品貌清奇。贤臣也瞧秀才，衣帽残旧，人品清秀。秀才又问："这一个小师傅是谁？"回言："乃是小徒。"秀才说："动问道爷，一向在哪座名山洞府？大号什么字样？"贤臣说："相公，我讲来，休要害怕，因你斯文，才说实情。道人曾讲喜色，其中要问一事，须望细腻告诉我听，保管立刻大喜高升！我就在直隶保定府，姓于，名叫成龙。"

　　秀才闻听，吓得魂惊，酒杯落地，双膝跪倒，不住口称："大人，生员不识宪驾，多有冒犯。"贤臣拉起，复又打躬。贤臣说："休要害怕，你姓甚名谁？"秀才控背说："大人，生员本处人，姓王，名唤景命。"贤臣点头说："王相公，本院私访，在外已久，判断多少冤枉。适才在茶铺说那小杨村侯财主，还有充军孙姓，又有何大户、郎长工、秀芳小姐，此时都在监内，讲的都不明白。细想这个情由，王相公你必深知，须把内中情节告诉本院知道，势必提拔于你，岂不是升官发财？还要口稳，外边不可声扬。"王秀才见问，向上打躬，口尊："大人，生员与小杨村侯春从幼同窗念书，后来侯家渐渐富足，生员贫穷，就不来往。侯春父子倚财仗势，万恶非常，奸盗淫邪，欺压良善，现在害了好几个好人。偏遇沙河县张令却又糊涂，混号都称'浆子盆'，所以判事不明，并没决断，良民百姓至今押在监牢。大人在上留神听禀，可恨侯春暴发财主，仗势欺人，昨有秀才何姓，名何素，住居小杨村，女儿秀芳，十六岁，聪明，其貌超群，许绿堤村内孙裕之子，名唤孙馨。那日娶亲，花轿鼓手到门。侯春衙门告状，青衣村内锁人，新郎孙馨去后，军籍册上捏以逃军，吓得轿夫鼓手散回。两亲家共闻凶信，走其真魂。"

贤臣说："何家女儿嫁与孙家，与侯姓何干？"秀才说："大人，那何素因清明带领女儿上坟，被侯春看见，就遣媒人张一炮前去，屡次求亲，何家不允，又把女儿许与童生孙馨。侯春通了衙门，说孙馨之祖当日乃是军籍，赦文上无名，公然冒赦回家多年。县里老爷信以为真，也不知图了贿赂无有，竟把孙馨顶替祖罪，充往湖南已经去了，孙老秀才一气而亡。可怜其女贤守冰霜，立誓终身永不再嫁，指望其夫还乡。不料侯春心存不善，又复谋害何家。"贤臣说："谋害何家，想必图谋其女。"答言："大人高见不差，买通里长周宾，弄尸放在何家门首，硬赖他害人，县官不问情由，定罪押监，秋后处决。嗣烦朱媒提亲，若要成婚，救出伊父。秀芳须与侯春为妻，择期送礼行茶，迎娶过门。"

贤臣说："何家之女想是为救其父，勉强改嫁？"秀才说："是，何家之女嫁与侯门，当是洞房美满夫妻，不料烈女行刺。贼徒未伤其命，送秀芳到县定罪，以持刀杀夫，秋后拟斩。如今父女在监，可叹良民遭屈。侯春又戏长工之妻，井台汲水，见色起心。郎能与侯春吵闹，赴县告状，张老爷不拿被告，倒打原告，郎姓受责二十大板，断为诬告押监，分明有意偏袒侯春！生员不平之气，胡乱谈论，不料大人暗访到此，所有情由尽管禀明。"说罢复又打躬。贤臣大悦说："秀才讲的可真么？"回答："生员怎敢欺哄大人？"贤臣点头说："我晓得，断不可透出半字。我回保定府，自然有个处治。本院一言既出，定然提拔于你。"说罢出门。秀才打躬，贤臣用手拉起说："不用多礼，看人瞧见。"王秀才即忙倒退，望着贤臣走出胡同，这才回家关门，唬了一身冷汗。

且说贤臣前后访明，带着门子回保定府。次早，净面冠戴已毕，走到三堂坐下。不多一时，堂官拿进手本说："禀明大人，守巡两道辕门率领府县请安。"贤臣吩咐说："告诉众官，请回，单留清苑县同杨副将进来。"答应出去转传，众官皆散。副将、知县来到三堂，行礼已毕，站在两边。贤臣手拿笔标写一张红单说："副将、知县，照传票上面有名之人，尽行严拿！"说罢，欠身回后。两个接过，出来打开观看，只见上面写得明白，上写："仰即速传：沙河县知县张明，同该县里长周宾，严传到院问话；再将小杨村民人侯春，媒人张一炮，何素之妻曹氏，郎能之妻田氏，并监中人犯何素、郎能、女犯何秀芳等，俱行速提到院，统限十日，毋违，特谕。"文、武二公看罢，暗惊说："大人真正厉害，访查民情实在能干，自到保定，地方安宁，善者更作好事，恶者痛改前非，年景丰盛，不收之处也会收成，天子尧舜，臣宰贤能，公案完结，大人可算第一人物！"讲毕，各自回署，约定次日行程。

次早，知县带领衙役副将，督率马步兵丁轿马如飞，这日来至沙河县，马牌子进衙通报说："保定府大人差官已到！"县官闻听发怔说："快拉马来，本县前去迎接！"说话之间，两家老爷的轿马到县，闪中门至滴水檐前。县官迎接管待，看大人谕票，派三班跟去小杨村，一面锁拿侯春，又将票内有名人同里长周宾，俱带往保定府而来，进署禀明。立刻升堂。此案贤臣业已了然，经纶满腹，封疆大臣不用费事，带上侯春，察言观色，撂下夹棍，贤臣叫声："侯春，见色害人，仗财通贿，不用对词，奴才劣迹早知，暗害孙家父子，又害何家父女，调戏郎能妻子，屈问诬告押监，张一炮提亲，快些实招，免受夹棍。若要支吾，枉费其心！"侯春此时魂飞，连尊："大人，既然神目参破，望怜草命。"贤臣气满胸膛，吩咐："拉下！立刻将侯春同张一炮一男一女，每人四十！"顷刻毙于杖下，吓得俱各害怕。贤臣吩咐令人将尸拉出，然后将何素夫妇叫过，着即领女儿秀芳回家；又令长工郎能同妻田氏各回故里；张知县革职，永不录用；里长周宾知法故犯，发配广西墁地为民；又差手下持文追赶童生孙馨，放回给还执照；何秀芳赐一牌匾，书名"孝烈可嘉"。诸事已完，启本奏闻万岁，龙颜大悦，加赠太子少保兵部尚书之衔。直隶人民塑像立祠。给王秀才一名举人。此乃大清盛世，忠正臣宰，德政永垂不朽。

诗曰：

天朝盛世产忠良，万古流芳姓字香。
君正臣贤超万代，于公公案永绵长。

荆公案

目　录

第一回
钱正林金陵乡试　　入尼庵正色不乱……………………………311

第二回
王世成出外经营　　走东坝妓院行乐……………………………317

第三回
雇花船淫乱害友　　芜湖县沿江寻船……………………………321

第四回
赴北闱途中遇盗　　散南场家产麟儿……………………………327

第五回
蒋妈妈巧言说亲　　徐老爹误认讨债……………………………332

第六回
镇国寺二生吟咏　　通州城夜梦神言……………………………337

第七回
钱正林通州拜姑母　　王世成神示产金定………………………342

第八回
天齐庙悟性西逝　　酆都府冤鬼投生……………………………348

第九回
王世成破财产子　　道月师茅镇收徒……………………………355

第十回
官保从师攻书史　　世成得病在膏肓……………………………363

第十一回
小纳云入门种孽　　王世成命见阎王……………………………371

第十二回
祭灵魂七十经忏　　失名节朝朝行淫……………………………377

第十三回
小孩子看破奸情　　亲生母陡起杀心……………………………384

第十四回
金定女学堂送信　钱塾师送徒归亲……………………………… 391

第十五回
杀亲子不寒而栗　钱正林代讼入监……………………………… 399

第十六回
小灵魂告官惊梦　荆知州私访奸情……………………………… 407

第十七回
淫僧恶妇巧拿获　州堂严刑审奸情……………………………… 415

第十八回
几番油供法理难容　荆公巧计当堂指证………………………… 423

第十九回
狱中悔情为时已晚　罪孽深重地狱煎熬………………………… 433

第二十回
钱家双贵功德显　善恶分明有报应……………………………… 442

第一回

钱正林金陵乡试　入尼庵正色不乱

话说淮内如皋县村落地方，有钱正林者，乃饱学秀士，为人温和达理，行正端方，所交友者皆乐于诗书，讲究文字之类。太仓胡国初、泗水柳青溪、甘泉褚光伯，此数友皆是鸿门之客，知学之士。

是岁明年乡试赴金陵，道过甘泉造褚君门第。褚君揖坐之下，彼此叙谈阔别之情，遂挽手同游甘露寺，又游虞姬祠。见壁上碑有项羽慷慨悲歌曰：

　　力拔山兮气盖世，
　　时不利兮骓不逝。
　　骓不逝兮可奈何，
　　虞兮虞兮奈若何！

钱正林看罢慨然长叹谓褚君曰："此歌尚在何，其人英雄盖世在于何处？"褚君抚掌大笑钱曰："自古英雄不胜屈指，皆被妇人所遣，而虞姬乃贤姬也，无如项羽过愚于踵情。曾记虞姬尚有和歌，兄能记否？"钱因褚言自古英雄皆被妇人所遣，心忆古人是以迟答。而褚君随口读曰："汉兵已略地，四面楚歌声。大王意气尽，贱妾何聊生。"钱听其歌顿足捶胸大声曰:"可见被妇人之陷也!"遂二人携手同观诸佛像,参拜三清,复游后殿,由钟鼓楼侧小巷中走去。粉墙萧壁再行数步,有修竹数竿、古柏两株,宛若蟠龙蟠凤。乃指谓曰:"此两株非数百年不可。"耳闻钟鼓之音,鼻有檀降之味。则见一小小门墙十分清幽雅致,即信而入。则见一小沙弥笑面而迎,合掌道:"阿弥陀佛!二位相公请里面坐。"钱、褚二人即随沙弥入于客堂。即献茶罢,有老僧前来,合掌道:"二位相公贵姓?从何处来?幸此小刹真正是佛缘万里。"钱君道:"在下姓钱名正林,如皋县人,为金陵乡试路过相访,得拜识佛像。"老僧道:"阿弥陀佛!"褚君道:"在下就是本城东条巷中姓褚名光伯就是。"老僧听说,连连稽首道:"原来是褚太史家的大少爷,有罪有罪,未得远迎,祈勿见责。"忙唤小沙弥再献茶。此番之茶不是清茶,谅必茶食果品等类,奉供极其清雅异常。俟其茶罢,老僧引道各处游玩一番。褚君对钱正林说:"兄可在此盘桓几天,俟弟舍下尚有小事须缓三四天,与兄一同到瓜州过江到金陵,也好同寓待场。事毕后又可一同回扬州,岂不美哉。"钱正林一听此话正中心怀,随问老僧道:"宝刹中未知,可能暂寓几天否?"老僧本不允,因有褚太史大少爷同来,谅均贵人无妨,随口应道:"小刹中实是局促,有对河白云庵中更为清静,况且后有一座读书楼,望去不远即是玄都观,四面楼阁如画轴之景,十分相宜。况彼庵中乃老僧之徒掌管,待老僧奉陪二位相公去看看,若然钱相公合意,则盘桓数天凭你,盘桓三年两载皆可。"三人谈到得意之处俱哈哈大笑。即一同渡河走进山门。

钱褚二人一见不胜兴逸勃勃。翠柏苍松、茂林修竹之间,殿阁楼台四方围绕。时值中秋八月,鸟语花香,木稚扑鼻。自进山门约有三里许俱是大竹,当中一条甬道地砌鱼鳞文,只听得鸟语钟声,毫无凡俗人语。只见竹上节节均有名人才子题诗刻竹,读罢一首又一首,看罢一篇又一篇,足足走了两个时辰才进天王殿大雄宝殿。钱、褚二人只顾参佛，老僧随进内室通知徒弟法云和尚出来迎接。老僧说起二位相公要借寓书楼，法云道："好极！好极！难得贵人到此，实乃三生之幸。"即忙合掌引道到书楼看看。岂知这里人不比寻常，十分雅静，上书一联"云雨后静观山水意，思风雨闲看月精神"，乃乾隆皇上御笔亲题。原来此处皇上幸驾三次，故而更加工揖幽雅非凡。正林道："甚好！甚好！"钱、褚二人游玩已毕，即辞别老僧并法云和尚，回归门第。

是夜正林仍住舟中，因天晚不及。至明晨即唤脚夫等人将行走，走至白云庵中书楼暂住。有时读书题吟，有时闲步自由，走到沿河一带，俱是庵观寺院、忠孝节义坊祠。沿河一望无楼台，即信步走进一庵。自进山门至大殿，再至两庑及后殿，绝无人声，但四面一看倒也清雅。为何僧人全无？心甚疑惑。再走进一个所在，但见朱漆双扉掩闭，窗前悬挂翠竹丝帘，侧耳听之似有女郎声、嬉谑之语。钱君听之更加心疑，似此佛地洞天，何得有女人藏匿在此？在窗外细听半晌，情思可能入否？若能入，看看她们如何！即推开双扉，见一个幼女尼，内有一年近四旬者，忙忙立起，开口便叫："相公请坐，贵姓？贵府何处？何风得能吹到此地？"钱君一听此语，但此等女尼出口便是风雅，谅必无甚好意思，随即思退出。不想外面又来一个带发女尼，十分清雅，身穿一件淡蓝道衣，头挽云结，貌似桃花，声若箫管道："相公不妨里面去坐坐。"钱君回头一看，如此模样竟是尴尬，只得走进。四面一观，东壁图书画，西苑翰墨林，一切起居非常清爽，但其处心甚所爱，然见其人而心甚疑，故不敢就坐，但立观四壁而已。只见那二小尼俱掩口嬉笑，即忙献茶，再三请钱君坐下，请问姓名。正林含糊而答，自思我等读书人巴图上进，况彼等女尼又在洞天佛地之下，岂可心生异欲之念。此心一念，而举动正色。数女尼已知此人乃不可动，而亦即转正色，俱念阿弥陀佛而已。钱君少坐片时即辞。回楼自己情思，如此所在究竟是何等地方。少晌厨人送夜膳至,钱君将此事告之厨人,细问情节。厨人道:"此处乃单身男子到不得的,这女尼庵中不知坏了几多好男子。幸亏相公正色不乱,否则有性命之患耳。"钱君一听此语心甚骇异,但自此以后,凡见女色俱便不受。是以善有善报,恶有恶报,钱正林有此一节正色不乱之事,所以后来亦有好事相报:王家家产与他;后受王定与他为媳;长子钱云卿甲午科举人;次子钱霞卿庚辰进士。此等后来果报皆在这一点正色不乱好极也。

话说南通州南门外,有天齐庙巷内一人,姓王名世成。他父亲在日,买卖经营,以六陈粮食交易,信义通商四方。近悦远来似觉生意兴隆,所以日用有余,积蓄数百金事业。世成仍续父业,比父在日生意更加热闹。无如结交友谊相支浩大,财未见其多,不过仍是数百金而已。一日出门收账到芜湖地方,路经东坝地方。而东坝地方亦有几家往来,必须结算结算,故而总要耽搁几天方得事清。那一天几家账目算清,约共得二百余金。自忖道:"这些财钱俱是利息得来,想为人在世也要稍得陶情作乐,则不枉我半生辛苦。"所想到陶情之处作乐之场,看看天色又好,丽日晴和,信步而行,访红问翠。独惟一人似乎乏趣,最好遇着一个知己朋友,可以谈谈说说,有啕有伴,即如寻花问柳,然一人总是无对手。正在情思之际,对面来了一个书生模样的人,文文雅意。走将近来一看,却是认得的,就是东街上的施兰卿。难得到此不约而同,二人一见喜出望外,正是他乡遇故知。世成道:"请了!请了!施先生到此何干耶?巧相遇。"施兰卿道:"不瞒王世兄说,因其我年近四旬,膝下无子,虽有万金家财,要他何用?故此心中闷闷,思出外闲游闲游,或者有个巧遇,娶她一个妾回家,倘能生下一男半女,则我施家这点家财则有后人接下了。"王世成道:"这句说来竟是真情。"因自思我亦年三十,尚未娶妻,然亦终非了局。心中想口内说道:"施先生,我与你搬到一个寓中,同时讲讲有何不可。"施兰卿道:"这个是极好极好。"遂二人移住一处,朝朝夕夕同来同去，或者同上酒馆畅饮，或者共叙茶坊。

世成想道："这施兰卿乃通州城里的财主，即使他用脱点钱财也不妨事，最好与他说成一个妾，要标标致致的，要动他心中时常欢喜。但是总要这个妾要与我有认识的，则我可以时常到他家内走走，则可以想点他的钱财到手。"心中转着这个要谋他的钱财的念头，所以不论大小事情，总是加十分奉承。同他到一个院子里去玩耍走走，要想寻一个乖乖巧巧、能言舌辩的妓女，哄骗他的钱财。若能钱财先到妓女之手，我则再用点巧计阴谋，将这妓女娶她为妻，则不是这个财，端端的到我手中来了。因此想着这个计较，每日劝他东家去，明日拉他西家去寻花问柳，总无得意的妓女，因是那东坝地方虽是一个水码头，客商云集的地方，究属小地方，无甚绝好妓女，又无甚大院子，只有那半私半官的人家，称为四不相，又谓之叫不相干的人家玩了几天，总不如意。世成想来想去，不如同他到芜湖，想那芜湖的码头非比东坝，然芜湖是几省通衢的要道，各路客商往来要胜于东坝百倍，一则我自己有事要到芜湖，与那两家行中算账，乃是顺便；二则他到那个地方，自然有那大人院子，内中定有那得意的妓女。算计已定，即对施兰卿道："此地真正是个乡下地方，无甚玩耍。我想要到芜湖去玩几天，未知尊意若何？"施兰卿道："如此绝妙。"因二人正在情投意合之时，言语莫逆之际，王世成一门明好百凑奉承，所以施兰卿被他拍晕了头，样样依从。施兰卿道："既是世成兄美意，如此陪伴我玩耍，我与你今日再到那小院内玩玩，明日动身往芜湖可否？"世成道："我同你就去，或到他家去吃晚饭，着他家办个几样得意点儿的菜蔬，买他几斤好酒，我与你畅饮一番如何？"兰卿道："这个使得。"二人随即换了一身华丽衣裳，兰卿带了几百两银子，二人挽手同行。

进了童子巷就到那柳二娘家来。柳二娘一见原来是昨日来的施相公、王大爷，即忙笑脸相迎，做眉做眼，忙忙引道接进，她口中连忙叫道："大姑娘！二姑娘！快点出来接客，有两位相公来了。"又连忙叫大叔叔快去冲茶，那柳二娘连忙碌乱，十分周道。那大姑娘出来拍手哈哈大笑，尖尖玉手一把拉住施兰卿道："到房里去坐。"那二姑娘一手将手帕儿掩住了嘴，一手拉住王世成道："我正要寻你说情理，快点同你房里去说。"柳二娘看见他一人拖一个，都到房里去了，好不快活，想："今日生意成功了，真正这个吴先生测字真灵。今日早起在门前望望，刚刚吴先生走过，我说笑话来测一个字，吴先生道：'要测字，自己拿一个。'我就拿了一个卷，把他放开来一看，是个'也'字。他就写到木板上：也上头加了一个人字，傍边加一个方字，却是一个施字。他说原身一个字，到要加两个字，总有两个客人一同来。叫我再拿一个卷来，放开来一看，是个十字。他说二人同来总要加两笔，所以上头加一笔，下头加一笔，就是一个王字。如此说来两个客人一个姓施、一个姓王，今日一定要来的。倘若不来，我的测字不灵；倘若是那两人来，我要测字钱一百文，待我明日来拿钱，看我测字灵与不灵。似此说来，这个吴先生测字真正灵的，明日早起他来，还要叫测个字哩。"

  柳二娘闲话少叙，再讲施、王二人进了香房如何作乐，且听下文分解。

第二回

王世成出外经营　走东坝妓院行乐

　　话说那施、王二人，落于柳二娘娼妓人家一宿，次日清晨梳洗已毕，回到寓处。整顿行李，买舟起程，要往芜湖。岂知世上多少稀奇事，尽在书楼万卷中。那王世成走到江边雇船，却有一等船户，名叫邵伯划子。其船中舱宽阔，船艄上总有家小。还有一桩：专做这样买卖，贩卖妇女。一两个年轻貌美，即如布草衣服亦穿得十分清趣。或认作自己亲生的女儿，或认作干娘，如此称呼以遮饰闲人眼目。或者客人上了他的船，他就千般百计要弄得这客人心热喝喝，少不得上了他的牢笼计，钱财就肯使用。往往有这等少年子弟，初次出门作客，遇着这等船户到了他船上，他就将船开到一个人烟稀少的地方，或者大河湾头，或者大江边上小港中，就停歇起来。今日不开船，明日不解缆，如其客人问他何不开船，他总推说风水不好不能开船。他就一天一天好耽搁下去，就使这客人在他船上，被他女人迷晕，将银钱用尽。如遇出门办事或收账回来，弄得囊橐尽空，回不得家乡，见不得父母，或者无颜在半途轻生，往往不少。此等船户害人实属可恶，连官府大宪亦无法治也。即如杭州钱塘江边，此等船户亦然不少，不知害了多少富家子弟、年轻客商。如命不当绝，不过俗语云求吃回家；

如命寿当绝者，连性命难保。

如今王世成雇船，刚刚雇着一只邵伯划子。有一个老年的船家，一见有人雇船，将他身上一看，十分穿得体面，船家一想有一个好生意来了。连忙上前笑脸相迎，说道："客人可是要雇船？要到那里去的？"王世成道："正是，我要到芜湖去的。只有两个客人的，有衣箱行李，并无货物，可要多少银子？"船家道："请你客人且到我船中坐坐，要讲价钱总是好说的。"一手搀着王世成的手，一手拿了一根篙子，一头搭在岸上，一头捏在手里，叫道："客人走好，走好。"王世成即便一步一步走到船头上。老船家即便叫道："客人来了，快点出来！"那舱内一听，连忙答应："来哉！来哉！"走出来一个三四十岁的妇人，身上虽则布草衣服，倒也十分清雅。那尖尖玉手把王世成衣袖一把捏住，叫道："客人走好，走好，到舱中请坐。"王世成到舱坐下，四面一看，这般如此清丽，玉色玻璃窗，四围冰梅嵌，当中弥陀榻，俱用大理石还有象牙镶，两边单靠茶椅，舱底俱地单铺，鼻孔中好似一陈兰麝清香气味。即时奉上茶来，碗盖一开，一阵清香，果然是武彝毛尖，清趣非常。忽然后舱走出一个年轻貌美的女子，窈窈窕窕从他门前走过，要到那前舱而去。王世成一看，真正泥做金刚被雨淋，那时浑身酥了。忙问船家说："要多少船钱？"船家说道："客人不必说价，只要服侍得周道点，客人多赏点就是了。"王世成一见如此模样，心中热喝喝，要想那个女子，也不管她贵贱，只要她肯伴我们到芜湖去，或者闻这女子又有点孽缘之分也未可知。心中只这样想，嘴中就随口说道："与你十两银子好不好？"船家道："你客人吩咐，敢不如命。"王世成少坐片刻，随即同船家到寓内搬了行李衣箱等物，邀同施兰卿一同下船。船家随即开船，其时日已将午，将船开到张家湾停泊。

那张家湾地方，沿江俱是芦苇，足有二三里路开阔，芦苇之中有一条小港，其地名就叫张家湾。岸上有数十家人家，都是捕鱼为业。一带绿杨，虽则村荒之处，倒也有点山清水秀气象清致，要讲停泊船只倒也十分安稳。所以船家将船停好就拿了一只筐篮，提了两酒瓶、油罐等类，上岸去买点菜蔬。那中年艄婆，她就到大舱里来，客人长、相公短的奉承，不知说了多少闲话。说了半晌道："二位相公在舟中寂寞，不如拿一副骨牌来，与相公们消消寂寞，岂不美哉！"王世成正在想要他的这个年轻女子，正在无门可入，听见艄婆说声打牌，想这意思来了，便接口说道："妙极！妙极！你去拿来。但是你我三人怎样打法，总要四人方可成和。"艄婆说："这个自然，我叫一个来陪你是了。"嘴里说，身体转进后舱。一手拿了牌，一手拉了一个十七八岁的女子出来，嘴里说道："乖孩子，你来陪陪相公们打两副牌。"那女子将一手拿了手帕儿掩住嘴，一手攀住门口，就便嘻嘻一笑，随将金莲一跨，跨将过来。那王世成与施兰卿本是有心好色之徒，一见这等光景，又看见金莲跨起真正端正，不过三寸还不到点；鲜红缎满墙绣花的弓鞋。朝上一看，却不是才走过的。又是一个，比前走过的那个女子生的又加风雅，眉如新月，眼似秋波，两颊犹如海棠。娇娇滴滴走到面前，未曾开口先行靡靡一笑。缓启朱唇问道："相公尊姓？"王世成连忙答道："我姓王，他姓施。我才看见你们船上还有一个比你长一点儿的，她是你的何人？"那女子道："她是我家姊姊，你要问她作什么？"王世成道："你去叫她出来。"那女子忙随口道："姊姊！叫你出来！"王世成道："你叫什么芳名？她叫什么名字？"那小女子道："我小名叫素兰，她叫素娥。"当时素兰扯在王世成身上，素娥就立在施兰卿身边。兰卿一看，毛骨皆酥。兰麝扑鼻，一时身不自主，欲火难禁。遂不顾情由，将手插入素娥胸前。一摸尖尖如豕乳，胜如一个小小馒头，皮肤细腻，犹如手摸丝棉，软而且暖。素娥乘势亦即滚在兰卿怀中，却被兰卿周身摸到，素娥随将这一种的恩爱模样做将出来。那边还有一个娇娇滴滴个素兰，亦将身坐在王世成膝上，将头滚紧在世成怀中，凭他千般摸捏，细软姣艳，万般姣滴，惹动人心。那艄婆只当不见，只当不闻，凭他们两对儿怎样的肉麻景况。

候其半晌之后，艄婆将骨牌倒在桌上，四人坐下打牌。玩耍一会，艄婆叫拿点心进来，十分精致，十分可口。施、王二人就在此舟中作乐。少晌晚膳谅必是山珍海味，夜宿自必成双，不必多赘。那船家再做这样买卖，停泊张家湾一连数日，不说起开船。施、王二人乐已忘忧，王世成亦不思到芜湖收账，施兰卿亦不思远跋他乡。朝朝作乐，夜夜成双，一住半月。船家一算，虽说过船金十两，但是天天酒饭钱，还有二女子宿箱之资，算来不少，所以明日开船直往芜湖。到了码头，施、王二人还在舟中耽搁两天方始上岸。二人对船家说："我们上岸吃茶，略干些些小事，你等船只不要开往别处，我们夜来还要回到船中来住，候明日与你算账，付你银子如何？"船家道："相公请放心上去，我们的船只在此伺候便了。"所以施、王二人全不想他这船上有拐骗之弊，行李衣箱一样不取，只以空身，二人拂衣酒袖谈谈讲讲上岸去了。拣中一个大大的茶坊，两人正中大台上，泡两碗茶来。少停，思要买点心吃，想着要拿银钱使用，岂知施、王二人身上俱是分文不带。施兰卿到此地步，即时面孔转白，四肢发抖道："似此如何是好！"对王世成道："你在茶坊少坐，待我到船中拿些银钱来，以便使用使用。"

急急忙忙走到码头一看，其船影踪全无，不知去向。东寻西望，再也寻不着。此时施兰卿更加发急，手脚慌乱，连忙急奔奔走回茶坊。向王世成道："不好了！不好了！那船寻不着了，不知去向，影踪全无。这还了得，如何是好！"王世成一听此语亦急，似此光景如何是好？左思右想，只得将身上马褂脱下，押了茶钱。二人一齐到江边去寻那船。

但不知寻着寻不着，且听下卷表明。

第三回

雇花船淫乱害友　芜湖县沿江寻船

话说施兰卿与王世成二人，身无半文，要寻着这船则可以取些银钱使用。况且施兰卿行李箱笼之中，非比王世成，伊乃素称殷实，家有万金，而且读书人与生意人两样行为，出门行路一者难得，二者这样少不得，那样也是要紧，所以箱笼什物比众多两件，其箱笼中少有银洋财物约值一二千金。如今弄得腰无半文，岂不更加着急。王世成因其芜湖地方尚有几家往来账目要去清理，倘得逐即算出，而亦可得一二百金。不过现在一时之难，自思："还是我行李内无甚要紧，自东坝使用以来，约来不过剩得一百两光景，若然寻不着这船也就罢了。但是我要想阴谋施兰卿的钱财，而今弄得这个模样，好像大家没趣。"如何想得动他的钱财到我手中来？心中思来想去，再作一个计较才好。

施兰卿气的钝口无言，只是向王世成道："此事如何是好？倘以寻不着这船，腰无半文，岂不要流落他乡，这便怎处？"二人正在江边上走来走去，搔头摸耳，无计可施，忽然对面走来一个救星，年纪约五十多岁，面上带一副墨晶眼镜，身穿二蓝大衫，元色马褂，厚底镶鞋，手中托一只鸟笼。正在江边上闲走闲走，忽见施、王二人仓遑之状。此人乃与王世成一向生意往来主顾，也是六陈粮食行招商，就叫李德丰，在芜湖地面也算得一家大米行。一见了王世成道："啊！王兄请了，你几时得到敝处来？为何这等急迫之相？还有这位先生是你何人？"王世成一见李德丰店主来了，真正从天里落下一个救星来了。连忙愁容改笑脸，答道："李老兄，李老兄，久违久违，一向康健？宝号生意好？"李店主答道："好！好！好！我问你何事二人急急慌张？"王世成道："不瞒你说，我们在东坝雇了一只船，要到贵处来，与几家往来行家结结账目。岂知这船不是好人，我们在船上多日，身子似乎困倦之极，想先上岸吃一碗茶，洗一个澡，少停再到船上搬取行李。岂知我二人大家粗心，上岸之时并没身带分文。后到得茶坊，因要用着银钱，岂知大家没带，即时回到船中取钱，那晓得这船是个江湖上的拐子，等到我们到江边来寻船，这船早已去了。寻来寻去影踪全无。况且这位施先生他要来贩买货物，所带银洋有一二千金，都在这船上，一文都没拿起来，真正害人不浅，急杀我二人了。"说罢嚎啕大哭。施兰卿更加悲咽不止。李店主劝慰道："不妨，不妨，不要急坏了。出门人推攀不起限限，同我来，先到我小行中去歇息歇息，再作道理。"一头走一头说："本当出门雇船总要到船行家去，写定船票到何处、多少船金，写定他就不敢做出这些歹事来。你自己去叫船，即如寸步当心不离，他也要生出许多出了来算计各人的。目下的时光，幸亏当今皇帝明君，常到江南地方私访，所以各处官府办事认真，以致盗贼灭访。然而盗贼不敢做，如今又新出这等欺骗之局，胜于盗贼。故而出门人总要格外当心，不可贪玩耍，恐误大事。"

　　三人谈谈说说到了李德丰行内坐下。李店主一则念其与他父亲交易多年，现在与世成交易年数亦复不少；二则念他年纪轻轻的初次出门做客，所以要上歹人的当，是以心中哀怜他们，格外厚道点待他。即留他二人住下，再三劝慰。王世成此刻心思已定，不过要与几家结算账目，现在账簿俱失去了，如何向别人算。只得央请李店主一同到这几家说其来意，如此所以几家行中照账算与他，总共算来到又有二百多金。可怜这施兰卿，心常闷倦不乐，所要用些钱文必须向王世成身边取点用用。但只见其人本是良心不善、素来刻薄之辈，前者将施兰卿有了则使用之时挥金如土，如今要他的钱财使用，他就拿出那个老实手段出来。施兰卿见此光景，度日如年，巴不得身生两翅一天就飞到自己家乡。又恨只恨腰无半文，天天要催王世成回家，不过总是明他几句钝头。那王世成心中一想："我要带他一同回家去，路上要许多盘缠吃用。他分文没有，要我一人独出总不能容他。"过去一日，对施兰卿道："我同你相好在前，如今大家弄得为难，虽在行家算出来的账有这些些银子，我要回家做本钱，要过日子，不能用完回去。你如今腰无半文，不管大小总妻妾二人会钞，即如回家路程费盘缠如何，我与你总然，而你总要生过法儿来大家商量商量才好。"施兰卿一想，事到其间不得不然，即对王世成道："你今同我一路回家，所以使用一切均要你出，我这里写一张纸笔与你，倒写了个如数奉还断不敢言，你意下如何？"王世成道："这点也好，但不知你肯写多少银子还我？"兰卿道："我写五十两还你，可能过去？"世成不允，一定要他一百两足乎银子，要写借契方可同他一路回家。如其短少不肯等，说："目下则你是你，我是我，各自分开，我不管你。"兰卿一想："只得忍气吞声，倘有半句倔强，他就不管我，我那时如何回家去！"以此想来，只得向世成道："当遵台命。"值即买了一个花古柬，亲笔写了一张借据，捧过来交与世成收好。

　　世间上的事情莫说瞒天昧已少人知，岂知举头三尺有神明。当时即有过往神明知道，看他一场一节做出这段瞒天昧已之事，拨转云头上奏天庭。凡世有这等事情，一本直奏，上苍听说如此如此，拍案大怒，随即着左右将善恶簿子来，一一记好。善有善报，恶有恶报，若还不报，皆为时辰未到。王世成因此造下这段恶孽，故而后来有一段恶报，仍是为淫乱绝嗣，家产送与别人。看官莫道这书为淫乱之书，其实是真正善书，劝世人莫作为非，总要正道而行，自有天理昭章，分毫不差的故事。有诗为证，诗曰：

劝人莫生蛇蝎心，举头三尺有神明。
所作所为终有报，丝毫到底不差分。

话说王世成与李店主告辞出来，推施兰卿一路饥餐渴饮同到家乡。此时施兰卿到家，满肚子气闷在心，用去多少钱财，吃了多少苦处，将王世成银子还去，从此杜门不出，安守本分，苦度光阴，再不敢提起女色、嫖院之事。心中分明知道王世成不是个善良心的人，不敢与他多言答话。王世成此一番玩耍，却未曾伤什么皮胃。他不过也晓得外面世情、出门利害，一心居乐，仍做六陈买卖。在于通州南门外要算数一数二，一年一年倒有余积。即思已三十，尚未娶妻，况父母早已故世，又无亲戚，又无族内，孤身一人。虽则生意顺手，而终非了局，想要娶妻，又无人与说媒。朝思暮想，不孝有三，无后为大，总要成了人家，生下一儿二女，则可以王姓香烟接衔下了。现在手中有了钱财，要想妻子。每日早市生意做过，托嘱伙计看管，自己就到那大街小巷走走。巴不得认个把妈妈、婶婶，谈谈说说，好便与他做媒。生了这个心思，所以每日总要出去走走。

一日走到小木桥头，看见素来认识的蒋妈妈，连忙上前，笑脸叫应她。蒋妈妈道："王官人你的生意好，倒有工夫出来玩玩。"世成道："不瞒你蒋妈妈说，无家无室的人真真是苦的，今日出来为因托那张家婶婶洗两件衣裳。""原来如此。介未王官人啊，我倒不晓得，看看你的生意好多了，这里我认为你早已定了亲，谁知你到今日还未曾定亲，真真大好人。待我去，妈妈来与你做媒人，待我来打听打听，不知那家有这个有福气的小姐，来嫁你这财主官人。"世成道："蒋妈妈介未费心费心，如其给我做得成功，媒人我总要重重的谢谢你。"蒋妈妈一听此言，更加欢喜，暗想这个是端端正正的一票财饷，不要错过。蒋妈妈自思道："怪不道我昨日里做得好财饷梦，所以今日遇着这个财福菩萨，真真一点儿也不错的。"便随口应道："是哉，是哉。王官人你等我几天，我不来回音与你，来者到我家里向去坐坐。"世成道："不要了，待我明日再来。"说罢便大摇大摆走将过去。看看天色未晚，不免到那金家弄内闲步。走上抬头一看，只见那小墙门首立着一个年轻的女子，年纪不过二十上下。将她上下一看，那女子知道有人看她，将身一扭，拿两扇小门关起，朝里向就走。王世成眼快，一见之下他就胡思乱想。本是个好色之徒，看见人家女子着实留意。心内一想："这个女子生得如此品貌，实在体面。看她两眉好似新月弯弯，两眼犹如秋水滴活，面庞好比海棠初放，乌云梳得的光，真真苍蝇歇不住脚。身上衣当虽则布草，倒也十分清爽，裙底金莲胜如出水红菱。"见这女子闭门进去，他就走来走去。又走了七八转，把勿得用走出来与我看一看。一头走，一头想，亦不顾对面有人走来。

刚刚那蒋妈妈也要走到金家弄里来，不想王官人也在弄内。他心一头思想着，一头走，就把蒋妈妈一撞，几乎把她撞倒。蒋妈妈连忙喊道："啊呀！啊呀！忆罪得罪啊，不痛。"王世成猛然一看，原来是蒋妈妈："阿弥陀佛得罪了蒋妈妈，不瞒你妈妈说，做生意欠出账头，明日着韩王官人的生心思，所以不曾看见你妈妈来到，把我这一手下下得罪了。"蒋妈妈道："王官人，你慢点走，我有一句话与你说。"王世成即便立住脚头，听她怎样说出来。那蒋妈便叫一声："王官人，王官人，你真好福气、好运气！今日不是这走来也撞，我就想不出了。岂知拜佛不要上西天，神佛就在眼面前。哪哪哪！这里有个徐老爹，他的女儿生得人叫出众，真正一个再世的西施，不过有一样，听说前年，攀过人来就望了门，至今高不成低不就，尚未有对头。待我来向徐老爹说说看，况且这小姐又标致又能干，做得一手好针线。王官人，王官人，你真真运气好。"王世成一听此言，便喜笑言开，正是一拳打到他心窝里，便将手一拱道："蒋妈妈，你若与我将这个媒人做得成功，我王世成不是无情无义的人，我就把你妈妈当作亲娘一样，我当重重谢你蒋妈妈。""不烦这样客气，天上无云不下雨，地下无媒不成婚，运子成仁之美也是一桩好事。王官人你请放心，这桩事在我身上就是了。"一头走一头说，忙快快的要紧去了。走了两步回转头来叫道："王官人！王官人！在于三天之内包你有回音。"王世成连忙应声："我明日在家中等你就好。"各人分手。正是：

踏破铁鞋无觅处，得来全不费工夫。

且看下回分解。

第四回

赴北闱途中遇盗　散南场家产麟儿

一口难言两处话，慢表王世成。且说钱正林先生，正色不乱，真是个儒中一个君子。后两天即到金陵乡试。岂知福运的时辰还未到，以至朱衣不点头，扫兴而返回到如皋。进城到了自己的门首，只见大门双掩，寂寂无声。正林心中惊疑是甚，想为怎么这等光景，连敲几声无人知答，只得将门一推。岂知门后将长板凳反闩那门上，轻轻将板凳移开，推了进去，一竟走到房中。只见妻子坐在床上，开言便叫："丈夫你回来了，妾身因与前日清晨分娩生下一个男儿，今日正是三朝，所以婆婆出去买点香烛、礼果，要家堂前酬酬祖宗，所以无人来开门。"说罢就将怀中小儿抱出与丈夫看。钱正林看见这个新养一个儿子，忙忙接将过来，一看果然相貌魁伟，眉开目秀，好不欢喜。自叹道："我今科不中，谅必福气不如，我今有了好儿来，亦可以荣宗耀祖。"少晌母亲买了香烛、礼果等类回来，正林连忙上前跪倒，说道："母亲劳碌了！"那老夫人道："罢了，我儿回来甚好，你去点香烛谢谢神明，祭奠祖宗罢了。"钱正林奉命祭完。以后事，母育子，愤志用工细加揣摩，以待下科而已。

光阴迅速，又至明年七月。欲赴恩科之场，忽听大门上有人打门之声，正林便走出来问声"谁人打门"，外边答应道："此地可是钱先生家？"正林道："正是。"开门一看，却是个长随的打扮，问道："你是那里来的？"其人答道："我们是太仓来的。胡老爷我们的船在南关外大码头，着小人先来访问钱先生的府第住在何处，我家老爷便好来拜望。因为初到贵地，问来问去问了多少人方才寻着。请教尊驾可就是钱老爷么？"正林道："正是。"那长随即便打了一个千。正林道："不须客气，请请，里向坐坐。我问你，你家老爷今番从那里来我家？""老爷为因南场不遂，今番要想赶北场，又想程途遥远，一人难行，想走到此地来约钱老爷一同去赶赴北闱。由此地去清江浦，走王家营子上京，也是便道，所以特到贵地拜访。"正林一听此话，便答道："你先回船去，拜上你家老爷，说我就来。"那长随即辞正林而去。钱正林连忙将此话告诉母亲知道。老夫人道："这个赶取功名乃是正事，倘若这朋友来约你同去，你便同他去甚好。"钱正林得了母亲之命，连声"是！是！"退进房中将此话又告与妻子，随即开箱、开帽笼，换了一身衣服，用了早膳，即出门到南关码头。

抬头一看，只见那船艄上扯出一面红旗，上书"顺天乡试"字样，谅必这一只船就是太仓来的。便高声问道："这只船可是太仓的？"那船艄公答应道："正是，正是！"其实胡国初正坐在中舱看书，听见岸上有人来问，即忙推开这小窗，一看原来钱兄已到，好不喜喜心怀。连忙跳出中舱，走上船头便叫声："钱兄来了，久违，久违。"忙叫："水手快去搭好扶手，搀这位老爷上船，要小心点儿。"水手答应一声。两人走到船林，飞奔上前，将篙子搭住岸上，一人在跳板上来迎，一手扶住钱正林，说道："慢慢儿走好，走好。"正林就走到船头上，将手一拱道："国初兄，久违，久违。"国初亦连忙答礼，二人挽手进舱坐下。长随奉茶，各谈久阔之情，叙问寒温之意。谈及南场不能遂意，各人叹息不已。"目下想赶顺天未卜，钱兄意下若何？"钱正林道："今番南京乡试不能遂意，而弟皆心悔。今得尊兄欲赴北闱，弟敢不从翼。但兄到敝处真真难得，请宽住一宵以便稍尽地主之谊，实在公衮之至。"胡国初再三谦逊道："容小弟明日造府，拜过伯母、尊嫂，再作计较。"但是胡国初为人素来俭朴，温恭礼让，在于儒林中也算得一个饱学的好手。无奈时运不到，故而连科总不能中试，可见得功名富贵不在人能，皆在于时运，而且祖宗余德，也是个气力大却不来的有事干。其时二人在舱中谈谈说说日已午，就在船中午餐。钱正林告辞回家。

适又有一人来访，东治县李文治，年十七，好学，奉父命前来从师。钱正林揖进就坐。谈及今来负笈从师效古圣矣之由，且奉父命诚意之极。正林听他言语诚实，见其人品貌端方，即应答道："本拟奉留舍下住下，现因有太仓胡国初先生在此，约我一同顺天乡试，在于明后日即要动身矣。世兄可否明年正月到此，可也？"李文治拜访之后，随即辞去，俟何日奉君催促动身。正林亦整顿行李，随同胡国初开棹而行。一日其船开到清还浦停泊，二人上岸寻一个寓处，将行李箱笼搬寓内，打发这船仍回太仓。二人暂住一宵，明日就要起早道而行。由王家营子一路滔滔，饥餐渴饮，日行夜宿，早到了芦沟桥地界。天色将晚，看看金鸡入海，玉兔将升，要赶到王家店住宿还有二三里路。钱正林道："奈乎此地又无村庄，人烟稀少，若要到王家店还不知有多少路。"因他是不惯出门，况且胆小，所以战战兢兢不敢前进。胡国初道："钱兄为何行走这慢？莫非脚酸行走不动了？"钱正林道："并非行走不动。因看见天色将晚尚巴不得住店，耳闻北边地方傍晚时盗贼常出，你我都是文人，倘或遇着此等不法如何是好？"胡国初道："不妨，不妨。"看官，你道胡国初是个文人，岂知此人居住在太仓州东门外，乃沿海地面，其处之人多于习武，拳法、刀枪俱是自幼习学者甚多，所以胡国初自幼习成一身好武艺，而且胆大，还有一件家传的武艺。身边挂一个布袋，袋内盛数十枚石子，约有鸡卵大，若遇对敌之际，他就摸出石子，百发百中，比那鸟枪、弓箭、弹子等艺更为灵便，而且快捷，又是出奇不意，故而《水浒》书中曾有没羽箭，即此件东西也。

　　正林、国初二人正在讲话，忽而间树林之内奔出一条大汉，手持一根铁包头的棍棒，拦住大路叫道："朋友！我们这兄弟要供两个钱！"那时钱正林吓的面如土色，不敢行动。胡国初道："钱兄不必害怕，待小弟前去与这强盗。"说毕便掠衣卷袖，走上前去道："呔！你这强盗瞎了眼，好大胆的王八，你敢在我胡先生面前来放肆！"那大汉道："放肆放一回！"随即放开大步，摆了一个阵势，名叫老僧挑担立在路中。胡国初一看树林之内还数人，只得将头上一拍，但是心中一想，手无寸铁如何是好？想着腰间布袋随挂还好，随即摆开大步，唯两个拳头只好摆一个拳势，叫玉兔奔鹰，候他棍棒打上来自有分发。那大汉便将棍棒拽开，转身来一个盘头盖顶扫将过来。国初眼快，他就将两脚望上一纵，让这条棍棒扫过，乘此纵步之势就翻转猿背，一个挂面反拳打上那大汉的头顶。大汉不想他纵步近身，故而遮避不及，只连忙将头低下一锁，头虽避过而颈项上被这拳头插过，却已了不得疼痛难忍。那大汉倘若避得慢一点，已被他这拳打穿天灵盖，脑浆迸出也。那大汉叫声"好"，又将这棍棒劈面当胸点将过来，这就叫蛟龙出水。国初见这来势厉害，就将身子一偏，一脚尖儿相定他的手上一踢，刚刚踢在他手背之上，这条棍棒就打落在地上。那大汉扪声不开口，棍棒又不要，两只脚跟朝对那屁股上打，飞也似的跑到那树林里面去了。国初将这条棍棒拾在手内，意欲要追到树林里去。那钱正林连忙赶上一步叫道："国初兄！古人云穷寇莫追！我兄忍耐些，不要追他，不要追了！"国初一想有钱兄在此，恐他害怕，只得止住一步。

　　不成想树林之内还有一个大汉在那里探头探脑，要想出来又恐怕斗不过，是以欲行而止的模样。那胡国初好不眼快："当心！"一边与钱正林说话，一边眼观四处，即便将手向这布袋中一摸，摸出一个石子；随即而出，刚刚不偏不斜正中那汉子的头颅，霎时间头破血流，抱着头急忙跑进树林去了。这个没羽箭之功非同小可，倘以有人来得多，他只要立定一个地方，见一个打一个，来一个中一个，丝毫没有虚发的。所以为人，文也要习得功夫道地，武也要习得一技精通。目今有这一等人，俗语云就叫毛头小伙子，有了三斤力气，他也去学点伸拳伸脚，说起来我是气力大、拳棒精，天不怕，地不怕，在那大街小巷茶坊酒肆惹是生非，一来就要拔出拳头打人。倘以真真会着敌手，巴不得放出四只脚来逃走。所以日今的世事惹人祸者甚多非此。古时的人就是身中有这等大本事，即如知己的朋友，面上从未自夸一声口，平常行为乃是文绉绉的，谁人知道他能敌退强盗。胡国初不慌不忙立在大路中间，望望他们这些强盗究竟有多少，躲在那里，因其天色已暗，远远儿竟看勿出来了。等了半晌时辰不见动静，谅必这强盗不敢再来，回转头来一看，只见那钱正林目瞪口痴立在那高丘之旁。走近来看时，钱正林在那里发抖，犹如疟疾病上身一样。当时钱正林一把拉住胡国初道："我只晓得你文章诗赋称为妙手，但不曾晓得你这打人的本事有这等厉害。"国初道："既是不追他，我们快快赶路便了。"

即忙三人紧步而行，早到了王家店，住宿打了夜火。次日清晨动身赶到京师住下。头二三场考罢，二人望望出榜之日已到。岂知二人仍是榜上无名，因自忖道："我们二人文章皆自为得意，想来今番总有点意思，不想又是榜上无名，好不气杀人也！"二人俱满面愁烦举止不安。那跟来的家僮常在国初面前好言劝慰解说。国初只是终朝呆呆叹气，竟不肯回家。钱正林因其新产一个儿子，一心挂念老母、妻子，既不能上进，恨不得插翅飞到家中。奈何有胡国初一同在此，不便单身先行，再者路上又怕强盗，只得相陪住两天再作计较。

但未知二人意下如何，且听下文分解。

第五回

蒋妈妈巧言说亲　徐老爹误认讨债

话说那蒋妈妈，满心欢喜。如今做之这个媒人，老实对你讲，我这财饷非同小可，非但过日子快活，连那个棺材本钱都到手了。一头想，心中好不快活，连这一夜都不曾睡着。巴到东方放白，天有亮光，耳边里听见树林中鸟叫之声，连忙着好衣服，起身梳洗。吃了些早膳便将大门开了，叫声"女儿！你快快起来罢，为娘的今日有事，就要出去了。"女儿答应道："母亲，你把大门反撑了，你放心去，女儿就要起身了。"蒋妈妈交待女儿门户小心，即便望外就走。

一走走到那徐老爹家门首，一推还未开门，就在地下拾了一个砖头，在他大门上碰了几碰。里面问道："谁人碰门？"蒋妈妈道："是我！"那徐老爹一听"是我，是我"，听他不出这声气是谁，为何这等样早？又猜想不着是谁这个老清早来碰我家的门，总有什么要紧的事情。不要管他，待我开门让他进来，看看是谁。徐老爹连忙将衣服一披，掩着怀，拖着鞋子出来把大门开了，口中问道："你是那一个？"手心只管搓眼睛，因其眼屎涂满睁不开，所以看不出是谁，只好口中问："你是谁？你是谁？"蒋妈妈说道："是我！是我！"徐老爹听差，只认道："是姓马，姓马。"心中一跳，慌慌忙忙连声

"是哉，是哉"，朝里面就走。一走走到女儿房里，问女儿道："你哥哥到那里去了？今日可要来家？"女儿道："爹爹，你问我哥哥做什么？"徐老爷道："女儿你不知道，那马奶奶来与我讨钱，因为我借她一吊钱，连本带利至今三个月未曾还她，她今日这清清早晨到我家来，总是与我讨钱。倘以你哥哥在家，叫他寻点儿当头去当来，先把利钱还她，免得她吵闹起来，哎呀！吓骇得心里跳。这个事怎样完好？"女儿道："爹爹你不要骇我，听得这个声音不是马奶奶，你再出去看个明白。"哎呀！我不出去，恐怕她闹起来如何是好。大姑娘你出去罢，看看她怎么讲。"大姑娘移动金莲走出房门，一看，"啊唷唷！原来是蒋妈妈，难得你老人家来，快些儿请坐，请坐。"那大姑娘叫道："爹爹，你出来，正是蒋妈妈唵。"正是："为人不做亏心事，半夜敲门不吃惊。"徐老爹恐怕马奶奶讨债，因其这马奶奶乃是成债度日，为人凶恶异常，谁人敢少他的钱，他就吵闹起来，了当不得，因此徐老爹是个好人，故夫吓得魂不附体。只听得女儿说是蒋妈妈，慌忙揩揩眼睛，走将出来，叫声："蒋妈妈，你才进来的时候，我为着肚子疼痛杀哉，所以走到里面去，得罪得罪。好几天没有看见你，你老人家怎么儿好！""多谢你老爹记挂，你老爹是强壮的。"徐老爹道："罢了，罢了。穷健。"蒋妈妈说："无事不登三宝殿，今日我来恭喜你老人家，贺喜你老人家。你老人家福气来，运气到，从今以后真正是个享福人，要叫你老人家福人哉！"

看官，你道蒋妈妈是何等之人，乃是一个女光棍，出名的雌老虎。惯常的做做媒人，做做白蚂蚁，谁人敢惹她一句半句。徐老爹见他说了许多的客气语，便道："穷人家有什么恭喜、贺喜。"蒋妈妈道："徐老爹，你老人家坐下来听我讲，你真正好福气。你家大姑娘这样一个标标致致、体体面面的好姑娘，总要寻着一个好对头的好官人，我是时刻当心寸多留意。我昨日偶然到南门外，看见一爿粮食六陈行，真正是一爿大行，五开间的店面，有三四进的房子，里面粮食米豆堆积如山，上上下下的伙计好不热闹。我长这大没有到南门外去，昨日偶然去过，一看见有点稀奇，我们这通州地方从没有看见这一爿大米行。我就立住了脚看看他们在那里挠米，上的上，下的下，好不热闹。正在呆看，只见那天齐庙巷里的王老爹的儿子王大官人走出来，真真和气，笑嘻嘻的叫了我一声，我就问他这一爿大米行是谁家开的，王大官人说：'不瞒妈妈说，我爹爹在日是做这个生意，所以我曾做这买卖。爹爹在日，来往的客人我也是认得的，所以开了这所，后面是我开的。'我说：'啊，大官人，你这么样儿发财还不娶一房妻室成了人家，也与王老爹传香烟接后代，这桩大事你还不快些儿干起来。他说：'承你的情不差，因为我无亲无戚，又无亲房目族，虽则有两个钱，谁人来与我说亲事。'这个话我听他讲起来倒是真情话。我想你家大姑娘这么一个好人才，若与王大官人配得成功，真真是一个好夫妻，男才女貌，一对好鸳鸯。徐老爹，你老人家有了这一个财主女婿，就陡然富贵，你老人家就是一个真真的福人哩！勿然是我家的女儿我想攀与他，可惜年纪太小，不能相配。徐老爹，我与你是老乡邻、老姐妹，你老人家有福气，我也是有运气。况且大姑娘过了门，将来日子是好过的，上无公婆管，下无姑娘、小叔，一进门就当家，自由自便。有的穿，有的着，有的吃，有的用，有钱花，又有人趋奉相姑娘。不是我说得好，是神仙也没有你这快活，也没有你这受用。"

　　大姑娘在旁边听见这一番言语，她一时心花都开了。连忙撮转身来到里边泡了一碗香茗，双手捧到蒋妈妈面前，叫声："妈妈请用茶。"朝对着蒋妈妈这密密一笑道："妈妈，你还没有用点心哩，爹爹你到街上去买一碗点心来，妈妈吃。"蒋妈妈是一个聪明乖巧的人，看她这个模样早已会意，已晓得大姑娘的意，周有十分肯的了。但不知徐老爹的意思如何，待我来等他开口说出来便知端的。那徐大爷听见蒋妈这一番话，心中倒也欢喜。自己想道："我们这样儿穷又穷、急又急，倘若这个女婿攀得成功，我就登时发财了。"所以听见女儿叫买点心，他就连忙拿了一只大碗朝外就走。那蒋妈妈连忙叫他不要客气，他也不回答，只是快快儿朝外走去。蒋妈妈看见徐老爹走出，他就叫一声："大姑娘，我对你讲，你真真前世修得好，今世做人好。虽则婚姻迟点儿，只要有福气不怕来早与来迟。在我想起来，最好是上无公婆，下无小叔，不论大小事体总是你做主的，你说要吃就买来吃，你说要穿就买来穿，有谁人来管。你这段姻缘乃是前生定，敲穿几个木鱼修得成。大姑娘你真真有福气啊！"说得那大姑娘两颊通红，犹如桃花初放，杏蕊初开，只是微微含笑，半语无词。少响徐老爹买了一碗面来，大姑娘连忙拿了一双筷来，请妈妈用点心。

　　蒋妈妈用过点心，便开言道："徐老爹，你的意思如何？我与你可是老姊妹，你有什么知心的话尽可以对我讲讲不妨。只要你家大姑娘心中肯嫁王大官人，就是你徐老爹有一点儿心事的话，谅必王大官人一定可以与你分解脱的。你不用客气，何必一言不发。"那徐老爹被蒋妈妈能说能言地说得天花乱坠，弄得也周身没主意了。他就随口答应道："不知我家大姑娘肯不肯？"蒋妈妈道："也不差。"回转头来便叫："大姑娘，这个是终身大事，你不要害怕什么羞，你有话对我老妈妈讲。"便拉了大姑娘的手，"我同你房里去。"那蒋妈妈拉住大姑娘的手，一头走一头说："真真好一双玉手，细软如棉，十指尖尖。大姑娘啊，我的乖儿子、好姑娘，你的好福气，这段姻缘不要错过了。"把那个大姑娘说的面皮通红，难以开口。两人就在床沿上并排坐下。大姑娘便开言说道："不瞒你妈妈说，我家爹爹这个样子，我早已懂他的心意。他听见你说王大官人赫赫有名，他心中还有什么不肯。因为他的当对我讲，欠别人家的有一百两银子的债，我家哥哥又无力还人，他说：'我将来寻一个财主的女婿，与我还了债，我就肯将女儿嫁他。'所以这句话儿不好意思对你讲。""啊哟啊哟，啊哟！这个小事情有什么要紧，我去叫王大官人多出些聘礼银子就是了，哈哈哈！我们出去，我们出去罢。"叫声："徐老爹，你的心思的事情，大姑娘对我说了，待我来对王大官人讲，无可不应承，尽可放心在我身上。我明日与你回话。"大姑娘再三留她用了饭去。蒋妈妈一看这个光景十拿九稳，心中好不快活，她就连忙要到王大官人那里去说与他知道，那有怎么心相吃饭，便立起身来，叫声："徐老爹、大姑娘，我明日来呀。"大姑娘叫声："妈妈慢去。"已竟出了门去了。正是："姻缘本是前生定，今世还须一线牵。"

　　蒋妈妈走到自己家中，对女儿说道："娘的今日这个财饷介未真真是一票好财饷，好不快活。"便叫女儿煮饭吃。吃过了饭，匆匆朝外就走。一经走到王世成那里去，对他说徐老爹为人如何的好，大姑娘如何的标致，如何的能干，即如针线裁剪各色俱能。说得王世成满心欢喜，好歹这个姑娘我自看见过的。即向蒋妈妈说道："一切事务总总拜托与你，就是要用聘金礼物过去，或多或少总肯依她的。我这里选一个良辰吉日，先送聘金礼物过去，再行择日完姻就是了。"那王世成正在朝朝暮暮胡思乱想，自从那日在她家看见之后，至今神思恍惚，目下亲事已活动，心中好不欢喜。

　　要知后事如何，且看下文分解。

第六回

镇国寺二生吟咏　通州城夜梦神言

　　慢说王世成聘娶徐家女子。且说钱正林与胡国初二人在京师玩耍两天。胡国初今科南场乡试不能遂意，所以赶到北场，意图上进，岂知仍是不中，路途上受了多少辛苦，吃了多少惊骇，又用去了多少钱财。主仆二人更为寂寞，幸亏有钱正林一个知己朋友在此，而朝夕之间谈谈讲讲，亦可稍解心怀之闷。

　　一日正在无聊，与钱正林二人随步间游走到京师景运门外，看见前面有一处大大的寺院，殿阁巍峨，二人不如到这寺院游玩一番。走近前来，只见朱漆山门上钉狮子头铜环，东西曲所一带青石栏杆，山门上有朱漆匾额，大书金字镇国寺三个大字。二人从耳门而进，走过金刚大殿第二门，内前是韦驮独大手持宝杵，十分雄壮，后边就是望海观音，合掌立于鳌鱼头上；只见宝鼎之内香烟缭绕，一条甬道毫无尘染，石砌回文曲曲弯弯。大雄宝殿三尊大佛，莲花宝座端的朝南，正中挂一炉盘香，乃是西藏朝贡之宝，八首旗幡绣成朵朵莲花，异香扑鼻，钟声盈耳，胜如走到西天佛界。只见一个小沙弥走将出来，合掌弯腰口中只念"阿弥陀佛"一声，又道："相公们是烧香，还是游玩？"钱、胡二人应道："我们来游玩游玩的，这寺中可有什么胜迹？可否求师父指引？"那沙弥道："没有什么胜迹不提，这等是大唐唐太宗敕建，命尉迟恭将军监工起造的，本朝皇上也是信佛的，所以我家当家老和尚他是了不得的，当时与那几位正爷辈全在后面悟禅，厅内看棋或是咏吟。幸亏得今日不在家，他到西天寺去访一位诗友去了。二位相公要到里面去游玩，今日却是个好机会，若是要去的，待小僧引道。"胡国初一听此语，便答道："多谢师爷佛法指引，多多得罪了。"沙弥道："不妨。"便领着他们二人绕廊榭游玩了许多殿宇。

游到后面花园之内桂花厅中坐下，那沙弥就走到那九曲桥，倚栏观看金鱼。胡国初只见壁间用石刻五言、七言诗，咏吟甚多，他就读罢五篇又观一首，看得诗兴勃勃，则忍耐不住，就叫钱正林道："我于你各吟一首，随意何题。若吟句不佳，便要罚他今晚酒肆中会钞。"正林哈哈一笑便向厅旁，是有笔砚摆得端端正正，即走近案前取了一支羊毫，在那初壁上面全不用思索，随手端端小楷写出云：

　　古寺残秋兴客稀，二生不第选归期。
　　独怜老母与妻子，倚间遥遥望我回。

吟罢便将羊毫放下道："请胡兄佳作。"胡国初见其诗思念家乡，心中明白，自忖道："总是我连累他的，明日一定动身回家去罢，免得久住京师耗用盘费。"口中不言，而心中实在过意不去，便道："今日之兴乃是偶然，待弟献丑几句。"亦即提笔书云：

　　二生不第住皇京，偶然游兴古禅林。
　　千里迢遥思故土，明晨鞭指做白云。

写罢亦将笔仍搁于架上，笑道："丑极！丑极？"钱正林道："彼此相知，有何客气。"当时二人俱各大笑。沙弥回转身来说："二位相公可出去罢，当家师父要回来了。"钱、胡二人听见沙弥这等说，倒也不差，我们快些儿出去，免得他师父回来知道。那沙弥仍引旧路，同他二人走到山门相近道："二位相公慢去罢。"钱、胡二人道："多谢师父美意，改日再会。"二人摇摇摆摆出了山门，一竟回到寓所。

看官！这个沙弥虽是沙弥打扮，而年纪勿小，因为在于大寺中如同做官一样，难以升大，所以原是沙弥打扮。后来不知所犯何事被老和尚逐出，他就一路逃走，到江南省来投奔到通州南门外天齐庙内，拜老和尚悟性为师。后两年悟性年老死了，他就升做当家和尚。倒是大禅林出身，名叫道月和尚，经文精通，佛法知晓，后来又收了一个徒弟，名叫纳云。那纳云生来眉清目秀，身材玲小，故而人人总叫他小纳云。那座天齐庙也是唐太宗时建的，庙虽房屋不多，而良田美产倒有几处，况且香烟甚重，富丽精雅，只有师徒两个，真真佛地，花天酒地荤腥，逍遥快活。菩萨观他自在，他就真得个自在菩萨。上就是道月和尚，下就是纳云小和尚，正是："富翁须财称十万，不及僧人吃十方。"此话慢表。

话说胡国初与钱正林二人，清晨梳洗已毕，向跟来的胡福说道："我去端正行囊，今日动身回乡。"随即二人行动起来。胡福挑了行李，一路上饥餐渴饮无话，早已到了清江浦，雇船直到如皋。二人进了城，钱正林走到自己的门首，推进门竟到中堂，见了母亲双膝跪倒，道："不肖孩儿远离膝下，要母亲有倚门之望，妻子有灯花之卜。瑟用盘缠徒劳跋涉，功名仍是不到手，乃孩儿之罪，实莫大也。"老夫人双手扶起，说道："罢了，罢了。功名富贵是前生所定，莫可强求，或有早迟，何必自苦。"老夫人劝解一番，不在话下。胡国初亦来拜见伯母，请过了安方才坐下。钱正林对母亲说："去时在卢沟桥相近地方途中遇盗，幸亏胡兄武艺高强，将那一班强盗打退，否则非但失去行李，况难保有性命之虞。"说罢，大家都惊讶不已。老夫人同媳妇拜谢胡国初相救之恩。当日无话。过了一宵，明日胡国初告言辞别，欲归登程。钱正林再三挽留歇息几天动行未迟。胡国初亦再三推逊，免不得这相留之情，诚心不过，只得耽搁一天,便致谢一番动身去了。那时已是深秋之候,秋风飒飒,黄叶飘飘,一路上不过自叹而已。早到家乡不在话下。

　　钱正林自归家之后,尽心读书,闭门不出。但是素来家贫甚薄,总要想一个生财之道,以便添补家中日用之需。一日老母走到堂前,正林连忙立起身来深深拜倒。老夫人道:"不须这样,但是为母的想起你的姑母久无信通,不知可安健否?为母的昨夜得其一梦,深为猜疑。"正林道:"母亲昨夜得的何梦?说与孩儿听听,辨辨吉凶如何?"老夫人道:"我儿你亦坐下,待为母的细细说与你听,解说解说,看是何吉凶。我曾先梦见一个青衣童子来对我说道:'王爷有命,着我来唤你,快去说罢。'说罢即便催促速去。我就跟他去到了一个所在,似乎有城头,进了城门,一条大街好不热闹。为娘的四面一看,倒有点像那通州城内,所以今日想起你姑母来,究竟年纪高大久无信通,而未知可安好否。那时进城走远大街,即见一座大大的衙门模样,又看看好像一座大庙宇的像似,门前两只青白狮子左右分开。进了这个门,一条甬道两旁朱漆栏杆,五中似乎在大殿上。大殿上坐一位神君,头带乌纱,身穿大红袍,两旁立几个官员,有文武,所是明朝打扮。那殿上神君道:'你因教子有功,教得儿子见色而不动,触淫而不乱,皆汝之功。我已奏明上帝,着南极仙翁查复无差,随簿子上注下增你阳寿一纪。汝子因前世福浅,今世难以得富贵,汝孙可以双桂齐荣。'霎时间人声鼎沸,那殿上钟敲鸣,贵花者将我一推,似乎在半空中跌下,吓得魂不附体。醒实转来,原来身体睡在床上,并未跌倒,不过吓得一身大汗,心中跳了半响,那时候正是二更敲开。这一场奇梦,但不知吉凶如何?你与我详解详看。"

　　钱正林听母亲一一从头述尾罢,自叹道:"原来我前世根基浅薄,所以望功名徒劳心力。"其余之话,猜想半天竟难以解说,道:"母亲因为日里想起姑母,故而做梦已到了通州。孩儿今想度过这个残冬,开春定要往通州去望望姑母。二来自己亦要想一个生财之道,以备添补家中日用之需才是来。"钱正林有一个姑母,当初到通州城内李稼轩家,常常往来。为因今年乡试,钱正林赶了南北两场,无暇探亲。那李家亦是,足有半年不通音信,所以老夫人正怀遗念,日有所思,夜有所梦。母子二人谈谈说说之后,各自走散,不在话下。

且说蒋妈妈做了媒人,况素来知道王世成是个有钱的开粮食大陈行的东翁,要他快些儿娶了过去,让我也有点媒金谢意到手,所以巴不得他早早成亲。故而今朝到徐家去走走,讲讲家常说话,明日走到王世成家去谈谈,拍拍他的马屁,赞赞大姑娘的好处:"走到人前真是和气,做点针线着实齐整。"一日王世成择了吉日,先将六礼送将过去,正日迎娶过来,拜了天地。洞房花烛成亲那时,吉日好不热闹,挂红结彩,惟是王世成亲戚全无,俱是朋友人情。那酒筵一摆,内外照料幸亏蒋妈妈母女二人,前后照应十分周到。到了三朝,那徐氏出来当家理事,王世成心中甚为得意。而徐氏品貌果然非凡,况且能言会讲,件件皆能,即如走到人前又会做人,又是克勤克俭,所以世成就将账、钱等事一并交待与她。以后渐渐日久,劝世成勿要出去买卖,就在本地生意,安分守己过了日子。世成是年三十迎娶妻房,正是久旱逢甘雨。一个徐氏是因望门寡妇在家守望已久,年已二十八岁,亦是他乡遇故知,所以二人你恩我爱,如鱼得水,此话慢表。

且说钱正林在家苦读,奈乎日用所需不敷度日,正在要想到外边走走寻些机会。光阴迅速,不觉已是新年,老夫人说道:"我儿,你可乘这新年时候,通州去望望姑母,拜贺新年。倘以通州得有机会,或老人家请馆,或者自己寻一个馆地,稍能得点束脩亦是个道理。"正林道:"母亲之言虽是如此,因孩儿再三思想,倘以出外去,又要远离膝下,不能朝暮侍奉,所以心中虽想而总不敢开言。"老夫人道:"我儿只管放心出外,家中事情不必牵挂。就是朝暮侍奉等情,幸有媳妇素来孝顺,克慎克勤,我儿出去可以放心,不必把为娘的牵挂心怀。"正林静听母亲一番教训,随即拜别动身,往通州而去。

要知下文如何,且听下回分解。

第七回

钱正林通州拜姑母　王世成神示产金定

话说钱正林奉了母命，到通州与姑母拜贺新年，遂即动身，不一日就到了通州城内。一经先到姑母家拜过了新年，请过了安，便坐下谈谈讲讲家常之事。谈及家用所需不够敷用，隐欲到通州来就一个馆地，寻些束脩，则可添补家中用度，况且母亲年老，又有新添儿子尚在襁褓，目下急要紧寻个机会，那才是道理。姑母一听正林这一番的言语，觉是有理，即便答道："侄儿此话通有志量，极有算计，想你表弟那里想得到这些情理。你姑丈自去世之后，业已数载，况且家道并不宽裕，你表弟全不想做点经营，天天出去，唯不过是游手好闲而已。这话不提便罢，若提起来，真是气杀我也！"当时正林只得在姑母面前说了几多好话解说话来。刚刚两人讲到话头之处，恰好表弟李云朝闯进了，一进门来气喘呼呼，满头大汗。正林一见如此光景，心中倒有些惊异。自想道："即刻姑母说表弟不好，我倒有点可信可疑，这时眼见如此样式，想他一定是不好，谅必在外边闯祸而回。"一见李云朝进来，便立起身来，忙叫一声表弟道："你一向是好的，如何得意？"云朝便答道："哥哥不要说起，我近来两年时运不好，作事颠倒，我这理十分明好，别人见我总是烦恼。凭你本事高，手脚妙，干起事来总无巧，表哥哥你还不晓那。如今你自然知道。"正林道："兄弟，你为何如此忙忙，有什么要紧事务？""表哥哥，你不知道，今日因为与一个朋友争一句说话，在那里打架。哥哥你且少坐，我还要去约两个朋友，与这个野种去讲情理去。"说罢匆匆又出门去了。

正林又与姑母谈讲谈讲，已过午膳，便也出去走走。转过几条大街，走出西门外，一看热闹，大街小巷随意走走。觉看见是栅门上边写道天齐庙巷，他便随步走将进去。走不多路，只见一座庙宇，朱漆山门，一带粉墙，旁边红漆栏杆。一进山门，正面坐一位弥勒佛，挺起肚皮哈哈大笑，背后乃是护法韦驮，手捧金杵，浑身胄甲，顶盔独立，镇守山门。又走进，只见庭中宝鼎香烟缭绕，大殿上释迦佛像，金钟银鼓左右分排，五色花幡当中悬挂，后面就是南海观音，立在鳌头之上。正待要走进，却里面走出一个和尚来，身披香气袈裟，手拿一串念佛数珠，将手一合，便念一声"阿弥陀佛"，说道："相公请坐，还是来焚香的？还是来要会我家师父的？还府上要做佛事？"正林道："我一不焚香，二不做佛事，不过是看看。"那和尚一见："相公啊，我与你好像有点面熟。"正林答道："我也在这里想，在何处与你会面过的，竟然想不出来了。"那和尚道："莫非在京师镇国寺中会面过的么？"正林道："不差！不差！你如何到这里来？我想那镇国寺在京都是一个大禅林，你如今到这里是个小庙宇，又是小地方，你如何过得惯的。"和尚道："你相公贵姓？小僧已却忘记了。"正林道："我是姓钱，乃如皋县人氏，那时因赶赴北场到了京都。还有一位相公他是姓胡，乃是太仓州人，亦是北场来考，故此我二人一同走到镇国寺内来游玩游玩。"和尚道："不瞒你相公说，我因在京都镇国寺闯了一些不好的事，被当家和尚知道，被他赶将出来。我们出家人四方好去，云游到了这里，礼拜了这里老和尚为师。这里老和尚年纪大了，正要收一个徒弟服侍服侍，与他照管照管，所以他收了我，就与我改了一个法名，就叫道月。请问钱相公为何到此？有何贵干？"正林道："我这里有一个姑母，他家住城内。我今到此地来，一来与他拜年，二来我要想住在这里，要来叙一个训蒙的书馆。"和尚道："请问相公，现今住在那里？"正林道："我今日才到，还未曾拜会亲友。待我暂停两天，若定归住在何处，再作道理。"那道月和尚即便请他里面坐坐。他则少坐片时，又到香积厨各处看看，随即回到姑母家中歇宿，不在话下。

　　再说那王世成自从娶了徐氏妻室，如鱼得水。你道为谁，因其世成乃是一个贪花爱色之徒，况且三十岁方才娶妻。这个徐氏也是个最喜风流的女子，天天打扮的涂脂抹粉，光头滑腻。此时非比在爹娘处的，因为她母亲早故，只有父亲在家，而且年老聋聩，有许多的事情也管不到她，以至在家之时与那些风流少年子私情来往，真是广为结交，来者不拒，名为是个姑娘，其实是夜夜房中不脱空。自下嫁着一个有钱的男人，身上穿着的件件时新，头上插戴的都是珠翠金银。一来世成贪好女色的人，看见这娘子爱标致、要体面的娜娜姣姣嫡嫡，他心中越加中意，而且夜间在枕席之上，这个女子竟是春风无度，过了一度又是一度。倘以世成弄的辛苦了有不好睡，他也顾不得好睡不好睡，要来惹得他醒觉，那世成火起则可以又度春风，总是夜夜如此。虽则世成正在力壮，而且平生所好，到底日长久远，做了一个常胜将军久战不休，所以世成倒也有些三分叫倦，嘴里说不出来勿得了，而心里着实有惧战之意也。夫妻二人如胶如漆，同坐又同眠。自娶徐氏之后，这个出门为客、为商的买卖也就不甚高兴去做。那妻子也是常劝他不必出门，就在本地自己行中搏点买卖。所以早市上在行中做些买卖，过了早市就要想步到家中去陪伴这个娘子。

　　光阴易过，日月如梭，不觉已是一年。那娘子腹中有孕，将满足月，在于朝暮之间就要分娩。忽有一夜，正在朦胧好睡，只见有一神人，身穿盔甲，相貌堂堂，手持九节钢鞭立于庭前，大呼曰："汝本当罪罚绝嗣,因为汝祖爷尚有余德,所以付汝半子留根。"说罢即将手中钢鞭拦头要打。惊醒原来是做梦,即将此话对娘子说:"好不惊异!"那徐氏道:"这个做梦之事因是神思恍惚所致,何足为怪。"世成听见娘子这等说解,他也不提。又过一天,那徐氏叫腹中疼痛起来,王世成连忙叫了一个稳婆来,生产出来一看,倒是一个女子。那世成一想前夜间梦见神人说半子留根,想是不差。倘若下胎不养男儿,就是这个女儿,我就招赘他一个女婿,亦可以传了王家里香火,谅必神人之言总是不差的。想这句话亦不便与娘子面前说穿,看以自己明白,还是到后来再讲。但是目下虽然生下一女,因为也是头生,与徐氏二人甚为欢喜,得了一个掌上明珠,如珍如宝。到了三朝,世成去买了香烛,办了许多的鱼肉三牲,祭祭祖宗,谢谢神明,遂即办了两桌酒来请请乡邻朋友。别人家因为见他家是个有钱的人家,俱来说好话恭贺他,所以那日十分热闹。当时就将这女儿取名叫金定。此话慢表。

且说那钱正林到了通州已经数日,即如耽搁在姑母家中非是长久之计,要想做一个馆地,因为无甚熟人照应,总是难以入门,心中十分焦灼,闷闷不乐。只得再去闲步走走,散散心中闷气。想来在于通州地方全无认识之处,走来走去又走到天齐庙内来,与那个道月和尚谈谈。谈到其间要做馆地无门可入,即便叹了一口气。道月和尚见他如此模样,便向钱正林道:"钱相公,这个事乃是不难,何须自叹。前日有一个周家太太到这里庙内来烧香,她带着两个孙男一同来,小僧人就奉承了她几句好话。那太太道:'好是好的,今年还没有先生去读书。'那时我就问她为何没有先生,那太太道:'去年有一个苏州来的先生,因是年纪老了,被他儿子接去,不要他在外教书,叫他回家去享福去了,所以我们家里这个学堂今年还没有人来说起。'她说还有几家学生子都要望他家有先生来,都要来附学的。钱相公,这个所在真真是好的,我也曾到过这周府上去化米,这个老太太是一口长斋，在家里也是看经念佛的，就是僧人走上她的门去，她也是极肯布施的。我看看这位老太太，她也是一个极好行善的一个热心肠的人。还是此地走去，就在这庙门前走出去，转一个弯，那一条巷子里一个大墙，门里就是。待我明到她家里去，向这位老太太说说看就是，她家里的大少爷、二少爷我也有点认得的。"钱正林一听这番说的话，立时放去愁眉转笑脸，正是："一面之交总要结，人到何处不相逢。"那钱正林即连忙将手一拱，叫声："道月师父，此事一定费心与我说说看，待我明日来讨你的回话。"道月和尚点头是。正林便闲坐了半晌，仍是回到姑母家去。

　　到了明日，想道："且等一等看，如其道月到周府上去道个时候，谅必还未回来。待我迟些儿走，去看他怎样说话。"心思已定，即候到午膳之后起身往外走，一经走到天齐庙，就问了一声，说道月和尚到周府上去，尚未回来。他就在庙里坐坐，与那一个香火的人或东或西道意讲讲，足足等了两个时辰。只见那道月和尚，口内喃喃一路念将进来，一见正林便道："钱相公，你来了几时了？"正林道："我来了两个时辰。"道月道："倒要你等这多时，相公你且请坐下，待我来对你说。阿弥陀佛！这个事务已有了七八分就了。哎！那老太太真正是一位善良之人、信佛之人。小佛去对他说道：'前日听见你老人家说令孙读书先生尚未定见，但未知这时可曾有否？'那周家大爷道：'至今未曾定规。昨日有人来说起一位先生，是个白衣处士，前年一同在南京训蒙，为因他家在此地乡下有二十里路，他想就近就家，今年不到南京。因为大少爷意思不对，说总要请着一位是读书朋友才好。如其白衣人因大少爷不中意，即回了他去，所以未曾定规。'我一听见他这样的话，我就对他讲：'我有一位朋友，他是秀才，家住如皋，真个是三分五典、《四书》、《五经》他是无一不知，无一不晓，真是一个好才学的秀才。您府上如其合意，我明日同他来拜望你家大少爷，请你老人家的安。'那太太道：'你明日同他来，我有话，我叫大少爷在家里等他来就是了。'所以听见这样的话，倒有一看七八分。他听我说是一个秀才，我想面孔上大有悦意，故而我看起来定然就是了。钱相公尽可放心，小僧定可以用心说好话就是了。"正林听见道月和尚如此如此、这般那般说与他晓，他就拱手称谢，感激不已，即辞回到姑母家安心等待明日。

心中思想一夜未曾合眼，到了未明落起身来梳洗已毕，吃了些早膳，即便出门。又走到天齐庙，那时还早，道月和尚非比从前在镇国寺中样子，而今到了这个天齐庙，乃是去邪归正一心念佛，所以还在那里做早功课，未曾做完。正林只得在殿边大桥之上坐下来。等他念完了经，他还要去服侍师父，还要自己吃早膳，一桩一桩的事情做完了，即便穿了一件香色麻绖，脚上换了一双黄布的靴子，手中拿了一串的念佛数珠走将出来，向正林道："我们这时候去不知恐其太早，他们乡绅人人都是不早的，倒不如再坐一坐走去便是了。"

要知就馆的事，须要下回分解。

第七回　钱正林通州拜姑母　王世成神示产金定

第八回

天齐庙悟性西逝　酆都府冤鬼投生

话说钱正林一听这道月和尚如此如此对他说了，他就喜出望外，想勿到他这个出家人亦可以向这些婆婆、太太们极有讲究。因为这一班吃素念佛的老年纪的婆婆、太太们，也是相信与这些和尚、尼姑亲近，总是称呼某师父、某师太，见之如同自己人，如同亲信人，又称为大家都是佛门中的弟子，都是佛门中一教之人，所以如同亲人一样。凡事大家都是有商有量，有斟有酌，故而这条路钱正林真是猜勿着的。

当时道月和尚同钱正林二人到了周府，先见了老太太。那太太一见正林生得相貌端方，气象慷慨，又晓得他是个秀才，所以心中就有几分中意。即便请教正林来踪去迹。那正林就将有个姑母姓李，住在这里城内；这个道月师父乃是前年在京都考的时候与他会过的朋友。那太太道："我们是晓得这位道月师父，他是个大禅林里的出身，讲经说法样样通晓，所以我们吃素念佛之人多欢喜他。他昨日来说你先生意欲开馆训蒙，我这里书房里面，一向有个苏州先生在此教我的两个孙儿，还有别人家附来的学生四五个，为因年纪高大，他的儿子来接他回家去了，所以今年还未有先生来。倘若你钱先生可也在此做馆，这个是极好的事情。待我与你到那几家学生家去，说则他个也到我们这里馆里来读书。但未知你钱先生尊意如何？倘以是能可有属的，我当对我家大儿子说就是了。"正林一听太太这样儿说，刚刚正在他的意中，便答应道："多蒙老太太的美意，自当竭力。"仍即就深深一揖道："多谢！多谢！但是大少爷尚未曾会见，不知他尊意可否？"老太太道："叫他出来会会你。"即到里面去，不多一会，那大少爷同老母亲一齐出来会见钱正林。各人客气了一番，叙叙寒温。那大少爷心中大悦，即向道月和尚道："容日到你庙内来聘请是也。"道月亦即称谢一番。钱正林与道月和尚二人辞去，回到天齐庙少坐，正林回到姑母家去。

　　到了次日清晨，即忙到天齐庙，专候他儿怎样来聘请。正与道月和尚谈及之际，外面来了两个人，头带大帽，身穿长袍，一人手中拿一个拜匣，一人手里捧了一个盘从外进来。道月和尚认得是周家来的，即忙立起身来说道："你们到这里来！"遂即引到客堂。两人都将那盘匣放在桌子上，即对正林道："这位是先生么？"正林道："是。"只见那两人弯腰曲膝道："先生在上，小人们叩头了。"正林道："不须如此客气！"那二人立起来说："我家主人并主母老太太多多拜上，先生不要客气，些些薄礼定要先生全收的。"正林道："岂敢！"便到桌上先开了拜匣，只见内有主人一个名帖，门生个全柬；在外有一个红纸包儿内，将手中一颠，约来有三十两银子。还有一盘，盘中一看，内有一副天青的袍套。正林遂将袍套收了，又将这包银子并帖子都收了，随即也是写了名帖并敬使的封筒一拉，摆在匣内说道："拜上你家太太，拜上你家大少爷、二少爷，说我先生多谢了，明日到府请安。"那二人双双告辞出了山门，回去复命不提。钱正林即要折开红纸包内的银子，来谢这个道月和尚。那道月和尚岂肯与他折包，双手前来按住，诚恳与正林开折说道："朋友家当思长的狠，何必要在眼前。况我是贫僧，要这银子无用，你相公可以明日寄到府上。只要择个好日子开馆，对他周府上说一声就是了。"正林看见这道月和尚坚实不要他拿出来，他也就包好了一包，将身边一放，这袍套就也包好，包了一个小小的包，即便辞了道月，回到姑母家。遂将周府聘请之事一一说了一遍与姑母知道，甚为欢天喜地。就拿过了皇历通书一看，说道："二月初一日乃是黄道，况有文昌星值日，乃最祥瑞。"一夜无话。到了明日，亲身走到周府致谢，并开馆之期亦对周老太太说知。辞出回到天齐庙坐坐。回去候到了二月初一日开馆，此言慢表。

且说那天齐庙，是个唐朝至今的古庙，这位当家老和尚悟性，他本是个有道德的老和尚，年有八十余岁。一日做功课坐在蒲团之上，忽见一个小沙弥手执长幡引往西而去。道月和尚亦在佛殿做功课，而功课已完，只见仍是端然的坐在蒲团上，而口中并不喃喃，想是打昧醒。便叫道："师父！师父！"连叫几声，亦不见答应。走近来一看，只见鼻息全无，将手向他头上一摸，竟已冷了。道月已知师父是坐化，一些儿也不慌，叫正林拿香火前来看守，他就去买了一只荷花缸来，遂将师父换了一身好衣服，轻轻将他抱到这缸内，好四面均拿长枝的檀香撑好，将缸抬在后殿中间居中摆好。四方施方发讣出去，山门之上贴起榜来。

到了那个日子，四面八方各乡市镇无数的人来看，也有来烧香的，也有来助缘的，还有当方董事，俱是轿马而来。到了次日，连城文武官绅都来烧香助缘，一人传十，十人传百，竟引动了不知多多少少的官绅、百姓人等络绎不绝。正殿上请了几位客师和尚念经拜忏，内殿是这些吃素长斋的老年太太、婆婆们，钟鼓之声昼夜不绝。此时人人皆说天齐庙老和尚成了佛、得了道，竟然热闹了七八天还不能静。此番一场事情做下来，这几位绅董皆说道月能干，佛门道理精功，因在大禅林出身，这些事都见过的，所以能干。这些乡绅董事，以及这些太太、婆婆们就公举道月和尚做了当家和尚。况且这一场事做过来，除用去开销尚可以余千金。从此来这个天齐庙格外兴旺，即如天天烧香的人更加热闹，这天齐庙名声越大，几省皆知。凡是庙宇寺院香火兴旺，则庙主可以录富，余富之下做事体就是一样看承了，即如开口一句话说出去，也有人相信了。世界上的事情自古至今都是一体。

有一日道月和尚在内殿做功课，打昧醒坐在蒲团之上，朦朦然忽有一个小沙弥前来，说道："师父师父，太师父现在酆都府掌教，着小僧前来请你去，有话对你说。"道月道："酆都府不知在于何处，叫我如何得去？"沙弥道："不妨，我向太师父讨得帕云在此，只要坐在这个帕儿上，就可以心中着何处而霎时间就到了。如其不要走。只要将头上一拍，喝声'住了'，就住下来了。我与你各人坐了一块就去罢。"道月就将帕儿铺开在地，看看小小一方帕儿，将身体如何坐得下？小沙弥道："不妨，你坐上去，他自然大起来。如要行喝声起，如要住喝声住，如要高喝声高，如要低喝声低，可以随心所欲。"道月听他如此说法，只得依法而行，即将身坐在帕儿上面，喝声："起！"那帕儿就起，腾空而去。小沙弥在前引路，不一时到了一个地方，喝一声："住！"那帕云住下。

立起身来，但见那城墙高峻，上有敌楼巍峨，高耸云霄。只见城门首有人把守，俱是人身兽面，或有手持铁杆，或有手执钢叉，相貌狰狞，好不害怕。那小沙弥道："不妨，不要害怕。"他就走近前去，向这兽面人说了几句，就同了道月和尚进去。只见那里三街六市，人来人往，两旁店铺齐齐整整，也有做买卖的，也有烧香念佛的，拥拥挤挤甚是热闹。

又走了几条大街，即见一座大大的衙门，那头门前青石狮子两边盘坐，照墙面前一对旗杆直伸霄汉。小沙弥领了他一直往里边去，却是大殿，只见侍立两旁之人，个个是青面獠牙，也有的赤眉赤发，有文有武。阶前立一班衙役，当中摆下许多的刑具。上面端坐一个王位正的样子，在那里理审刑事，呼喝之声使人心惊胆战，不敢前行。小沙弥道："不妨，只管随我来！"小沙弥在前、道月在后，走进大殿之耳门，即是鼓一旁边，小沙弥道："太师父他要走出来的，我们立在这块等他也来便好相会，否则挨跻过去，恐怕这值殿官要讨闲气。只好等一等，待他审过事就随便走，无人拦阻。现下正在审事，不能乱走。"道月听沙弥这样的话，只好立在旁边，不敢作声，呆呆看。但见一个牛头人手执一个虎头牌，一手拖住铁链，那铁链上有十余个犯人，俱是蓬头垢面，披枷带锁，阴风飘飘怨冲霄，带到阶前一齐跪下。道月和尚一见这个光景，毛骨竦然。只是他看听得喝道："将这江洋强盗带上来！"喝一声："还有那被强盗杀的冤鬼一并带上讯问！"呼喝一声，即有两个青面红须的将两人带上跪在阶前。上面王位说道："你前世抢了他八两银子，还要一刀将他杀死，实属情理难容！这里是冤冤相报，丝毫不差。今日罚你投生人世，在王家为子八年，但你前世杀他一刀，他今来世还七刀，这世冤仇簿上方可消下去。倘有再要为非，罪该加等。如其为善，再发投生。"上面吩咐下来。两旁衙役呼喝一声，便将强盗开枷放锁定在阶前，谢了这王。那时又差一个仁髯者典注下簿子，又差一个青面的都头将他带到十殿转轮王那里，发他到回轮去生人世。只见那青面都头拿了文书，押着这个强盗出殿而去。

　　道月和尚看见如此光景，想必此地不是凡间或是阴司。就低声问那沙弥道："此地是什么地方？"沙弥道："这是酆都府分发这些冤孽的所在。"道月一听此言更加害怕："莫非我是已死了？若是不死焉能到阴府！想我师父归了，天齐庙中无人当家，幸亏这些绅董保举叫我当家。倘以我死了，这庙中多少未完之事何人来理？"正在想到伤心之处，不由大哭起来。那小沙弥道："不要哭，不要哭，太师父出来了。"道月抬头一看，果然悟性师父出来了不差，身边有两个小和尚前后照护，他手中拿一串念佛珠，如同在生模样，口内不言，心中诧异。见师父连忙跪倒说道："师父呼唤小徒有何吩咐？"悟性道："自从我死之后，蒙你一念诚心办事，甚好。但是我的肉身受凡人的香烟，所以我只得在这阴府，虽则是个掌教，然而究属绕是阴司月府，不得上升天界。越是香烟胜，我在阴司越是烦恼。我今教你到阳世去即将我的肉身用火焚化了，我那时就可以上升天界，仍归清净法门，岂不安闲自在也。此事真真要紧，不可缓迟。"说罢遂将中指望道月头上这一弹。

　　道月一惊醒来，原坐在蒲团之上。但见那香火立在面前，道月便问香火道："这时是什么辰光了？"香火一听见他说起话来，便喊道："师父醒再来了！不妨了！"道月道："你这等大惊小怪为什么事？"香火道："并不是小人大惊小怪，因为你师父坐在蒲团打瞌睡已经三天了，这些施主、老爷都在客堂里坐着，大家都说你死了，我来摸摸你身子又是热的，叫也叫不觉的，所以这些施主、老师大家不懂，他们都在这里议事。当家师父，你既已醒来，快快儿到客堂里去谢谢他们这几位董事老爷。"道月和尚一听香火之言，说我瞌睡已经三天实是奇怪，但阴司酆都府我也到过，眼见这几桩事情明明白白，我们悟性师父对我说一番的话儿也是明明白白。前后一想，竟自己不觉甚为惊诧起来。随即起身走到客堂里一看，只见那些董事、乡绅都坐在上面。走上石阶，只见这些人个个都来迎看问道："道月师父，你为何瞌睡三天？我们只认是你升天去了，不想还又醒转来。谅必其中总有幻妙，请道其详。"道月连忙弯腰称谢说："多谢！多谢各位老爷看顾。"一想："我若将这到酆都城看见之事说出来，别人总要说我妖言惑众，定然总不肯全信，倒反为不美，不如此事不说为上。还有悟性师父可嘱将他肉身焚化，想这样事情总要出去，则可以择日行事，岂不是好。"当时想好了主意，便向各位老爷们说："小僧人乃是做了一梦，梦悟性师父对我说，因为他的肉身在此受人香烟实之当不起，所以现在罚他在阴司当这佛教之掌事。但虽则有掌教在职，而总这个阴司的鬼魂常在地府。他今教我将他的肉身用火焚化，他就可以升天，归到清净世界安乐自在也。梦见他如此如此对我说了一番，我就醒了。不知已惊动各位老爷驾临小刹，真正不安之至。"说罢合掌念了几声"阿弥陀佛"。那几个董事、乡绅道："既然悟性师父有此等灵显，确实不差的，和尚死了一定是要火葬的，自古佛门规矩不可更改。既如此他说来，我们去择选一个良辰好日，大家再助些柴火，将尸焚化。各人须带香烛来烧香，只要悟性师父灵感，保佑大家平安就是了。"各人说罢，皆散回家。

道月和尚一想这段稀奇事，真真吓人。但想这强盗投生人世，不知何处的王家为子，这事竟难以知晓。可见得地府阴曹是有的，冤冤相报亦是不差的。

要知强盗投生事，须看下卷解分明。

第九回

王世成破财产子　道月师茅镇收徒

　　话说钱正林，从此就在通州南门外周府开馆训蒙。前日所得这个聘金之银，即取出五两银子送与姑姑，一者以作教敬之礼；二者姑母家本未见宽余，常常不敷需用，而正林在她家里耽搁多日，即如吃用等事须要偿还她家些方是道理。正林虽则存心如此着实体谅，然而姑母的意思那里受他的银子，所以再三推辞不受。正林再四要她受。姑侄二人正在推来推去，忽而表弟李云朝回来，看见表兄钱正林倒有这许多银子，口内说不出心中恨不得一齐拿他过来。他见母亲不肯受，便在旁边开口道："既蒙表兄真心过把你，母亲你就权为收下罢。"嘴里一头说，将手伸过去拿将过来，说道："表哥哥，母亲着实是不好受你的，待我小弟权为与你放好。"便将这包银子拿了进去。他母亲看见这般光景，心中好不气恼，无奈当钱正林的面不好意思多说出来，只得忍耐不言，就算过了。那正林早已明白这表弟不是好人，时常留意，以后常住于馆中，这姑母家里难得走去。后来因为馆地已几年，即如学生出出进进，常常有增无减，因家在如皋许多不便，就将老母、妻子全家挪到通州居住了。这段事情后卷再表。

　　先说道月和尚，择选了一个好日，各处乡绅、董事以及老香客，还有多少吃斋念佛人去发了帖子，请他们来吃素斋。那时惊动多少人，犹如演神做戏一般，非但庙内热闹，连那六街三巷之中，人来人往拥挤不开。那时烧香人何止千万，送礼助物之人络绎不绝。他就将许多木柴堆在一个大空地上，又搭了一个高台，上面挂了一轴悟性师父神像，桌上摆许多祭物，挂灯结彩。下面又是一个台，亦然装着扎得花花绿绿的旗幡挂满这台上。台上鸣钟敲鼓，叮当响亮，请来客师和尚十六个，念经拜忏，声韵和平。那些看的人，人山人海，胜如潮水一般。不一时就将那些木柴堆了一个像一朵莲花的样子，将这悟性的臭皮囊用的大轿抬来，旗幡伞盖知其数。还有香亭魂轿，前用一对长幡，约有四五丈长，上面绣得朵朵莲花。还有提炉香、拜香、行香，一班一班走过。又是一班吃斋人，手敲木鱼口内念经，排成对子齐齐整整稳步而行。随后大轿到来，停在中央受众人跪拜。就将他抬上去，一步折开大轿，几个有功之人将这臭皮囊抬到这木柴堆成的莲花之中放好，四围俱是大枝檀香撑住，又用芸香、速香堆在坐位周围，外将木柴一捆一捆堆将上去，竟堆得如同宝塔的模样。再等吉时一到，即将松香油胶放在外面柴上，四方点着火来，一时四面皆旺，烧了三天三夜才得烧好。那时，烧着他的身体之时，非但全无臭气，倒有异香扑鼻，倘若病人闻着这香，他就立时病好。竟有如此之事，好不吓人，真是难得稀奇之事。闲文少叙。

且说王世成去年生了一个女儿名叫金定，岂知真正金定，此时发财已定，买卖也就平常，生意不过是开销而已，无甚多余。那徐氏又得身孕。王世成一想行内生意清淡，大约是长久不曾出门买卖，那些客商往来也不到他行里来了，所以一心要想出门。有一日雇了一支大船，装了一载豆麦到常州、无锡这两处码头走走。将船开到常州停歇，他就到那几家行里去问问价钱。岂知时运不发财，就是出门做买卖亦是无什么大利，就是这里不肯销售，换了别处地方也是不能多利。在常州一连住了几天，打听这个豆麦行动以后只有跌小，在没涨价之时，事到其间也是无奈，只好将计就计卖出去了，与那行家算了账，打发这船去了。他就将这银子包好，又打了一个被窝包，起早行走回家。岂知出门人财帛不露眼，他是与行家算账付清船钱，打了一个包动身行走，这一场一节早有那歹人跟好，王世成那里晓得这曲直。那强人也是装扮一客商模样，或前或后远远的跟着他走，只要到了一个人烟稀少的地方，他就下手。

那世成走到一个地方，市镇热闹，就叫仙女庙。这个地方素来客商来往、招商客寓，仕宦行台着实不少，竟有数十家俱是大大的客寓。事有该应要破财的流年，就遇着这等凑巧的事来了，这也是好女色的来音。这些大客寓皆走过，他也不走进去，一走走到那市镇将完的地方。看见门前挂了一块招牌，牌上写着"安寓客商"四个字。朝里面一看，看见一个妇人家坐在柜台里面，年纪的有三十余岁，倒有几分姿色。世成一见有这等货物在内，他就心中痒起来了，即留住一步朝里面一看。那妇人连忙立起身来，走到柜台外面来，笑脸相迎道："客人可见要住宿的，请里面来！"世成一听这个声音娇娇嫩嫩，便将那妇人一看，虽不甚十分美貌，倒也是个风流相貌。心中一想："待我来住在她家，或者有点机会，或者有点孽缘亦未可知。"想定主意即便走将进去。那妇人道："客人如要住宿，我们这里清爽得极，被褥是干净的，房间是宽大的。"世成道："既如此，你同我去看看。"那妇人即忙叫小二出来："你领着这位客人看看，拣一个宽大的房间与他住。"小二应声"晓得"，就同世成到楼上，拣了一个房间。小二就来将被褥铺好，房中点了一盏灯，便问客人可曾用过夜膳么？世成道："尚未，你与我去拿夜饭来吃。"便叫道："小二，小二，我问你一句话，你们柜台里面这位妇人是你们什么人呀？""客人你不知道，这个就是我家开店的小老婆，开店的已经故世，这爿店就是这小老婆的，算是个老板娘。你要问他做什么？"世成道："我因为有些些面熟，好像那个地方看见过的。"小二道："他是通州人，远的很哩，你如何好认得她？"世成道:"我也是通州人,现在出门为客。"那小二连忙:"吓吓吓,知道了,怪不得你是同乡人,你说有些面熟,真是不差的。待我去对他说那。"一头说一头走,少停一时就将夜膳搬到楼上来与他吃。再说那自常州一路跟来的那个歹人,跟到他这爿客寓里来,看见他借好了寓,那歹人也来佳言住宿,拣中了隔壁一个房间住下,静看世成的行止,等到能下手之时即便下手。

那世成是个贪色人性子,生成到处要想这个念头。遂将夜饭胡乱吃了一碗,就走下楼来与那妇人讲讲说说。讲到其间,也知道这妇人真是通州人,乃是东门外西桥姓朱,是个小人家。自幼年卖与这老板为客,不想三年之内他夫妇皆故,只剩得一人客在此,把把住身客寓过度日子,说来说去也是命苦。说了一会,世成熬不住那淫荡之心,即将些留情留意闲话与他说。岂知那妇人到底是水性杨花,心中也有一点意思,说话之间即是双目送情。世成见她这样子,不觉欲火难禁,邪心又起。回到房中坐立不稳,候至三更敲过,轻步走到她房外,用手轻轻推推看,岂知一推就开了,走将进去。只见那妇孤灯独坐,亦不知想什么意思。世成走上前去,不问情由就双手将她搂抱。那妇人也是淫荡之情,亦就将手抱住世成的腰间,二人紧紧抱住,好似一倒一围和气。世成去请礼一个嘴,她就张开樱桃小口吐出一个丁香舌头送到世成嘴里。这一时间好不可言,如糖如蜜,说不尽情投意合如漆如胶。世成将手插入她的胸前一摸,两乳滑腻尚且坚硬,如同处子,原来这妇人未曾生育过的,犹原主一样。遍身摸来摸去细腻未凡,一时的心中灼灼欲火阵阵相催。那一个小世成只管躲在两山之间,那连连磕头不住跳。那妇人也是收揽不住,一时间那小溪潮水自流,好像那五月熟桃自张开,当中桃核献出来。二人都是急急如火,也顾不得这门隙里有人张看,正是色胆如天,不管他虎口刀山,就将身眠倒这个妃榻上。那妇人将两脚一跷,世成就成了一个卖红菱的贩子。两个人一度春风云收雨止。

王世成忽而心中想着："我走将过来之时心慌意乱，连房门都不曾关上，想着这个银包也放在床铺之上。"心上着急起来，立起来身来往外就要走。那妇人一把抓住："你为什么霎时间这等慌忙？我这里又没人来捉奸，何必这样着急。"世成道："不是为甚捉奸的，是因为想起来房门不曾关好，恐怕有贼进去偷我的东西。待我去看看再来。"世成即便走到自己房内，先将到床上一摸，哎呀！这银包为何不在了？再一摸，连那一个衣包也摸不着了。那时心中好不着急！打算喊出来，又恐旁人说，有客人睡在床上，为何床上东西会不见的；若然不作声，心中又熬忍不住。想一想："不好，待我叫这个小二来，拿个灯火与我看看明白。倘然银包、衣包在这里也不必多讲，倘以真真全然不见，那是一定有贼子进来偷去了，我再声张起来也不为迟。"想定主意即便叫："小二！小二！你快快起来！"

　　岂知那时候已将五鼓，正在好睡之际，那里喊得觉，他连连叫喊一二十声，这小二觉了，就答应道："怎么事？怎么事？你这客人好不奇怪，为何睡到五更头还要大惊小怪。"嘴里一头唠叨，他就手里拿了一盏灯火走将进来，问道："怎么事？这时候还要喊叫，把别个客人讨厌，要骂人的！"世成道："拿灯火来与我看！"小二道："看怎么？要末是老鼠打架，你害怕怎么事？快些睡觉罢！你晓得怎么时候了。"世成道："我不是怕鬼，因为我的衣包、银包都不见了，所以要个灯火照照看。"小二道："你这个客人当真笑话够了，一个小小银包睡到半夜还要摸摸它，摸不着，要那灯来照照它，倘以有那财主人家够了几万银子，他只好将眼睛皮子撑起来过日子，一世一生没的睡呢。"世成也不听他唠叨，只管拿灯来一照，"哎呀！哎呀！真是不见了咦！这贼子偷了东西，想他不能出去，待我来查一查看。"便道："小二！我这里真是银包、衣包都不见了。定归贼子在家里，想大门夜里是关锁的，他怎能出去？谅必总躲在那里，等到天明你开了门，他就好出去了。"那小二听见他这些话，又好气又好笑，就说道："客人，你去查，你去查！我同两个拿了灯去照照看！"两人一同去了房门，走到大门面前，只见那大门已开，半掩带关。"再到别一个房间里去看看，那一个房间没得客人在，就是那一个贼客人，偷了东西早已去了。"世成道："不差。"同小二两人挨一挨二房间去看，看到隔壁一个房内，那个客人早已不在床上，四向一看，不知去向。那时两人方才明白，这个是贼客人，偷了银子逃走去了。世成这桩事情又是说不出的苦。只得等到天明，与这个老板娘娘说如此如此，银子一包、衣服被窝下包皆被这个贼客人偷去了，连这里房、饭钱都没有，就是要回家去又没有盘费，如何是好？这妇人因有昨夜的恩情，今日没有房、饭钱倒有点板不下这个面孔，回心一想倒有点爱怜他，要回家没有盘缠。留他吃二日，钱资助他几百铜钱动身回家去了。想世上为人之道，大抵要行正派，不可贪淫好色。即如这段故事，因为贪淫人家妻妾，失了这些财帛。这一载豆麦辛辛苦苦装到常州卖脱，要想图利不成，反而全军皆灭，此皆为邪人有这等邪事。倘以正经方正之人，焉能有这等祸事，或有被贼偷窃，也不至尽行偷得干净。所以劝世人总有正道，莫作邪非，出门为客更要慎重。此话慢表。

且说这道月和尚，自从师父悟性去世之后，两场事务做下来倒余了一二千金，从此天齐庙兴旺隆隆，香烟日胜。道月和尚倒也规规矩矩，天天看经念佛。庙内只用一个香火，况且多年，亦是个老实之人。那道月常思心中收个徒弟，但是不能凑巧，若然有了一个徒，就是出去做佛事，有了一个徒弟也可以多得一分经钱。如今没有徒弟，总是请来客师，这些些进益被那别人寻去。因为打了这个算盘，所以一心一意要收一个徒弟，就是这些绅、董们亦劝他要收一个弟子才是道理。一日到在乡下，离城二十多里名叫茅家镇。因那个地方庙内有几亩田要去收收租米，必须自己亲身而去。来到了茅家镇，少歇一会，走到大街上，只见一个后生家，年纪约十七八岁，烂腿烂脚在街前求乞。道月走近一看，这个后生倒生得眉清目秀，可惜糟践这个模样。他就开口问这个后生："你是何处人氏？可有父母？因何这等惨寒？"那后生见一个老和尚问他来因，他就叫一声："师父！救救我，小人苦命。我是湖北人氏，父母早已亡故，有一个哥哥花狼山镇营内当兵。去年同哥哥出来，想也要到营中上一个名字，吃一分兵粮。不料小人命苦倒运，去年冬天哥又死了。他们营中不许存身，要想回到湖北去，又无盘缠；要想在这江湖地方做生意，又没本钱。所以进退两难，竟要饿死，只好天天在街前求乞，苦度光阴。"道月和尚听他这一番言语，心中也有一点意思，就问他道："你可情愿做和尚？倘以情愿的，你跟我去出家。但是出了家非比在家的样儿，凡事不能动气，总要和气，不要贪财，不要贪吃懒做，所以为之和尚二字，这两字实是难称。你情愿样样依我，同我去出家。你若不情愿的，就不要出家，仍是讨饭，倒也逍遥。"那后生听见这样说，连忙双膝跪下，叫声："师父救我！总情愿样样依你。"道月又说道："你以后倘若稍有不好之处，倘整得一个坏事，我就要赶你出去的。"那后生再三哀求，道月便同他去洗了一个澡，买了一个僧衣与他穿了，随即叫他同去，收了租米，与店户算了账，便一起动身到他庙中。

到了明日，道月和尚自己到这些董事家去说，昨日在茅家镇领了一个徒儿回来，就这后生来因说与董事晓得。那几个董事们都说好。他就择了好日，与他在佛前削去头发，便取了一个法名叫做纳云。从此这个后生就在天齐庙出了家，做了和尚。幸亏自幼时读过书的，倒认得几个字，净心尽意学念经忏，一日长斋，循规蹈矩。本质还算聪明，不满两年工夫，这些看经念佛，以及做和尚的规法，样样精明，都学会了做。若出去做佛事，做功德，他也一同去做。为人倒也和气，所以人人都欢喜他。因为他身体生得玲珑，人多叫他小纳云。他也晓得这座庙中富饶，就是吃着二字还算称心，以至师父长、师父短，几百事体样样孝顺。那道月和尚倒也相信他，以后日久年多，就是他有些些小事等情，师父也就随他去，也不十分禁禁管他。这也不

第九回　王世成破财产子　道月师茅镇收徒　361

在话下,且为慢表。

再说王世成,幸亏妇人心肠软弱爱怜他,留他吃了早饭,与他几百铜钱,以为路上盘费,否则竟要讨饭回家求乞归里。世成到了家中,那徐氏问他丈夫此刻出卖买生了多少钱回来,世成听见这句话,这样的说法问他,岂不气死人,况且那徐氏那里晓的这个一情一节。不过往日劝去不要出门买卖,而今总是不听娘子的话,自己要出门做买卖,所以徐氏娘子心中要他不出去,倘若今番不能生钱,就以后不愿出门了。故而徐氏就将这话反一法儿问他。这如此问将上去,气得王世成目瞪口呆,半晌不开口,便停了一会答道:"为人时运不好,就做出事来颠倒。"徐氏说:"丈夫如何谓之颠倒?"世成道:"我这装出去一船的豆麦在常州卖脱,也不盛钱,也不折本。卖的那银钱在路上被强人抢去了,连性命几乎难保。以后再不高兴出门做客商,听你娘子的话,就在本地做些买卖度日就是了。"那徐氏娘子听见丈夫这样说,就是叨饶了也罢哉。即忙改转笑容:"哈哈哈!如此说来,丈夫不要见气,财去人安乐,幸亏丈夫好好的回来,就是谢天谢地!我做娘子的朝朝记挂,夜夜思量。自从你出门之后,不好遣挂得我茶不思来饭不想。但是奴家有孕在身,总要望丈夫来家,恐怕早晚生产起来,家中何人照管。"两人说说谈谈,世成就往行中去走走。

到了次日,那徐氏叫说腹痛,世成晓得是生产,忙忙去叫那接生婆婆来家。不一会说道:"生下一个男儿!"世成欢天喜地。过了三朝,起名就叫官保,爱之如珍。王世成生了一个儿,如今是一男一女,况且妻子又贤惠又标致,儿子又长成,女儿又聪明伶俐,心中好不快活。时常心中想道:"我家有这一个年轻的妻子,生得又是这样儿风流,如花如朵,倘以我不在家,家中又没有父母长辈,或恐有人来勾诱,总是放心不下。"自下只好将计就计,不出门去,就在本地做生意,过过日子,岂不是好。

书中后有多事情也,且看下卷分解。

第十回

官保从师攻书史　世成得病在膏肓

　　话说王世成，又生了一个儿子，好不快活。前两年为因行中生意清谈，想要招接客商来，以便行中生意热闹些些。不料近来几年时运不佳，出门做生意总是不利，勿是折本，就是路遇强人匪类，总而言之时运不好起来。不俱大小事情干起来，总是难以讨好，不如安分守己听天由命，倒是一个大道理，而且一个好计策，最善最妙的事。这光阴易过，日月如梭，不觉不知王官保已长成七岁，金定女儿已是八岁。姊弟二人俱生得眉清目秀，体态惊人，王世成同妻子徐氏两人爱如珍宝。

　　一日世成与徐氏说道："我儿官保今年已是七岁，而且身体长成，我想总要与他请一个先生读读书才是道理。"徐氏道："这个真是大事，你必须赶紧去请，不要迟误。"世成道："这个自然。"次日清早起身梳洗已毕，吃过了早膳，便移步出门走走。刚刚走到南门城门口，就遇着一个朋友，也是住在他家里一条巷内，姓侯名朗亭，也是做那六陈生意，乃是同行业的朋友。二人一见要好得极，各问近日寒温。侯朗亭道："世成兄，你真好福气！昨日看见令郎生的品貌非凡，将来大起来，定然大有申色，乃是一个富贵之相。"世成答道："托福，托福，想为人之道却不容易，生下儿女也不知用去多多少少的心机。不瞒你说，小儿今年已经七岁，想要与他请先生读书，所以今日出来打听打听，看那里有好好的先生。"那侯朗亭说道："吓吓吓！世成兄，这件事却是不难。早两天未曾与你叙谈，以至你不知道此地有一位钱正林先生，他是如皋县人，乃是一个有名的饱学秀才，现在周郎宦家请馆多年。他家的少爷去年县考是个案首。刘家相的儿也是从他读书，去年也是在前十名里头。这个先生真是有本事的，我家第二个儿子去年附进去从他，每每我在家里的时候，盘问盘问我家二小儿的文理，觉乎比前首在那赵先生手里读的时候实在是不大相同，竟把他教了一年这门道就进了。目今你家令郎要破学，在我看起来还是附到周府上，到钱先生馆里去得好。"王世成道："承教，承教！今日你不说起，我那里晓得。走！我就去会会他，看他肯不肯？侯兄请了，少晌你到我行里坐坐谈谈，我在行等候。"说罢二人各自走散。

王世成即到周府上去，见了钱正林先生谈及小儿官保附学的意思。钱正林一口应承。世成回家对徐氏说："先生请着了，馆在周家书房里，先生姓钱，他是如皋县人，秀才先生。"徐氏听说喜悦心怀，就与丈夫说："你去择一个好日子，送他上学去。"世成道："这个自然。"即忙就选了好日，备了香烛，写了门生帖子，又是自己的名帖，又封了一封贽金，叫了行中的一个出店司务来，叫他拿了拜帖匣，以及红毡毡、香烛等类先走，随后世成父子一同走到周府上。钱正林看见这个小官官十分欢喜，即便点起香烛来，先拜了夫子，然后拜见钱先生。世成也走上来给先生作揖。先生即便与他起个学名，就叫王有仁。那世成就辞别先生转回家里。徐氏连忙问道："官保坐在那里，先生见了他可欢喜？"世成说："官保坐在先生面前桌子上，先生见了他十分欢喜，即便与他取了一个学名，叫有仁。先生待他定然是好的。况且同学的学生也有六七个，都是斯斯文文的。还有这周家房子是真真不小，这书房在花亭隔壁。那书房天井里是种得四时花草，一走进去兰花扑面，香气迎人。书房里面摆设几何的古董玩器，四壁中挂的是名人书画，下沿是一带玻璃长窗，长窗槛外朱漆栏杆。上席是孔子坐位，左边一架自鸣钟叮当响亮，右边是一方着衣镜明光透目。红木搁几还用象牙镶，紫檀靠椅周身金丝砍。柜内万卷文章堆积，文具中百种图书储存，桩桩件件雅趣亲时。这地方不要说坐在里面读书，就是我今日走进去这一刻时辰，也不舍得走出来的。"徐氏一听丈夫说的这般那般都好，非凡雅趣，她就喜笑颜开说道："如此说来，我们官保儿子倒有运气的，这么样儿好书馆真是难得寻着的。"二人言谈已毕。

辰光易过，不觉日将西沉，寒鸟阵阵归林，村舍人家夜火。王有仁放学归来，先拜家堂祖先，然后来拜爹娘。聪明伶俐，自幼生成，世成夫妇好不喜悦心头。光阴迅速，又是寒冬将那时节。那日世成似觉身子疲倦，怕冷头晕。自己想道："莫非过于色欲，以至身体疲乏？"就对徐氏道："我今日身体有些不舒齐，不高兴出门去。"徐氏道："丈夫，你是这两天因其时近年节，向人家催讨账目，也是辛苦的。不如且在家里养息两天，再去归账不迟。"世成道："这个事务乃是惯常之事，况且不甚劳苦，何至于身子今日这样儿难过？"徐氏道："你不如在床上去睡睡，安息安息。"世成连叫几声："呵呀！呵呀！"口中吐出鲜血红，随身倒在床上。好像眼目晕花头眩心跳，身子发抖，止不住喊叫连天。那徐氏一时急的手足无措，惊慌无主，就去烧了一碗茶汤与他吃。走到门前看看有仁可要放学回来，如其放学回家，叫他去请先生看看。望了一会，只见有仁来了，便走上前来叫道："母亲，你站在门首做什么？"徐氏道："我儿，你不晓得为娘的一时急杀，为因你父亲早晨起来就叫头眩疲倦，身子怕冷。我只认到他是连日辛苦，便叫他不要出去，在家里安歇安歇。谁知他霎时间吐出血来，那鲜泼泼的血吐了几碗，现在叫他在床上睡睡。看他身体在那里发抖，止不住的在那里喊叫哩。"有仁听见母亲这样说，连忙跑到里面去，走到房中叫一声"爹爹！你怎样儿不好过？孩儿在学堂里不晓得，适才听见母亲说爹爹不好过，孩儿来迟了。"世成看见他儿子站在他面前，两泪汪汪在那里问他，就说："为父的今日有些不好过，不要紧的。你不要急，我明日就好了。"就伸出手来一把捏住有仁的手，叫声："好儿子，你去吃饭，吃过了饭你与我到行里，叫那个刘司务到家里来。你不要讲我有毛病，只说我家爹爹叫你到家里去哩，叫他就来。你叫过了他，你就仍到学堂里去，不要登在家里，要你用心读书就是了。"有仁听见爹爹吩咐，即连声答应"噢！噢！噢！"那徐氏也立在旁边，听见就到厨房里去烧与他有仁吃饭。岂知那有仁晓得父亲有病，他那里吃得下饭，总是两泪汪汪，心中愁急。徐氏叫声："好儿子！你不要着急得这等样子，爹爹叫你到行中去叫那刘司务来，你总要吃饱了饭好去。"徐氏劝他吃饱些，那有仁那得下咽，免强吃了一碗饭，便说道："母亲，你去看看爹爹，我到行里去了。"说罢即便往外边就走。

这个小官官年纪虽小，倒有志气，他晓得爹爹有病，他就满面愁容，可见得是天生聪明伶俐。少停一刻，那刘司务来了。世成便叫："刘司务，你与我到三条巷去请先生。"就叫徐氏拿了二百青蚨，封了一个请封，付与刘司务去请冯柏年医生来看病。那冯先生一乘小轿即刻就到。世成想要自己走出客堂与他方派，但心中虽恨而身体实在来不得，三番两次只是争爬不起。徐氏见他这个样子，便说道："丈夫，你不要起来，待我去叫先生到房里来看就是了。"连忙走到客堂，叫一声："先生，请你到房里来罢。"那先生就跟之徐氏走到房里。世成连声答应道："冯先生，实神与我方方脉看，因为今日早晨有些身子怕冷，忽而闻头眩心跳，随即吐了两口血。"将即病原向冯先生一说。冯先生点头道"是"，就去坐在床沿之上与他方脉。岂知左弦中软弱无定，右弦中细数滞软，看他面色如向黄纸，舌苔中滞边红,而且张开嘴来有一阵宿气难闻。便说道:"尊驾这个病症不要看得轻,皆为色欲过度以伤内脏,其病之根已久。不过现下时值冬令阳生,以致由内而攻是呕吐鲜血。在于我看起来,药力难治,小弟不敢开方胡乱妄为,早请高明就是。"就是这句话,立起身来便往外面就走,上轿去了。

　　徐氏看见先生如此说话,那药方也不肯开一个,更加着急。世成被先生看过之后似乎劳神,等先生一走,他心中也是着急,那眼睛前一黑,头上一晕,竟就咬紧牙关晕将过去。徐氏一见更没主张,忙叫:"金定女儿,你快快走到学堂里处,叫兄弟来家。你说爹爹不好,母亲叫你快快家里去。"金定奉了母亲的命,即忙走到学堂里去,叫兄弟来家。那有仁听见母亲来叫,就去对先生说道:"我家爹爹有些病痛不安,我家母亲叫姊姊来口叫我回家去,料想总是有什么事情。"先生道:"你同姊姊家处是了,倘以你家父亲明日仍是不好过,你可以暂为放学一两天,在家里服侍服侍父亲才是道理。"王有仁听见先生吩咐,就收拾好了书包同姊姊回家去。一到家里,即忙走到房中叫了一声"母亲",说道:"爹爹现下可好过点儿?"徐氏道:"你不要作声,要低低的说话。你爹爹因为先生来看过,那先生说这毛病甚重不敢开方,叫我们再请高明。所以你爹爹听见先生这么说,他心中一急,在那里发晕已竟半个时辰,还未曾苏醒。倘以别人说话声高,恐怕他要嫌烦,故而我们说话总要低低声气,不能高音。"有仁听见母亲这样的讲,他心中又是一吓,说道:"这便怎处?待孩儿到床上去看看,摸摸他看。"有仁就到床沿一看,见父亲身体一动,两目睁开,就叫一声:"好儿子,你回来了?"有仁道:"爹爹,孩儿回来了。"他就伸手到父亲胸前一摸,摸到心口之处竟然手都摆不上去,他父亲心跳如击,盉盉不停。看他面上颜色,黄而又灰神气全无,眼睛睁而复闭。有仁一看如此光景,又是两眼泪汪,说不出的苦。叫声:"母亲啊!爹爹这样毛病连先生都不肯开方,如何是好！"正在讲论，天色已晚。有仁道："今日天晚也来不及，待我明日早晨去找别一位先生来看。"一夜无话，不过母子三人坐在床沿上看了世成一夜，见他全无神思，说话都说不动，叹气都嫌吃力。

王有仁等到天明，对母亲说："今日不要去叫刘司务去请，待我自己去请罢。"徐氏就封好了一个封筒交与有仁。有仁在母亲手中接过封筒往外就走。他走到西门小板桥街上去请余树堂先生，即忙回家伺候。少顷那余先生来了，仍请到他房内去看。那余先生方脉以后，就说道："这个毛病着实沉重，但病根已久入于膏肓，确是难用药力。待我开了一个方子且吃吃看，倘这药方对与不对，我也不敢胡乱医治，明日不必来请我，我也不敢来看。你家快快要去请高明，不可迟误。"那余先生说罢，便开了一个药方，即便起身去了。王有仁将这药方拿到药店内中去撮了一帖。那药店内的先生也与他父亲是认识的，即向王有仁说道："我看这药方上面写的脉案十分沉重，而且还有邪祟，故而药力难效。你回去向你母亲说，那药店里的先生说的，这个脉案上面写道有些邪祟，必须要请一个巫婆看看香头，斋斋祖先才好。"王有仁道："多蒙老伯伯指教我，我回去向母亲说道其由是了。"就作了一个揖，取了药来家向母亲道那药店里先生如长如短这么样儿，说要请一位巫婆婆来家看看香头，祭祭祖先才好。徐氏听见有人这样说，忽而将身立起来道："我聪明一世朦胧一时，把你这句话提醒，真是不差不差！待我明日去请个巫婆婆来，问问仙，是何道理。"当日无话。徐氏将药煎好拿与丈夫吃，看他总是精神恍惚，说话糊涂，心中实在着急，但是无可奈何，无计可施。

到了次日，她就请了一个巫婆婆来家，烧香点烛，口内喃喃就说道："囡有前世冤鬼，此事我们是做不到的，总要请一位吃长素的和尚，叫他念一千遍《金刚经》来与我，我就拿了这《金刚经》，就可以退去鬼祟。若无这个《金刚经》，总不能退得这个鬼去。现在你们天天早晨点香烛，晚上又要点香烛，还要化纸锭，斋祭他三天三夜，等那《金刚经》念好,我再送了他出去。那时就太平了,你家当家的大爷毛病也就渐渐儿好起来了。"说罢竟自去了,她说歇去三天再来送退。徐氏听巫婆婆这么样说得有理,十分相信。就叫王有仁:"你去请香烛来,拿一副香烛去到天齐庙里去烧烧香,求求菩萨,请他们那一位师父念一千遍《金刚经》,对他说我家三天之内要用的,务必就要与我们念好。如要多少念经的钱,自然依数付来就是了。你在菩萨面前许个愿心:'菩萨保佑爹爹病体好了,自己到庙里来烧香还愿。'务必要诚心祷告。就去就来。"有仁奉了母亲之命,去买了些香烛,忙去到堂前点了一副,又到家堂祖先面前烧了一副,他就手中拿了一副香烛往天齐庙里去烧香。

走进庙门,到了大殿,便有香火人来接他手中香烛,与他在菩萨面前点将起来。有仁跪在蒲登之上连连叩头,口内说道:"菩萨保佑我父病体好了,待他自己到庙里来烧香还愿。万圣菩萨大慈大悲,保佑父亲病体快快儿好起来。"说罢又叩了多少头。爬起来对香火人道:"你们师父在哪里?烦你与我请他出来,我有话讲。"那香火人道:"我家师父,他是忙的很哩!他那里有工夫与你这小孩子说话。要么我们小师父不知他有工夫么,待我请他出来。到底你有什么事情要请师父,你可好对我讲讲看。"有仁道:"不是别事,因为我爹爹有病,要请你家师父念《金刚经》一千遍,所以要请师父出来对于他讲。"那香火道:"你要念《金刚经》何必要请我家师父,就是我家纳云小师父他是样样经都会念的,不要说《金刚经》,就是'银刚经'他也会念的。我去请他出来阿好了。"有仁一想:"原来这个老师父请他不肯,就是这纳云小师父也不妨,只要他会得念书就是了。"便向香火人道:"就是小师父你去请他来也好。"那香火问得明白,即忙走进向纳云道:"小师父!小师父!大殿上有一个孩子,他说要请你念经,你快快出去会会他,看他怎样儿的讲。"那小纳云随了香火人走出来,一见原来是一个七八岁的小孩子:"我想想看,呀呀呀！知道了，你这孩子莫不是就在这巷子里面的王世成的儿子么！"有仁道："正是！"纳云道："有什么事情，你讲讲看。"有仁就说："要念《金刚经》一千遍，为因父亲有病在床，要念这经来送退鬼祟之用，要多少钱我就去拿来与你。不过在这三天内要的，不能迟误的。"那小纳云道："不要讲多少钱，这是小事，我与你家父亲也是认得的，何必讲钱。倒是但不知这经还是在庙里向念的，还得到你家里来念的，你这小官人可曾问问明白么？"有仁心中一想："母亲只说要念一千遍《金刚经》，但她倒未曾说起在那里念的。"所以一呆了半晌，说在庙念也不好，倘说到家里去念也不好，故而口中一钝，一时回答不出。那纳云道："小官人，你且回家去罢，看看到底在那里念，你去问明白再来对我讲。"有仁一想不差，便说："小师父！你且等一等，我到家中去问了母亲，说到那里去念，我就回你的话可好么？"说了匆匆往外回家去问母亲。

要知后来情节，须看下回分解。

第十一回

小纳云入门种孽　王世成命见阎王

话说王有仁回转家中问母亲道："要念这个《金刚经》，天齐庙老师父他是没有工夫的，只有小师父他也会念的。不过问你一声，还是在庙里面念，还是叫他到家里来念？那小师父叫我来问个明白，就要与他回话，他在大殿上等我哩。"徐氏听见有仁儿子这么样儿，倒是有点事在两难，疑惑不定。她因想道："倘以请和尚在家来念经，实在家内无人照应。我又是个年轻的女人，儿子又小，谁人去服侍他们和尚？倘以在庙里念，那老师父又没工夫，这个小师父不知道他是个什么样的人，恐没人看他念，他就胡乱念念，也没人晓得。"所以在于两难之间。回思一想，说道："有仁，我的好儿子，你倒不如再到庙里去，你在菩萨面前祝告一番，还是到家里念，还是在庙里念，你去求个一挡签，看看菩萨怎么样儿说。倘若在家来念，求他发一挡上上签；若是在庙里向念，就发一挡下下签。等菩萨发断下来总是不差的，免得我们进退两难，弄得不虔心倒是反为不美的。"有仁听见母亲如此吩咐，说："是！母亲真是有理的。待孩儿去求了签来再为定夺。"徐氏道："我的好儿子，你快快去来。"有仁领命，再到天齐庙里来。

那小纳云真是等在这大殿上。一见这小官人走进来，便问道："你回家去问谁人？到底在庙里念哩？还是在你家里去念？可曾问明白么？"有仁道："小师父你听我讲，我家母亲说连她也不敢自主，她叫我在菩萨面前求一挡签，要求菩萨发断。倘若在家里去念，求菩萨发一挡上上签；倘若在庙里念，求菩萨发一挡下下签。所以我要来求签哩。"那小纳云听见有仁这样说，心中一想："最好到他家里去念，一走看看他家可有什么标标致致的女人来，未免得在庙里念经，我家那道月师父凶得狠，他一天要叫我念多少经方须歇息。倘以念得少，他就不许我停一停，歇一歇。实你师父真真噶嗒难做事的，把不得在人家去念经，又无人管，又可以看看女人。"原来这个小纳云和尚正在那出山虎的年纪，偏偏不争气，落魄他乡做了和尚，况且道月师父规矩又紧，在庙里是寸步不能做一点歪斜的事情，这个管头真真厉害。他虽然朝朝暮暮总想女色，那里有得见面，那里有得到手，正是一个世间之懒汉、色中之饿鬼即此人也。当时小纳云听见王有仁这样说，心中有一个存见："倘然这小官人求着下下签，我就可以暗地与他掉换一个上上签，就可以一定到他家里去念经。"自己算计已定，暗中留意，便叫："小官人，你要求签，快些来拜佛。你拜了菩萨，我将签筒拿来递与你，可好么？"有仁道："如此最好！倒多承你师父照应。"那纳云想道："这小官人年纪虽小，这嘴倒真真伶俐，倘以大起来是了不得的一个角色。"心里转仲的念头，手里拿了一个签筒，预先拣好一支上上签拿在手里，暗暗的留心得紧。等有仁拜了几拜，便就签筒递与他。有仁拿住签筒摇了几摇，即摇出一支签来，飞到蒲登之外远远的，有仁刚刚的手短拿不着。那纳云早已留心，忙抢前一步，将这签连忙拾起拿在手中，嘴里连忙说道："小官人，你快快再拜谢菩萨！我来与你看签。"先轮眼一看，偶巧是个下下两字。纳云连忙将这一支有下下两字的轻轻插在签筒内，即将手中这支上上签拿出，叫声："恭喜你，小官人！菩萨发下一挡是上上签。就是你家尊大人的毛病据这签上所说几句，在我细细详其来倒都好话，毛病容易的那。恭喜你小官人，念不要愁烦，只须安心干事就太平无事的了。"有仁乃是一心要求菩萨保佑，那里知道纳云有这些做手脚的事情。

王有仁即便拿了这一张签书连忙赶到家中，将这签书挨次几句读与母亲听。徐氏听见甸句全是好话，心中倒觉得稍宽，即对有仁说道："既是菩萨发下的签，总无更改，只好一定请他到家里来念经。你再去对小师父说准定请你到我家里去念经。"他即去对纳云道："母亲说，请你明日早晨早些来。"说罢就辞了纳云。回家对母亲说："请这师父明日来念经，我们还要办点素菜，请点香烛来，我们合家吃斋，总要虔心至意。"徐氏道："我的好儿子说得不差。你去看看爹爹，我来收拾收拾洁净些些，好等明日清早就来念经。"徐氏乃是一念诚心，将这些桌子、椅子件件东西拿清水来洗得干干净净，连地下也拿水来冲扫干净。此时徐氏毫无二心，故此有心有相诚心至意。以后有了二心，就不这个模样，做事也不能有这样道理。此话慢表。

且说到了次日天明，纳云已早早留心，清晨起身就端正念经的家伙木鱼等件，打了一个包裹，早上伺候。道月师父道："昨王家来请念，请你早些儿去，只因为他家是要求病人安好，必须早点儿去千祈。千祈要诚心诚意，不能心有歪邪。"纳云即便拜了菩萨，又拜了师父，出庙一竟走到王世成家来。等他走到门前，那王有仁已经早已立在门前等侯。看见纳云远远的走将来，他就急忙迎走上去，高高的叫了一声："师父！你也这么早就来了，快快请里去坐。"纳云一看，这个小官人小小年纪，倒晓得恭敬有礼，真是难得，暗暗的心奇，也不在话下。走到客堂坐下。徐氏已办好些早点心、茶汤等类，忙叫有仁一样一样搬将出来，便说道："师父请用点心，师父请用茶。"拿出来的茶点件件精雅。那小纳云一头吃，自须称赞。咨咨咤咤吃好了点心，便拿这个小小的包打开，取出一个小木鱼来摆在桌子上面，点起一副香烛来，就叫有仁道："小官人，来拜菩萨！"有仁就走过去拜了菩萨，立起身来。那徐氏在屏门背后张张望望，以后看见有仁拜菩萨，她也想道："我也出去拜拜菩萨，求菩萨保佑保佑丈夫毛病早早好起来。"想了一回，便走出来，也在菩萨面前跪倒，深深下拜，嘴中祷告："要求菩萨保佑我丈夫去病除灾，早早好起来，再来谢菩萨。"又说道："倘若有差误，叫我母子三人倚靠何人！倘以到了那个时候，好叫那个是成知心识意的人又无亲来又无眷，又无自族同宗人，好叫我们母子怎样能？"跪在地下念了半个时辰。那小纳云本是有心看见女人，要走生淫邪之心，如今看见这徐氏生得如此美貌，娇娇娜娜走将出来，他就眼梢上这一带，他心里就想到："啊哟！不料王世成的家小倒有这样的美貌。"他心中就在那里掇掇跳，看见徐氏跪下去，他就偷眼上上下下瞧得个仔细。嘴里在那里喃喃念经，眼睛瞄来瞄去的追定着徐氏看。再者四面一顾又没有别人，就是两个小孩子，所以纳云竟是放大了胆，预为早生这条邪心。

念到那午食的时候，徐氏早已办好几样素斋，格外精雅。此时便不叫儿子、女儿来搬，她就自己将这几样亲手搬出来，摆得齐齐整整。那徐氏走来走去的搬菜饭出来，小纳云一双眼睛追来追去的看。看那徐氏娘娘身子生的实在好！又不长又不短，又不胖又不瘦。看她的梳头梳得能个光，能个时样。看她的脸嘴生得这么好，这么标致，眼睛好似秋江水清而活，活而清，朝人一看，魂魄飞到九霄云。看她的脸庞儿好比那初放芙蓉，红里白，白里红。想必是昨夜有东风，看她的腰儿好似垂杨柳，一双小足真真是出水的那嫩红菱。看来看去无人赛，我看她赛过西施还要胜几分。只看见徐氏娘娘一样一样全搬好了，她就走到长窗门口一立。小纳云看她走起来，一双小脚来踩那方砖地上滴嗒滴嗒响，胜比那朵朵莲花，却是真真好看。阿弥陀佛！只见她走到窗口就迎风一立。啊哟哟，实在有样，娇娇娆娆，娉婷立定。刚刚一阵风来，将徐氏这裙边儿吹得飘飘动动，露出了内着一条银红裤子。纳云心中又想起："啊哟，这条裤儿好生姣艳，还有那里面好东西哩！最好是变一个苍蝇儿，在她脚里头上躲介一躲，就是那裤脚边里也好飞得进去，那时就可以游游花园，看看牡丹开不开。"正在一头看一头想，也不念什么《金刚经》，就是阿弥陀佛胡乱口念念。不觉这口角里的残涎流将出来，就将这部《金刚经》漏得通身全是残涎。他就心中一吓："啊哟！这部经如何这个模样！倘若师父看见又是不好讲话的。"他就心中呆了一呆间，手中的木鱼槌就敲差了，望着自己额角头上就敲起来。连敲几下，方才明白敲差了，敲在自己头上了。那徐氏看见这纳云和尚如此光景，她就忍不住的嗤嗤一笑。纳云听见徐氏笑他，就对徐氏一看，徐氏倒有些不好意思，亦对纳云一看。此番一笑非比前笑，此一笑心中已有些些转到那几分春意，所以才笑，十分甜俊，随将眼睛对那纳云这一瞄。那纳云此是三魂出窍六魄离身，就将这木鱼槌捏在手里，连敲都不敲了。

　　徐氏道："师父请用午食。"纳云就连声答应，即便走出经台，一经走到那个吃饭的桌子上来。徐氏道："今日有事匆匆，未曾办得好小菜，这些儿粗疏饭，实在得罪师父的。"纳云道："不消客话，阿弥陀佛！"徐氏便走到桌边儿来，口中说道："师父你请用点，都是不可口的。师父，不瞒你说，倘以大爷有点长和短，叫我们母子三人靠倚何人？况且奴是青春年少，儿子女儿年纪幼小，家中诸事有谁人来照管？又无亲又无族，谁人来问信！到那时总要你师父来照应照应，虽则你是庙宇，我们是人家，总是一般的乡邻。"说罢这碗移过来，那碗移过去，叫道："师父用点罢，请吃点。"纳云此时弄得晕极，心乱如焚，说道："大娘娘不妨的，但愿大爷病体好了，这就太平无事。倘以府上有什么三长两短的事情，小僧人敢不效劳。"这一餐饭谈谈讲讲，胡乱儿吃些就算吃过了。纳云仍是坐上经台念经。此一番之后，两人各有意思，只是初了来难为情动手，但是他两人的心里晓如此，那一把火捺上捺下，无奈乎入门不易。那徐氏收了残盏往里来而去，一头手里做事，一头胡思想道："为什么这个标标致致的小伙子怎么要出起家来？我看他额角方方总要交好运；就是一双眼睛也是黑白有精神，最好是生成一个狮子鼻，血泼鲜红两耳。合身子不长又不短，瘦瘦身躯动作轻。他生得这一身好相貌，为何因削发做了僧？"徐氏心中想来想去，着实有意。念经要念三天，自此以后这三天俱是眉来眼去，彼此留情留意。

将经念完之后，就去请那个巫婆婆来家祈祷，要菩萨保佑，除病除灾。又焚了多少金锭，要送退那前世冤鬼，不许重来。那巫婆婆正在客堂当中步罡踏斗，口中喃喃，念得起紧。那房中的病人王世成大叫一声："不好了！"徐氏、有仁、金定三人吓的手足皆乱，连忙走到房中，将世成一看，岂知两眼翻到头皮里去了。有仁上前忙叫："爹爹！"将手向他身上一摸，竟已半截冷了。一时间徐氏抱着丈夫放声大哭起来，一家人七手八脚碌乱起来了。

不知世成性命如何，且看下文分解。

第十二回

祭灵魂七十经忏　失名节朝朝行淫

话说王世成的病症，皆是贪淫好色。女人面上用工夫，不免这身体因此损坏。再者一向出门做买卖，途中不免辛苦，夹积风霜寒暖不调，又加之遇见闲花野草，他就着意关心。在于此道中不知费了多多少少心思，又不知费了多少精力。以后娶了徐氏，因为家有少年美貌之妻，虽是不出门买卖，而在家与这徐氏陶情行乐也是不能省力的。那徐氏乃是一个素性淫荡、贪淫无度的女子，朝朝夜夜干这等风流玩意，全无一夜与他有开暇。有那久战之下，这阳物必痿。他自这阳物痿钝，而徐氏就不能如意。而要想如意之法，必须常时觅觅买些春药吃。凡男子吃春药乃是大不宜的事情。虽则服下春药，等到行事之时阳物定然坚硬，况可久战不痿，那女人面上却是讨好，而女人是必如意。但是男子之根本、体中之精益允如银钱之体乃是预为支用。预为支用者到底总是亏空。即如男子之体就是欢喜女人身上做工夫，不能过度多贪；就是多贪还可，最忌是服春药。一服春药之后，周身骨节筋络以及皮毛之中这些些精益原神，总总调到归于阳经；待其阳气一泄，尤如预支钱财荡费，不久则贫，人体将精神预支荡费，所以不久则死。大小皆是一理，为人总要安分，非但不费钱财，而且不损寿命。俗云："人生寿命乃是注定。"延年益寿虽是虚话，然每有枉死、短见、自不惜身伤命者而亦甚多。所以王世成乃是一味贪淫好色则忘记"惜身"二字，又忘记"损德"二字，以至于得了这个病症，请了几个医家名手，皆是走来方脉之下不肯开方。然不肯开方下药因为识得此症不救，药力一时不能见效枉费劳功。

世成自大叫一声晕绝过去，一时间妻子、儿女大哭起来。外面客堂中有那个巫婆婆正在要紧，书符念罢，拜斗焚香，保佑他寿长百岁。谁想里面的病人已竟死过去了。那巫婆婆真是不能落台，如何是好？忙叫："大娘娘你不要哭！快快来焚化纸锭，因为现下有两个恶鬼，所以大爷要死过去。倘若这恶鬼拿了纸锭肯去的，大爷就可以苏醒转过来了。你快快来焚化，待我来念这几遍神咒，来劝退他们就无事了。"那大娘娘听他这样讲竟毛骨辣然，真是有鬼在此岂不害怕，他就走将出去，将这些纸钱冥锭连忙焚化。那巫婆婆口中喃喃念将起来。不一时房中金定女儿喊起来了："母亲，你快些进来！爹爹活转来了，要吃茶汤哩！"徐氏走进房内一看，世成在这里气喘哮哮，有两声咳嗽。徐氏就拿了一碗茶汤与他吃，岂知一吃下咽即就呕吐出来。正是好色的痨病，虽在慢慢儿活转来，总是不久在于人世。那婆婆看大爷活转来，乃大为得意。他先是说鬼话，不想这句鬼话倒刚刚与他说得巧，就又说道："那两个恶鬼怕我的咒语，我这里念动真言，他们那里敢强一强，若要强，我就要拿宝剑来斩，他们怕斩，连忙逃去了。大娘娘不妨了，你只要用心用意服侍大爷就是。"说罢便收拾好他带来的旗剑等物即行辞去，她想我不乘此机会走出来，倘然再要死过去，我想就难再说鬼话了。徐氏只认当真是恶鬼被巫婆婆除去，信以为真。

又挺过两天，忽然一日夜静三更的时候，世成叫声不好，忙叫徐氏妻子走近来："我与你讲，我这个毛病其实不得好的。但是我死之后，幸亏还有几千银与你，自己要当心经管，收拾好了。我同你夫妻恩爱九载，我死之后，你若是不嫁别人，我在阴司保佑你，等这有仁儿子成人长大，女儿金定许配人家，到那个时候，你就是一个有福气的人。不要与旁人谈论，自己总要行得正，坐得正，别人就不论。我这儿子你要用心抚养，他今年八岁，再有八岁就成人了，一应二小、家业总总把与你。"徐氏与有仁听见丈夫这等模样，这等说话，好不伤心，不觉两泪双流。连叫几声："我的亲丈夫！亲夫主！我到你王门已九载，十分恩爱到如今。指望与你同偕到老，谁知今日半路分离，若然有些三长两短，奴家命薄冲犯孤鸾。若然丈夫故世，奴家再不嫁人，抚养孩儿长大，男婚女嫁成人。"世成听见，说道："贤妻一片好心，待我下床来拜你几拜。"再三撑持几次，实在难以起身。还有王官保在旁，也是悲悲切切哭得不住。上前一把拉住世成的手，叫声："爹爹！孩儿苦命！爹爹若然去世，孩儿年小，母亲虽然抚养，究竟女人，又是无亲无眷，何人照顾有仁，无宗无族那个看承。爹爹苦命！"又叫几声："孩儿苦命，爹爹归阴！"哭得号啕丧气，叫得爹爹散兴，止不住伤心痛意脯腑油煎。金定女儿也在旁边啼啼泣泣不肯住声。徐氏妻子哀痛难言。世成一见，更加伤心，反而催他归阴。忽有大叫起来，口吐鲜血，神思全脱，身襟不能翻动，挺挺僵卧而绝，其年三十九岁。可怜皆为贪奸淫色，故此伤身。如今娇妻幼子何日相逢！当时徐氏号啕大哭口叫青天，王有仁与金定亦到床前齐齐跪倒。二人拉住母亲衣襟说道："母亲不要伤心，哭坏了教我们姊弟倚靠谁人！"有仁再叫："亲生父你去阴司，何日再相逢！"有仁哭到伤心一交跌倒，金定哀哀不住流泪如珠，徐氏是三更哭到天明。一想只得止住了哭，与丈夫承办后事。

即便去叫行中伙计来，买长买短入殓。徐氏同儿子、女儿俱更换孝服，将灵柩停放堂中。即到天齐庙去叫纳云和尚，要念天天夜夜七七四十九日经。纳云请了几个客师，同到王家念经。自此以后，纳云他就来来往往，走出走进不分昼夜。经堂铺设在堂中，那厢房内铺设客坐，当中摆一只湘妃榻，两边旁红木靠椅摆得好不整齐。要念四十九日经忏，那纳云得意扬扬，走来走去，朝朝夜夜料理这经堂事务，已念到三七之后。徐氏与纳云本向是前次念《金刚经》之时，已与徐氏早有这条心意，而今纳云乘得王大爷已故，他就更加放怀称意，大发慈悲之心。大千世界，要思极乐之乡。每遇大小事务就讨差承办，宛然能做些些小主张。王有仁因为攻书要紧，恐其荒芜，所以天天早起，到父亲灵柩之前拜了几拜，哭了一场，他就转身随即到学堂里去读书。那先生因为见他聪明伶俐，也就格外欢喜。他年纪虽小，而《四书》《五经》俱已通晓，以至先生常言："这个学生将来总是一个有进身的。"常常与他讲书中之义，他竟然古今之事胸中已有些成竹。走出来规规矩矩，目不斜视，与他父母之相大不相同。

　　那徐氏为因经堂铺设日多，上上下下的事务也是都要她经管，不免辛苦，或至日中时候午餐吃过，到房中打一刻瞌睡；或者厢房之中看见有时无人之际，就在那湘妃榻上瞌睡半时。有一天午食之后，徐氏就在湘妃榻上瞌睡。那纳云和尚他是寸寸着心，步步留意，常常与徐氏做眉做眼，侈买风流。这徐氏乃是一个素性淫荡的女子，自后世成生病则死至今，而已长久未得云雨之欢，又看见纳云常常做出这些模样，所以心中倒有些活动起来。那日正在瞌睡之乡，纳云和尚四面一看，为何半日不见大娘娘，他就心中想道："莫非在房中睡觉，待我来在窗隙里张张看。"他就走到天井，经过厢房门首回头一看，啊哟！不料在这里。看见那徐氏大娘娘胜比是杨妃酒醉，斜倚榻上胜如是巫山仙女在云端。那白绫裙已被风挑起，露出那西湖淡绿镶边裤，一只小足问高低。那纳云一看见，竟是魂飞天外，不顾他什么恐怕有人来。倒是有一样最要紧的，那个"小和尚"在裤子里面扑搭扑搭跳，跳得他欲火难禁。便走到湘妃榻前，双手捧徐氏的面，扎！亲了一个嘴。啊哟哟，这个香味连骨头都酥了。徐氏而是不曾睡着，有意假作睡着，由他怎么样。纳云便轻轻儿将她一只小足放下，那一只原是搁起，挠开裙子松她的裤带，岂知这裤带是绣花的罗带，拿起来轻轻一抽，滴僧的而将开来。他便将裤子往下一拉，拉开裤子献出实货。纳云欢喜异常，连忙将自己的裤子扯下，取出那个强夹夹的一只"小和尚"来，将身体扑将上去，轻轻将这"小和尚"请他进去。那纳云犹如蜜蜂躲在花心里，将身体把动起来。徐氏假作两眼朦胧，细声低低说："你这冤家，今日把你想到。"说罢这一句，就将双手抱住纳云头颈，此时真是个情极好极，因为歇了多日不吃食，格外好滋味。一番好事做过，云败雨散，各人立起身来，正在那里整衣着裤。那金定女儿走将进来说道："母亲！那客堂里面几个师父说道要吃点心哩。"那纳云就乘势走将出去。徐氏就同金定到外面说道："师父们辛苦了，请歇息歇息，我去煮点心出来。"说罢就往厨房内去了。此番之事，金定并不留心，实属年小不懂情头，只认道这纳云师父天天与母说话惯常的，所以并不奇异，也就罢了，仍去玩玩耍耍不在话下。

那徐氏自从与纳云有此一次的好事，她味出来了，一想想到那极乐的时候。人说和尚的东西好，和尚的东西是坚硬的，我只认到这一句话不过是说说笑话，那有这等的事情。今日是自己真真会过来，岂知这一句话不是假的，确是真情。我看他这桩事已过，向是必挺的在那里跳。今日为因是在慌忙之际，恐怕有人走进来，况且又是青天白日，故而不能如意。倘若再与他连一度，更加开怀。越想越好，越思越有味，她就止不住的春心又发，恨不得走出来叫这纳云再去一番云雨方能称心。她一人独在厨房思想这个好处，煞禁不住的了，岂知阴户之中竟有许多的腻水流将出来也。就将手指头到那里面抓来抓去，弄得一手的腻冻冻湿搭搭。正在那里要紧难过，那金定又走将进来说道："这点心还未煮好！他们师父们叫我来催说道，肚饥要吃了。"那徐氏听见一叫，心中一惊，却是我进了房已竟半日，真真已忘却了本是在厨做面食。一听这话来催，也来不及洗手，她就连忙去揉面，恨不得快快做成，煮与他们吃。也不顾干净不干净，只要快速是了。即便煮好，盛了几碗，拿将出来说道："各位师父们请用点心！"那徐氏又走过纳云面前，朝他这一个眼色一瞄，纳云心中虽是明白，却不知是何意思。从此纳云即已入门，以后便三三两两常时看有挡日有机会之处，即便与她会，或者念夜经待有仁睡着，即忙出来与他送一个眼色，纳云就到房里去。常时日里不是眉来眼去，就是唧唧不咙咙。

想时光易过，七七四十九日经忏已经念完，世成也过了断七，丧事总算完全了。那徐氏大向与纳云约好，天天二更时分来，天明开他出去，天天如此，从未曾失约。以后日他竟此胆大，走出走进不以为意，就是金定在面前，他二人也不计较她。纳云总认她年小无知，也不怕她。徐氏因为是自己内女儿，而且素常待儿女凶势异常，言语不好她就要打或者就要骂，所以金定是明白知道的，就是不敢言。就是官保兄弟下学回来，她也不敢对他说，恐怕说出来，被母亲晓得是她说的，就要打，就要骂，所以不敢对兄弟说。有一日纳云正在想起要到王家来，走到街上，过来一个吴老二挑了一个京货担子当面走来。纳云一见是认得的，一看他那担子上花花绿绿挂得、摆得些脂粉、手帕、红绿草花，实是齐整。他看见有一块大红手帕，上面绣的花朵，令人可爱。心中想到，这手帕待我来买去送与那个有情有意的人。他就看得好，一心要买，就问吴老二你这手帕儿要卖多少钱。那吴老二道："看！手帕原是好的，可惜你们出家修侍之人不能配用，这个是年轻的女子用的。你们出家人最好用漂白的，或者要买香色的，拿在手里用用实是好的。这个可惜是个大红的，又是绣花的，你们师父们如何好用。并不是我不会做生意，实在想来不配。"那纳云一团高兴被这个吴老二说得面孔通红，无言可对。想了半晌说道："你不要管我用不用，便是由我用，去人你不要管，只要卖多少钱？我这里有钱与你就是了。"吴老二一想这句话倒也不差，徐成来卖得贵些，看他要与不要。他本当只要卖七百铜钱，他就说道："小纳云师父！你如其真是中意，我就卖与你是了。"纳云道："要卖多少钱？"吴老二道："我要卖一串铜钱，如其还价，我就不能卖的了。"纳云正在心中爱她，又要想还去拍拍徐氏的马屁，所以凭他贵，总要买。他就将身上取出了一块洋钱付与吴老二。那吴老二看这洋钱倒有点眼热，就即忙卖了与他。纳云接将过来，就将这袖子里一缩一竟去了。

　　那吴老二虽则做了这个好买卖，心中倒有些疑惑。想道："为何这个天齐庙真是个富庙，连这小徒弟出来他身上洋钱多得很，倒是他要买这个红帕儿倒有点稀奇，莫非有怎么女人与他有七搭八搭，他要去想发发厌。否则想他要这帕儿何用。"他就一头想一头走，又走到王家门首，只见徐氏娘娘叫道要粉，他就歇了下来。心中又想道："这个是王世成的家小，我想王世成新丧不久，为何这个妇人她就如此打扮，还要买粉？总是有些邪气，待我来再为打听打听看也是道理。"当时就卖了两匣粉与她，即便担起担子又到这边街上去了。

　　要知后事如何，须看下回分解。

第十三回

小孩子看破奸情　亲生母陡起杀心

　　话说吴老二挑了京货担子走来走去做买卖，不过心里总有这一条意思，想得去总有点古怪稀奇。而日中不敢多言，心中常存打听打听再为道理。不在话下。且说那徐氏娘娘自从与那纳云来往通奸，两人甚为秘密，在家不过金定是晓得。徐氏再三叮嘱："不许多言，倘以兄弟回来，切不可告诉他。如其你要想对他说，我就要打死你的。"金定惧怕母亲凶势，那里敢说。不过瞒着有仁不会知道，或者早晚之间想着纳云不来，就打发金定到天齐庙里去叫他。那纳云待这个金定也好，不是吃的，就是耍的，天天来时总带来与她。

　　一日下午时候，徐氏似觉无聊，心中又想着小纳云，就叫金定："你到天齐庙内去叫这纳云师父来。"金定"噢"了一声，即走到天齐庙。刚刚有人在那里烧香，她在旁边玩了一会，看见烧香人去了，她就对纳云道："母说叫你去！"说了这一声，拨转身来就回到家内。徐氏问她："你可曾叫师父？"金定道："我去时只见有人在那里烧香，我就不作声在那里；等那烧香人走了，我就对师父说母亲叫你去，他说晓得了，我就回来。"徐氏说道："你这个小孩子倒也乖巧。"少停一刻，那纳云来了。徐氏正在那里猜想，巴望他就来，就一人独坐房中。一见纳云走进，即便喜笑言开，走上一步来迎着纳云，将双手一把抱住："好冤家！你何以早起不来，我在这里等得心急了。"纳云将手插到她胸前去，轻轻将她裤带结儿这一抽。徐氏巴不得就成好事，就将纳云抱到床沿之上，两人坐下，徐氏将纳云抱在怀中，那纳云就坐在徐氏身上，两人紧紧的抱住如同一团。情密密唧唧哝哝，徐氏就将尖尖一个香舌送到纳云嘴里，那纳云就将徐氏胸前纽扣一个一个轻轻儿都解开了。那时徐氏便挠开衣服，露出胸膛，将纳云小肉连身搂紧在怀中，叫了几声"冤家"，此时之情浓恩爱无比。纳云就乘这势，将两只脚口移出来，盘住徐氏的身体，将那一条坚硬笔挺的一件东西放在徐氏的小溪渡口，他两人就做了一出老树盘根的戏法。一度春风过来，从新搂抱怀中，如糖如蜜。正在要想做第二回，刚刚有仁放学回来。先到堂中，在父亲灵位之前磕了几个头，就去寻母亲。四面一看，影迹全无，连叫几声："母亲！母亲！"也不见答应。有仁一想，谅必总在房中睡觉，待我到房里去寻。走到房门首，听见里面唧唧唧喜笑之声，他心中疑惑起来："倒也稀奇，有谁人在我母亲房中，待我走进去看看。"他就忙走将进来，一看原来是这个纳云师父！为何坐在母亲身上？只见母亲将双手抱在怀中，如此的模样！

  王有仁一见气满胸膛，他口中就说道："你这师父为何不在庙里去？你这出家之人焉能走到人家房里来？况且我家母亲是个孀居寡妇，你这和尚如何来缠扰！"那纳云和尚先是因为这小小孩子竟有点不怕他，后来听见他这几句言语倒有点厉害，只得连忙爬将起来，走到房当中就要往外去。岂知王有仁一把拉住，拳打脚踢，不过是身小力微那里拉得住他，被纳云将衣袖一甩，也不去回他的话，往外一溜逃出房门，一竟走回庙里去了。王有仁心中还在那里气恨恨的，就叫一声"母亲"，说道："我家父亲死了还不长远，阴灵尚在，你为何做出这个事来！倘以被旁人知道，岂不是没有面皮出去见人。就是父亲死在阴间叫他也不安乐。"徐氏被儿子辱骂了一场，竟一时回答不出，钝口无言。不料这个小小孩子说话倒是厉害："我今日倘然受他的这一番，他下次还要发凶，如何抵挡？总不如今日与他一个凶势吓吓他，即如下次他看见我怎样，就不敢多言多语，唠叨唠叨了。"那徐氏想定主意，就在床沿之上跳将下来，便拿手指头指住有仁说道："你这小小畜生好大胆！连我为娘的都要管起来！你现在读书可知道孝顺，但是为娘的有什么事，你儿子焉能管起我来！"王有仁被母亲一场骂，到底是年纪小，就被母亲一吓，吓得两泪如珠滚将下来，往外边就去了。徐氏只认是有仁怕她凶恶，想他下次总不敢放肆了，也就丢开一边罢了。岂知有仁心中恨恨，那里肯就此过去。他心里想："总要寻着这个纳云和尚与他讲话。"从此纳云时刻当心，恐怕路途之上遇着有仁，倘以吵闹起来，总是不好看的，不如不走出去。他竟心中有点害怕，不敢走出来闲游。倘然无事之时，他就常常躲避在那后殿，或是厨房里，或是卧房里，这大殿上以及山门口总不敢去。

  歇了两天，徐氏看见儿子有仁进了学堂，也就叫金定到庙里去叫。纳云总要等金定来叫，他就晓得有仁进了学堂，他就大着胆走将过来。如其金定不来叫，他也不敢走过来，所以要等来叫，就一溜。如其不来叫，他非但到王家不敢，连在自己庙里那大殿上也不敢走到，恐怕有仁来闹将起来。倘被师父知道，那时就了不得了。那有仁一心一意总要寻找纳云讲话。有一日想来想去，为何总不看见他，倒也奇怪。他就生下一计，买了一副香烛，到这庙里去烧香，想："他晓得有人来烧香，他总要走将出来，待他走出来，便可以拉住他，与他讲话。倘然他要倔强，我就告诉他的师父。倘以他的师父知道这些歹事，就要赶他出去，他那时这庙里就在不成了。"想定主意，在家里暗地拿了几个铜钱，到次日清早他就买了一副香烛走到庙里东岳庙上去，叫声："有人在这里烧香。"纳云听见这个声音，不敢出来。

倘然不出来，恐怕他闹将起来，被师父听见又是不好的；倘然出去把他拖住吵闹，也要被师父知道，也是不好的。思来想去实在两难，想想还是出去，倘不出去，要被骂了，仍是要出去的，不如早早先自出去会他为之上着。那时纳云硬着头皮走到大殿上，只见王有仁过来，将香烛与他。纳云心时跳，手里抖，一时间真是难过。料想说不得了，就将香烛与他点好。王有仁随即拜过菩萨，立起身来，连忙走上前去就是一记，拉住纳云的衣服。可惜人短拉不住他的领项，只得拖住衣边死命不放。即便对纳云说道："你是个出家之人，行善为本，为什么你要到我家来？我且问问你，倘然以后不到我家来，我也不来寻你；倘然以后你仍要到我家里来，我就告诉你的师父，赶你出去，你这庙里就住不成了。"纳云慌忙说道："低声低声，我以后总不敢到你家来了，放了罢！放了罢！"连声哀告，叫声："小官人，我总不敢了！"那纳云此时急得苦，恐怕王有仁闹起来，被师父知道将若之何，吓得抖不住，只管摇手不敢开声。那王有仁看他这个光景，谅必他总是不敢到我家里来了，就将手一放，指指纳云面孔说道："你倘若再要到我家里来，我下次寻着你不肯轻放！"那纳云喏喏连声："我不敢了！不敢了！"连忙往里面就走。王有仁看见纳云走了进去，他也只得走出庙门，一径到学堂里去了。

　　那纳云和尚此番被王有仁如此治度，实在急得无洞可入。既已有仁去了，他才心思稍妥。心中一想："倘若我不到他家去，那大娘娘总要差女儿来叫我，等到那时叫了我，我不去，岂不要大娘娘见怪于我。我想何不先到大娘娘那里去，如此如此告诉她一番与她分别，一个分别以后我也不敢来，你也不必叫女儿来叫我。与她说一个明白，免得大娘娘见怪。"想定了这个主意，要来告诉。正是：

　　　　世间万恶淫为首，因为淫情动是非。
　　　　若非今朝一告诉，焉能善恶报分明。

看官，你看这一部书虽则是前生果报今世冤家，倘若和尚不来告诉，不来辞别，那徐氏大娘也不生这杀子之心。而今被和尚来告诉一番，那徐氏大娘就生起毒心，下得毒手也，岂不是祸根在于和尚嘴里么。纳云和尚到了次日清晨，早起他就将身躲在山门内弥勒佛旁边张看，看见王有仁手拿书包走过去，想必是已到学堂里去了，他就大着胆往王家里来。走进大门，看见金定即忙问道："有仁可是到学堂里去了么？"金定就叫了一声"师父"，说道："即刻去了。"那纳云便走进房中，叫了一声："大娘娘，这事不能称意了。"那徐氏正在那里梳妆，听见纳云来先说出这一句话来，即便放下木梳，没有梳头，就与两人并排坐下。纳云即便放出那些苦眉苦眼的一派相貌出来，他就两泪挂将下来，对徐氏说道："我今日来与你分别，以后不能与你陶情欢乐，不能与你共枕同衾，从今与你一别，你也不要想我，我也不必想你。不必叫你这金定姑娘来叫我了。"说罢他就呜呜咽咽的只管哭。徐氏一见这个样式，就连忙问道："你因为何事这等的模样？我正要与你天长地久永不分离，为何你说出这个话儿？你不要想我，我不要想你，这是什么话？我在这里不懂，你快快说与我听。"说罢就一把将纳云搂抱怀中，叫声："不要哭，快快说与我知道。"那纳云就在她怀中扭了两扭，将身坐在她身上便道："你家有仁小官人，昨日他到庙里来，一把拉住我的衣服，死也不放。我就再三哭饶，他那里肯放！他说道：'你以后不许到我家里去就罢，你如其再到我家去，我要告诉你的师父，赶你出去，那时看你这庙里就住不成了。'我看他如此说厉害有点厉害，他若然真要告诉师父，我这庙里就住不成了。我们出家之人不能坏名气，倘被本地董事老爷知道，我这半天都不能住的。所以我自从今日起，一心正道，不敢贪花淫乱，不敢到你家来了。"

徐氏不听见纳云这一番言语便罢，而今听见纳云这带哭带说的一番苦话，她一听之下，火上心头。徐氏即便立起身来，将那桌子一拍，当时柳眉直竖，面如横生，大怒如雷。便说道："这小畜生！他倒有这样的胆大！他就可以叫你不要来！如今你不要怕他，你偏偏要来，我要与你天长地久。这个小畜生可恨可恨吓？待我来杀了他，看他怎么厉害。"说罢咬牙切齿，只管恨恨。又将桌子一拍，只是气冲冲，坐都不肯坐下来。纳云看见如此，吓得面涨通红，手脚慌乱，即便对徐氏说道："你且不要动气，听我说来。你家王大爷死后就是这一个宝贝儿子，岂可以将他杀了。他就是你王家一条根，你且不可动这一条心，使不得的。况且现在的知州荆老爷乃是铁面无情，好不怕人。自从上任不知被他拿住多少光棍，枷的枷，打的打，人人惊怕，个个消魂。昨日又有一处奸情的事，敲敲小锣游西门。倘若你我犯到他手里，岂不凶怪露丑，怎样见人。这位荆老爷真真铁面无情，听见看见也就吓杀人，不要说做出来。我只怕惹火烧身，我与你私情从今罢了，我从今再不敢走进你家来了。"纳云说罢便要往外就走。

徐氏走上来一把拉住，连叫几声："师父不要走！听我说来，我与你恩情如山，爱情如海，怎肯为这个小畜生舍得你两处分离。我今一定要把这小畜生杀了，拔去了这个眼中钉，我就同你天长地久。"纳云道："我劝你这桩事断断做不得的！这个是斩宗灭嗣，罪孽非轻，我劝你不要动气。就是我和尚不来，你也可以别寻良缘，我是实在害怕，不敢的了。"又叫一声："大娘娘，你且息雷霆。"徐氏一听这些言语，更加怒向心头，火星直烈。"可恨，可恨！这小畜生与我犯对，我定规总要杀他。"纳云看见这个光景，竟劝她不醒，如何是好！想想害怕，这便怎处？就说道："但凭大娘娘做主，小僧实在不能劝你，从此辞别，与你绝交了。"说罢又要往外走。徐氏又是一把拉住："你不要走，你且坐坐，听我说。"两人正在讲得要紧，王有仁放学来家。东一看，西一看说道："为什么这个辰光还不煮饭，母亲到那里去？"寻到房中一看，又见那纳云和尚在屋里说话，一见之下气上心头，上前去一把拉住纳云叫道："你说不来，今日又来了,我要去告诉你师父去!明日去到衙门里去告你,我看你来得成来不成!"徐氏走上前来就是拦头一下,打将一个巴掌说道:"你这小畜生,这样无礼!你今朝赶出和尚,我明日就去嫁人,你便怎样!我这就叫'天要下雨,娘要嫁人',你也去到衙门告出什么来!我对你说,你要活的,你要好好乖巧一点儿;你要死的,你就来死。"有仁就放了纳云往外就走,他走到父亲灵位之前,嚎啕大哭道:"苦命爹爹!你在阴司可知道家中有这样歹事情!爹爹,你在生不曾行凶恶,死后为何要带绿头巾!"哭了几声"爹爹苦命",她就爬起来仍往学堂里去了,连这个午饭也不要吃了。

那纳云和尚乘此机会往外逃去。徐氏本要追出房门,因为恐怕纳云逃走,所以拉住他在房里,两人都不出来。听见有仁哭过了不响,没有声音,徐氏要起身出来看看,将手一放,那纳云就去了。徐氏走到堂前,不见了有仁,想是往外去了。连忙回到房中,岂知纳云也不见了,心中火起,恨怒不已,他就走到厨房里面去了。

不知后事若何,且看下回分解。

第十四回

金定女学堂送信　钱塾师送徒归亲

　　话说那徐氏走到厨房里去，金定只认母亲来做午饭，连忙前来相帮。岂知母亲并不煮饭，来到厨房就将那一把厨刀拿在手里，横看竖看，看了半晌，仍摆在桌子上面。他又走到天井里东寻西寻，寻了块磨刀的石头摆在桌子上，他就拿这一把厨刀在这石上磨来磨去的磨。金定叫声："母亲！这辰光不早了，要煮午餐吃罢！"徐氏也不听她，只当不曾听见，一心只管磨刀。先在石上磨了半日，又到天井里去寻得一块砖头，又拿来摆在桌上，再把这厨刀在这砖头上磨，又磨了半晌。金定问道："母亲，要这刀快如此作什么？"徐氏只是默默无言，一句也不回答。停了一会，又拿这把刀来磨，又磨了半响。拿在手里看看，此时是明亮亮。霎霎说道："这刀那怕斩钉削铁，杀人砍骨多好用了！"便叫："金定，我的好儿子，心肝乖儿子！我对你说，我今日晚上要杀这小畜生官保，你不可外面走漏风声，倘以被官保晓得，连你的性命也活不成。你若不去走漏与旁人知道，我就欢喜你，你是我的乖儿子。"金定答应道："我晓得，我断断不向别人说。母亲你尽放心，不要叮咛，我总不开口不作声就是了。"徐氏道："介末真真我的好儿子，你可要吃饭，为娘的来煮与你吃。"说罢就忙忙来煮饭吃。那时吃过了饭便对金定说道:"好儿子你到东岳庙里去,对师父说叫他今晚不要来,叫他明日到我家来。你要悄悄的低声对他说,不要与别人听见。你且速去速来,莫要停留,不要别处耽搁。"金定答应一声"噢",随即起身到外。

金定一想:"我这兄弟有仁那里舍得,若然兄弟与母亲杀了,就绝了我爹爹的后代,王家的香烟有谁人来承?千朵的桃花总是一树生,叫我那里舍得有仁兄弟!"想想她就两泪汪汪,就不到东岳庙,快快走到学堂里面。走到有仁兄弟面前,她就低低声音对兄弟说:"不好了!事到临头你还不知道,你要赶去和尚,母亲就起了歹良心,今夜要杀你。他把那一把钢刀磨了半天,磨得雪亮铮光,好不吓人!你今日不要回家,就在先生这里住一夜,等明日再到家中。千万千万不可说出是我来开叨你的,倘以母亲知道是我说的,那时连累我也活不成。"王官保叫几声:"亲姊姊啊!就是我一身死了有何可惜,但是我爹爹没有后根,我姊姊倚靠何人?苦只苦又无亲族,何人可以替我伸冤!"金定又叫声兄弟:"你今晚切莫回家,我要去了,恐怕耽搁时候就要疑心。"金定说罢,揩揩眼泪,忙忙的去了。王有仁听见姊姊来这番言语,竟吓得三魂出窍。要哭又不敢高声,恐怕同学堂的学生晓得,他们要见笑于我,只好苦地心头不言不语。

少停一刻天晚,先生放夜学了,众家学生一齐回家去了。惟有王官保一人独坐书房,竟不动身,只有两条眼泪不止的挂将下来,长吁短叹,默默无言。先生走近前来问道:"有仁,你为何原故这等模样?倘以同学之人有事欺你,你可向我先生说,我有道理。"王有仁听见先生问他,更加伤心,两行珠泪犹如雨下。即便朝对先生双膝跪下告禀:"先生听我细细告禀。自从我父亲去世后,母亲在家不守规矩,然而家丑不可外谈,这话我不能讲了。"先生道:"不妨,我与你师生,也是自己人,不是外人,何必多瞒,尽可对我讲来。""先生啊!我家母亲是……"说到其间,他止住不言。先生又道:"不妨，你母亲怎样么？""我家母亲她是结交一个和尚，哎！与他私情来往无所不为。"先生道："你认得是那一个和尚？"有仁道："我认得的，就是那天齐庙的纳云和尚。只因爹爹死了要念七经，他就朝朝夜夜在我家中。后来七经念完，他仍是或朝或暮到我家中。一日走到母亲房里看见这和尚也在房里，我就对他说：'你是个出家之人，焉能到人家房里，成何体统。'这和尚被我赶出去，母亲又与我说了几句，我母亲她就反转面皮大发雷霆，她说：'你要赶出和尚，我明日就再嫁人。天要下雨，娘要嫁人，看你怎么样。'我就到爹爹灵前哭了一场，就到书房里来的。即刻我姐姐金定她来告诉我说，母亲在家磨快一把刀，今晚要杀我，姐姐叫我今日不要回家，就在先生这住一夜。"说罢又哭。先生道："不妨事，待我来送你回去，倘以你母亲要打你，有我说说人情，她就不打了。"那钱正林口中虽然这样说，心中想道："那有人家娘杀儿子之理，自古至今从未听见过。又道虎毒不吃儿，我想谅必有仁言语忤犯他母亲，要打要骂谅是有之，倘若真真要杀他，我想起来断无此理。但是有仁惧怕不肯回家，只得待我送他回去，看他母亲是怎么儿，我就与他说说人情，谅必就无事了。"想来想去断无杀子之理，即将有仁道："待我来送你回去，与你说人情，你母亲就不打你了。"正是：

   青素蛇儿口，蜈蜂尾上针。
   两般俱不毒，最毒妇人心。

  那钱正林再三对王有仁说道："不妨事，不妨事，你同我去。"王有仁看见先生这样儿说，实在出于无奈，只得跟着先生就走。

  师生二人，先生在前先，学生在后，走到王家门首。先生便同有仁进去，走到客堂之前叫声："东家大娘娘，我到你府上非为别事，因为你家小官人王有仁想是言语之中忤逆于你，然而都是小儿脾气，总是这样强性。但是今日万事叨你的情面，没要打他，饶他一次。"徐氏一听这等说话倒也奇怪，即忙假意转着笑脸说道："先生请坐，听我说来。这样事情不在先生案下，乃是人家管叫小孩子，是家之常事，如其学生不肯读书，这是先生的事。况且我家有仁从来并无勿好，伶俐聪明爱如珍宝，那里舍得打，那里舍得骂。说起这个孩子他是从来孝顺的，并不一些儿忤逆，先生不要听差了。"说罢叫声："官保，官保！好儿子你来，去打一壶好酒来，请请先生，谢谢先生，先生是难得到来的。好儿子，你快快去买来！"钱正林先生一听言语一说，这个光景却不像要打他、要骂他的样子，便答应道："大娘娘不须客气，今日天色晚了，改日造府再来叨扰。"先生说罢，随即抽身就走。那王有仁看见先生走去，他就送出门外来，一路走一头说。有仁连连叫了几声"先生"，说道："先生，你是今晚回府去了，学生是明日命归黄泉。"说了这两句，珠泪滚滚。不住口的又叫先生道："若学生明日不到书房里来，总是死了。先生你来看看我，先生你总要替学生伸冤，先生你要替学生告到官堂，与学生伸冤！"他只管叮嘱先生这伸冤两字。钱正林答道："方才听见你母亲的口气，并无打骂你的意思，想杀人之心总不见得。"先生说罢他自去了。

　　有仁无可奈何只得回转家门。到了家里，不敢作声，心中苦极全无妙计。正在吃晚饭时候他也无心去吃，总是两眼通红，不住的双双眼泪流将下来，不过是苦在心头。但是不敢半句开言，战战兢兢，恐怕母亲来杀他，所以的势势只得去睡罢。那时睡在床上也不敢作声，心里苦两泪交流，胸中急不得自由，只得睡在床上，忍气吞声。那时身藏被中掩头罢面，将身上衣服阁衣而盖，咳嗽都不敢一响，缩缩炕脚，身体动也不敢一动。那徐氏叫声："金定女儿，你先到房中去睡罢，睡在兄弟脚跟头，不许多声多嘴。"金定答应："晓得了。"他也是吓势势，只得走到房去睡。就轻轻低言对有仁说道："兄弟！你今夜要当心一点！"有仁应道："我晓得！"金定不敢高声，暗暗啼哭，又恐母亲疑心，只得忍泪吞声，在有仁脚跟头睡了。

那徐氏是恶心骤起，毒心咸来，一心无解，定要杀这小畜生，咬牙切齿恨恨之毒。今日是预先买好一壶好酒，独自一人坐在堂前上面，自酒自饮。吃了一杯又是一杯，饮了一盏又是一盏，将这一壶酒吃得干干净净。此时听得樵楼鼓打三更，她就将那日里磨快的那一把刈刀明晃晃的拿将出来，她就这桌子上一摆。她就将头上拿一块白巾系系儿的在眉上一扎，又将两只衣袖高高儿卷起来。一手拿了一个红烛照灯，那一手拿了这一把明晃晃亮雯雯的刈刀，走到房里来。有仁虽是睡在床上，并不睡，两眼看好，他看见母亲这个模样走进来，他就连忙一个翻金斗爬起身来，浑身发抖，那里立得定脚，心吓忙乱双膝跪下，连连叫道："母亲！亲娘！饶了孩儿狗命罢！从今后孩儿总取过了下次，总要孝顺你亲娘的。待我明日到天齐庙里去请这师父到我家里来，凭你亲娘怎样。我家本是无亲无故，正少一个当家理事之人，请他来还了俗，劝他照管照管家里的事情。亲娘，饶了我！饶了我这一条狗性命！从今孝顺，再不敢冒犯半言。亲娘，饶了我！饶了我的狗性命，从今后凭你母亲怎么样行，再不敢一言半句冒犯母亲！"千声万声哀求饶命。徐氏只是不息，怒气冲冲，柳眉直竖，就骂一声："大胆的畜生！你现在口里话来似蜜，心中苦似黄连。畜生好度人难度，知人知面不知心。我今不杀你，要等到几时你要告我当官，要我那时节出怪露丑去见理刑，这是你的真心。今日里还能饶你性命，你明日又要反转良心。若然斩草不除根，来春又发青。"徐氏总是怒气冲冲，有仁只是哀求饶命，叫声："亲娘，饶了我罢！你不看经面看佛面；亲娘啊！你不看鱼情看水情；亲娘啊！你今就是不看孩儿面，你要想想爹爹面上这点情由。你把我杀死，也不绝了爹爹后代，你把孩儿杀死，岂不绝了王氏香烟。亲娘啊！你现在青春是好过，亲娘啊！你将来白发靠何人；亲娘啊！你后来年纪老，亲娘啊！

就要想起孩儿一点根；亲娘啊！我还要与你烧钱化纸，亲娘啊！你要我披麻带孝扫坟台；亲娘啊！你想想还是留我这条根，亲娘啊！你今饶我狗性命！"有仁苦苦哀求，说得肝肠要断。凭你铁打心肠，被有仁这样哀求苦话，也要有些回转软心来了。

不料这徐氏竟是心肠硬胜如铁石，越说越怒，犹如恶星宿下凡，凶神下界，便叫声："小畜生！我倘若今日饶你，你就明日不饶我，今朝凭你蜜说甜言，我也不相信你。今日阴司要添一个小鬼，明日阳间少了一人，早死早归阴司府，免在阳间挨时辰。"此时徐氏好似天神降世恶宿临凡。说道："一不做二不休，不如我今杀死你，免得明朝祸根。就杀了你，落得干干净净。"拿定了恶意，放出了凶心毒手，就那一明晃晃的刀拿在手里，一只手去拖住王有仁的小辫子，她就下这无情毒手。但听得哈挞一声响，那时间血淋淋的人头已提在手中。可怜那王有仁千句万句饶命，仍是不肯放他生。可怜那八岁孩童为了一言冒犯，原要杀死。那时金定眼睁睁看见他兄弟苦苦哀求，她那时也巴不得来相帮他哀求，无奈看娘亲这般凶恶之相，好像似一个天神，她那里敢来说一句，只得在旁边看，不敢作声，只是心中苦。如今看见鲜血淋淋一个人头，更加吓得浑身发抖。想想实在不舍来，实在真可怜，此时顾不得自己性命，便叫了一声："母亲啊！兄弟犯什么罪，今日要杀头！"徐氏一听此言，即便面肉横生，柳眉直竖，对着金定骂道："你这个作死的冤家！你若高声叫喊，我就叫你同兄弟一起儿归阴司。"说罢将这刀一放，将这人头向地下一摆。那金定被徐氏这一吓，魂飞天外魄散九霄，连忙将身躲在床后，再也不敢作声。

徐氏坐将下来，心中一想："但是杀了，我想这个尸首怎么样拿他出门去？待我慢慢想个主意才是。"她就想了一会，忽而将身立起来，说道："有了！有了！"即便将有仁尸首上的衣服剥将下来，有一个大大的油坛在此，又将这钢刀拿来，将这尸首分为七块，装在油坛口之内，那坛之上就这剥下来的血衣裳遮盖起来。想来想去放在何处？总要无人看见才好。又想了一会，就将这油坛拖将过来，放在床脚里面，外有床帏遮住。想这个地方暂为放放，再等几天得有机会即便拿他去了。转身又到里面去，提了一桶清水进来，将这地上的血渍洗得干干净净，这一把刀也是洗得干净。四面一看，即将那红烛吹灭，此时樵楼已竟鼓打五下了。那金定是吓得目瞪口呆，浑身发抖躲在床后，不敢出来。徐氏将这事做完，收拾干净。即叫声："金定，我的好儿子！你来，不要害怕。你是我好儿子，我今日这句话叮嘱你，这些事情你不许在外人面前说出来，倘以走漏风声，我就要将你同你兄弟一样。"那金定走将出来，那里还敢开口，只是"噢！噢！"连声答应而已。徐氏便同金定也就睡了。正是：

世间冤仇事最多，劝君心头常要摩。
为人看破循环理，脱却红尘避网罗。

话说那钱正林先生，自从昨日晚间送学生王有仁回家，但自思："他送我出门走到大街，我看他这样的意意思思甚是可怜。我想他是亲生父母，岂有毒心。莫不是言语倔强，父母总有打骂等情，这是常理，家家户户俱有的。说是要杀他，我想来总不见得有这等事，况且自古俗云虎毒不吃儿。据他说来母有外心，结交那天齐庙和尚，然与和尚通奸更加私藏，我想断断乎从未有杀子之心。而且昨晚送他回去之时，见他母亲出言吐语全无凶恶之相，看他行为非但要杀的话，就是打骂也看起来舍不得的样子，怎么有仁说得这样的害怕。他向我说道明日不到书房里来，我是死了，叫我要替他伸冤。倘以真是有这等事，就是师生之谊本是可以替他告官伸冤，原有例理。咳！我总不信，那里有这等事。"钱先生坐在书房中想来想去，心中疑惑不定。看看日已将午，为何还不见有仁上学？倒也有点古怪，总是放心不下。即便叫两个大学生说道："你们两人到王家去问问,看王有仁今日为甚这个辰光还不到学堂里来。"那两个学生领了先生之命,飞奔前来。走到王家门首,只见大门关了,二人就敲门问道："你家王有仁这个辰光还勿到学堂里去,所以先生叫我们来问。"那徐氏大娘娘出来回说道："二位相公,多谢你拜上先生说,我家有仁今日到母舅家去拜寿去了。"那两个学生听见大娘娘这么说,回转就走。走到书房对先生说："他家母亲说是今日有仁到母舅家里去拜寿去了。"钱先生听见两个学生这等回话,他心中总是疑惑,因为昨日有仁送他出来说得这两句不好,所以总放心不下。等到天晚,仍不见有仁来,是疑肠百结。便放夜学向这几个学生说："明日放学一天,我有事情。"因为听说有仁到母舅家去,原来有仁的母舅是与钱正林先生一向认识的,他要想明日到他母舅家去问问看,到底还是有此事没有此事,再作道理,免得疑惑不定了。

但不知后事如何,且看下回分解。

第十五回

杀亲子不寒而栗　钱正林代讼入监

　　话说钱正林先生，差两个大学生到王家去问，回来说道："他母亲说有仁到母舅家去拜生辰去了。"正林一想，倒暗吃一惊："不好了！昨日有仁说母亲因为结交和尚私情，有仁因赶去和尚，他母亲竟要杀他。他因听见他说这话，总是不相信，那有亲生的儿子要杀死，从古至今未曾见过有这样毒父母。然而等到今日还不见有仁到学堂里来，这事不得不疑，是有原故。待我先到王家去访问访问如何道理，究属是真是假。"他就一路而来。走到王家门首，只见大门紧闭，随手敲门，敲了几下，里面徐氏大姐走出来看。开门来看见说道："原来是先生，请到里面坐坐。"钱先生即便走到堂前，坐下开言说道："请问大娘娘，你家令郎王有仁为何两天不到书房？"徐氏大娘娘听见先生问起这话，随即答道："我家有仁因为母舅生辰，叫他去拜，想是母舅留他住两天，谅必过了几天就要回来的。"先生又说道："你家令兄徐光中我也认识的，待我亲自到他家中去看看他。"徐氏一听此言究属心虚，他就当时反转面皮，颜色就是两样了。说道："先生啊，这句说话你是多管闲事了。一家人家总有一家事，况且我家哥哥现在住得这搬到新城去已经几年，我家是兄妹之亲，常来常往何用别人多管闲事。先生，你这句话儿可见得不通的了。还有一句，你教你的馆，不必多管别人家，就是你先生家里的事情啊，有什么别人家来管！你就叫各人自扫门前雪，莫管他家瓦上霜。况且你们读书人应该通文知理，又不是婆婆妈妈要问张家长、李家短，这些是妇人家睦调，你们男子汉大丈夫不应该如此样子。"当时惹动那徐氏一派急急风的说话，说得钱正林先生面涨通红无言回答，只得立起身来往外就走。

走出王家门首，自己一想："这个妇人确然厉害，待我走到他母舅家里去问问，就知真假。"随即走出东门，前面就是板桥，这个地方乃是客商云集之所，人烟凑杂之地。人来人往拥挤不开，而且街狭难行。钱正林一想："不如且到这茶坊之中少坐片时，如其走到新城还有三十里，歇歇脚力再走不少。"即便走进茶坊。刚刚走进，却巧遇着徐光中同了一个朋友由内进出。徐光中一见钱先生来了，便停止一步，连忙恭手道："钱先生，久违了！难得贵驾到此，有何贵干？"钱正林亦忙拱手答道："我来这里寻一个朋友，觉与你多时不曾会面，一向财运亨通，贵忙之甚？闻得尊驾生辰大庆。今日总是有甚贵事来城，为何不同了令甥一起来？"徐光中道："先生那里晓得我生辰？"钱正林道："昨日你令甥有仁不到书房来读书，今日我到王家去问，据令妹说道，有仁到母舅家去拜寿，所以晓得。"徐光中道："啊呀，并无此事，我的生辰乃是正月初七，已经过了，如今有哪一个做生辰？况且从妹夫故世以后，外甥不到我家来已经长久。"问得有这句话来，正林一听，就拱手而别。

辞别光中之后一路回家，心中好不疑惑。到了家中，左思右想全无主张。不过想起来："王有仁那一天原不肯回家，是我送他家去，倘以真是与他母亲杀了，岂不是我倒送了他的残生？想起来实在对他不住，况且送我出来叮嘱我要替他伸冤，若然是真杀了，叫我怎么样儿与他伸冤之法？"少停一刻，吃了晚饭，就到床上去睡。心中焦躁又睡不着，翻来覆去总想不出一个主见。听得樵楼三鼓，似乎两眼朦胧，有些神思昏昏。忽而看见学生王有仁来了，浑身鲜血淋淋，双膝跪倒，叫声："先生！我是学生王有仁！负屈含冤死在阴司，飘来荡去好不苦啊！先生，先生！你总要替学生告官堂，伸冤屈。子孙昌盛。"叫一声："先生啊！你总要怜我苦，哀我孤，少族无亲。"跪在地下苦苦哀求。先生道："王有仁，你到底是死的是活的？如其真情是死，将你死的情节、如何冤枉，细细对我说明，以便与你伸冤。"叫声："先生，我是你学生王有仁。恨只恨母亲太过无情，伤天害理，一刀将我杀死，还要分为七块，装在油坛之内，藏入床脚旁边。可怜我，见阎君，枉死不收，飘过来荡过去，好不凄凉！学生苦苦哀求先生替我伸冤。"又叫一声："先生，你醒去罢！"钱正林似睡非睡，似梦非梦，好像见鬼又没见鬼。醒来正值三更咚咚鼓响，伸头一看，床前之灯暗而复明，似乎有一阵阴风往窗隙之中而去。霎时间窗外狂风四起，呱呱有声，好不惊异！连忙叫道："王有仁！王有仁！你在那里？"钱正林在床上喊叫不住。那李氏妻子道："半夜三更见神见鬼，大惊小怪，为什么事这等光景？"正林道："贤妻，你有所不知。只因学生王有仁，他原本不肯回家，是我送他家去，倘若被娘杀害，乃是我送他的残生。他来托梦说，被娘杀害，分七块装入油坛，藏在床下。叫我替他伸冤。可怜他跪在地下苦苦哀求，适才清清白白在此，所以我这里叫他，并非大惊小怪，实在好不稀奇。"那李氏妻子道："想是你日有所思，夜有所梦，不必见鬼，快些儿睡罢。"钱正林此时那里睡得着，挨到天明，只见那东方发白，红日升天，他就披衣而起。梳洗已毕，抽身走出大门外闲步走走，散散心思，就在这街上走来走去。

忽而看见金定来了，正林即便立定脚头待他走过来。金定走到面前，正林就问她："你家兄弟为何两天不到书房里来？到哪里去了？"金定听见先生一问，他就两泪双流，说起兄弟王官保已被母亲杀死了，将他尸首分为七块装在油坛里，将坛藏在床脚旁边。这个事是人不知鬼不觉，母亲交待不许对外人说，不许走漏风声。倘被外人知道，连我的性命难存。先生你不说我来说的，倘以被母亲晓得，那时我也难活了。金定说罢，匆匆而去。钱正林听见金定这般说，吓得面皮改色，珠泪儿滚滚下来。走回家来，气冲斗牛，咳咳几声道："自古至今千年万载，从未曾有亲娘杀儿之事。真个是淫妇之心最毒，比这青竹蛇儿更胜。啊呀！这生事情原是了不得，了不得，气杀人也！但是我学生有仁啊，有仁啊！你的阴魂不散，要我替你伸冤。可怜啊！可怜啊！这般事是我送你回家，害了你的残生了。"说罢又哭，如醉如痴，就将文房四宝取将出来，磨起香墨，挥动羊毫，写下一张呈状。

具呈状人钱正林，年四十岁，如皋县人。
告为血海冤枉，叩求伸雪事祸。生员本是海门听前取中。钦差督院翰林学宪，门生南场乡试，几科未能上取，顺天纳监，三场又不成名，天哉，运也。祗以设馆为业，人杰地灵也。现居通州南门。适有东家王世成，六陈买卖做营生。生子有仁王官保，年方八岁，拜我门下学生。不料今秋世成身归阴府，丢下妻子徐氏孀寡之人，谁知性贪淫乱，结识纳云。一日有仁看见，赶出家庭。不想他母徐氏恼恨心中，他与和尚商议杀害残生。姊姊金定奔到学堂送信，兄弟有仁我说与你听：今日娘亲恼怅，磨刀要杀你身，最好今朝不转家门。生员听说这话，不信是真哪有生身亲母杀害儿身，莫非言词少理打骂之论。生员送他回去说个人情，谁知妇人恶计，当时好话蒙混。到了三更时分，原将刀下无情，可怜尸首竟作七块开分，取得油坛，就将块肉装进，至今尚在，藏于床脚之根。他的胞姊金定实做见证。不敢胆大多事，谊关师生。伏乞青天，叩求伸冤雪恨，以整风化，才得冤鬼超生。老父台大老爷秦镜高悬，发公差，宜访问，提讯假真。公侯万代福寿子孙。叩具。上呈抱告钱升
告状代伸人：如皋县生员钱正林。

钱正林将状子写成，摆在桌案这上，横看竖看，看了半个时辰，点头点脑，只是冤气喷喷。看了一会，哭了一场；再看一番，又哭一

场。走到庭前立立，回到堂上停停。他就上前来交待妻子："早晚门户当心照管，我要到州衙里去告状，非为别事，要代学生王有仁伸冤。"说罢走出大门，一径来到州衙，大步走到大堂之上。

刚巧那荆大老爷坐在大堂理事，审讯案件。他就等这一桩案过，钱正林就赶步上前，叫声："大老爷伸冤。"即将这状子双手呈上。荆大老爷接过状子，从头至尾看了一遍，即将案桌一拍，说道："好大胆的生员！包揽词讼，在外惹事生非，屈害人家。那有亲生父母杀害儿子之事？总是你包呈词讼，无故生端。本州未曾上任，先访你们通州地方势豪光棍举监生员讼师包告，我这里拿住不少。今日有你这大胆生员，敢来屈害良人！"喝声："左右，与我拿下！"那时左右之人吆喝一声，即将钱正林拿住。荆大老爷高声说道："诬告他人者应该反坐，例载重罪？"又喝道："将禁牌取来！"即将那禁牌之上用朱笔填写，随即发下，左右取铁链锁上，随即收进监牢。立刻做成文书，通详大宪衙门，转文详到督院学台，再革他的前程。分发已完，吆喝一声，只听得云板当当，大老爷退堂，回进衙门内。那钱正林收进监中，受他们这一班禁子们打骂不住口的。那些禁子衙役，只认他是一个包打官司的生员，不知做过了多少好买卖。今日落到通州来，遇着我们这位荆大老爷，他是铁面无情，赛过包龙图再世，必预先访问知道他的。今朝也算晦气，到这里来，我们都要与他弄点好处的。若然没有，就将他打骂起来。那钱正林在监中是苦极不堪，受多少私刑。正林说道："我想这铁面清官总可以伸冤雪恨，不料这个荆知州他是糊涂官，岂有不问明白，不去访问，不由分说就将我拿下监中？"不觉两泪双流："莫非皇天不开眼，善人反受恶刑磨研！王有仁，好学生！你的阴灵在哪里？快快前来保护我，若有一日与我出监去，定要去上控衙门，与你伸冤！"祷告了一番，又哭了一场。正林在监暂为慢表。

且说钱正林的妻子李氏大娘，因丈夫说他到州衙要与学生王有仁代为告状伸冤，但不知如何，看看天色晚了，还不见回家，十分记挂，当夜无话。次日早晨，就叫长子钱云，你到街坊去打听打听爹爹的消息，凶吉如何。那钱云领了母命，即走到大街，转过州衙向前走，进茶坊坐下，耳听消息。少停，见有两年老些人进来说道："现有一个新闻事件，天齐庙巷内有一个王世成家，一向在南门外做六陈买卖的。谅必此人是造孽多端，所以年纪不大已竟死了。讨了一个妻子，就是徐光中的妹子。岂知这个女人性好淫荡，结识天齐庙内的纳云和尚。一日被儿子看见，赶他出门，不料从此狠毒奸夫淫妇二人商量，到夜间将儿子杀了。这个钱先生我们素来晓得他是正经读书人，昨日与学生伸冤，岂知荆老爷糊涂起来，非但不准，倒把他取监，岂不是冤枉之中还有冤枉！可算得稀奇事。现在善人受苦，再看他怎么样明白。"那钱云细细听得明白，赶紧回家，一一从头说与母亲知道。李氏娘娘听见这话，好不伤心，大哭起来，即便交代大儿子钱云道："你在家中与兄弟二人看好门户，待我去那监中看你爹爹。"李氏大娘煮了饭，取了一只小篮儿，将这饭摆在篮内，就走出大门，一竟走到州前。只听见街上人纷纷扬扬，都在那里谈谈讲讲这个新鲜事。听见之下好不着急！

　　走到监牢门首，对禁子说道："多谢你这老伯伯，放我进去送点儿牢饭，我当缓日重重谢你。"那一个看门的老禁卒，平时也认识钱先生是个好人，而今这桩事是冤枉的，所以他就肯放李氏大娘进去。不过交代不许声张，就要出来的。李氏应声"晓得"，往里面走将进去。苦得不知在于何处，他就口里叫道："钱正林在哪里？"正林听见妻子声音，即便走出来叫道："我在这里。"李氏一见丈夫披枷带锁这等模样，好不伤怀，大哭起来说道："你何苦为了别人家事情，自己受这样的苦！"正林道："不妨，总有明白之日，不必愁肠。"李氏等他吃了饭，便走出监门。想想总是不好，丈夫在于监中无人出头，何日可以出来？何日可以明冤？这个老爷为何此等糊涂，不由分说就将我丈夫收入监牢，好不伤怀。他就走到大堂之上，四面一看，又无人见，他就走到鼓架上，拿了两根鼓槌，咚咚打将起来，口叫冤枉。一时里面走出来几个公人，连忙问道："有什么冤枉？这样的大惊小怪。"李氏也不管，擂鼓叫冤。里面荆老爷听见大堂有人击鼓，又有什么冤枉要事，即忙传班坐堂。那云板当当响亮，吆喝一声，麒麟门大开，荆老爷坐将出来。就将案桌一拍，高声说道："何人击鼓？有什么冤枉事情？将人带上来！"那一班衙役吆喝一声，将李氏带上。荆知州又将案台一拍问道："你这妇人为什么冤枉事？好好讲来！"李氏叫声："青天大老爷！听奴告禀。奴本是如皋县生员妻子。名就叫钱正林训馆先生。有学生王有仁亲娘杀死，小冤鬼托梦兆，要我伸冤。昨日里到公堂不由分说，认作他包词讼收入监中。大老爷你为何不去访问，莫冤枉善良人当作奸徒。"荆老爷喝道："住口！据你供来，钱正林不是唆讼，但人命关天的大事，别人家与你何干！什么替他告状，况且亲生母焉有杀子之礼，我这里不信。你且退下，待我去访问根由，倘是真有此事，本州放他出来。倘若此事假的，定然反坐治罪，断不轻饶！"吆喝一声，荆知州退堂走进。

那李氏大娘娘回家天已将晚，即便煮了晚饭送进监来。李氏大娘对钱正林说："我送午饭来时，监中出去就到大堂喊冤。荆老爷他就坐堂问我说道，人命关天大事岂可管别人家，待他访问根由再行定夺。"正林听见大娘这句话，似乎心里稍宽。李氏大娘说罢，就走出监门回家，当夜无话，荆知州退进后堂，思想了半晌，今日据钱正林妻室前来击鼓，想必总有冤枉。如其是个包揽词讼，他也不敢前来击鼓。咳！这个案件倒有些古怪。想了一会，少停，夜膳已过，安静内房，左思右想竟睡不着。时近三鼓，似乎两眼朦胧神恍惚。忽而看见一个童子浑身血淋淋跪在地下，口称"冤枉"，苦求伸雪，哀哀滴滴苦恨难言。就开言问他："你这小童儿有什么冤枉要我伸雪，从实说来。"王有仁阴魂不散，飘来荡去。本是苦求先生替他伸冤，不料先生又被官府不明收入监牢，为今阴阳两界飘奔，情急似此光景。冤恨何时可雪？只好来与荆老爷前缠绕，故此跪在地下苦苦哀求。见荆老爷问他，就此告禀道："我父名叫王世成，生我就叫王有仁。只因父亲已故世，母亲徐氏不正，结识和尚纳云，一日被我看见，将他赶出门庭。从此母亲结恨，与纳云商量害我残生，一刀斫下人头落，将我尸首七块分，装入油坛之内，藏在床脚之根。老爷若然不信，打发差人访问。告状冤鬼王有仁苦求老爷把冤伸。"连叫几声大老爷，连叫几声把冤伸。忽然阴风一阵，几乎吹灭油灯，唧唧一声响亮，毫无半点形踪。荆老爷仔细堂下一看，并无血污小童。咳！好不奇怪！莫非我在梦中？此时樵楼三更催送，急忙高声喊左右人来。外面这些伺候人等，听得老爷在内房喊叫，不知有什么要紧事情，吆五喝六，大家急急奔将进来问道："老爷有何吩咐？"荆老爷道："适才有一个童子满身鲜血跪在内房，只听得唧唧一声就不见了，你们外面找找看，可曾躲在哪里，好不奇怪。"这些跟随人等随即提灯到外面说："老爷见了鬼，半夜三更大惊小怪，在那里见鬼。"少停一刻，进来都复没有，就此衙门里面闹了一夜。

　　天色渐明，荆知州他就更换了一身衣服，头戴一顶毡笠子，脚穿一双麻草鞋，青布长衫着一件。手中托了一个木盘，那盘中写了多多少少的字卷，文房四宝尽在盘中。上面一个粉牌，上写道："测字相面"四个大字。如此打扮俱已完备，即便交代跟随人等说道："你们不许声张，与我好好照管内房，待我出衙走走便了。"说罢即抽身往外就去。

　　但不知荆知州出去是啥意思，且看下文分解。

第十六回

小灵魂告官惊梦　荆知州私访奸情

话说荆知州自黎明之时出了衙门,在那大街小巷之中,茶坊酒肆之内走来走去。手中托了一个测字盘,嘴中喊道:"测字相面,灵不灵当场试验,准不准过后方知。"走到一个茶坊之中,上头一个大坐位上,坐着一个相貌端方、衣服华丽之人,年约四十余岁。叫道:"测字先生,请过来与我测一个字。"那荆知州应道:"尊驾请自己拿一个字卷儿起来。"那个人即便随手拈了一个字卷,递与他。荆知州就将字卷放开,一看原来是一个也字。就将粉板取过来一写,写在粉板之上,问道:"请教尊客,这个字乃是焉哉乎也的也字,请问什么用?"那客人答道:"因为我子出门为客商,已经三载未见回家,但不知在外得意不得意?凶吉如何?家内记挂,盼望已久,而音信全无。所以费神照理,可断卜言凶吉,自当奉谢。"荆知州道:"这个字断起来,不见得意,倒有些凶险。这一个字因是地无土,草木难生;池无水,鱼龙不活,孤身一个也字,水木俱无,我断起来凶多吉少。"那一时看的人拥挤不开。有这些识字的、懂文事的看见他这等批断,旁人都说这测字先生却是有本事的,字理通文透,我们也要来请他测一个字。

又有一人走上来拈了一个字卷，递与先生。放开一看说道："这个字是酉时的酉字。"随即写到粉板之上，问是何用。那人因有珍珠两个不见了，故来测字。先生道："这个字乃是十二地支第十字，现在辰光乃卯时，卯酉一冲，其物好寻。卯时卵形，其物之体小而圆，故详断珍珠。但此物珍藏尊驾府上。可曾养鸡？"那人道："养一只雄鸡。"先生道："是了！是了！尊驾回府望将这鸡杀了，在于鸡肚子里面。"那人竟不相信，随即到家，将鸡即杀，割开肚子，果然珍珠在内。欢喜异常，忙忙走进来说道："先生！先生！你莫非是活神仙！我到家将鸡杀了，这珍珠果然在鸡肚子里面，所以我来谢你。"

旁边一人走过来，说道："小兄弟！你快快走来测一个字，免得被你师父心中打骂。"真原来这个小兄弟乃是铁匠店内的徒弟，因为有一支大铁钳不见了，他师父要打要骂，正在吵闹，所以旁人叫他来测字便知了。那徒弟走来拿了一个字卷，递与先生。因这徒弟乃是不识字的，所以颠倒横竖不懂，将这个酉字横转来递与先生。先生一看，这也是个酉字，因是横看，竟好像一个风箱。况且此时辰光正是午时，卷子里字是个酉字，午字属火，酉字属金，有火有金乃是铁匠手用之物，故知不见者是铁钳。酉字横看正像风箱，照此详断起来，这铁钳在于风箱之上。就叫这徒弟，你快到风箱上去看看有无，即来谢先生。这徒弟一听先生说完，飞奔到家去看。走到风箱上一摸，果然在此，欣喜非常。连忙走将进来，高声喊道："先生真灵！这铁钳真真在风箱上！"谢谢先生就去了。当时众口纷纷，一人传十，十人传百，皆说新到一个测字先生如神仙，能知过去、未来。

荆知州在那茶坊之中，测了几个字，灵验非凡，惹动这些人都来寻他测字，预问休咎。他就天天到那大街小巷、城里城外测字，夜来也不回转衙门，只有他两个亲身长随是晓得他出去访案。即如这些衙役三班差人等辈，因为似此改装打扮，也认不得他是个老爷。一日走到天齐庙巷内，大家小户都知道这个有灵的先生，人家请他测字，真是不少。

还有请他相面的，亦是甚多。这个买卖甚为发财，在外吃用开销竟是用去有余。走到一个过路凉亭一看，真好风景。因为生意好，倒有些劳神吃力，不免在这凉亭之内，少坐片时歇息歇息。只见那一带长堤青石砌成，水梅式垂杨绿柳一望尽是翠阴，天佃砖铺地，回文锦曲折栏杆还用紫石镶，正中设座观音像，亭角巍巍插九霄。那时荆老爷一看，此亭虽小，而景致倒在得自然，不免多坐一时，足可以散怀舒闷。

　　正在观看雅趣，忽有这条卖京货的担子挑将进来，此人就叫吴二鬼，又名吴老二，惯做京货买卖。在通州地方多年，也是出名的，为人本性耿直，做生意公道无欺。他也知得这位先生测字相面最为灵，所以挑着担子进亭来，就看见先生也坐在石凳之上。吴二鬼歇下担子，连忙走上前来，对着先生打了一拱，就说道："先生请了！"那先生也连忙答礼道："贤兄请了！"吴老二道："久闻先生大名，道学如神，可能相烦与我相相面看？因为一生劳碌两手空空，但不知何日稍有安闲自在？虽则发财发福乃是命，然而我总想积德阴功可补虚。所以大阴功我也做不起，这些小阴功我就寸寸留心在。你先生看看我后来如何？"先生道："足下才说阴功两字却是难得，但修心补相实是有之。就是一个修字也难的，你我在家人做买卖有什么闲工夫修做好事，就是出家人他这修起来是容易些些。"吴老二道："哎哎哎！先生不要说起出家人、在家人，出家人也有正派的，也有邪偏的。就是我前月之中在这巷子里来做买卖，遇着天齐庙里的一个和尚，名叫纳云，我看他也有邪气。"先生道："足下也是会相面的么？"吴老二道："我哪里会相什么面，因为做着一个买卖，思想他是邪气。还是先生是客边人，讲讲这些话谅也不妨。"先生道："不妨！不妨！大家是无事谈谈，请讲与我听听。""先生你可会吃旱烟？请用一筒烟，待我来细细讲与你听听。我这担子虽小各货俱全，有一块大红湖绉绣花的手帕，挂在担子上面摆摆样儿，做做招牌。谁想纳云和尚他一定要来买我的，我就不肯卖与他。"先生道："为何不卖与他？这个也是生意。""哎哎哎！先生哪里话来。所以我对那和尚说，你们出家人最宜用漂白的，或者用香色的；这个大红的，况且又是绣花的，你们焉能拿在手里用，岂不要惹人取笑么？所以我不肯卖与他。那时他那里肯依，一定要买。我就不瞒你讲，我晓得他这是个发财庙里的和尚，也不在乎价钱贵，我就要他一元洋钱才肯卖。那晓得他不要说一元洋钱，就是十元洋钱他也不嫌贵，所以他就买了去。但是他去之后，我想想他买这样东西定非正派。先生，我这句话猜疑他差也不差！所以出家人非但不修，作起孽来比在家人又不好。"先生听见吴老二这句话，想着梦中童子说纳云，原来这天齐庙内是有这个纳云，口中不言心中明白了。就与吴老二又闲话一时，各人分散。

荆知州他就捧了这个测字盘走到天齐庙来。走进山门，刚刚遇着纳云和尚走出来，荆知州见面一看，心中想到，真真是个风流和尚。纳云看见测字先生进来，正合真意，因为听见人说，新到一个测字先生，灵验非凡，能知过去未来。正是：为人莫伴虚心事，比事虚来心亦虚。纳云一想："难得遇着这个灵验先生，请他测一个字，问问休咎。但是这桩事情被徐氏大娘娘弄坏了，他若不把儿子杀害，岂不是好！未免天长地久亦未可知。为今已竟杀了，想来总是不得太平。倘以官府一传，犯出事来出怪露丑，这便怎处？倘然我就此远走他乡，想又不舍与徐氏分离。"心中正在疑惑不定，看见灵验先生走进来，最妙最妙。连忙迎上前去，叫声："先生！你今打何处来？请到里面坐坐，我要请你测一个字。"先生道："我在凉亭坐了一会，甚为寂寞，所以到此庙内来走走，玩耍玩耍。即是你要测一个字，这也不难之事，大家出门朋友，到何处不相逢，我与你一番生两番熟，就是做兄弟的，也是个极要朋友的，我看你倒也是个极欢喜结交朋友的。"那纳云和尚被这个"测字先生"一派挪介入门诀奉承，说得天花乱坠，喜悦心怀。纳云说道："四海之内皆兄弟也。不过是我与你出家、在家，似乎两教。"先生道："常言道，三源原来共一家，况且我与你俱是出门之人。你们出家的乃是云游四海，到处为家，就是我吃了这碗江湖饭，也是天下可以游得去的。我听你口音好像也是我们湖北人的。"纳云道："正是！正是！请教你先生贵府是什么地方？"先生说："我也是湖北。"先生连忙告问道："师父湖北哪一县？"纳云道："我是宜昌。"先生即答道："我也是宜昌。"纳云道："这样说起来，我与你是同乡人，哈哈哈！这也难得。"即便拉住先生一只手，说道："我同你到我卧房里去坐坐，那地方安静些些。待你先生歇息歇息，我与你谈谈心事，好与不好？"先生道："既蒙师父见爱，好极好极。"说罢即便两人携手同行，往内就走，走进那纳云的卧房里来。

先生抬头一看，甚是清雅。上面挂一轴是唐寅画水雨，旁是董其昌墨迹春联，上联是：静观山水流泉趣，下联是：闲看明月娱精神。一方红木镶牙天然几，下沿是花梨水洗八仙桌，左边是欠理嵌成湘姬榻，右边是黄杨雕划白眼床。况且台上摆设桩桩雅致，壁间悬挂件件清高。先生看罢开言道："师父你是清高之福，这般雅趣。兄弟是游荡江湖，奔波郊野，那得有半刻之闲。真真是古人云：是官则居极品贵，不及贫僧半日闲。以此论来，到底是出家人快乐。"纳云道："你我是同乡，自家人莫言客话，请坐请坐。"纳云随即走到外边，拿了一碗茶来说道："先生用茶。我这里请教测一个字，问问如何？"先生道："要问什么事情？"纳云道："你与我测起来，且慢慢我与你商量一件事，到底先生是才明识大，定然是有主意的。"先生道："你在我这盘中自己拿一个字卷出来，与我看便知吉凶。"纳云师傅便到盘中拿了一个字卷，递与先生。先生就放开一看，是一个角字，取粉板过来，写在粉板之上说道："这是角字，请教你怎么用？"纳云道："问问终身休咎，后来元吉如何。"先生道："这个字论起来，若然是买卖大得其利，倘以问终身之事则大不相同。据我详起来，后来是凶多吉少，险恶难言。这个角字因是头顶一把刀，底下一个用字，就是不周全，因是周字之中少一口，故云不周全。那头上有刀岂不是要犯杀罪，不周全是无人周全之理，看起来凶多吉少。用字之中虽有士字，而无口字，则不能成一个吉字，是以断他吉少。"纳云听见这般说法，心中好不着急，就说道："我与你商量，照以这个凶多吉少，而且头上有刀却是不差；但是不知可能避得过去？我想逃走他乡，总好避去，请教你与我想一想看，还是逃的好哩，还是勿逃的好？"

那先生是立起身来，搔搔头皮，眉头一皱说道："在我想起来，倘以事犯杀罪，就是逃走他乡也不中用，就叫身长六尺天下难藏。还有这衙门里他也要出关文或者画图形象，况且你是出家人，更容易认得，那里可以逃得过。不如求菩萨保佑，或者逢凶化吉，只要避过恶时辰，以后就不妨了。"纳云道："避过恶时辰，避脱恶星宿，是有这个道理。但不知此事能可避去么？"先生道："我与你再占一卦，看看如何避脱。"纳云道："介末费心！费心！倘若无事，自当重谢。"先生道："朋友家情长财短，不必言谢。"说罢取出三个金钱，捧在手心之中，摇了三摇放将下来，一看，又摇又看，连摇三次。取粉板写好，就看来看去，横思竖想。又是半晌，便说道："据卦上详起来，只要避过庚辰日干乙卯时辰，这日这时避去就不妨了。今日巳卯，明日就是庚辰，只要明日不要出门，要将身躲在大殿香台之下，外有台帏遮盖，你将山门稍为晏晏开门，等他过了卯时开门，就不妨了。如其有烧香人来敲门，倘是孤身一人则不能开，他一人凶者象也。倘若是两人同来，乃是逢双则吉，就是开，他进来亦是不碍事的。切记！切记！千定不要有误。我明午食之时来看你，倘有怎么事体，明日再行商量计议。"纳云听他言事有理，察断分明，十分相信，就说道："先生灵验如神，非是今日，倘若避过卯时以后，出来见人谅必无妨？"先生道："是是是！便无妨碍了。"两人谈得投机，先生又坐了一会。正是：

酒逢知己千杯少，话不投机半句多。

那测字先生便辞别纳云，出了庙门，一竟赶紧走回州衙。一到内堂，就将那测字的一幅行头更换脱了。即便悄悄唤了两个能干的公差，一个叫做许文，一名叫做朱高。此二人在通州衙门当了公差，极其能干，胜比包龙图手下的董起、薛霸两人，还要胜个几分。当时许文、朱高两个差人走进内堂，说道："老爷呼唤我们两个进来，有何吩咐？"因他两人看见天色已晚，还要传我们进去，想必又是怎么蹊跷案件叫我们，又要来劳费心思了。不是疑难案件，这个辰光再不来传我们。所以二人走进非比别个差人，又是另眼相待些些的。荆老爷吩咐长随们走离远些，这句话儿他恐怕旁人听见，走漏风声，这和尚逃去，故此必须机密。他就叫许文、朱高近前，俯耳低言对他说如此如此，但今晚也要当心，你二人夜间须在山门之前密密巡察，切不可与他走脱，最是要紧。就是王世成家里的事情，这晚他也悄悄交清这两个能干公人了。吩咐已定，遂即将牌票用朱笔批好，付与许文、朱高。他二人领了牌票，即便出了衙门，一竟到天齐庙巷来。两个公人密密去传了地保、更夫，将巷里两头栅栏用心看守。这一夜是一应人等出进，俱要查问。两个公人且行慢表。

先说荆知州大老爷，自从亲身改装私访回到州衙，心中有些明白。想到我前日，将那告状人钱正林如皋县生员错认他是个包揽词讼的讼师，故而将他收入监牢。照此情节，这个案件是了不得的，这个生员钱正林觉乎屈了。随即传班坐二堂夜审复讯，一堂细细问他便知明白。荆老爷说一声："传班坐堂！"那一时间呼吆喝六起来，自头门直到内堂花厅，各处点起灯球，如同白昼。那云板不住的当当响亮，吆喝一声："大老爷升堂！"公坐两旁的衙役、皂隶齐齐的鹄立站班，六房书吏都是手执文卷。又吆喝一声："传禁子上来。"手执禁牌是二公案，荆老爷将朱笔写完，并待禁子将新进监的揽讼生员带上来。喝了一声，即到监中提出，解到堂上。钱正林未曾走上石阶，口喊冤枉，连叫几声，走上堂来，双膝跪下。那堂上荆大爷是将案台一拍，说道："难道本州断错了你不成！好大胆的生员，到底你可见揽讼生事么？"钱正林不慌不忙叫声："父台在上，听生员禀。所有死者王有仁乃是生员的生学，因为情关师生之谊。一者那日他胞姊姊到书房来送信，说他亲娘磨快了钢刀，没有好事，恼恨之声，他要杀你。王有仁一听此言，原是不肯回家，那是生员送他回家。二者生员说人情，不料他母恶计巧言，生员被他蒙混，其心何忍！他又无亲少族，生员代他伸冤何为揽讼！再请老父台可去访问，如其真是人命，就替百姓伸冤；若还人命是假的，生员情愿领罪，请父台革去生员的前程就是了。"荆老爷听他此言，说道："你这供得虽是，待明日定夺，你先写下结来。"即叫松刑，当时将枷锁除去。钱正林上堂具结呈上。荆老爷便说道："今日暂行管押，候明日升堂。"吆喝一声："退堂。"荆知州退进内堂。钱正林有值日原差带去，此时不进监门到押所。

要知后事如何，且看下回分解。

第十七回

淫僧恶妇巧拿获　州堂严刑审奸情

　　话说荆知州昨日夜堂，将那钱正林监中提出复讯一堂，中为亲身私访，况且面会过纳云和尚，这个案件情形早已得知。钱正林是个正人君子，收入监牢而已屈情，但一时难以下台，是将复讯一堂，着伊具结，松去刑具，以便今日堂事再了分发。再有若到王家去拿人，倒也难以下手，倘以并无杀子之事，拿到人来更难完事。所以荆知州此番到王家去拿人这个案件，不得不再三把细，只好等候那两个公差许文、朱高怎样回话，再行坐堂出签拿人。此番非比将钱正林收监的事情，却乎毛草些故，故而难以落台。若不是昨日夜堂松了刑具，恐怕今日当堂不肯去脱刑具起来，则更难为情了，此话慢表。

　　且说许文、朱高两个干差领了牌票，当晓就到天齐庙巷地方忙了一夜，传了地保、更夫帮办着意。将近二鼓时候，走到一家门首站立商议，听得门内有夫妇说话之声。此等门户因是一门一搭沿街小屋，乃是小家人家居住之所，故而屋内说话，门外可以听见。其人姓韩，名叫起福，日间在街市之中做做肩挑买卖。韩起福娶了一个妻子，就是惯做媒人的蒋妈妈之女儿。夫妇二人男勤女俭，过度时光。其妻子每日清晨去到大家小户人家去卖花，以为营生，所以城里城外人家她总熟识。此时正在家里间缝补缝补，为日间夫妇皆要出去做买卖的，夜间以便做做针线，夫妇两个在那里闲谈，岂知门外有人听。那朱高立定，听他妻向夫说："今日听得街上人说，王世成的妻子结识天齐庙里的小纳云，这也是前世缘分。倘以这件事被老和尚晓得，就要赶他出去，断断乎不要他住在天齐庙里的。"刚刚这句话儿被朱高听见明明白白。朱高一想，有了！有了！便在门外叫了一声："韩起开门！"他夫妇二人听得外面有人叫，倒吃了一惊，这等辰光还有什么人叫门？不知何事，即便出来开了，一看原来是朱头儿。"我道是谁，里面请坐。"许文看见开门，他就悄悄走了，半边去，只等朱高一人走进。朱高道："好好好！"就走进去，叫了一声"大嫂"，他就坐将下来，说道："大嫂，你们这样儿勤力，还要缝做衣服，怪勿得你家发财。"大嫂道："不时候朱大爷说，日间因要寻些儿昔饭吃，衣服破了只好夜间缝缝补补，乃是穷人的算盘。"朱高哈哈笑道："不必过于客气，我今有一样事情要想烦你大嫂，你若肯与我做得好好儿的，我缓两天当重重的谢你。"韩大嫂道："朱大爷说那话来，如有什么事儿见教，那有不肯之礼，只要办得到。"朱高道："办得到的，故而我要来费你的心。我对你说说看，有一个王世成的妻子，你是认识的。"大嫂道："不差不差，她是我家母亲那时候做的媒人，她家做亲的时节，我也到她家去过。近来几年工夫未曾走去，因那妇人古怪，所以我们不同她多叫应了。"朱高道："大嫂，你好得做这个卖花的买卖，即如走到她家去也不在意。因她家有一个女儿，有一个儿子，你去问她女儿，你家兄弟为何这几天不见他了，看她怎么样儿回答你就是了，但是这句话必须要看好机会，悄悄儿，不要与她母亲看见，不要与她的母亲听见，最好是拉到她旁边儿些，低低密密的问她。她便总有怎么话，你就记好，来回复我就是一大功了。"韩大嫂道："啊呀！你说起这话，真真这两天没有看见她的儿子走过了，不然是一天要走过几次，要到书房里去。这几天不见了，倒有些奇怪。"说罢朱高就走了出来，说道："大嫂！我明日午前在这里巷口茶坊内等你回话，不可有误。"韩大嫂答应道："是了！是了！"就仍关了大门，夫妻安息。

　　到了次日天明，韩大嫂早早起身，提了一只花篮往外就走。她走到王家门首，口里喊道："卖花！卖花！"走来走去。走了两三遍。看见她家大门开了，里面走出一小女孩儿出来。韩大嫂一见，正是金定，手内提了一把茶壶出来泡茶。韩大嫂便叫了一声："金定，你到那里去？"金定道："我是泡水。"韩大嫂道："你家母亲在家做什么？"金定道："母亲才起身不多一着，在那里梳头。"韩大嫂就此因头问她："你母亲还是欢喜你哩，还是欢喜你兄弟？"金定听她说起兄弟两字，她就两泪汪汪起来。韩大嫂道："你为何哭起来？想着什么事？"那金定被韩大嫂一问，更加大哭，呜咽不已。韩大嫂道："你对我说不要紧的。"金定就说道："我家兄弟被我母亲杀了，将他尸首分为七块，装在油坛里面，将这坛藏在床脚底下。"韩大嫂道："为什么事要杀他？"金定道："为因兄弟赶出和尚，母亲恼恨起来。"金定说了几句，连忙要去，因为耽搁长久，母亲要疑心，故而速速去了。韩大嫂本不知道今日有此话，这一说竟转然惊异不已。随即回转，来到巷口茶坊内，看见朱高坐在里面，即忙起身迎将出来，一同到了韩大嫂家里坐下。韩大嫂将会着金定一番情节，金定如此对她说，细细对朱高说了一遍。朱高道："费心！费心！我明日再来谢你。"说罢就去了。

　　朱高同了许文两人速速回到州衙，悄悄禀复了荆老爷，如此长短，这人命是实。当时荆老爷吩咐许文、朱高，即速先去拿住纳云，再到王家。他二人领命，即忙悄悄出了州衙，竟到天齐庙来。只见山门关紧，两人在外敲门。那香火道："有人敲门，可要开他进来？"那纳云躲在佛台之下问香火道："还是一人敲门，还是两人敲门？"香火道："待我去问。"纳云记好"测字先生"对他说，两人进来就是逢凶化吉，不妨事的，如其一人进来，你会他不得，所以他要问是一人还是二人。那香火走出来问道："门外来者还是一人，还是两人？"朱高、许义二人齐声答应道："我们二人来烧香的。"香火即去对纳云说："是两个人来烧香的。"纳云一想，那"测字先生"真是个灵验，心中倒有一点欢喜，谅来定可逢凶化吉了。忙叫香火道："开门让他们进来。"那香火听见纳云叫开他们进来，他就出去开了。那许文、朱高两个公差一起进去，走到大殿问道："你家和尚在那里？"纳云躲在佛台底下，外用桌帏遮盖。他在桌帏之下张看，一见是两个公差模样，一想不好了，吓得浑身发抖，那时恨无地洞可入。岂知身体一抖，那台上的香炉、烛台都动将起来，叮咚叮咚响起来。许文、朱高两人说道："这也稀奇！为何这台子都活起来了？"就将这台帏一撩说道："岂知这里有活菩萨！"朱高即便高声叫道："你这贼秃驴！还不快快走出来！"那许文便在袖中取出一条粗铁链，望地下一摔，朱高便一把拖出纳云，许文就将铁链在他头颈里一套，犹如牵猪牵牛一般牵出了庙门。一时惊动了众人来看，走出大街，转过就到了州衙。

荆老爷即速升坐大堂，只听得云板叮当，麒麟门大开，两旁役皂鹄立整齐。荆知州公坐喝道："将这犯僧带上来！"吆喝一声，随即带上。荆老爷问道："你就是天齐庙僧纳云是么？"将案台一拍："抬起头来！"那小纳云咦！这个"测字先生"原来是老爷装的，心中有些明白，但是不敢开口，只是答应："是！是！"荆老爷即将那禁牌取过，用朱笔批了，喝道："上了脚镣、手梏，随即收禁，缓时再审！"因为王家女犯尚未拿到，恐怕慢生变异，现在无暇审问，先行收在监中。即速要到王家去拿女犯，即将火签牌票批准，交与朱高、许文两个干差去讫。即时退堂，且行慢表。

先说这两个差人，带领伙计手下人等立刻出衙去，到王家来。地方保证、差人一齐走进去，那地保甲说道："王家大嫂子出来，有话对你说。"徐氏大娘娘走将一看，无数的人拥拥的入客堂之内，一时间吓得魂飞天外，恨不得地洞在那里，将身体钻了进去。那时连话也说不出了，目钝口痴，尤如泥塑木雕，浑身发抖。众人一看这个光景，一定是真的。地保说道："因是钱正林先生告了你，知州老爷准了状词，所以差我们来问问看的。"那徐氏大娘娘是半句说不出来。金定立在旁边，许文、朱高即叫声："小姑娘来！我问你，那个王有仁是你哥哥，还是你的兄弟？"金定道："是我的兄弟。"许文道："现在你家兄弟在那里？你好好的对我讲，你若不肯说出来，连你的性命也不饶！你倘有半句假言，立刻就要送你的残生！"金定被他拉住不饶，那金定只好挨一从头细细说与他们听，叫声："众位老爷！听我说。我家兄弟被母亲杀死，把他尸首分为七块，装入油坛之内，将他的衣服扎住坛口，藏在床脚跟头。这事是人不知，鬼不晓，母亲不许我说与外人，她对我说，倘若走漏风声，把我性命活不成。"众人一听金定一番话说罢，即忙一齐动手，先将这徐氏恶妇人锁起，随即到房中去搜尸。许文、朱高便到床脚伸头一看，但见有一个大大的油坛在内，便伸手进去一拉，将这个油坛拖出。一看果然将血衣包住坛口，将这血衣拿脱，内中肉块血淋淋的，好不惊人。一阵阵腥臭难闻，大家以手塞鼻。一时间哄动众人，看的看，说的说，人来人往，拥拥挤不开。地方甲慌忙不住看守在这王家前门后户，把守得紧腾腾，闲人不许进去。

　　当时那许文、朱高两人也是忙得不住，连忙回到州衙，禀报荆老爷说道："小人们领命到王家里去，查出这桩人命案实是真情，油坛当即搜出，坛内血肉淋淋，腥臭不堪。速请大老爷出衙相验尸场。"荆知州随好吩咐打道相尸。那金锣、旗伞双双对对排道而出。一出州衙到王家不远，不消半个时辰已到了王家门首。荆老爷出了四人大轿，来到尸场坐下。便喝道："将这凶手徐氏妇人带上来！"那许文、朱高、地方、保甲一众人等，将徐氏拥拥推推带将上来。荆老爷一看见之下，怒气冲天，双脚齐顿，踏破靴尖，拍案大怒。那许文、朱高两人又将那油坛抬上来，摆在中间，那时腥臭异当的一块一块的血淋淋拿将出来，逐一验看毕。就叫四邻上来，当时地保人等，将左边邻居张居禄、右边邻居王进春带上，跪下地下。老爷问道："那纳云和尚你们可见他常来常往？几时他家杀儿子你们四邻总知道的，从实说来！"那张居禄、王时春俱说道："老爷在上容听禀。他家是自从世成故世以后，和尚天天夜夜来往不绝，这个是小人们都看见的。太爷是青天清正明白，小人们也不敢多言乱说，就是她家杀儿子几时杀，怎么样儿杀，我们并不知情，不过是这几天不看见她儿子王官保走过门首来往，觉也点稀奇，但是不敢多查问她家。这几句都是真情，求大老爷开恩。"荆老爷吩咐退下去。便向徐氏一看，拍案连连喝道："你这万万该死的妇人！有这等恶毒的心肠！自古至今千年万载，从未见过，从未耳闻亲生亲娘杀了亲生儿子这样大胆、这样恶毒。你与那和尚通奸几次，怎样商量谋杀儿子，你一一从实供来！免得本州取动刑法。"又将案台一拍："从实供来！"徐氏向前双膝跪倒，叫声："青天大老爷在上，听奴告禀。奴是自从丈夫亡故，真心守节在家门。说起王儿王官保，常常忤逆无所不为，不行好样，终朝酒醉打骂奴身，这样的忤逆犯法。我想要这逆子也不中用，是杀死逆子为奴的一时之气，就是娘杀儿子，也无大过。青天大老爷要笔下超生。"荆老爷一听此言，更加怒气，喝道："胡说！"拍案喝下："掌嘴四十！"那些衙役一声吆喝即打。打罢，吩咐将这徐氏犯人带住回衙审讯。那时众衙皂、快役人等一齐动身，打道回衙。

升堂公坐，排衙已毕，将徐氏收入监牢，缓时堂审。荆知州退堂进内，即与幕宾、师爷人等商议道："这人命案件却是稀奇，世界上从未有亲娘杀亲儿子之事。常言虎毒不食儿，所以钱正林来告状词不准，将他反坐问罪。而今人命真的，如何放他出来，倒是难事。"傍坐之内，有一位泗水人，姓柳名青溪，一向巴图上进，不料时塞，几科不中。现在衙内慕宾之中有一位乔姓者，与他知己朋友，故而他来门下，欲想从慕游学，故而不远千里而来。是昨日才到，本当就要去访钱正林，也是素来相知。因到通州闻知钱正林为代学生伸冤，身在累继，一时不能相见。今日在旁闻得知州似此说话，随即立起身来，向荆知州拱手道："此事在于小弟身上，待小弟与敝友说开是了。"荆知州连忙答礼，即请教姓名，待之上坐，客套一番，便再三相托转言致意，待事过之后，自当重谢。柳青溪道："不须过客气。"说罢即去请钱正林到州衙内堂。荆知州即迎进，延之上坐，说道："本州误差，冒犯尊颜，祈勿见责。"柳青溪即忙上前相见，各道寒温。青溪道及此事勿必介意。钱正林道："小弟只要敝学生王有仁冤明恨雪，虽死无怨，不必多挂于唇齿也。"三人说罢各笑。柳青溪自此在州衙耽搁下来，不在话下。

那知州立刻吩咐坐堂，衙役里隶书、班吏人等两旁齐齐整整，吆喝一声："升堂。"公坐喝声："将这纳云和尚带上来！"吆喝一声，随即带上大堂。那纳云跪在堂上，荆知州一见怒发冲冠，拍案大声喝道："你这和尚！出家人不守清规，大胆横行，奸淫人家寡妇，谋杀人家儿子，断人后嗣，绝人后代。你这恶光棍和尚！从实供来，你与那徐氏有几次奸情！若有半句虚言，立看重刑！"那堂上众衙役吆喝一声，惊天动地，好不害怕。那纳云在下叫声："冤枉！青天大老爷啊！和尚是出家人，佛门子弟，不敢为非犯法。早晨做功课，晚间是在后殿诵念皇经，从来不出庙门，街巷之上从未闲游。况且日夜诵经还来不及，那有工夫在外为非，徐氏妇女从来不曾认得，这些话儿不知从何而来！不知谁人无故害人，青天大老爷不必相信，要笔下超生。"荆老爷拍案大骂："你这大胆和尚！还敢在这里胡言乱语，看夹棍来！"一声吩咐，吆喝一声，一起动手。两边动起手来，一连夹棍几次加绳。纳云熬痛不过，叫道："大老爷开恩，和尚招了！"便喝道："供上来！再敢胡言，看打！"和尚道："人家念经做佛事，

第十七回　淫僧恶妇巧拿获　州堂严刑审奸情　421

从来不见女人身，而且佛家最爱清净，岂可话秽佛像，僧人一定不敢的，徐氏是僧人委实不相认的。大老爷开恩！"荆老爷更加大怒，听他供来，仍是油嘴。喝道："胡说！掌嘴一百下！"吆喝一声就打，打过了。又喝道："再夹起来！"又将夹棍上起，绳上加针。和尚又叫："青天大老爷饶命！容和尚招来。"又松了夹棍，待他招供。岂知仍是一派油供，全无半句实话。荆老爷坐在堂上，急得暴跳如雷，怒气冲天。想到这个刁恶的和尚，竟不肯招供，这还了得！只得且行退堂，明日一并提出对审，怕他招也不招。便喝道："将这和尚上了刑具！"吩咐禁子小心看守。一众衙役人等吆喝一声，将纳云仍然带进监牢。荆知州退堂进内，待明调出徐氏与和尚一并对审。

未知后事如何，且看下回分解。

第十八回

几番油供法理难容　荆公巧计当堂指证

话说荆知州先将纳云审过一堂，问他口供，不料这纳云竟是个刁滑光棍，凭你上他刑法，总是一味油供，不肯实招当堂。画供不落，案件难定，如何通详上宪，如何定案？所以回进了内堂，也是两眉常皱，怒气冲冲，胸怀闷闷走来走去，只管想念头。那柳青溪正在与那乔姓的慕宾师爷谈心讲话，看见荆公如此模样，便上前说道："此事不难，只须请钱正林先生来衙，问他的来踪去迹，明白细了，就是讯问之时则有头绪，岂不美哉。此话在于公意若何？"荆公答道："柳兄此言甚是有理。"便唤长随去请。少时钱正林来到州衙，各人礼毕。

荆公说道："这个纳云和尚刁滑非常，用了两次夹棍，总不肯招供。我想今日不吉，明日再坐大堂，提出徐氏对审，看他怎么。所以请钱兄来署谈谈，谅必总知道他的始末根由，则当堂以便讯问。"钱正林道："老父台你不知道，他本是湖北人氏，在茅镇地方求乞为生，遇会道月和尚，怜他孤苦收来。为徒极其聪慧，道月倒也看得起他，将庙中事务尽行交待与他，以至无所忌惮。即如与那徐氏通奸之事，是纳云之过，乃是徐氏之淫荡，为念七经昼夜诵念。徐氏素性淫荡，而今丈夫已故，无所管属，见纳云相貌魁伟，即回之眉来眼去，以至成奸。但成奸还可，最可恶者将亲生儿子杀害，绝了王氏宗嗣，此情此节难以过去。即如对审起来，而徐氏口供亦是利口油嘴，定是不易招供。倘若不招，只须调她女儿来问，便有实供，则不难成案也。"荆公一听钱正林一番言语，如梦初醒，便加额而谢曰："多明教益耳。"钱正林随即辞去，当夜无话。

次日清早，荆公吩咐升堂，即传班，役吏人等两行站班，云板叮当，升堂公坐，喝喝一声，即将徐氏提到堂上。那徐氏上堂跪倒。荆知州拍案大怒，喝道："你与纳云和尚通奸几次？从实供来！"徐氏道："什么纳云？奴家是真心守节在家门，那里认得什么纳云何等样人。"荆知州一听这句话，雷霆大发，拍案连连喝道："看夹棍来！"吆喝一声，众衙役动手将徐氏夹起来。徐氏口喊："大老爷饶命！"荆知州拍案喝道："招也不招！"徐氏难熬痛苦，便说道："求青天松了刑法，待我招来。"就将夹棍一松。徐氏在堂上扭来扭去，缓了半晌，开口道声："苦啊！奴是自从丈夫故世后，从来不到大门前，贞心守节，在灵前伴，那里晓得什么纳云不纳云。青天大老爷！人人说你是青天，你不该听信旁人虚假言，坏人名节。天有眼，啊呀！苦啊！大老爷啊！你不要屈打成招奴受苦。大老爷啊！你要积德儿孙万万年。"荆公拍案喝道："胡说！掌嘴！"吆喝一声便齐动手。打过之下，仍是口口叫青天，一派油嘴。荆知州喝道："将那纳云和尚提上堂来！"少停解上堂来。

荆知州喝道："你这大胆的和尚，奸人寡妇该当何罪！你与这徐氏有几次通奸，快快招来！免受刑法。"纳云连叫道："青天大老爷啊！和尚是冤枉啊！我是佛门子弟，诵经为本，那里晓得徐氏寡妇。"荆公喝道："你看这个却是何人？"和尚道："人家女子，僧人如何认识？大老爷是青天如宝镜，清廉似水清，旁人的虚浮之言不可听。还有自古常言道，不是捉奸要捉双，这个是诬谗之言，岂太谬。和尚是净修佛地西方去，如今是受这些污秽之言，亵渎神光与佛光。青天大老爷啊！这些无凭无据的谗言莫要听，何苦要我和尚屈打成招，害人性命。大老爷啊！你是龙图再世明如镜，这诬告僧人不必听。开恩释放僧人去，你是万代公侯数不清。"荆公拍案大怒："你不肯招，一派油嘴，看夹棍起来！"纳云喊声："大老爷不必用粗刑！和尚招了，和尚招了！啊呀，青天大老爷啊！叫我招什么！"荆公道："你这狗头，仍是胡说到底！这徐氏认得不认得？"纳云应声道："认得是认得的，因为是她家念七经，请了僧人共十名，都是诚心来念佛，一心超度她丈夫灵。念过七经归庙去，那里生心淫妇人？"荆公问道："你与他有几次奸情？""啊呀呀，大老爷啊！和尚是诵佛念经至意诚心，奸情不奸情委实不知因。"喝道："带徐氏上来。啊啊啊！"荆公道："和尚招了，你也从实招来！本州就超生了你。"徐氏叫声："青天大老爷啊！奴是丈夫亡故，是未亡人，朝暮在灵前伴鬼魂。念经和尚请了有十个，奴家也不认得那个叫纳云。"荆公道："你仍是这般刁嘴，看夹棍来，啊啊啊啊！"徐氏叫声："大老爷啊！你是旁人证言不必听，枉叫奴家受苦因。从来没有奸情事，败坏我孀居守节人。这和尚念经却是有的，那个纳云实不知情。"荆公拍案喝声："夹起来！"皂隶众人忙动手，夹棍再加几组。问她，不肯招，再把绳来紧，霎时晕过去，冷水浇她醒转来。似此严刑，口供真紧，半句不招，半言不认。荆公想道："这般情景，如何讯审？"便唤朱高、许文两个差人："你到王家去提金定来。"那许文、朱高两个干差领命，前去将这金定小姑娘带到堂上来。

那徐氏看见金定，即回转头来瞪着她，咬牙切齿，柳眉一竖，口中骂道："你这小冤家，也来做什么！"金定答应道："老爷叫我的！"正在还要说话。上面荆公看见她母女正要说话，就将案桌一拍，叫金定走近前来。金定走到案台前，也就跪倒。荆公道："你起来，对我好好儿讲。见你母亲不要怕她，有我老爷在这里。"荆公就将手指着纳云说道:"这个和尚他叫什么名氏?他可到你家里来过?你好好对我讲来。"当时堂上肃静无声,大家仔细要听这个小姑娘怎么样说出来。那时间头门大开,自头门甬道至大堂,看审这个案件的人,竟是满满拥路。那荆老爷凡有审事,总是坐大堂,多的就是百姓人等来看者,一概不许呼吓,尽管闲人来看。素来有这规矩,所以今日大审奸情血案,看的人更加比平常人众。而此等案件却是非比寻常,觉是更为稀奇,自古至今没有的,哄动城里城外,乡村远近都来看审。一见老爷要问这小姑娘,故而大肃静,声息全无。那金定小姑娘倒也是好,她就立在公台之前,不慌不忙的说将出来道:"这个和尚是我家母亲叫我叫他师父的,他的名氏就叫纳云,我天天到他庙里去的。"荆公问道:"你到庙里去做什么哪?""我家母亲叫我去叫他,故此我天天到他庙里去的。"荆公道:"你要说得响亮些哩!因为我老爷是这耳朵重听的,你若说得低,我就不听见。"荆公道因为要她说说得高声,以便堂上堂下都好听得,所以要她声响越好。那金定听见老爷说是耳聋的,她就声气格外放高,朗朗之声对老爷说。

荆公问道:"你家母亲叫他来做怎么?"金定回答道:"叫他来到我母亲房里。"荆公问道:"到了房里做怎么?""他到了房里就要来抱抱我家母亲,我家母亲也要去抱抱他,还要睡在床上,我家床上连我们都不许去睡的。"金定说了这一句,当时那纳云就面上改色,将头低倒。那徐氏是恨恨之声不敢出言,依她心中恨不得一把将女拖她下来才好。因为跪在堂上,不能自主,急得汗流脊背,无可奈何。荆公又问道:"你家兄弟王有仁,为怎么事,你母亲要杀他的?"那金定听说提起兄弟两字,即便两泪交流,呜咽呜咽哭起来了。荆公道:"不要哭!好好儿对我讲。"那金定便高声气说道:"因为一日兄弟下学回家转,他看见这和尚与母亲两人,两人……"就不说了。荆公道:"两人做怎么?你快快讲我听,不妨的。""啊,大老爷啊!她两入搂抱在怀中。我兄弟他是一见重重怒,就叫声:'母亲啊!你这个样儿真真没体面！倘若被旁人知道了，孩儿走出之不及；倘若爹爹阴灵晓，他在阴司也不安；倘若孩儿有日功名就，那时怎样人前去列轰轰。'他是说了这三言并两句，他就走上前去，拖住这和尚，一顿打头脚踢不依从，当将和尚来赶出。母亲是与他吵闹不成功。有仁到了明日，买了香烛来，到天齐庙，他是推托烧香，要与这和尚评理论。他对和尚说，你下次倘敢再到我家去，我要与你当官把状论。说罢之后，他是气恨恨仍到书房里，不声不响原去读书经。不料和尚仍要到我家里来，要与我母亲来拉别。她两人在房中哭哭啼啼，却有两时辰。这和尚被我母亲一把来拉住，说道：'不要怕他！小畜生冒犯你师父，勿必多动气，要看奴些些薄面情。'那和尚再三称：'不敢！倘若被我师父知道，定要赶出庙堂门。虽然蒙你情义好，到那时地久天长原做不成，倘若被你家有仁当官告，那时节出怪露丑更不成文。倒不如我今与你来分别，免得将来惹是非。'我母亲一听这句话，就怒上心头毒计生，对和尚说，你怕这小畜生怎的，待我来将他杀掉了，就与你拔去这眼中钉，我同你天长地久过光明。我母亲从此生下恶毒计，到明朝磨刀要杀王有仁。

"我想这兄弟不舍得，我就赶到书房送信音，叮嘱我兄弟今日不要回家转，住在书房暂避身，或者母亲怒过回心转，那时候回家就太平。不料先生不相信，亲娘岂有这毒狠心，谅必是言语之中有冒犯，父母打骂自然能。先生就对官保说，待我来送你至厅门，倘然是母亲要打你，有我先生与你说人情，所以先生就送兄弟回家转。那时官保无奈，只得一同行。我母亲就反变笑容对答好。先生看见这等光景，也就胸怀释放不留心。我母亲也是丝毫不露形。她是到晚来叫我进房先去睡，叫我要睡在王有仁后脚跟，叮咛不许我露风声。我到房中去睡觉，低言关切弟有仁，闻今夜母亲无好意，兄弟啊兄弟啊！你今朝格外要留神！千定千定要留心！有仁兄弟对我说：'姊姊你放心！谅必勿要紧。不过是我死一身何足惜，姊姊啊！你将来身倚靠何人？最可怜爹爹一世为人多辛苦，何人苦谁知道，到如今仍是绝嗣没后根。'我姊弟两人低低声气哀哀哭，各人暗暗苦心中。我母亲独自一人坐在客堂里，她是酒自饮饮，杯杯独酌，吃到三更后。不料想她手执钢刀大步进房门，我与兄弟看见魂飞散，吓得六魄早已不随身，我只得将被褥遮身不敢动。看见母亲是宛然天降一凶神。兄弟有仁忙落起，他是双膝跌跪在埃尘，千般万语哀求苦，他是哀告亲娘饶了狗残生，若是冒犯慈颜下次总不敢，任凭娘亲怎样行。孩儿就去将师父请，请他仍到我家门，或叮劝他还了俗，就劝他常住我家庭，还是家事少人管，劝师父在我家做个当家理事人。哀告亲娘莫杀我，我死王家要绝后根。就是娘亲此刻青春总好过，到后来白发苍苍靠何人！苦求留后孩儿在，到那时也好做你披麻事孝人。他是苦苦哀求饶性命，他是句句言词苦坏人，好不伤心好不伤心。不料今朝遇着恶时辰，难避难逃难以活残生。千言万语说不尽哀求苦，我娘只当耳边风。她就撬拳勒臂上前去，一把拉住我兄弟王有仁，只听得钢刀咔嗒一声响，人头落地血淋淋。我亲娘她就将油坛来拿出，又将尸骸七块分，一块一块装在油坛里，将这血衣衫坛口紧紧封。左思右想没处放，倒不如权且藏在里边床脚根。那时间我是吓得三魂都出窍，将身躲在那后床跟，不敢伸头不作声。母亲将这血渍来收拾，提一桶清水来，冲冲洗洗干干净净，人不知鬼不觉。叮嘱我，女儿不许声张告诉人，倘若你敢把风声走，就要将你与你兄弟照样行。"说罢即便嚎啕大哭，痛意伤心。

　　荆公听这金定女孩说得如此之苦，他也两泪流下，就是这些看的人众，无一不泪，无一不痛。大家都恨不得走近徐氏身上去咬她一块肉，大家都看得咬牙切齿，顿足摇头，令人可恶。当时荆老爷就将金定女孩，唤两个长随吩咐道："将这女孩领她到内衙，好好儿养在内衙，等这案一结再行道理。"这两个长随即将金定领了进去。荆公将怒棋一拍，高声骂道："你这贱妇人！恶秃驴！尚有抵赖么！现在见证在此，尚有何说！"便叫："这和尚你好好供来，免受刑法，再要胡诌，当堂就打死你这个恶秃驴！"那堂上隶役吆喝一声，山摇地动，好不惊人。那纳云一想，事已如此，无可奈何，只好招供，也顾不得这徐氏大娘了。纳云和尚即便上前来，叫一声："大老爷啊！小人愿招了。"荆公道："从实供来！若有半句胡言，看夹棍来！"纳云道："大老爷听禀。僧人是来到庙中已七载，安守清规诵佛经。只为是王家延请僧人去，要十个僧人念七经。昼夜不停勤诵念，谁道这徐氏本是个贪淫妇，千般勾引小僧人。出家人本是不敢的，无如那淫荡妇人淫荡态，风流女子貌风流，眉来眼去来勾引，任凭他泥塑金刚也要落魂。僧人是顷刻糊涂成好事，谁知彼此坏名声，日常来往奸情事，被她沉醉在色海中。一日却被有仁看见了，和尚从此不敢上她门。不想这徐氏要杀亲生子，和尚委实不知情。这供的是句句真情话，如若有半句虚言，和尚就甘心受五刑。"纳云即刻当堂画了供，将即上了刑具，推他跪在旁边。

荆公又将怒棋拍了几拍，竟怒气冲天案台俱动，喝道："讲！"徐氏道："大老爷开清恩，容奴家告禀，奴家情愿从实招供了。叫一声大老爷啊！你要暂息雷霆怒，听奴家情实从头供上来。自从丈夫亡故了，理宜守节在门中。因为是夜来独自凄凉苦，没有知心识意人。这巷中有一个天齐庙，他庙里僧人叫小纳云，我与他结识私情常来往，山盟海誓不离分，要想与他地久天长永合夫。虽知我儿性情硬，小年人他就真可以，将这和尚赶出门庭外，隔断这兰桥路不通。奴家是思想情由真可恨，越思想越恼，将我儿杀。这僧人他实在不知情。奴家供的句句都是真情话，大老爷啊！要求你笔下好超生。"那徐氏也是当堂书了供，即刻上了刑具。荆公就取禁牌，标了名氏，立刻送人监牢。

荆公即便请钱正林上堂。那钱正林大摇大摆走上大堂，即向荆公长揖而跪。荆公忙拱手道："钱生员请立起来，本州这里有话问你。

所有这个恶妇人徐氏，以及和尚纳云，今被金定女孩儿见证，当堂一一说出情由，他两人无可抵赖，具已招了实供，当堂将供画好，将这两个送入监牢，待本州通详问罪。但是这段事情全仗兄台，而此功此德乃莫大也。"钱先生即便拱手答道："多蒙老父台清廉正直，只要冤明恨雪感戴不尽。即如敝学生死在阴司，亦感戴大德于万一，瞑目于阴曹，皆出于老父台之所赐者也，而生员焉敢功德二字乎。"荆公便哈哈笑道："好说！但是还有一句言语，要与兄台商酌，未知足下尊意若何？"正林道："未卜老父台有何见教，敢不遵命。"荆公道："足下家中尚有几位令明？"正林道："长子名叫钱云，次子尚幼。"荆公道："现在王世成家房屋、店产俱已封锁，所有一个金定女孩现下收事养在于衙内。王世成家店业、房产付与足下一应收管，金定女子配与钱云，而此事甚为亵渎矣，如此情此势之反拨也，幸勿他推。"然而钱正林之为人，并无存己之心，素所耿直，乃为此事不得而已，只得答应道："既蒙老父台美意殷殷，敢不遵叫。生员暂为收管，待金定女子成婚之下，若能侥幸生下，当分一子与王氏接代香烟。那时王家产业仍归王氏收回了。"荆公一听钱正林有这等言语，更加敬重了。当时堂事已毕，荆公吩咐退堂，与钱正林同到内堂坐。

没半晌，随即唤了一乘小轿，将金定抬到钱家去。那金定女子年纪虽小，倒也十分聪慧，出言有理，举止安然。一到钱家，即便拜见翁姑之后，开言便向钱正林道："公公、婆婆听媳儿一言奉禀，我兄弟有仁为母亲不仁，死得甚为凄惨。媳儿想，要去到家中，买棺将他尸首成殓，葬于祖坟，再延几个僧人，做两天道场，念些经忏，超度他的苦鬼亡魂。则我兄弟阴灵在于地府之中，自当感激。"钱正林说道："此言甚为有理。"当即依言而行。就到王家，将这桩情事一一办好。以后就将王家房屋、店业一应变卖，收管。这是后话，且为慢表。

先说这金定，听见房屋俱要变卖他人，心中不免烦恼。他一来想到父亲灵位，二来想到兄弟，也是摆设一个灵位，以便祭奠。倘若房屋变卖，想这两个鬼魂无家可归，好不凄凉。又想到母亲现在监牢之中，但不知怎么样苦情万状。究属母女之情，乃想天性。虽则母亲十分凶女儿，且干得这些歹事，败坏门庭，尽绝家产，断宗灭嗣，如此十恶，这女儿之情，总还要思念她不知怎么的苦。所以金定自从到了钱家，朝暮啼哭，竟然饮食不思，以痛哭得两泪流出血来。

那李氏婆婆看她这等模样，倒也是十分可怜与她。就问道："媳妇！你为何要这般苦楚？须要保养身体，不要哭坏了。你心中若有怎么事情，好好对我讲，不要这般苦楚。"金定道："婆婆在上，那里知道媳儿心中之苦。听见公公要将王家房屋变卖，则我爹爹与兄弟灵位，将来摆设于何处去？再者他们两个阴魂无家可奔，岂不是做了苦鬼，这叫媳儿怎不伤心。二来我母亲，她虽然这等不好，出怪露丑，做了断宗灭嗣的事情，然而我是做女儿的心肠，想她在于监牢之中不知怎样的苦？还不知到后来要怎么样儿？所以这几桩事情想起来，好不苦杀人也。"李氏婆婆听见媳妇这般那般说得苦情万分，她也忍不住两泪流下。便叫声："媳妇，我的儿，你且放开胸怀，俱是你母亲乃自作自受也，不必想她怎么苦处，是天理难容，非人力可挽。"所以世上为人之道总要行正，莫作歪邪，正是：

欺人是祸非便宜，饶人是福有收成。
凡百事情须过云，还思知足自为人。
天理循环终有报，或言来早与来迟。
莫将昧己瞒心乎，举头三尺有神知。

婆婆道："容缓几天，待我去买些食物，与你到监牢之中去望望她，也是你做女儿的这点意思。再有你爹爹与兄弟的灵位，也是一件要紧的事，待我来与你公公说，如其变卖房屋起，叫留住一间不能卖，将这一间房屋里设立他两个灵位，以作久后祭祀之祠，永远香火。这两桩都是不难之事，媳妇你勿要朝暮这般苦楚，自己保养也是要紧的。"金定被婆婆好言相劝一番，却也稍宽胸臆。不过想着兄弟有仁死得这般苦，未知前世与母亲总有冤仇，若无前世冤仇，而今世乃亲生母子，岂有这般毒心乎加毒手。

那李氏婆婆，也是个有情有理的一个妇人，所以她与媳妇说过这一番的话，非是哄骗之言，乃是实情实人。到了次日清晨，起来梳洗已毕的，面对钱正林说道："相公！今日我有一句言语要与你说说。所有王世成家，被她这徐氏娘娘弄得这般出怪露丑，千年万载的臭名，世间稀少的奇事。如今她在监牢受苦，也是自受，天理难容可也。但是媳妇朝暮啼哭，日夜思想，也怪不得她，是母女之情。我想缓两天，买点食物与媳妇，待她监牢之中去看望看望她母亲，也是一个道理。再者还有一件事情，现在王家房屋，据知州大老爷吩咐，将房屋变卖，倘若变卖起来的时候，务必留住一间，将他父子两个的灵位设立其中，以便后来有一个祭礼之地。倘若一并卖与他人，岂不是他两个阴灵是无家可奔的鬼魂了。这桩事情，一事他们两个鬼魂在于阴司之中感激与你，二来在媳妇面上，免得她朝暮啼哭，苦楚难言。"这桩事情虽然民间奇怪，然而是万古流名的一桩丑事。但看以后祭灵探监，谅有一番苦情苦样。

未知如何，且看下回分解。

第十九回

狱中悔情为时已晚　　罪孽深重地狱煎熬

话说荆知州将这小纳云、徐氏审实口供，将两人送去入监，通详上司题奉蒙准之下着刑必罪，俱候京准回时，即便照行处决，此话慢表。先说金定小姐到监探母。一日早起，梳洗已毕，即便告直婆婆说道："今日天气甚好，风和日丽，媳妇要去望望母亲，禀与婆婆知道。"那李氏婆婆即唤了一个老妈妈相陪而去。她又到街上买了几样茶冷点心，又买了水果等物，取了一个小小的篮儿，将这些食物盛在篮中，与那老妈妈提在手里，挽了金定小姐一路而来。走到大街之上，有这些街市中人，都是前日在大堂看审事的时候，早已看见过，所以都是认识的。这些好事的人说道："这位就是王世成的女儿，如今荆大老爷做媒，嫁与钱先生做媳妇了。看她这样脸嘴，却与她母亲徐氏大不相同。这位小姐将来是大有福气的，你看走相稳重，举动端方，就是面貌非比她母轻妖之形。亲生母女殊各别，乃是各人之落地时辰之所致也。"一路上，旁人谈论了，俱各称赞，已不在了话下。

那金定小姐到监门一看，她就两行珠泪流将下来，却是为难，只因见那监门上面颜得红红监牢虎头样。想着母亲在家之是何等不好！高房大屋，青白门墙，而今住在了这等样儿的所在，故而心中好不凄凉起来。那守监的禁卒早已晓得这是钱先生的儿媳妇，不敢多言拦阻，放她主仆两人进去。非但放进，那禁卒在前引路，走到徐氏之所，对她主仆说道："这里就是了。"金定小姐听见禁卒指引说这里就是，她就高高声音道："母亲在那里？"徐氏一见女儿来了，连忙子出来。那金定一见母亲这等光景，好不伤心，即便大哭起来。当时徐氏抱住女儿，两人抱头大哭，久之不止。徐氏叫声："女儿么！海誓与山盟悔不已迟了。悔不该，结识僧人个纳云，我与他说什么海誓山盟；悔不该，意马心猿贪欲乱；悔不该，与这和尚结私情；悔不该，一时烦恼心头毒；悔不该，将儿杀死灭踪迹；悔不该，做错事情多颠倒；悔不该，将王氏门中绝了根。为娘的今日懊悔来不及。又谁知荆大爷铁面不容情，为娘的国法五刑真难受，为娘的脚带镣，手带枷，铁链儿锁项中。满牢中都是囚和犯，一个个都是违条犯法罪人人。为娘的浑身疼痛真难过，为娘的放生最难然为熬，为娘的肚里饥那有饭来吃，为娘的口里喝那有茶来饮，为娘的好伤心，好痛心。懊悔做太离经，以至今朝受苦因。想必是等他京报详文转，那时候也要刀头不用情。说不尽为娘千般苦，说不尽为娘受恶刑，说不尽为人须要行端正，说不尽为人莫要过贪淫。为娘的见女儿心如刀割，为娘的见女儿内颤心惊。"那徐氏到了这步光景，自悔不及，见了女儿，说了许多唠唠叨叨。

　　那金定小姐看见母亲这等模样，蓬头赤脚，乌项垢面，好不苦杀人也！更觉伤心，嚎啕大哭。金定说道："母亲啊！你与和尚私情由自可，你不该杀了官保，王家绝了根。女儿是总要嫁到人家去，不该做得王家衔香接代人。这段事情最犯法，伤了阴功最不轻，此时是事已成事，懊悔已迟。想在监门了，女儿日可以超生，若能遇着了皇恩大赦，那时节就日有出监门了。女儿是朝思暮想，想母亲在监牢何日超生。终朝啼哭在家门，两泪哭干淋血痕。女儿今朝来看看你，不能与母亲同走转家门。母亲啊！有些些儿点心在这小篮里，有些些水果在这筐内，母亲口喝吃水果，母亲肚饿吃点心。再歇三朝两日后，女儿再来望母亲。万般苦楚且把心怀在放，一心巴望赦皇恩。母亲啊！你在此住了一年半载后，女儿是巴巴望望母亲有日转回自家门。倘若是有朝一日回家转，劝母亲从此敲敲木鱼，修修那来生。"徐氏道："女儿啊！你也不必这痴心想，那有那监牢罪犯转家门。想必是等他京详到，那时候就要刀下不留情。"说罢又哭。那禁卒来说道："你们说话已久，不能再可耽搁。你们要出去罢，若然被老爷知道，要害我们受责。"金定小姐本想还要说几句，因为禁卒催促不已，只得与徐氏母亲分别，同那老妈妈两人回转家门，这也不在话下。

且说徐氏在监中好不凄凉自苦，到晚来被那蚊上虱叮，而手脚也不能自好自便，好不难过。又是受过这些刑法，浑身疼痛难熬，实是可怜。她就在监中《叹五更》，自怨自身道：

  听樵楼打一更细想从前，想从前嫁夫家夫妻恩爱；
  生了男育了女琴瑟和谐，再不想我丈夫得了病症。
  求神明请医生大限难逃，临死时叮咛我千言万语；
  要奴家守贞节抚养儿女，又劝奴家妇道冰清玉洁，
    儿成名女出嫁快乐消遥。
  听樵楼打二更反悔当初，虽然是年轻妇心猿意马；
  大不该结识了和尚纳云，说怎么山盟誓天长地久。
  到如今只落得受罪监牢，你只看满牢中俱是囚犯；
  东哼声西叹气许多牢骚，臭虱叮蚊周身难过其了，
    披了枷带了锁遍体火烧。
  听樵楼打三更鬼哭神嚎，梆锣鸣铁链响胆战心惊；
  想那日奸情事官保闯破，还可以拆散了各自回心。
  大不该骤然间将他谋害，杀了子害了女那得安宁；
  有先生钱正林当堂出首，荆太父准了状细访分明，
    出朱签差衙役立刻拿人。
  听樵楼打四更怨恨从前，欲要到法堂希图不认了；

  知道荆太爷官铁面无情，用夹棍打板子刑法难受。
奴只得招了供愿认罪名，荆太爷标监牌将奴收禁；
脚带镣手带梏狭床难眠，浑身疼周身痛埋怨何人。
听樵楼打五更珠泪满腮，最可恨心迷迷做事痴呆；
想爹娘生下我婚配同偕，只道我嫁丈夫终身有靠。
敬丈夫生子女接代传宗，谁想我卖风月没好结局；
只待等京详到要过青锋，劝世人必须要行为正道，
  莫学我贪淫女不能善终。

  徐氏叹罢五更，只见那东方曙色，红日高升。自思想，女儿倒有了良心，她也来看看我。如此想起来，到底是亲生儿女，说道："官保官保，我的儿子！为娘的一时糊涂，将你杀死，如今想想，懊悔不及了。早在今日，悔不当初。"她是想一回，哭一回。"咳！如今就是想死也不中用，就是我哭死也不当挽回了。"

  光阴迅速，不觉已是时秋令，飒飒凉风，只见那梧桐树上黄叶儿飘上落下。徐氏见了这个时候，好不惊心。一日京详已到，刑部批准纳云和尚并徐氏，一并在通州本地处决。荆知州降去三级。钱正林生员居心正直，代民伸雪有功，钦赏本省教授，给付文凭，着即到省候任。钦此。荆知州接到京详，那刑房书吏忙忙碌碌，荆公吩咐发梆点鼓，立刻升堂恭座。衙役书吏齐齐正正排立两旁，刑房隶役标牌呈上，荆公即用朱笔标实明白原犯。禁卒手持虎头牌走进监门，将徐氏缚绑起来，解到大堂。荆公将朱笔标了徐氏的名氏，上面写"为奸杀子王徐氏斩犯一名"，当中用朱笔一批，名上一圈，望案台之下丢将下来。那两旁隶役人等吆喝一声，众人动手将徐氏拖将过来，将她身上衣服撺搏去了，将两手反搏，用麻绳紧紧缚好，一面斩条插在背上。这一时，徐氏已是吓得三魂出窍六魄离身，此时徐氏的心中早已晕将过去自己不知了。可怜一个如花似玉的女子，青春姣艳的妇人，一时糊涂，做了这一桩毒心毒手的事，为了私情，作乐贪恋淫荡，而

今弄得这等的样子。虽是一身免不得青锋过颈，而又落一个万古传流的臭名。害得王氏断绝香烟，这个罪孽就是人被她瞒得过，而天地神明也瞒不过，那里可以容她留在世上。所以那个时候，堂上堂下看的众人皆说道："这个恶妻妇人，如今天网恢恢，杀得好！真是大快人心！"个个都说："荆大老爷铁面无私，胜比是包龙图再世。钱先生为人直正，肯与学生伸冤雪恨，若无钱先生这样的好人，此事不知后来弄得像什么样子。"那时众口谣谣说道，钱先生将来总有好处，此番的阴功积德非同小可，将来子孙总有昌盛之好极。不言众谣谣，且表法场之事。

当时荆大老爷摆起那全副道子，前面是对子旗肃静回避，又是对旗幡锣响亮，一对一对御牌齐正，伞盖鲜明。那通州城守营兵，对对旗幡招展，松藤牌个个精强。民壮一队手执的晃晃钢刀，刽子手身穿鲜红战服，铁鸡毛横纵飘扬，将徐氏四个人夹起，推拥而走。后面是荆老爷，身穿大红一口钟，头带大红风帽，骑了一匹雪白如霜马，后拥是钺斧钢叉几十名。一到通州南门外大校场中，早端正案台，设立在演武厅，在中摆得齐正。这荆公当中坐定，右边是城守营，威风凛凛坐将下来。校场中各营兵排成队伍，两面分开。民壮乡勇刀剑鲜明，也是摆成阵势。只听得三声炮响，将徐氏推到中央跪倒。这些看的人，一时间人山人海拥挤不开，人家妇男子女都来看杀人，推出拥去无数人众。午时一到，荆老爷吩咐开刀，那大炮一响，人头落地。可怜那徐氏此时是身首两边分开，鲜血淋淋。刽子手将人头拿到荆老爷公案之前跪禀验看，即便吩咐排队回衙。那些看的人众皆说道："徐氏心肠太恶，他与和尚奸情，还要杀亲生的儿子。如今幸亏有个钱先生出首，真真皇天有眼，今朝大快人心。"

且说那金定小姐，晓得母亲今日身受王法已经杀了，她就求公婆买了棺材，到校场里来收尸。一见这母亲身首两处，鲜血淋淋，好不伤心痛意，即便双手抱住尸首大哭。就把亲娘叫几声："你早知今日有报应，何必当初你要杀人。如何王家没后代，只好我女儿做个烧钱化纸人。叫声亲娘你来拿纸锭，黄泉路上好去行。你幽幽走到阴司里，此时是城隍土地不收留。叫声亲娘啊！你慢慢走来慢慢行，地府神君要赶你身。为因你杀去亲儿子，你到阴间怎么样好见爹爹我父魂？有仁兄弟见了你，母亲啊！你有面目见他言！他本是再三哀求苦劝你，母亲啊！你勿要一时雷霆杀了我官保！王家没了后代根。母亲啊！你一时糊涂，为了奸情事，到底是欢乐不久长。母亲啊！母亲啊！你与兄弟两人都是枉死城中鬼，朝朝相见好不难为情。倒把兄弟要说你，当初为何这样的不仁，这样的恶心，到如今原是有这样儿收成。母亲啊！女儿与你想，实在的好不羞人。"金定越伤心，一桩桩一件件细诉分明。众人看，众人听，好不惊人。众人闻得言道，上有皇天，近有神明，善恶相报不差分。金定小姐哭到伤心处，不觉的一阵头晕跌伏地埃尘。

那钱正林也在旁边，看见媳妇这个样儿，他就走近前来扶她起来。那李氏婆婆也来拿了一碗茶汤与她吃了，再三劝她回转家门。正林就将校场之事逐一办好，着几个人等，将徐氏的棺材扛抬到他王家祖坟之上。安葬事毕，又唤几个僧人，念经数日超度亡魂。如今王家之事，皆归于钱正林经理。此事已完，又歇了几日，又是一道京详到了通州。荆老爷将这小纳云和尚，也在校场处决。事完之后，就将天齐庙永远封锁，逢到朔望之明，开门放人入庙拈香，闲常平日不准擅开庙门。那山门之上悬挂告示：永禁妇女进庙烧香。自此之后，通州地方风化人情为之一振：皆为清廉之官，人人害怕，个个惊心。就是那些光棍恶徒，皆是影踪灭迹，不敢横行闯祸，从此安宁。钱正林即到省候任，即任盐城县叫谕，此话慢表。

且说徐氏正了国法，谬谬三魂幽幽六魄随风飘飘荡，无处可归。虽则钱正林延僧人超度，究竟罪孽深重，念得这些光棍，哪里能够与她消受，皆被那些阴司的小鬼夜叉等你抢我夺，一点儿也没到手。她去见阎王仍是两手空空。先到城王那不肯管她，她只得孤孤凄凄走到阎王殿上。两旁马面牛头，都是高声恶气喊她下来。第一殿即着判官翻阅簿上，回奏道："这恶妇人在阳间贪淫作乐，杀了亲生儿子，灭人宗嗣，罪大莫赦，得送到刀山地狱受罪。"分发下来，那个夜叉小鬼的凶恶持锤向徐氏一锤打将下来。可怜徐氏那里见过这样儿的凶恶之相的人，一锤打下竟有千万斤，将她打成肉饼，一时痛杀难熬，呼号喊饶。又来了一个鬼役，青面獠牙相貌古怪，好不害怕，手拿一碗清水，对着一口喷去，那徐氏幽幽醒转，那持锤的小鬼拖她到这刀山地狱来。徐氏一看广野无边无岸，崎岖不平，阴风透骨，甚是凄凉。只见了一坐高山，全无树木，半山之间都是尖刀直竖，旁边只有一径小路，只容一人行，望三边大石如盘，一边是坚陡无依，如其跌将下去，要被这尖刀戳死。那鬼役拉着徐氏上山，走到山厦之上四面一看，山下尽是有罪之人，也有戳穿肚皮，也有戳穿背，皆皆是鲜血淋漓，口叫饶命。徐氏一看，胆战心惊。不料那鬼役将她一推，跌将下来。徐氏叫了一声苦，刚刚跌在尖刀之上，把她身体戳住，竟于肚腹对穿，好不痛死人也！连忙叫喊饶救。凭你喊破喉咙，也无人答应，好不苦哉，好不疼痛。她就仰面朝天，困于山上。身体要想撬起来扣，反被刀戳住；将手一动，则手心戳住；将脚一动，却又被尖刀将脚底戳穿，动也不能动，直僵僵卧在刀山之上。鲜血淋淋，腥臭异常，如此布山上七日七夜。

忽见一个鬼吏来说，要放她出去，即唤一个青面的鬼卒拖她起来。好不疼痛，好不凄凉，她就幽幽走到那第二殿。岂知这第二殿阎王更加吓人，两边鬼役尽是形容古怪相貌狰狞，也有持叉的，也有持杵的，好不害怕。那殿上说道："你这徐氏恶妇人，恶妇人！你在阳世要贪淫欲，今到这里原受血污地狱之罪。"即差两个鬼卒拖她到血污池内受罪。那鬼卒领旨，即来牵她去。走到一个所在，一看阴风飒飒，满目荒凉，那血腥臭气好不惊人。这一池尽是鲜血池，池人也有喊的喊，也有叫的叫，都是叫天不应，上岸无边。那鬼卒牵徐氏走到池上面，赶她下去，如其不肯走下去，她就将手中钢叉当头劈面叉将下来，徐氏只得走将下去。不料底下有几个妇人来拖住她，要到中央而去。这池之中央血深过颈，口吞臭血，散发披面好不难过。在这血污池中，或深处或浅处，只好扒来扒去，一时风起，血浪滔滔，瞒头盖顶难以挣扎，苦楚万状。又此这个池中七日七夜。那边来了一个鬼吏说道："放她起来，到第三殿去罢。"她就谬谬幽幽来到第三殿。

一看此间更觉惊怕，殿下广阔遥遥无边，鬼哭神嚎阴风寂寂。离殿数里之下，有一个铜柱，其中飞红炭火烧得铜柱通身滚烫。将徐氏用铁链盘于铜柱之上，一时间烫得身上流浆大泡起，比滚油煎心疼痛难煞，好不苦杀人也。在这铜柱之上烧了回，竟周身如同火炭，寸肉俱已烧焦。放她下来，又来了一个鬼卒，拿了一碗清水，对她一喷，又成原体。将她绑在一柱上说，她在阳世良心不好，毒心恶意，谋杀亲子，故剜她心肝出来。一个鬼卒手持一把明亮亮的尖刀走上前来，拿刀将她心上就是一刀戳将进去，鲜血淋淋流，将她心肝剜了出来，丢在地下。那边来了两条恶狗抢去，你拖我拽，不过拖拽一回，狗却不要吃的。停了一刻，又拖她到一个地方，名叫石碣地狱。将她推倒，用一块大石，约有千斤，几个鬼卒扛抬起来压在她身上，连得气息难透，周回疼痛，筋骨都要压扁，苦楚不堪。如此又是七日七夜。

来了一个鬼吏说道："放她出去罢。"她就苦凄凄走到一个地方，抬头一看，殿宇巍峨，一方金字匾额，是第四殿几个大字。那徐氏一见，想到了三殿受了多少苦处，如今又是四殿，又要受苦，就将身回转就逃。岂知那里逃得去，被一个鬼卒看见，手中拿一把光柄铁勾，就是照她心窝一勾，勾倒在地。因为你在阳世要勾引私情，所以阴司要受这勾筋地狱。被这个鬼卒一勾，把她筋骨都勾将出来。那徐氏一时痛不可当，浑身的筋络尽被她勾将出来，好不苦杀人也。又是一个鬼卒手拿虎头牌说道："奉了玉旨，送她到那个寒冰地狱受罪。"一把将徐氏拉住，牵了链条，送到一个所在，将门推开，送她进去。这个地方伸手不见五指，黑暗非凡，冷风逼人，寒气束束，走来走去，冷得浑身发抖，五脏皆冰，冻得手脚直僵，苦情难受。这个地方，又是七日七夜，无眠无食，苦处哪言。那边鬼吏前来放她出去，她就飘飘荡荡走将去。路道崎岖，尽是高山怪石，又无树木又无人家。正在孤孤凄凄，忽听得鬼哭无数声音，想道莫非又是一个怎么地方，又要想回转去。不料又有鬼卒前来，一把拖住说道："你想逃到哪里去！我奉了包阎君法旨，前来拿你！"便牵了铁链拖她前去。

走到一个高阶大殿，上面坐一尊阎王，就是第五殿包龙图。他是最恨的奸盗、邪淫，一见淫妇的魂，拍案大怒喝道："你在阳世邪淫无度，断人后嗣，罪大弥天，岂能逃脱我这个地方，看铜闸过来！"即两个鬼卒扛过铜闸刀来，将徐氏缚绑，横眠于上，用刀闸为两段，放她下来，幽幽灵魂又复苏醒。那阎君即差两个鬼卒，吩咐押她去到这还有五佃逢地狱经过，每受七日七夜，不许放松。那鬼卒领了文牒，押解她逐佃游狱遇受罪。她到了第十佃下，押到望乡台上，望见家乡，此时在阳世做过这些罪情，尽行明明白白，懊悔已迟。那鬼卒将她望台下一推，跌将下去，有万丈之高，一飘飘荡荡跌将下来，一看下面就是枉死城中。那城中有无数鬼魂上前来，将她你托我拽，都是要与她讨命的。那王世成领了官保儿子也来了，将她一把拖住她，那里肯放，要与她到丰都府里去告状与她。那徐氏是事出无奈，只得同她去丰都府。老爷批准，徐氏她在阳世做了这许多大冤大孽之事，千年不许超生，发她到枉死城中，永不许出来，囚她在那黑暗牢里永世不得超生。此等阴曹之事，不在话下。

且说钱正林先生，自到任以来，光阴迅速，不觉已是三载。那盐城地方人情良善，文风大治，赶考生童较前胜至两倍。他长子钱云也住在爹爹衙读书。年十五岁已入那开年乡试之年。正林与他子说道："开岁科场，若得幸幸回来，当与你完婚大事。"

若知钱家明达这善报，须看下文分解。

第二十回

钱家双贵功德显　善恶分明有报应

话说钱正林先生，为人正道，凡事不论大小，从不欺人。年轻之时，几科乡试不能上进，此乃是时运不佳。以后开馆训蒙为业，又遇王有仁学生，做出这样的故事出来，他就与学生伸冤雪恨，被官司所累，又是几年不能时运处馆，也是这时运不济之故。幸亏朋友识他的，晓得他为人之道，不过时运欠通，将来总有发达之日，昌盛之时。现在盐城县教谕，而又是一个穷官。那长子钱云甲午科乡试，第三十三名举次，三报连捷报到家门。钱正林晓得这信息，喜出外望，一时亲朋庆贺如云。那时钱正林家中好不热闹，远近亲友俱来恭贺。开年次子年幼入学，钱姓一门父子三人均已发达。光阴迅速，又是三载。次子又中武举子，其时正林已致仕回家，那时仍回如皋祖籍。明年会试，钱云兄弟两人一同进京会试。当年钱云未得上进，而次子得中了进士。兄弟两人回到家中，钱正林好不欢喜。

那李氏夫人甚是喜悦心头，遂与丈夫正林闲谈闲谈，说道："想为人功名之事，无能强求。丈夫你那年轻之时，南考到上京去，费了多少钱银，吃了多少辛苦，时运不济竟勿能上进，就是勉强也是没用的。如今两个儿子并不费事，俱已成名，谅必是总有怎么修德，总有怎么原故。"正林道："现下话少说，长子已早有金定小姐为妇，而今男成女大，也要与他一完其婚姻之礼，成其夫妇之缘，才是道理。即如次子已中了进士，从此官阶有望了，但是也要与他攀成一家亲事，待长子完婚之后，再与次子成亲。我家两个儿子娶了两房媳妇，待长房里生了长孙也不必说，如其生了次孙，要与王家为嗣，将来顶王姓香火，所有以前荆知州吩咐下来的王姓家产、事业、田地等物原付还王家收管。但是这一句话儿，是我以前收管他家业之事我就将此话说过，所以倘到后来，仍要照以前的，断不可稍有更改。但是王家若能有后代传香火，总要望我能可生了第一个孙子，则王家就可以仍将后嗣接下了。但是我虽有这条好良心，未知可能够如我这条愿。"那李氏夫人道："叫声丈夫啊！你既有这条好心，岂有没得好报。不要说你生两个孙子，就是将来有十个八个孙子也未可知。"正林道："明日就去择选良辰，与长子完婚。"

正在谈谈讲讲之际，门首来了两个中年妇人。两人走将进来，道过万福，开言说道："钱老爷、钱太太在上，我们不是别人，就是住在小板桥头的，她叫胡二妈妈，我叫徐氏三娘。我们与你老爷乃是从幼就认得的。那位胡二妈妈她同你老爷是世代的老邻居，她当家的一向在张翰林老爷家下做长随的。你钱老爷为因一向出门，多年不会，故而有点见面生子。"那钱正林仔细一想，说道："不差不差，我想着了，是有的。介末请教胡二妈妈哩，你那还有一个老婆婆，如今可在么？"那胡妈妈接口说道："那个是我家婆婆，如今不在了，竟已故世了六七年了。"正林道："啊呀呀！我长久不在家乡，连是这个隔壁的世居也认不得了，如此两位妈妈请坐请坐。请问你们二人今日到在家来有何贵事？细细讲我知道。"那胡二妈妈说道："我们今日来到府上非为别事，乃为听见你家二少爷自从中了进士，为何时常不在家里，但未知可曾恭喜说过亲事么？"正林答道："因为他的年纪小的很，且为慢慢点儿不妨的，只要门当户对，就是慢点也好。

他是常在京中候缺,或者得了一官半职,那时完婚不迟。"那胡二妈妈与那徐三娘子二人齐声对答道:"回声钱老爷啊!我们奉禀你老爷听。自古说的男大须婚,女人须嫁,况且二少爷后来官高爵显,必须先娶官太太,上任起来好成显宦。现在有一位小姐,真个是男才女貌,况且乡绅对现任,八两对半斤,凑巧得紧,天赐良缘。老爷你认道是谁?就是这位张翰林的第三个女儿。他家大小姐嫁到杭州某学台的儿子,也是做官做府的人家。他家二小姐嫁到苏州李藩合家第二个少爷,是现任在京里做刑部官员外郎,都是官府人家攀官府人家。可惜这个张翰林老爷如今不在世了,是前年夏天故世的。现在府中,不论大小事务,都是大少爷做主,老太太是享福人,诸事不管的,听凭大少爷怎说怎好。这位大少爷他是吃我的乳长大的,所以我的话他是句句听我的。阿,钱老爷啊!这老爷啊着实可以做得的,但未知你老爷意下若何?但未知太太意下如何?"李氏夫人道:"据你们说来,都是好的,但是我家二少爷现下不在家,自从进京去还未曾明示。"那徐三娘娘、胡二妈妈两人齐声答道:"要老爷、太太二人做主就是了,不过望二少爷回家,与他做亲事就是了。"钱正林道:"既然如此,你们可以请一个八字来,待我唤算命先生排排八字,看配与不配,然后再谈是了。"胡二妈妈与徐三娘子两人立起身来,便说道:"我们去了,待选过好日,请八字过来是了。"二人辞别出去了。

当时钱正林与李氏夫人说道的,与钱云完姻最为要紧。即便选了吉日。那日大吹大擂,诸亲好友,以及满城官府、乡邻人等,俱来道喜恭贺。钱正林夫妇二人足足忙忙碌碌十余天,方才停当。那钱云从洞房吉日之后,少年夫妇你恭我敬,恩爱非凡。金定小姐倒也十分贤惠,十分孝顺,所以公公婆婆欢喜慈爱。歇了数天,那两个媒婆将张翰林家三小姐的八字帖请到。钱正林他也喜悦之甚,遂请算命先生排一看。据云格局清高,富贵荣华,十全十美,而且与乾造正合。正林听的如此说,得意心怀喜不自胜。随即端正聘礼,两家和合焕正,佳偶本是天成。到了明年，与次子完姻，又是一番热闹，自不必说，我也不表。

　　光阴易过，日月如梭。金定小姐已怀六甲，渐已十月满足。那日忽言腹痛，即分娩之下，是一个男儿。那第二房媳妇也是生下一个男儿。如今钱正林居然是一个富贵人家，两房媳妇十分孝顺，两个孙儿多聪慧伶俐。是年春月，那一房媳妇，就是金定小姐，又生下了一个男儿。正林想道，如今这个事情俱已如了我的心愿。即李氏夫人说道："我因从前说过之话，断不可忘记，说长房里如其以后得能生了两个男儿，这长孙是不必说，这第二个孙儿要与王家顶香火的。所有王家的些家产物件，以前荆知州交待我经管的，仍然照仪付还王家。待二孙儿长大成人，就是有这一些些产业，他也好过度日子了。"李氏夫人道："相公此说不差，但是媳妇面前也要与她说过明白才好。"正林道："这个自然。"光阴迅速，不觉三个孙男俱已长大。其时有泗洲柳青溪仍在通州作幕，那时钱正林到通州去聘请他来家中，打扫一间书房起来，将这三个孙子拜他为师，教训他书诗文墨。那二孙男到了十六岁，年已弱冠。正林就将一本账簿拿将出来，上面一行一行写得清清白白，某物在那里，某产在那里，一一交代。就另造一所宅室与他居住。钱正林寿九十而终，子贵孙荣富寿双全。想王世成也是一个人，在世一番为人，乃因遇着事贪利、刁滑、尖枭；见色就生淫乱之心；见财就想剥削之意。就叫古人之言，我不淫人妻，人不淫我妇。他因为一见女子生得有几分颜色，他就朝思夜想，若能到了他的手，他就算好过。若然不能到手的，他总要心中常常思念。但是这一样事情最伤阴骘。万恶淫为首，百善孝为先。这句说话虽然是一句俗语，却是最灵验的。奉劝世人，切不可贪好淫欲，如其贪淫好色之人，到底总无好报。

　　看这一部书，句句都是劝人为善，不可为恶。平生为恶的，平生好色的，贪财坏性又贪淫坏德，就是这个王世成如此一般报应。岂不令人毛骨悚然，好不吓杀。即如钱正林之为人，生平正可以为事，见色不乱宛然一个柳下惠再世，坐下怀不乱。他虽然没有柳下惠的道德，而见色不乱也是生平的好处。再者不爱人的钱财，义气为重，也是他的好处。就是代学生伸冤雪恨这个事情，叫别人那个肯做，他也不顾自己性命，只要冤明恨白。他这些事都是好处，所以积得善事而有好报。现下子贵孙荣，家业渐渐广活，就是补报他的生平几段好处，这就是善报了。所以为人切不可为非作恶，必须要正道看事，勿要贪淫好色，要紧要紧。我这里还有一卷武圣《觉世纪》，请君看看读读，也是好处。经曰：

  人生在世，贵尽忠孝节义等事，方于人道无愧，可立于天地之间。若不尽忠孝节义等事，其心已死，身虽在世，是谓偷生。凡人心即神，神即心，无愧神。若是欺心，便是欺了神也。故君子三畏四知以慎其独，勿谓暗室可欺，屋满可愧。一动一静神明鉴察，十目十手理所必至，况报把应昭昭不紊毫发。

  淫为万恶首，孝为百行原。世有逆理于心有愧者，勿谓有利而行之。凡有合理于心无愧者，勿谓无利而不行。若负吾叫请试吾之心，敬天地礼神，奉祖先孝双亲，守王法重师尊，爱兄弟信朋友，睦宗族和乡邻，别夫妇教子孙，行方便，广阴功子孙。难济急，恤孤怜贫，创修庙宇了，即造经文，舍药施茶，戒杀放生，造桥修路，矜实扶困，重粟惜福，排难解危，损资成美，垂训叫人，冤仇解释，斗秤公平，亲近有德，远避凶人。隐扬善，利物利人，回心向道，改过自新，满睦仁慈，恶念不生，一切善事，仁心奉行。

  人虽不见，神已早闻，加福增寿，添子益孙，灾消病愈，祸患不侵，人物咸宁，吉星照临。若存恶心，不行善事，淫人妻女，破人婚姻，坏人名节，妒人技能，谋人财产，唆人争讼，损人利己，肥家活身，恨天怨地，骂雨呵风，谤圣毁贤，灭像欺神，宰杀牛犬，污秽字纸，恃劳凌善，倚富厌贫，离人骨肉，间人兄弟，不信正道，奸盗邪淫，好尚奢诈，不重俭勤，若弃五谷，不报有恩，瞒心昧己，大斗小秤，假立邪教，引诱愚人，诡说升天，敛物行淫，明瞒暗骗，横言曲语，白日咒诅，背地谋害，不存天理，不顺人心，不信报应，引人作恶，不修片善，行诸恶事，官词口舌，水文盗贼，恶毒瘟疫，生败产业，杀身亡家，男盗女淫，近报在身，远报子孙，神明鉴察，毫发不紊。善恶两送，祸福攸分，行善福报，作恶祸临。

我作斯语，愿人奉行，言虽浅近，大益身心。戏侮吾言，斩首分形。有能侍诵，消凶聚庆，求子得子，求寿得个。富贵功名，皆能有成。几有所祈，如意而获，万祸雪消，不详云集，诸如此福，美姜可致。吾本无私，惟佑善人。众善奉行，无怠厥志。

但此经乃劝世人，必须行善事善报，如行恶事，必有恶报。朱夫子治家格言曰："见色而起淫心，报在妻女。"世上惟淫欲之事，最是恶事，切不可为是耳。